———————— 阅读之前 没有真相

午夜文库

P. D. 詹姆斯　P. D. James (1920-)

二〇〇八年,《时代周刊》选出了五十位最伟大的犯罪小说家,P.D. 詹姆斯名列前茅,甚至排在这类小说的开山始祖爱伦·坡的前面。《时代周刊》誉之为创作力丰沛且脑容量惊人的贵妇。这位气质高雅非凡的女作家,是公认的为数不多可以跻身欧美文学殿堂的大师级侦探小说作家。

P.D. 詹姆斯出生于英国伦敦牛津,第二次世界大战开始时,她加入红十字义勇军。一九四一年,詹姆斯嫁给医生厄尼斯特·怀特。之后,她那心灵脆弱的丈夫奔赴前线,大战结束后却开始精神失常,P.D. 詹姆斯除了要照顾长期卧床的丈夫,还得养育两个女儿,为了生计,她做了三十年的公务员,前后任职医疗和警政等部门。同时,也沉浸在属于自己的推理创作之中,她三十八岁开始发表作品,四十二岁时完成长篇推理小说《掩上她的脸》(Cover Her Face, 1962),赢得文坛一片赞赏。她的作品《夜莺的尸衣》(Shroud for a Nightingale, 1971) 和《教堂谋杀案》(A Taste for Death, 1986) 均获得 CWA 银匕首奖和 MWA 最佳小说奖。

由于写作有成,詹姆斯获得过许多国际知名文学奖,包括英国侦探作家协会颁发的、有"诺贝尔推理文学奖"之称的"钻石匕首奖",并受英国皇室勋封为女男爵,更获颁美国侦探作家协会终身成就奖——"大师奖",以及"爱伦·坡奖"。她现居伦敦及牛津,膝下有两个女儿、五个孙女。

P.D.詹姆斯 作品年表

亚当·达格利什系列

2008	The Private Patient
2005	The Lighthouse
2003	The Murder Room
2001	Death in Holy Orders
1997	A Certain Justice
1994	Original Sin
1989	Devices and Desires
1986	A Taste for Death
1977	Death of an Expert Witness
1975	The Black Tower
1971	Shroud for a Nightingale
1967	Unnatural Causes
1963	A Mind to Murder
1962	Cover Her Face

科德利亚·格亚系列

1982	The Skull Beneath the Skin
1972	An Unsuitable Job for a Woman

其他

2000	Time to Be in Earnest: autobiography
1992	The Children of Men
1980	Innocent Blood
1971	The Maul and the Pear Tree: The Ratcliffe Highway Murders, 1811

神谕之死
Death in Holy Orders

（英）P.D. 詹姆斯 著
赵楠 林红 译

新星出版社 NEW STAR PRESS

作者声明

在这本小说中,我将谋杀和与谋杀有关的神秘故事安排在一所圣公会神学院中。我不希望因此使诸位圣公会的教士候选人感到失望,也无意使前往神学院休憩和寻求心灵重生的到访者感觉到在那里会有死亡的危险。因此我要强调,无论过去还是现在,圣安塞尔斯都不是一所现实中的神学院,那里古怪的教士、圣职候选人、职员和到访者完全是小说中的虚构,只存在于作者和读者的想象之中。

很多人慷慨地解答了我的许多问题,我特别感谢现任的大主教朗西阁下,教士杰里米·希伊博士,教士彼得·格罗夫斯博士,法庭科学事务委员会的安·普里斯顿博士,以及我的秘书乔伊斯·马克兰侬女士,她对这本小说的贡献远不止于操作电脑。本书中如果还存在任何失误,无论是关乎神学或者其他,都是我个人的责任。

目录

1	第一部	死亡之沙
159	第二部	执事长之死
297	第三部	过去的声音
407	第四部	是结束，也是开始

第一部 ————
死亡之沙

1

把发现尸体的经过记录下来是马丁牧师的主意。

我问:"您的意思是,就像给朋友写信那样?"

马丁牧师说:"就像写小说那样写下来,作为看到这件事发生的旁观者,记下你做了什么、感觉到了什么,就像叙述一件发生在别人身上的事情一样。"

我知道他是什么意思,但不知道从何写起,便说:"是所有发生过的事情吗,牧师?还是只是关于在海边发现罗纳德的尸体的事?"

"一切已经发生的和所有你想说的。如果你愿意,还有关于这所学院和你在这里的生活。我想这些可能有帮助。"

"您觉得这样对您有帮助吗,牧师?"

我不知道为什么会说这样的话,忽然想到就说了出来。这很傻,很莽撞,但他似乎并不介意。

过了一会儿他说:"不,这些对我没有帮助,况且那是很久以前的事了。但我想对你来说可能不一样。"

我想他指的是那场战争、被日本人监禁、以及在战俘营发生的可怕的事。他从来没有说起过那场战争，对其他教士也一样。那他为什么要建议我写下来呢？

这场谈话发生在两天以前，当时晚祷刚结束，我们走在学院的回廊里。自从查理死后，我就不再做弥撒了，但是参加晚祷。这实际上是一种礼貌。在这所学院里工作，拿他们的薪水，享受他们的善意而不参加这里教堂的礼拜似乎是不对的。也许是我过于敏感了，格列高利先生和我一样住在这里的一幢房子里，兼职教授希腊语，但是他从来不参加教堂的礼拜，除非那里有他喜欢的音乐。没人逼我去教堂，也没有人问过我为什么不再做弥撒了。但他们显然知道这事。他们什么都会注意到。

往木屋走的时候，我思索着马丁牧师说的话，觉得这似乎并不是一个好主意。我从来不觉得写作很困难，上学的时候我就很擅长写作文，教英文的艾莉森小姐说她觉得我在写作方面有天分。但是我知道，她说得不对。我没有作为小说家所具备的那种想象力，我不会编故事，我只能写我看到的、做过的和知道的事情——有时也写我的感受，但这并不容易。其实我一直想做一名护士，从我很小的时候就这样想了。我现在六十四岁了，已经退休，不过仍然在圣安塞尔斯帮忙。我算半个护士，负责处理一些小疾病，还负责洗熨床单被罩。这是一份简单的工作，我的心脏很脆弱，所幸还可以胜任。这所学院给我提供了很多方便，他们甚至提供了很轻的推车，这样我就不必费力去抱那一捆捆很重的床单被罩。我之前应该写过这些了，只是还没写出过我的名字，我叫门罗，玛格丽特·门罗。

我想，我知道马丁牧师为什么认为现在开始将一些事写下来对我有好处了。过去我每个星期都给查理写一封长信，我想除了鲁比·皮尔比姆，他是这里唯一知道这件事的人。每个星期我都会坐下来想一想自从上封信之后发生了什么，即便只是写点小事，对查理来说未必不重要：我吃的每餐饭、听到的笑话、学生们的故事，还有天气。你想象不到在这样一个悬崖边上、与世隔绝的安静所在能找到那么多可以和他分享的东西,但是令人惊奇的是,我真的找到了。我知道查理喜欢这些信,"继续写吧,妈妈。"他回家休假的时候都会这样说,我也是这样做的。

他死了以后,军队把他的遗物送回来,里面有一大捆信。虽然不是全部——他不可能保留那么多——但他保存了其中写得最长的那些。我把它们放在岬角上,然后付之一炬。那是一个有风的日子,就像东海岸常有的那种天气,火苗跳蹿着,噼啪作响,随风摇摆。烧黑了的纸片在我面前盘旋飞舞,就像黑色的蛾群,烟雾灼痛了我的鼻子。其实,那只是很小的火焰。我想说的是我知道马丁牧师为什么认为我应该把这件事写下来。他想让我写一些事——任何事——这样也许能帮助我回到现实。他是个好人,也许是个圣人,但是还有太多的事,他并不理解。

写了,却不知道是否有人看,是件很奇怪的事。我不确定我是在为自己写还是为一些想象出来的读者而写,对他们来说,圣安塞尔斯的一切都是新奇的。所以我也许应该先写一些关于这所学院的事情,介绍故事发生的场景。这所学院一八六一年由一位虔诚的女士艾格尼丝·阿巴斯诺特小姐创建,她希望确保一直有"虔诚而博学的年轻人在英格兰的教堂里被任命为天主教教士"。我用了引号是因为这话出自她本人之口。我是从教堂里介绍她的小册子中看到这句话的。她捐赠了这些建筑、这块地、几乎所有的家具,以及足够的钱——她想让这所学院永远存在下去。但钱是永远不够的,现在圣安塞尔斯基本上是靠教堂资助维持。我知道马丁牧师和塞巴斯蒂安牧师都很担心教堂会将学院关闭。但这个担心从来没有公开讨论过,当然更没有跟职员讨论过,不过我们都知道。在圣安塞尔斯这样小小的与世隔绝的社区,消息和流言自会在风中传播。

除了捐赠这幢房屋,阿巴斯诺特小姐还在后面建造了北侧和南侧的回廊作为学生的住所,还有一套客房通过南侧的回廊与教堂相连。她还建造了四幢木屋作为员工住所,在离学院一百码的海岬上排成半圆形。她用四大福音书作者的名字来命名它们。我住的这幢名为圣马太,是最南边的一幢,负责厨房的管家鲁比·皮尔比姆和她做杂务总管的丈夫住的那幢名为圣马可,格列高利先生住在圣路加;帮皮尔比姆先生做事的埃里克住在圣约翰。埃里克养猪,但这基本上是个嗜好而不是为了给学院提供猪肉。这里的工作人员除了我们四个之外,只有从雷顿和洛斯托夫特来兼职的清扫女工。虽然这里需要照顾的学生一直不超过二十个,全职的教士也不过四个,但我们每个人都是不可或缺的。对于大多数人来说,生活在这样一处暴露在风中的孤寂的陆岬海角,没有城镇、酒吧和商店,实在太偏远了。尽管我喜欢这里,但也会觉得害怕,隐隐有些不祥的感觉。海水在年复一年地蚕食着沙质的峭壁,有时候我站在悬崖边想象潮汐掀起白色闪亮的巨浪冲向岸边,摧毁角楼、钟楼、教堂和我们的木屋,将我们全部席卷而去。古老的小镇巴拉德斯梅尔已在数个世纪前被大海埋藏于地下,有人说,在起风的晚上仍可依稀听到埋藏在地下的教堂钟楼里发出微弱的钟声。大海没有冲走的一切也在一六九五年的一场大火中毁于一旦。旧城里唯一留下的就是这所坐落在主楼前面、由阿巴斯诺特小姐重新修缮过的、现已成为校园的一部分的中世纪教堂。伊丽莎白时代的庄园别墅只剩下两根破碎的红砖柱子立在房前。

我想我该开始谈一谈死去的男孩罗纳德·特里夫斯了,毕竟,写下这些都是源自他的死。在正式询问前,警察问我是否很了解他。我想我比这里的大部分员工都了解他,但是我没有说更多,我说不出来。我觉得不该传学生的闲话。我知道他不太受欢迎,但是我没有告诉警察。其实问题在于他不是很适合这里,我想他自己也知道这一点。原因之一是他的父亲阿尔弗雷德·特里夫斯爵士经营着一家大的军火公司,而罗纳德希望我们知道他父亲是一个很有钱的人。他拥有的东西也证明了这一点。他有一辆保时捷,而其他学生即便有车,也都便宜得多。他还会谈起去那些花费昂贵的、遥远的地方度假,那都是别的学生不可能去的地方,至少不会是去度假。

这些也许可以让他在某些学校里受欢迎,可在这里不行。每个人都会自以为有高人一等的地方,这里的人也不例外,只是这里看重的不是钱,甚至也不是家庭出身,一个助理牧师的儿子会比一个明星的儿子在这里更受欢迎。我想他们更关注的是一个人是否聪明——不仅聪明,还要仪表堂堂、有幽默感。他们喜欢能够让他们大笑的人。罗纳德不像他自己想象的那么聪明,也不懂得怎样让别人笑。他们认为他很笨,尤其是当他意识到这一点的时候,他就显得更笨了。我没有跟警察提起这些,说这些有什么用,他已经死了。哦,我想他还有些爱管闲事,总想知道发生了什么,爱打听。他没从我这里打听到过什么,但是他常在晚上出现在我的住处,在我打毛衣的时候坐下聊天。除非受到邀请,否则学校其实不鼓励学生们来职员们的住处,塞巴斯蒂安牧师喜欢我们有私人空间。但我并不太介意他来。回想起来他的确很孤独,否则也不会来打扰我。他让我想起我的查理,查理不笨、不蠢也不乏味,但我会设想在他感到孤独的时候,一定希望能坐下来安静地聊天,那时候最好能有个人像我一样欢迎他。

警察来的时候,他们问我为什么我会去沙滩上找他。当然,我没有那样做。每周有两天,午饭后我会独自出去走走,出发的时候我还不知道罗纳德已经失踪。我并没有在海滩上寻找。实在难以想象,在那么荒芜的海滩上会发生那样的事情。在那里,你不能爬过堤坝也不能离悬崖太近,这样才能保证安全。而且这两处都有明显的警示牌。所有学生在入学的时候都被警告独自游泳或者太靠近不稳固的峭壁很危险。

在阿巴斯诺特小姐的时代,还可以从教堂下去走到海滩上,但由于海水的不断侵蚀,那条路已经不复存在了。现在我们只能从学校向南走半英里才能到达一段相对稳固的峭壁,可以支撑几级带栏杆的摇摇晃晃的木头台阶。过了峭壁就是黑压压的巴拉德斯梅尔废墟了,它被大树包围着,和海之间仅隔着一段很窄的沙堤。有时候我走到水塘边,然后再往回走,但那天我走下台阶到了海滩上,然后开始向北走。

下了一夜的雨，空气清新。天很蓝，有白云掠过，潮水涨得很高。我绕过一个海角，看到荒凉的海滩在我面前伸展，路脊上铺着圆石，长满杂草的防波堤一直延伸到海里。我看到前方约三十码的地方，有一捆黑色的东西待在峭壁底下。我赶紧走上去，发现那是一件折叠整齐的黑色法衣，旁边是一件棕色斗篷，同样也整齐地叠着。离此几步路远的峭壁曾经坍塌过，一簇簇草和石头散落在坚硬的沙子上。我立刻知道发生了什么。我想我有点想哭，然后我就开始挖开沙子，我知道一定有人被埋在下面，只是不知道究竟在哪儿。我还记得沙砾在我手指甲下面的感觉，挖掘进展很慢，我发怒似的将沙子扬得很高，它们刺痛了我的脸和眼睛。然后我看到了一个约三十码长、顶端锋利的木棍，我把它拿过来用它继续往深处探。几分钟后，它触到了一个软绵绵的东西，我跪下来，又开始用手挖。然后我看到了刚才木棍碰到的东西，那是被沙子包裹的、盖着淡褐色灯芯绒的臀部。

无法再继续下去了。我的心在狂跳，再也没有任何力气，并且有一种侮辱了这个躺在这里的人的感觉。这两个暴露的小土丘上一定发生过什么非常荒谬和粗鲁的事情。他一定已经死了，我的激动和慌张都不重要，重要的是我没能救他。现在，即使我有力气，也无法一个人继续一点一点地把他挖出来。我必须找人帮忙，告诉大家这里发生了什么。我忽然想到其实可以知道这是谁的尸体，所有神学院学生的黑色斗篷上都有姓名标签。我把长袍的领子翻过来查看那个名字。

我记得我跌跌撞撞地沿着沙滩、踩着小圆石路中间的坚硬沙子往回走，不知怎么拖着自己从台阶爬到了悬崖上。我开始沿着悬崖边的路往学校跑。半英里的路好像长得没有尽头，向前迈出的每一步都很痛苦，远处的教堂似乎都在向后退。我的心跳得很厉害，全身像散了一样。这时，我听到汽车的声音，回过头看到一辆车在入口处掉头沿着悬崖边的土路向我这边开过来。我站在路的中间挥动手臂，车慢慢停下，是格列高利先生。

我不记得我是如何告诉他这个消息的。我只记得自己呆呆地站在那里，全身都是又硬又冷的沙粒，头发在风中飘动着，双手比画着海的方向。他什么也没有说，默默地把车门打开让我上去。我以为我们应该开车去学院，但他掉转车头，一直开到通往沙滩的台阶前。我想他也许是不相信我，要亲自去看一看再找人来帮忙。我不记得我们是怎样走回那里的，最后一个清楚的画面是我们一起站在罗纳德的尸体旁边。格列高利先生还是没有说话，跪在沙子上开始用手挖。他那天戴了一双皮手套，这让他挖起来比较容易。我们都默不作声地挖着，发狂一样地掀动着沙子，直到看见尸体的上半身。

在灯芯绒裤子的上面，罗纳德只穿了一件灰色衬衫。我们把他头的后部挖出来，就像挖出一只动物——一只死了的狗或猫。埋得比较深的沙子很潮湿，他稻草色的头发和沙子黏在一起。我试图把那些沙子拂掉，但手掌感觉又冷又不舒服。

格列高利先生厉声说道："不要动他！"我迅速地把手缩回来，好像被烫着了一样。然后他很平静地说："我们现在最好不要动他，让他保持我们发现时的原样。他是谁已经很清楚了。"

我知道他已经死了，但我觉得不管怎样我们都应该把他翻过来。我甚至荒唐地想，也许我们可以给他做口对口的人工呼吸。我知道这很不理智，但还是觉得应该做点什么。格列高利摘下左手上的手套，把两个手指放在罗纳德的脖子上，然后说："他已经死了，显然是死了，我们什么也做不了了。"

我们沉默了一会儿，分别跪在他身体的两侧，看起来是在为他祈祷。我想为他念祷词，但又找不到合适的字眼。太阳出来了，让眼前的景象忽然变得有些不真实，就像我们两个在强烈的光线下被拍照一样。一切都明亮起来。罗纳德头发上的沙粒变成一点点闪烁的光斑。

格列高利先生说："我们必须寻求帮助，给警察打电话。你是否介意留在这里？我很快回来。或者你也可以跟我一起走，但我觉得留下一个人会比较好。"

我说："你去吧。你开车会快一点。我不介意在这里等。"

我看着他沿着沙滩快速向水塘方向走去，走过海角，最后消失在视线里。一分钟后，我听到他的车朝学校开去的声音。我顺着沙子滑到离尸体不远的地方，坐在小圆石上，不断移动着身体想让自己更舒服一点，同时用脚后跟在沙子上蹭着。因为昨晚的雨，表层下面的圆石还没有干，又冷又湿，渗透了我的棉质长裤。我双手抱膝坐在那里，望着海的方向。

坐在那里的时候，我想起了迈克，这是我几年来第一次想起他。他骑摩托车时滑出路面，撞在树上摔死了。那时候我们度完蜜月还不到两个星期，我们相识还不到一年。对他的死，我的感觉是震惊、难以置信，而不是悲伤。我那时候以为自己很悲伤，可现在我才更了解什么是悲伤。我和迈克在一起，但我并不爱他。爱的感觉来自两个人共同生活、相互关心，但是我们从来没有时间那样做。他死了以后我才知道我是玛格丽特·门罗，一个寡妇，但我觉得我仍然是玛格丽特·帕克，一个未婚的二十一岁女子，一名称职的护士。发现自己怀孕的感觉太不真实了。这个孩子的到来好像与迈克以及我们在一起的那段很短的日子没有任何关系，甚至与我也没有什么关系。那种相连的感觉是后来才有的，也许正因为如此，那感觉才特别强烈。查理死的时候我为他们两个感到悲伤，但我还是不太记得迈克的脸。

我知道罗纳德的尸体就在我的身后，但不坐在他这一侧我会舒服一些。有人觉得在死者身边看着他们是一种陪伴，可我不这样想。至少在罗纳德身边，我不这样觉得。我就是感觉非常伤心，并不只因为这个可怜的男孩，甚至是为了迈克、查理，还有我自己。那是一种无所不在的、深深的悲哀，渗透在吹拂着我面颊的清新的海风中，在天空中缓缓滑过的白云里，还有这大海的深处。我想起了在这片海滩上生活和死去的人，还有那些被海啸埋在一英里外教堂墓地下面的尸骨，他们活着的时候对他们自己和关爱他们的人是有意义的。现在他们死了，一切看起来就像他们从来不曾存在过一样。一百年后没有人会记得迈克、查理，还有我，我们的存在就像一粒沙子那样微不足道。我感觉很空虚，甚至连悲哀也没了。凝望大海，我觉得其实什么都不重要，我们拥有的就是当下的时光，去忍耐它或是去享受它。我感觉到了平和与宁静。

我坐在那里进入了某种恍惚的状态，没意识到有三个人走了过来。听到圆石嘎吱作响时，他们差不多已经到我面前。塞巴斯蒂安牧师和格列高利先生肩并肩地跋涉过来。塞巴斯蒂安牧师在风中把他的黑色长袍紧紧地裹着。他们都低着头，坚定地向前走着，就像在游行一样。马丁牧师稍稍落在后面，艰难地在圆石上走着。我记得我那时在想，那两个人走在前面不等他一下实在是在很不应该。

我意识到自己还坐着，觉得很尴尬，赶忙站起来。塞巴斯蒂安牧师说："你还好吗，玛格丽特？"

我说："是的，牧师。"他们三个人走向尸体的时候我站在一边。

塞巴斯蒂安牧师在胸前画了一个十字，然后说："这是一场灾难。"

即使在那个时候我也觉得这个词用得不太恰当，我知道这个时候他想到的不仅是罗纳德·特里夫斯，而是整个学院。

他弯下腰把手放在罗纳德的脖子后面，格列高利非常坚决地说："他确实死了，不要再打扰他了。"

马丁牧师站在稍远一点的地方。我看到他在喃喃自语，我想是在祈祷。

塞巴斯蒂安牧师说："格列高利，你可不可以回到学校去看看警察来了没有，我和马丁牧师在这里等。玛格丽特最好和你一道回去。这对她来说已经是很大的打击了。把她带到皮尔比姆夫人那里去，解释一下发生了的事，皮尔比姆夫人会给她准备些热茶，照顾她休息。让他们什么都不要说，等我回学校再宣布这件事。如果警察想和玛格丽特谈话的话，让他们等一会儿。"

真是很滑稽，我记得当时有点愤怒，他跟格列高利先生说话时，就像我根本不存在一样。况且，我并不想去鲁比·皮尔比姆那里。我其实挺喜欢鲁比，她总是设法在不打扰别人的情况下表示出善意。可是现在我只想回家。

塞巴斯蒂安牧师走上来把手放在我肩上。他说："你很勇敢，玛格丽特,谢谢你。现在跟格列高利先生回去,我一会儿去看你。我和马丁牧师在这里守着罗纳德。"

这是他第一次提起这个男孩的名字。

上了车,格列高利先生沉默了几分钟,然后说:"他死得很奇怪。我想知道法医或者警察会怎么解释。"

我说:"可以肯定这是个意外。"

"非常奇怪的事故,你不这样想吗?"我没有回答。他说:"这不是你第一次见到死去的人,当然,你可能已经习惯了看到死亡。"

"我是一名护士,格列高利先生。"

我想起我第一次见到尸体的情景。那是很多年以前的事了,当时我还是一名实习护士,第一次要把尸体推出去。那时候做护士跟现在有很大不同。我们悄悄地把死人推出去,轻手轻脚,满怀敬意。我的第一个护士长常常在我们行动之前祈祷。她说这是我们能够为患者做的最后一件事。但是我不想跟格列高利先生说这些。

他说:"每看到一具尸体,任何尸体,都能让我感到一种安慰——此刻我们活着,但我们终会像其他动物一样死去。死去是一种解脱。我不能想象有什么比永生更可怕了。"

我还是没有回答,并不是我不喜欢他,我们少有接触。鲁比·皮尔比姆每周帮他打扫一次房间,洗衣服。这是他们私下约定的。但我和他从没有闲聊过,现在也没有这个心情。

车向西开,穿过双塔来到院子里。他松开自己的安全带,又帮我解开我的。他说:"我陪你去皮尔比姆的住处,也许她不在。如果不在的话你就到我的住处去,我想我们都需要喝点东西。"

她在家,我很高兴。格列高利先生简单地跟她说明情况,然后说:"塞巴斯蒂安牧师和马丁牧师在现场,警察马上就会来。在塞巴斯蒂安牧师回来前,请不要跟其他任何人说。他会向全校宣布这件事。"

他走了以后,鲁比泡了茶,又热又浓,很舒服。她和我说了很多话,但我不记得她说了什么,比画了什么。我没有说什么,她也没希望我说更多。她就像在照顾一个病人,让我坐在壁炉前一个很舒服的椅子上。担心我受惊后会觉得冷。她把两个电暖器都打开,然后又拉好了窗帘,为了让我像她说的那样"好好地休息一下"。

大约一个小时以后,警察来了。他是一位年轻的、说话带苏格兰口音的警员,很和善、很耐心。我平静地回答了他的问题。其实也没什么可说的。他问我是否很了解罗纳德、我最后一次见到他的时间,还有他最近是否情绪低落。我说我昨天晚上碰到过他,当时他正在往格列高利先生的木屋走,我想他是去请教希腊文。学期才刚刚开始,我只见过他这一次。我感觉这位警员——我想他的名字是琼斯或者埃文斯——反正是一个威尔士名字,他好像觉得不应该问我罗纳德最近是否表现得情绪低落。总之,他说一切都很清楚明确了,然后又问了鲁比同样的问题,接着就走了。

五点钟晚祷集合的时候,塞巴斯蒂安牧师向全校宣布了罗纳德的死讯。大部分学生都已经猜到可能发生了悲剧。警车和运送尸体的车来的时候大家都看到了。我没有去图书馆,所以没有听到塞巴斯蒂安牧师说了些什么。我只想一个人待着。晚上,高年级的学生拉斐尔·阿巴斯诺特带给我一小罐非洲紫罗兰,表达所有学生对我的问候。肯定是他们中的谁开车去帕克菲尔德或者洛斯托夫特买来的。拉斐尔送来的时候弯下腰亲吻了我的面颊。他说:"我很难过,玛格丽特。"人们在这种时候是会说类似这样的话,但是他这句话听起来不太寻常,他像是在道歉。

两天后我开始做噩梦。我以前从不做噩梦,甚至在我做实习护士第一次碰到死亡的时候也没有过。那些梦太可怕了。现在我害怕入睡,每天坐在电视机前到深夜,直到疲劳得不得不上床去。而且梦总是相同的——罗纳德·特里夫斯站在床前,他没有穿衣服,全身沾满了沙子,头发上、脸上也都是,只有眼睛露在外面责备地盯着我,好像是在问我为什么没有能够救他。我知道其实我什么都做不了。我知道我发现他之前他已经死了很久。但他还是夜复一夜地出现,充满控诉和指责地盯着我,潮湿的沙子一片片从他苍白、胖墩墩的脸上落下。

也许现在我将这个故事写下来，他便可以让我得到永远的安宁了。我想我不是一个喜欢随意想象的女人，但关于他的死，的确有些奇怪的地方，有些我应该记得的、但却记不起来。它们告诉我罗纳德·特里夫斯的死并不是一个结束，而是一个开始。

2

达格利什的电话在十点四十分响起来，当时他刚结束了和社区关系部门的会议回到他的办公室。这种会议总是比预定的时间长，现在距离他去下议院见内务办公室主任只有五十分钟了。达格利什原计划用这段时间喝杯咖啡，打两个电话。但他还没来得及走到办公桌前，秘书就把头探了进来。

"哈克尼斯先生希望您出发前去见他一下，阿尔弗雷德·特里夫斯爵士在他那儿。"

会是什么事呢？当然是阿尔弗雷德爵士有事相求了，来找伦敦警察厅高级官员的人通常都有事，而且阿尔弗雷德爵士总能得到他想要的。你不可能经营着生意兴隆的跨国公司而不懂得如何巧妙地控制缠绕在各种大小事务上的错综复杂的权力。达格利什久仰他的大名——你不可能生活在二十一世纪而不知道阿尔弗雷德爵士，一个公平的、甚至是慷慨的、有很多能干职员的雇主；一个用信托基金提供帮助的、大方的慈善事业支持者；一个受人尊重的二十世纪欧洲艺术收藏家。

当然，这一切都可以被那些有偏见的人演绎成一个不能接受失败的、冷酷无情的人，一个尽人皆知的各种时髦玩意儿的支持者，一个放长线钓大鱼的投资者。甚至他为人粗鲁的名声也是模棱两可的。这些根本无法分辨，而且好名声总会被坏名声拖累，所以他令人景仰的好名声也仅仅是他还算诚实和公平。

达格利什坐电梯到了七楼，心里并没有期待有什么愉快的事，只是非常好奇。至少这次会面时间不会太长，他必须在十一点十五分离开，走半英里去内务办公室。要说优先顺序，内务办公室比阿尔弗雷德·特里夫斯爵士更重要。

警察厅厅长助理和阿尔弗雷德爵士正站在哈克尼斯的办公桌旁边。达格利什走进来时，他们都转过头来面对着他。就像那些总在大众传媒上出现的人一样，特里夫斯给人的第一印象是让人困惑。他本人比电视上看起来矮胖壮实，没有那么棱角分明和英俊，面部轮廓也没有那么明晰，但是那种拥有暗藏权力的表情，和对权力确定无疑的自我陶醉却更加清楚了。他喜欢把自己打扮得像个有钱的农场主，只有在最正式的场合才穿剪裁考究的花呢西服。他这个人的确有一些乡下人的特征：宽阔的肩膀，两颊和突出的鼻子都泛着油光，没有理发师能让他乱糟糟的头发保持平整。他头发的颜色很深，几乎是黑的，只有一缕银白色的从额头中间梳到后面。如果他是一个更加注重外貌的人，达格利什会猜想那缕银发是染过的。

达格利什进来以后，特里夫斯的眼睛从浓密的眉毛下面直直地瞟过来，显然是在打量他。

哈克尼斯说："我想你们认识。"

他们握了握手。阿尔弗雷德爵士的手凉而有力，但他立刻就把手收回了，似乎要强调握手只是一种形式。他说："我们见过。在八十年代末内务办公室的一个会议上，是吧？关于城区政策的会议。我不知道为什么掺和进去了。"

"你们公司为旧城区发起的一项计划给予慷慨的捐赠。我想你会有满足感，因为这笔钱花得值。"

"我敢说不可能。年轻人想要的是值得早起的高薪工作，而不是为不存在的工作接受培训。"

达格利什想起来了，那是一次普通的安排有序的公关活动。没有几个在场的高级官员或者部长期望会议能有什么结果，确实也没有什么结果。他记得特里夫斯问了一些相关的问题，并对得到的答案表示了疑问，最后在部长的总结讲话前就离开了。他究竟为什么要去，为什么要捐款呢？也许也是一种公关行为吧。

哈克尼斯做了一个模糊的手势，指向窗前的黑色转椅，嘴里咕哝了几句关于咖啡之类的话。

特里夫斯简略地回答道："多谢，我不需要。"他的语调像是他被邀请喝一种很古怪的、完全不适合在上午十点四十五分喝的饮料。

他们分头坐下，谨慎中似乎带着些许不祥的预兆，像是三个黑帮大佬坐在一起敲定各自的势力范围。特里夫斯看了一下手表，毫无疑问，时间完全在他的掌握之中。他就自己的方便选择了来访的时间，没有预先通知，也没有人知道他此行的目的。当然，所有这些都将他置于有利的地位。他有把握这里管事的官员会随时为他抽出时间，他的确没想错。

特里夫斯开始说话了。"我的大儿子，罗纳德，就是我在路边捡到并收养的孩子，十天前死在萨福克的一个悬崖边，其实'沙崖'才是更确切的描述，洛斯托夫特南边的峭壁自从十七世纪以来就不断地被海水侵蚀。他是窒息而死的。罗纳德在巴拉德斯梅尔的圣安塞尔斯神学院读书。这是一所专门培养盎格鲁牧师的学院，制度严格。"他转向达格利什，"你知道这些的，对不对？你父亲不就是牧师吗？"

他怎么会知道？达格利什暗自思量。一定是他有所耳闻，因而在来之前命令手下人查过。他是一个精明的人，在与人打交道之前总是尽可能地摸清对方的底细。如果能够发现对方的弱点，自是求之不得；如果没有找到弱点，即便发现些个人细节，只要对方不知道他已知晓，都会令他感到满意并觉得有助于增加他谈话的分量。

达格利什说："是，他是诺福克教区的牧师。"

哈克尼斯问道:"您儿子将来是要做牧师吗?"

"我不知道以圣安塞尔斯神学院教他的那些东西,还能让他找到什么其他工作。"特里夫斯回答道。

达格利什说:"报纸的信息版是提到了这一死讯,但我不记得读到过关于死因的调查。"

"你不会读到的。事情被处理得很低调,死因是意外死亡。这本应该被判死因不明。当时校长和那些教士们坐在那里,像是一排穿着黑袍的义务警员。如果不是这样,探员很可能会有勇气给出一个更为恰当的死亡原因。"

"您当时在场吗,阿尔弗雷德爵士?"

"不在。我派了人去,我当时在中国,在北京洽谈一个复杂的合同,为了葬礼才赶回来的。我把尸体带回伦敦火化。他们在圣安塞尔斯办了个什么追悼仪式——他们叫安魂弥撒,但我妻子和我都没有参加。那儿不是个让人感觉像家的地方。调查一结束,我便安排我的专职司机和另外一个司机去收回罗纳德的保时捷汽车。院方把他的衣服、钱包和手表也交给了我的司机。诺里斯把包裹带了回来。里面的东西不多——那儿鼓励学生只带必需的衣服——一件套装,两条牛仔裤和一些普通的衬衣、套头衫、鞋,以及那里的学生必须穿的黑色教士长衫。当然,他还有些书,但我已告知学校可以捐给图书馆。真是令人不可思议,这么快就可以将一个生命彻底冲刷干净。可就在两天前,我收到了这个。"

他不慌不忙地掏出钱包,取出一张纸条递给达格利什。达格利什扫了一眼,递给了副厅长。哈克尼斯大声地读了出来。

"'为什么您不去追问您儿子的死因?没有人相信那是一个意外。那些教士为了保持他们的好名声,把一切都掩盖起来。太多见不得阳光的事情发生在这所学院里,您会让他们就这样得以逃脱吗?'"

特里夫斯说:"对我来说,这简直是一张谋杀指控书。"

哈克尼斯把纸条交给达格利什,说道:"可是一没证据,二没动机,三没嫌疑人,难道这不更像是一个捣蛋鬼的恶作剧吗?一个存心想抹黑学院的家伙。"

达格利什把那张纸条递还给特里夫斯，但他不耐烦地挥挥手表示拒绝。

特里夫斯说："显然那是多种可能性中的一种，我想你不会把它排除。我个人有一个更加严肃的看法。这显然是用电脑制作的，所以根本不可能像犯罪小说里那样，让警察通过手写或打字的破绽找到证据。你不用费事去检测指纹了，我已经找人测过了——当然是秘密进行的——没有结果，我也没指望会有。我敢说写信者受过很好的教育，他或者她使用标点符号正确无误。在这个缺乏教育的年代，我认为这个写信者是一个中年人，而不是年轻人。"

达格利什说："而且信写得让您想要采取行动。"

"你为什么这么说呢？"

"爵士，您已经到这儿来了，不是吗？"

哈克尼斯问道："你说你的儿子是被收养的，他的背景是怎样的？"

"他没有什么背景。他出生的时候，他的妈妈十四岁，他的爸爸比她大一岁。他的母亲是靠着韦斯特维高架下通道里的一个水泥柱怀上他的。他是白种人，健康，而且刚出生，是抱养市场上的抢手货。简单地说，我们很幸运地收养了他。为什么问这个问题？"

"你说你认为这封信是一种对谋杀的指控。我在考虑谁——如果有人的话——会从他的死亡中受益呢？"

"有人死就会有人受益。这个案子中唯一的受益人是我的二儿子，马库斯。现在他三十岁时将得到的信托基金增加了，而且他最终将得到的遗产也会比以前多。但因为案发时他正在学校，我们可以排除他。"

"罗纳德有没有写过信给你，或者跟你说起他情绪低落或不高兴？"

"没有，但我可能是他吐露心事的最后一个人选。我认为我们彼此不能相互理解。我不是来这儿被审讯或是参与你们的调查的。我已经告诉你们我所知道的那一点信息，我想要你们从这儿接手。"

哈克尼斯瞟了达格利什一眼，然后说："当然，这是萨福克警察局的工作。他们工作很有效率。"

"我毫不怀疑这一点。他们被皇家保安部队检察官评定为有效率的警察局。他们参与了刚开始的调查，但我想要你们接手这个案子。更准确地说，我想要达格利什警长接手。"

警察厅厅长助理看了看达格利什，刚想发表异议，但随即又改变了主意。

达格利什说："下周起我要休假几天，准备去萨福克待大约一周。我知道圣安塞尔斯。我可以去和当地警察局还有学校的人聊一聊，初步看看是否有必要继续调查。但现在初步调查已经结案，你儿子的遗体已经火化，不太可能会有新发现。"

哈克尼斯斟酌了一下说："不太寻常。"

特里夫斯站了起来。"可能不同寻常，但我认为完全有道理。我希望小心行事，所以我不打算回去找当地的警察。我儿子死讯传来时，当地报纸已经够小题大做的了。我不想让小报的头条新闻暗示他的死有神秘之处。"

哈克尼斯说："但您认为有，是吗？"

"当然。罗纳德的死要么是事故，要么是自杀，要么是他杀。第一种假设是不可能的，第二种是让人无法理解的，最后只剩下第三种。当然你得出结论后，会和我联系的。"

哈克尼斯问话时，特里夫斯正从他的椅子上站起来。"阿尔弗雷德爵士，您满意您儿子选择的事业吗？"哈克尼斯停顿了一下，然后接着说，"或者叫工作、职业，随便您怎么叫。"

很显然他没想让被问者高兴，因为他问话的口气中带有一种让人不安的圆滑和质问。结果确实如此。阿尔弗雷德爵士的声音很平静，但毫无疑问有警告的意思。"你这样问到底是什么意思？"

哈克尼斯并没有意识到受到了威胁，"我是想您的儿子是不是有什么想法，比如说，某种担忧？"

阿尔弗雷德不慌不忙地看了一眼手表。他说："你认为是自杀。我想说清楚一点：不要那样想。他见了什么鬼会杀了自己？他得到了他想要的一切。"

达格利什平静地说:"但如果这些不是您想要的呢?"

"那些当然不是我想要的!一份没有前途的工作,如果现在的萧条持续下去,圣公会在二十年之内就会过时,或者成为一个保持迷信思想和古旧教堂的古怪派别——如果国家不把他们接管过去作为纪念馆的话。人们可能需要信仰的幻觉。当然,总的来说他们相信上帝,不接受死亡就是永久消逝的观点。但他们已经不再相信天堂也不再害怕地狱,他们开始不再去教堂了。罗纳德受过良好的教育、勤奋又有很好的机会。他不是傻瓜,他可能已经对自己的未来有所打算。他知道我怎么想,所以对我闭口不谈他的想法。他也当然不想把头埋在一吨重的沙子底下来跟我较劲。"

他站起来简单地跟哈克尼斯和达格利什点了点头。会面到此结束。达格利什和他一起乘电梯下楼,然后一起走向他的梅塞德斯车。车子缓缓滑行,正好在他们面前停住,就像他期望的那样,时间非常精准。

达格利什已经转过身去,阿尔弗雷德爵士霸道地叫住了他。

爵士把头挤出车窗,说:"我猜你一定想到了,罗纳德有可能是在其他地方被杀后再被挪到沙滩上去的吗?"

"你可以这样想,阿尔弗雷德爵士,萨福克警方也应该这样想过。"

"我不像你这么有信心。不管怎么样,你得留意一下。"

他没有让司机开车,车子熄了火停在那里,像一具停在轮子上面的毫无表情的雕塑。这时他似乎一时冲动地开口说道:"现在有件事让我很好奇,事实上,是我在教堂的时候想到的——我时不时到那里去一下。我想有空的时候我应该继续去参加城市年度礼拜,是有关《信经》[①]的。"

达格利什努力掩饰自己的吃惊。他大胆地问:"是哪一部,阿尔弗雷德爵士?"

"不是仅有一部吗?"

"事实上是三部。"

---

①《信经》(英语是 Creed 或 Articles of Faith),源自拉丁文(Credo)即"我信",意思是基督教徒宣认相信教会所认可的最基本信仰,是传统基督教的权威性基本信仰纲要。

"上帝啊，太好了！好，任何一部，我想它们基本上是一样的。它们是如何起源的呢？我的意思是，是谁写下了它们？"

达格利什非常好奇，想弄清楚阿尔弗雷德爵士是否曾经跟他儿子讨论过这个问题，但是审慎地没有表露出来，他说："对您而言，神学家比我更有帮助，阿尔弗雷德爵士。"

"你是牧师的儿子，不是吗？我想你知道这些，我没有时间到处去问。"

达格利什的思绪转到他父亲在诺福克教区时所做的研究上，想起那些他学到的或是在浏览父亲藏书时看到的东西——他现在已经很少提起这些词汇，但自童年起它们就烙在他的脑海中。他说："《尼西亚信经》是在四世纪尼西亚公会议①上确立的。"那个时间神秘莫测地出现在他的脑海里，"我想是三二五年。君士坦丁大帝召开会议规范基督教教义，协调同阿里乌派②异教的关系。"

"为什么圣公会没有将它及时更新？我们无法参照四世纪的历史去增进我们对医疗、科学和宇宙的了解，我也不会参照四世纪的做法去经营我的公司。为什么我们需要参照三二五年的事去了解上帝？"

达格利什说："您希望有二十一世纪的信经？"他想知道阿尔弗雷德爵士为什么想到要写一部新的信经，但他并没有直接问，而是说，"我怀疑是否还会有什么新的教会会议能让分裂的基督教世界达成共识。圣公会无疑相信尼西亚的主教们具有神赋的力量。"

"教会会议都是由人组织的，不是吗？那些有权力的人。他们把自己的私利、偏见和敌意也带到信经里来。这基本上就是关乎权力的问题，谁取得了权力，谁就可以超越它。你做过很多委员会的成员了，你知道他们是如何工作的。你难道觉得他们具有神赋的力量？"

达格利什说："我们得承认，那不是内务办公室之类的组织。"他又说，"您是想写信给主教吗，还是要写给教皇？"

---

①公元三二五年，罗马皇帝君士坦丁一世在小亚细亚北部的尼西亚召开的世界性主教会议，此会议上通过的《尼西亚信经》为后世大多数教会所公认和接受。
②公元四世纪以基督教异端派神学家阿里乌为代表的异教派。

阿尔弗雷德爵士用怀疑的眼光扫了他一眼，显然是在琢磨如果受到嘲弄的话，他应该佯装不知还是还以颜色。他说："总之这太麻烦了，有点超出我的理解范围。但这挺有趣，发生在那些人身上是可以想象的。你要告诉我圣安塞尔斯的事进展得怎样了。接下来的十天我要出门，但这事不着急。如果孩子是被谋杀的，我要知道该怎么做。如果他是自杀的，那就是他自己的事情了，但是我也希望知道实情。"

他点了点头，突然缩回到车窗里，对司机说："好了，诺里斯，现在回办公室。"

车子缓缓启动，达格利什盯着它离去，过了好一会儿才离开。跟阿尔弗雷德打交道，你看到的就是你能知道的全部。可这样的评价是否太草率了呢？这个人比表面复杂得多，他既天真又狡诈，既傲慢自大又有与他这个年龄不相符的好奇心。他在一个问题上挑起事端，又立刻会因为自命不凡而摆架子。但是达格利什还是感到很困惑。对罗纳德·特里夫斯的死因判断，即使不算令人吃惊，也未免草率。难道除了父子关系之外，还有什么更吸引人的原因，让他如此地坚持对此事进行进一步的调查？

他回到七层。哈克尼斯正盯着窗外看，说话时并没有转过身来："一个不寻常的人，他又说了些什么吗？"

"他说他要重写《尼西亚信经》。"

"真是个荒唐的想法。"

"比起他所做的其他事情来，也许这件事的伤害还小些。"

"我认为重新调查他儿子的死因是在浪费一名高级警员的时间。不过既然他不想做罢，是你去向萨福克警方通告，还是我去？"

"尽量低调一些吧。彼得·杰克逊去年刚调到那里去做行政人员，我会跟他打个招呼，而且我也知道圣安塞尔斯的一些事。我小时候在那里过了三个夏天。也许那里的熟人都不在了，但他们应该不会觉得我的到来有什么不对劲。"

"你这样想吗？他们的确是离群索居，但是我不相信他们有那么傻。一位来自伦敦的警长对一个学生的死因感兴趣？当然，我们也没什么别的选择，特里夫斯不会让这件事就这么过去的，而我们没法派人去调查别人管辖区域的案子。但如果这孩子的死因确有蹊跷，萨福克就必须接手这个案子。不管特里夫斯是否愿意，他也必须放弃秘密调查这个案子的想法。如果是谋杀的话，我得把丑话说在前头，这事只要一公开大家就扯平了，哪怕是特里夫斯也无法按照他的意愿随意操纵。这很奇怪，不是吗？我的意思是，他来打扰我们这事很奇怪，凭空把事情私人化了。如果他不想让媒体知道这件事，为什么又要重新翻腾出来？他为什么把那封信看得那么重要？他一定在某种程度上相信了那疯子的话。你只能祈求他能把这件事还有那些垃圾信息一起忘掉。"

达格利什沉默了。无论发信者的动机是什么，他觉得这个信息并不像是一个神经错乱的人发出的。哈克尼斯走到窗前站住，抱起双臂，向窗外张望，那些熟悉的楼群和教堂的尖顶好像忽然变得异常陌生。

他望着窗外，对达格利什说道："他没有对那孩子的死感到惋惜，对吗？一直以来他应该过得很不容易——我是说，那个孩子。他是被收养的，可以想见那是因为特里夫斯和他夫人以为他们不会有孩子了，可之后她怀孕了并如愿生下了一个男孩，一个真正的继承人，一个有你自己血脉的孩子，而不是一个你在社会服务站领养的孩子。这并不奇怪。我知道这种情况，被领养的孩子常常觉得自己并不真的是家里人。"

他说这些话的时候尽量掩饰着自己的愤怒。又是一阵沉默，达格利什说："也许可以这样解释，他可能是出于内疚，那孩子活着的时候没能好好爱他，现在他死了，做父亲的甚至不能表示难过，因此希望对他的死至少能有个公正的说法。"

哈克尼斯忽然转过身来，略显唐突地说："公正对一个死去的人有什么用？最好在人活着的时候关心对他是否公正。但也许你是对的。不管怎么说，做你能做的吧。"八年来，他和达格利什一直很亲密，可刚才说话的口气听起来十分冷淡。

3

跟内务部秘书长的谈话纪要已经附上标签,放在他的办公桌上了。助理的工作总是这样高效。在把这些纸放到文件夹里走下电梯的时候,达格利什的思绪飞到了巴拉德斯梅尔那片暴露在风中的海滩。

他终于又有机会回去了。为什么,他为什么没有早点回去呢?他的姨妈住在英格兰的东部海岸——先是住在木屋里,后来又住在改建过的工具房里。他去看姨妈的时候顺路到圣安塞尔斯看一看其实很方便。是为了避免失望而本能地迟疑,还是知道随着时间的推移,回到自己深爱的地方会愈加忐忑不安?而现在回去,他已经是个陌生人了。上次去的时候马丁牧师还在那里任职,现在应该已经退休很久了,他有八十岁了。他能带回圣安塞尔斯的,只有没人能分享的记忆。就算是事出有因,他也会是作为不受欢迎的警员去重提那件让圣安塞尔斯的人感到沮丧和尴尬、希望彻底忘掉的事。但毕竟他要回去了,想到这里他忽然觉得高兴起来。

他一路走着,忘记了百老汇和议会广场之间那半英里路上坐落着的那些平淡乏味的政府建筑，思绪中出现了一幅宁静的、不那么狂乱的景象：悬崖上的沙砾被雨水溅在到处是凹痕的海滩上，橡木的防波堤经过几个世纪的海水浸泡已经损毁了一半，但还是屹立在那里阻挡海水的一次次进攻。那条一英里长的由沙砾铺成的路现在已经很靠近悬崖边缘了。圣安塞尔斯那两座破旧的都铎式塔楼的侧面和前庭相接，包铁的橡木门后面是巨大的砖石结构的维多利亚式主楼。精巧的回廊环绕着西侧庭院，北侧的回廊直通向中世纪的教堂。他看到了他们穿着晚祷时的白色法衣，还有棕色的精纺毛纱的带帽防风斗篷——去海边的时候他们都穿着它；他们现在应该正准备进行晚祷，按部就班地做好了准备，教堂里弥漫着香水的味道。他看到了圣坛，他做牧师的父亲都没想到那里有那么多的蜡烛；圣坛的上方是镶在画框里的韦登①的画《神圣家族》，它还会在那里吗？还有那份诡异的、被别人嫉妒垂涎的圣安塞尔莎草纸，还藏在学院里吗？

他只在学校里待过三个夏天。他父亲从一个条件艰苦的内陆城市教区被换来这里，至少是改变了环境。达格利什的父母一向不愿意假期还把他关在大城市里，他被邀请去教区长的管区，和新来的人住在一起。但听说卡斯伯特·辛普森教区长和太太有四个孩子，都不到八岁，其中包括一对七岁大的双胞胎，他就改变了主意。十四岁的他渴望在长假里有自己的空间。所以他接受了圣安塞尔斯院长的邀请，不过他有些不安，因为他知道妈妈以为他会愿意跟那对双胞胎待在一起，照顾他们。

那个时候学校里的人走了一半，只有少数外国学生选择留下来。这些学生和教士花了很多精力来安排他的起居，让他过得高兴。他们在教堂后面的一片精心修剪过的草坪上设了球门，还不辞辛苦地向他扔球。他记得这里的食物比学校里的好吃多了，事实上也比教区长辖区的好；他很喜欢自己的客房，虽然从那里看不到海；他最喜欢的就是一个人散步，朝南往池塘的方向走，或是朝北往洛斯托夫特的方向

---

①韦登（Rogier Van Der Weyden, 1399/1400—1464）。早期尼德兰画家，以宗教画著称。

走；他可以随意进出图书馆，那里很安静却没有压抑的气氛。在那里的每一天，他都有绝对的自主权。

第二次去那里的时候，是八月三号，当时塞迪已经在那里了。

马丁牧师说："米尔森夫人的孙女要来和她一起住。她和你年龄差不多，亚当，我想她可以和你做伴了。"米尔森夫人一直是那里的厨师，当时已经六十岁了，现在肯定早已退休了。

塞迪在某种意义上是一个伙伴。她是一个十四岁的瘦弱的小姑娘，栗色的头发从她窄窄的脸庞两边垂下来，小小的深灰色眼睛里还带着绿色，第一次见面的时候盯着他看，那目光里充满了幽怨。她似乎很喜欢和他一起散步，她很少说话，偶尔会捡起一块石头猛地掷向海里，或者突然头也不回地向前猛跑，然后转过身来等着他，就像一只小狗在追皮球。

他记得有一天暴风雨过后，天变得晴朗起来，但风还是很大，涌过来的大浪猛烈得像昨夜的暴风雨一样。他们在防波堤的遮蔽下肩并肩地坐在一起，你一口我一口地喝一瓶柠檬水。他给她写了一首诗，他记得那首诗不仅表达了他真实的感情，而且还模仿了艾略特——近来他最狂热的诗人。她看的时候眉头紧蹙着，小小的眼睛几乎已经看不见了。

"这是你写的？"

"是的，是写给你的，一首诗。"

"不，不是，这根本不押韵。我们班里叫比利·普赖斯的男孩写诗，那些诗都是押韵的。"

他很愤怒地说："这是不一样的。"

"不，不是。如果是诗的话，每句末尾的字一定要押韵。比利·普赖斯这么说的。"

后来他开始相信那个比利·普赖斯说的还是挺有道理的。他站起来，把那张纸撕碎了扔在沙滩上，看着下一波海浪涌上来把它们卷走，淹没。他煞费苦心地写了这首诗，因为写诗是表达情爱的最好方式。但塞迪是个头脑简单的女孩子，思维方式没有那么细致和深刻。她说：

"我打赌你不敢从防波堤的尽头跳下去。"

他想,比利·普赖斯肯定敢从防波堤上跳下去,而且还会写每一行都押韵的诗。他一句话没说,扯掉上衣,只穿着卡其布的短裤。他先设法在防波堤上保持平衡,停顿了一下,就踩在一片光滑的海藻上往防波堤的尽头走,然后头朝下跳入狂暴的海水中。水没有他想象得那么深,浮上来之前他已经感觉到手掌触到了水底的鹅卵石。即使在九月,北海的水也是冷的。被冷水激一下的感觉是短暂的,接下来的是恐惧。他感觉自己好像被一股无形的力量控制着,一双有力的手抓着他的肩膀,把他向后、向水的深处拖去。水花飞溅,他努力想挣脱。但海岸忽然被一堵墙一样高的水淹没了。浪在他头顶掀过,他拼命划向防波堤,但好像每秒钟都在向后退。

他可以看到塞迪在防波堤边沿上站着,挥舞着双臂,头发在风中飞舞。她在大声叫喊着什么,但是他什么也听不见,耳朵里面只有海浪的隆隆声响。他用尽全力,等着大浪把他推向前,然后拼命想抓住机会顺着海浪的推力向前游。待海浪后撤时,积蓄起全部的力量努力少退后几步。他告诉自己不要惊慌,节省体力,抓住每次机会,一步步艰难地向前。他终于到了,气喘吁吁地抓住了防波堤的边缘。之后他就筋疲力尽了,有好几分钟都动不了。是她把手伸下去拉他上来。

他们肩并肩地坐在山脊的圆石上,她默默地把衣服脱下来,帮他擦后背。擦干后,她还是没有说话,把他的衬衣递给他。他现在还记得见到她身体的情景——她小小的胸部,嫩嫩的粉红色的乳头,唤起了他的欲望,他觉得那是因为怜爱而产生的情绪。然后她说:"你想去池塘吗?我知道一个秘密的地方。"

池塘可能还在哪儿,那是一片很暗的水面,通过一条鹅卵石的堤坝与风高浪急的大海相隔。光滑的水面让人觉得湖底深不可测。除非遇到最恶劣的暴风,否则海里的咸水不会越过堤坝进入池塘。风化了的黑色树干立在潮汐的边缘,像记载那些早已逝去的文明的图腾柱。池塘以海鸟们出没闻名,那里还有观鸟的木屋藏在大树和矮木丛中间。但只有最有热情的观鸟人才会经过这段黑暗和险恶的路走过来。

塞迪的秘密地方是海和池塘之间的一小块平地，那里有一艘失事船舶的残骸，船体的一半扎进了沙子里。通过几级被损坏了的台阶可以走进船舱，在那里他们渡过了整个下午和接下来的几天。只有木板的缝隙里才能透出些光亮。他们笑着，看着自己身体上斑驳的影子，还有手指移动映出的线条。他看书、写字，或者安静地靠在被压弯了的船舱壁上；塞迪按照她自己的想法，用别人看起来古怪的方式有条不紊地做着家务。把她祖母准备的野餐精心地摆在光滑的石头上，在她宣布开饭的时候，把食物郑重地递给他吃。果酱瓶里装着池塘里的水，插上从悬崖裂缝里找到的芦苇、杂草还有不知名的、叶片肥厚而富有光泽的植物。他们一起寻找有洞的石头，她用细绳把它们串成链子，沿着船舱的墙面挂起来。

那个夏天以后很多年，那种混杂着海的气息的、腐烂的橡木散发的焦油的味道还会引起他关于性爱的刺激。他想着，塞迪现在在哪里？也许已经结婚，有了几个金色头发的小孩——如果他们的爸爸没有被淹死，或者没有触电而死，或者没有在塞迪起初的选择中被淘汰了的话。失事船舶的残骸已经找不到了。经过几十年的冲刷，这片海滩已经被大海侵蚀了。在最后一块船板被卷走之前很久，那根穿链子的绳子肯定被磨损而最终断掉了，那些小心收集的石头就会掉在船舱底部的沙子上。

4

十月十二日，星期四，玛格丽特·门罗写下了最后这篇日记：

回过头来看我刚开始写日记的时候写下的内容，很多都很愚蠢。我不知道为什么要保留它。罗纳德·特里夫斯死了以后，我日记中记录的都是些日常琐事，偶尔穿插点对天气的描写。安魂弥撒之后，大家似乎觉得这个悲剧已经彻底消失了，他也从未在这里出现过。没有学生再提起他，至少没有人再对我提起他，即使是在祈祷的时候。他的尸体再也没有回到过圣安塞尔斯，即使在做安魂弥撒的时候。阿尔弗雷德爵士想在伦敦安排火葬。应伦敦承办者的要求，约翰牧师把他的衣服整理好，阿尔弗雷德爵士派两个人开车来取走了那捆东西、开走了罗纳德的保时捷汽车。那些可怕的噩梦渐渐退去了，我不再满身大汗地醒来，想象着罗纳德全身被沙子覆盖，闭着眼睛摸索着向我逼近。

马丁牧师是对的。写下所有的细节对我有帮助，我要继续写下去。我发现我很期待晚饭后收拾好桌子,坐下来写日记的时刻。我没有任何天分,但我很享受使用语言——想想过去,从旁观者的角度审视那些发生在自己身上的事情,使它们能够让别人理解。

今天写下的这些不仅不是无趣的,而且是不同寻常的。和以往不同,昨天确实发生了一些重要的事情,我必须把它写下来使我的记录完整。但我也不确定到底该不该写。这毕竟不是我的秘密,即使除了我谁也不会读起这段文字,我也觉得把有些事写在纸上是不明智的。秘密没有被写出来的时候,它们很安全地锁在头脑中。把它们写下来就好像是泄露了,让它们像花粉一样在空气中传播,进入其他人的脑海。这听起来很荒唐,但也不全是胡思乱想。否则为什么我如此强烈地感觉到我应该停下来不要写了?但是连这么重要的事情我都不写,也就没有必要写日记了。而且这些文字不会被人读到,即使我把这本子放在一个没有锁的抽屉里。根本没有人到这里来,那些来的人无论如何也不会到处乱翻。但是也许我应该在保密方面做得更好。明天我要想想这件事,但是现在我要把我敢写的都写下来。

最奇怪的是,如果不是埃里克·瑟蒂斯送给我四根他自己种的青蒜,我本来根本不会想起这件事。他知道我喜欢晚餐的时候把青蒜加在干酪酱里吃,于是常常带些园子里种的蔬菜送给我们。我并不是唯一的受惠者:他也送到其他木屋去,包括那里的工人。他来以前我重新读了一遍我发现罗纳德尸体那天的日记,当我打开青蒜的包装时,海滩上的那幅场景在我脑海中鲜活起来。接着所有的事情都连到一起了。我忽然记起,所有的情景都像照片一样清晰,我回想起做的每一个手势,说的每个字,除了那些名字——我不确定我是不是认识他们。那是十二年以前的事情了,但现在回想起来就像是昨天一样。

吃过晚饭后我带着这些秘密睡了。今天早上我想我应该告诉关心这事的人。一旦这么做,接下来我就要保持沉默了。但首先我要弄清楚我的记忆是否正确。我打了电话,下午又去洛斯托夫特买东西。后来——就在两个小时以前——我说了我知道的，这实在并不关我的事，现在我没有什么可以做的了。还有，毕竟没有什么需要担心，这是让人放松的。我很高兴我说出来了。知道一些事情而不说出来，会让我觉得继续生活在这里很不舒服，会一直担心是否做错了。现在我不需要担心了。整件事真的很蹊跷，如果埃里克不来给我送青蒜的话，我也无法将这些事情联系起来。

这是筋疲力尽的一天，我很累，累得无法入睡。晚间新闻开始了，我想我会看看，然后睡觉。

她从桌上拿起笔记本放在衣柜的抽屉里，然后换上了比较舒服的、用来看电视的眼镜，打开电视机。她坐在高背的扶手椅里，遥控器放在椅子的扶手上。她有点耳聋了。在她调整音量以前，电视的声音大得惊人，《晚间新闻》的片头音乐已经到了尾声。她在椅子上昏昏欲睡，她想躺到床上，可这好像已是她力所不能及的了。

就在快要睡着的时候，她感觉到一股凉气——更多的是靠本能而不是听觉，有人进到房间来了。门上的插销被插上了。她把头从椅子侧面探去，她看到了来人，然后说："哦，原来是你。我想你看到我的灯还开着，一定会觉得很奇怪，我正想去睡呢。"

那人出现在扶手椅背后，她仰起头向上看，等着回音。接着那个人的双手伸下来，那是一双戴着黄色橡胶手套的有力的手。他堵住了她的鼻子和嘴，把她的头按在椅背上。

她知道死亡就要来临了。她并没有感觉到害怕，只是感到巨大的惊讶，然后无奈地接受。反抗是毫无意义的，她也没想反抗，只希望她可以尽快地没有痛苦地死去。她在人世最后的感受是冰凉的手套触在她的脸上的感觉和乳胶的味道。她的心脏停止了跳动，身体僵直了。

5

十月十七日，星期二，准确时间是九点五十五分，马丁牧师从他在学院南边塔楼上的小房间出来，走下旋转楼梯，沿着走廊到塞巴斯蒂安牧师的书房。过去的十五年里，每星期二上午十点都是常驻牧师开周会的时间。会上由塞巴斯蒂安牧师作报告，大家一起讨论问题和将会遇到的困难，确定下个星期天的圣餐会和本周内其他的礼拜活动，另外还会处理一些琐碎的杂事。

开完会后，学生的负责人会被召到塞巴斯蒂安牧师处私下会晤。他的任务是向牧师转达汇报学生们希望与校方沟通的观点，包括投诉和想法；传达教师们希望他传达给下面教士候选人的指示和信息，包括下一个星期礼拜仪式的详细情况。这就是学生参与的方式。圣安塞尔斯仍然坚守旧式的学生守则，学生和教师等级分明，而且双方都默认和遵守。除此之外，这里的管理宽松得令人吃惊，特别是关于星期天的请假制度，学生们星期五下午五点的晚祷以后便可以离开，只要星期天十点钟圣餐礼的时候回来就可以了。

塞巴斯蒂安牧师办公室的东面对着走廊，从两座都铎式塔楼之间可以一览无余地看到大海，没有任何遮挡。这间办公室显得有些过大，和他的前任马丁牧师一样，塞巴斯蒂安神父也拒绝用任何形式将办公室隔开。他的兼职秘书比阿特丽斯·拉姆齐小姐在隔壁办公。她星期三到星期五来上班，在这三天里做绝大部分秘书用五天做完的事情。她是一位中年女士，有那种让人看上去就会畏缩的正直和虔诚，马丁牧师经常担心她在场的时候万一自己放个响屁该有多尴尬。她是全力效忠塞巴斯蒂安牧师的，但是不带有任何感情色彩，也不会流露出一个老处女因为对单身牧师有好感而表现出的任何窘迫。实际上，她一心都在工作上，对男人不感兴趣。她只是尽职尽责地帮助牧师把工作做好。

除了面积大以外，塞巴斯蒂安牧师的办公室里还有两件阿巴斯诺特小姐赠送的很值钱的宝物——刻在炉壁上的圣安塞尔斯神学的箴言"信仰开启智慧"，以及壁炉上方挂着的巨幅的伯恩-琼斯[①]的画，画面上是一群头发飘逸、貌美无比的年轻女子在果园里玩耍。这幅画从前是挂在餐厅的，塞巴斯蒂安牧师没做任何解释就把它移到了自己的办公室。马丁牧师试图表达过他的疑虑，因为这种做法与其说是表达了院长对这幅画或者对艺术的欣赏，不如说他希望把学院里有特殊价值的东西拿来放在自己的眼皮底下，装饰自己的书房。

这个星期二的周会只有三个人参加：塞巴斯蒂安牧师，马丁牧师和佩里格林·格洛弗牧师。约翰·贝特顿告假去哈尔斯沃斯看牙科急诊了。佩里格林牧师——也是图书管理员——几分钟以后就会过来。他四十二岁，是这里最年轻的驻院牧师，但在马丁牧师看来他几乎是最老的。他的脸肉墩墩的，皮肤松弛，一副大的圆形角质架眼镜让他看起来像只猫头鹰。浓密的黑头发边缘被剪得齐齐的，再剃短一点就是中世纪修道士的发式了。这张松松垮垮的脸会给人留下错误的印象，以为他没那么强壮。马丁牧师常常在大家脱掉衣服游泳的时候，

[①] 伯恩-琼斯（Edward Burne-Jones, 1833—1898），英国画家，新拉斐尔前派。

惊讶于他身上结实的肌肉。马丁牧师只在最热的时候才游泳，在浅水里还会紧张得瞎扑腾，而佩里格林牧师圆滑的身体像海豚一样，跟着海浪的起伏前进，令人惊叹。在星期二的周会上，佩里格林牧师很少说话，即使说话的时候也大都是陈述某个事实而不是发表自己的见解，但他总是听着。他的学术造诣很高，在剑桥取得神学第一名并成为圣公会教士之前，他还获得了自然科学第一名。在圣安塞尔斯，他讲授教堂历史，有时候也讲些令人惊骇的科学探索和发现。他很注重保护隐私，他在主楼的后面、图书馆的旁边有一小间办公室；他不想离开这里，也许因为这个封闭的、恪守简朴的地方让他想到了他特别渴望得到的东西——一间修行室。这间办公室的隔壁就是杂物间，他唯一不满的就是学生们在晚上十点以后使用噪声很大的、有些陈旧的洗衣机。

马丁牧师将三把椅子在窗前排成一个半圆。他们站在那里，低头做日常的祈祷，塞巴斯蒂安牧师好像不能认同祈祷文中的第一个词"保佑"现在的普遍解释。"保佑我们，主，用你慈祥的关爱，一如既往地引导我们；我们做的所有事情都在你的注视下，从开始、继续到结束。我们会让你的圣明更加光辉，通过你的仁慈让我们得到永生，通过耶稣基督我们的主，阿门。"

他们在椅子上坐定，双手放在膝盖上，塞巴斯蒂安牧师开始发言了。

"今天我要说的第一件事很令人困扰。我接到了苏格兰场打来的电话。很显然阿尔弗雷德·特里夫斯爵士已经表达了对罗纳德死因结论的不满，他要求苏格兰场进行调查。亚当·达格利什警长星期五午饭之后会来这里。自然我已经承诺给予他充分的合作。"

大家听到这个消息后一片沉默。马丁牧师觉得胃里冰冷地抽搐了一下。他说："但尸体已经火化了，也经过了审判和裁决的程序。即使阿尔弗雷德爵士不认可，我也不知道警察来了还能做什么。而且为什么是苏格兰场？为什么是一名警长？这个安排好像很古怪。"

塞巴斯蒂安牧师薄薄的嘴唇间挤出一丝冷笑，"我们就当阿尔弗雷德爵士想找上面的人来重新调查——这种人都会这样做。他很难让萨福克的警察重启这个案子，因为对案子做最初调查的人正是他们。关于为什么选择达格利什警长，那是因为他要到这里来度假，另外对我们这儿也熟。苏格兰场可能想安抚阿尔弗雷德爵士，让他尽量少给他们自己和我们带来麻烦。警长提到你了，马丁牧师。"

马丁牧师心中交织着莫名的忧惧和喜悦，左右为难。他说："他有三个暑假是在这里过的，那时候我已经在这里当职了。他的父亲是诺福克的教区长，是哪个教区我忘了。亚当聪明、敏感，是个很开朗的男孩。当然，我不知道他现在是什么样子了。不过我很高兴能再次看到他。"

佩里格林牧师说："开朗和敏感的孩子通常会成长为不敏感和不爱说话的人。既然我们不能阻止他来，那么很高兴我们中的一个人能为他的到来感到愉快。我不觉得阿尔弗雷德爵士这样做能让他自己得到什么。如果警长得出结论认为罗纳德是死于严重的违规，那么将由当地警方重新接手这件事。用'邪恶的竞赛'①来表述谋杀是很奇怪的。'邪恶'这个词来自古英语，但为什么用跟体育运动相关的词来作比喻呢？人们肯定觉得用'邪恶的行为'或者'邪恶的事件'更合适。"

在座的牧师们都很熟悉佩里格林牧师的咬文嚼字，觉得对此作出评价没什么意义。马丁牧师想，大声地讲出谋杀这个词实在非同寻常。那场悲剧后，任何圣安塞尔斯的人都不会说这个词。塞巴斯蒂安牧师此时却好像没觉得有那么严重。

"认为罗纳德死于谋杀的想法当然是很荒谬的。如果有什么迹象表明他的死不是一个偶然事故，审讯的时候证据就已经被提出来了。"

不过，当然还有第三种可能，它存在于他们所有人的头脑中。关于意外死亡的判决让圣安塞尔斯多少得到些解脱。即使这样，他的死也在这里播下了灾难的种子。他不是唯一死去的人。马丁牧师想，也许，玛格丽特·门罗因心脏病发作也是死亡的阴影在作怪。她的死并不

---

①佩里格林牧师提到"违规"时用的是"foul play"，这个短语的字面意思即为"邪恶的竞赛"。

是意外：梅特卡夫医生已经提醒过，心脏病随时会把她带走。这也算是善终。她的尸体是鲁比·皮尔比姆在第二天早上发现的，平静地死在椅子上。现在，只过了五天，就已经好像她从来不曾是圣安塞尔斯的一分子了。没有人知道她还有个姐姐，是马丁牧师翻看档案的时候才发现的。她姐姐安排了葬礼，并用一辆货车来把她的家具和遗物带走了，她没有让学院参与葬礼的事。只有马丁牧师知道罗纳德的死对玛格丽特的影响有多大。有时候他想，她是唯一一为罗纳德感到悲伤的人。

塞巴斯蒂安牧师说："所有的客房这个周末都会被占满。除了达格利什警长外，埃玛·拉文汉姆按计划从剑桥来这里做为期三天的关于哲学诗的讲座。罗杰·耶伍德巡视员要从洛斯托夫特过来。他婚姻破裂，受了很严重的打击。他希望在这里待上一个星期。当然，他跟罗纳德·特里夫斯案件的调查没有任何关系。克里夫·斯坦纳德周末要再来继续他的关于早期牛津运动发起者世俗生活的研究。鉴于所有客房都用上了，他最好去彼得·巴克赫斯特的房间。梅特卡夫医生希望彼得继续留在隔离室里。在那儿他会觉得温暖和舒服一些。"

佩里格林牧师说："我不愿意斯坦纳德再回来。我希望再也不要见到他了。这个年轻人不太地道，装模作样地做研究也不令人信服。我想了解他对'哥汉姆①事件对早期牛津运动发起者对J.B.莫兹利②笃信的改变产生了何种影响'这一问题有什么看法，但他明显对我说的东西根本不懂。我觉得他出现在图书馆是一种打扰——我想，对学生们也是打扰。"

塞巴斯蒂安牧师说："他的祖父是圣安塞尔斯的律师和学院的捐赠人。我不想让他们家族的人觉得没有受到礼遇。但他这样想怎么样就怎么样还是不行的。一切都要以学校的工作优先。如果他再提要求，就见机行事。"

马丁牧师说："那第五位客人呢？"

塞巴斯蒂安牧师试图控制自己的声调，但好像并没有成功。"执事

---

① 哥汉姆（George Cornelius Gorham, 1787—1857），英国圣公会教士。
② 莫兹利（J.B. Mozley, 1813—1878），英国神学家。

长克拉普顿打电话来,说他星期六到这里一直待到星期天早餐后。"

马丁牧师快哭出来了:"但他是两个星期以前才走的!他难道是要定期来这里吗?"

"我也正在担心会这样。罗纳德·特里夫斯的死使关于圣安塞尔斯的未来的话题被重新提起。就像你们知道的那样,我的策略是避免争论,让我们能平静地工作,然后用我在教会的影响来防止学院被关闭。"

马丁牧师说:"现在还没有迹象表明学院会被关闭,除非教堂有政策,要把所有的神学培训集中在三个中心。如果这个决定被严格推行,圣安塞尔斯就会被关闭,但不是因为我们培训的质量和我们培养出的学生有什么问题。"

塞巴斯蒂安牧师显然有意不想回应马丁牧师的话。他说:"当然,关于他的到来还有其他问题。执事长上次来的时候,约翰牧师请了几天假。我想他不会再这样做了。但执事长的出现一定会让他觉得很痛苦,也让我们觉得很尴尬。"

确实如此,马丁牧师想,约翰·贝特顿牧师是坐了几年牢之后来到圣安塞尔斯的。他被指控在他做牧师的教堂对两个唱诗班的男孩进行性侵犯。他承认了这些指控,但这些罪过只涉及过分的身体接触和爱抚,而不是严重的性虐待,如果克拉普顿执事长没有再多管闲事地找到更多证据的话,他几乎不可能被判监禁。他会见了过去唱诗班的男孩——那时候他们已经是小伙子了,拿到了进一步的证据,并报了警。整件事情引起了那么多的怨恨和不愉快,现在要让执事长和约翰牧师同处一个屋檐下,马丁牧师觉得很恐怖。每次看到约翰牧师小心翼翼的样子,他都会觉得由衷地怜悯。约翰牧师主持仪式时从来都很拘谨,没有热情洋溢的发挥。他把圣安塞尔斯当成一个避难所,而不是一个工作的地方。很明显,执事长做了他认为是自己分内的事。也许,去指责他超越了职责范围好像也不大公平。但是这么无情地去起诉一个牧师同事——两人也没有个人情感上的敌意,甚至几乎没怎么见过面——好像是很难解释的。

马丁牧师说:"我猜克拉普顿去控告约翰牧师的时候是有些不正常

了。整件事情有些不合逻辑。"

塞巴斯蒂安牧师很坚决地说:"他怎么不正常了?他脑子没病,从来没有任何迹象表明……"

马丁牧师说:"那是在他妻子自杀后不久的事情,那段时间他情绪很不好。"

"亲人去世总是不好过的,但我不能想象个人的悲剧可以影响他对约翰牧师事情的判断。维罗尼卡死后,我也有一段很艰难的日子。"

马丁牧师忍不住想笑。维罗尼卡·莫里尔女士死于她定期回家探亲时的一次打猎,事实上她从来没有真正离开过那个家。打猎是她从来都不胜任、但也从不想放弃的运动。马丁牧师意识到,如果塞巴斯蒂安牧师注定要失去妻子,那么这还是他最能接受的方式。"我妻子打猎的时候脖子断了"远没有"我妻子死于肺炎"那么严重。塞巴斯蒂安牧师没有再婚的意思。也许曾经作为伯爵女儿的丈夫——虽然大他五岁,而且对他就像对待自己的宠物一样——其他人对他来说已经没有吸引力了,甚至认为有损自己的身价。一想到跟不如前妻身份高贵的人结婚他便会感到不愉快。马丁牧师知道自己的想法有些卑鄙,立刻在心里做了忏悔。

马丁牧师确实喜欢维罗尼卡女士。他回忆起她最后一次参加礼拜的时候向她丈夫大吼,还有她瘦长的身体大步走过回廊的情景,"塞巴,你的说教太长了,别人能不能听懂一半呢,我确定那些家伙们不懂。"维罗尼卡女士总是称学生们为家伙。马丁牧师有时候觉得她认为她丈夫在赶一群赛马。

大家都知道妻子在场的时候塞巴斯蒂安牧师总是特别放松和愉快。马丁牧师固执地不让自己想象塞巴斯蒂安牧师和维罗尼卡女士在婚床上的情景。但他确定无疑地看到他们在一起,他们看起来彼此非常喜欢。他想,这是各种各样的特异的婚姻关系中的一种,作为一个打了一辈子光棍的人,他仅仅是一个非常好奇的旁观者而已。他想,也许非常喜欢和爱一样重要,而且可能让两个人的关系更为长久。

塞巴斯蒂安牧师说:"拉斐尔到的时候我会告诉他执事长要来。他非常同情约翰牧师——实际上，有时候在这个问题上他很不理性。如果他为这事挑起一场争吵是于事无补的。除了对学院不好以外没有任何影响。他必须知道，执事长不仅是学院的托管人，还是学院的客人，同时作为牧师，也更应该得到应有的尊重。

佩里格林牧师说："执事长的第一任妻子自杀的时候，耶伍德探员不是负责案子的警察吗？"

其他牧师都很奇怪地看着他。这正是那种佩里格林总能获取到的信息。他下意识里好像存着一个由多种知识和信息组成的资料库，可以随意地信手拈来。

塞巴斯蒂安牧师说："你确定吗？克拉普顿那时候住在伦敦北部。他妻子死后才搬到萨福克来的。这是大都会警方的事。"

佩里格林牧师平静地说："有人关注这些事情。我记得审讯记录。我想你会发现有一个叫罗杰·耶伍德的警官提供的证据。他那时候供职于大都会警局。"

塞巴斯蒂安牧师皱起了眉头。"真是很难堪。我想他们会面的时候——这无疑不可避免——会想起执事长的那些痛苦的回忆。这没有任何好处。耶伍德需要一段时间休息和恢复，而且房间已经定好了。三年前他帮过学院的大忙——他晋升之前还是交警的时候，佩里格林牧师在倒车的时候撞上了一辆卡车。你们知道他星期天总是来做弥撒，我想他觉得这很有用。如果他的出现唤起了什么不好的回忆，执事长必须适应，就像约翰牧师需要适应他一样。我会安排埃玛住在安布罗斯，紧邻着教堂，达格利什警官在杰罗姆，执事长在奥古斯丁，罗杰·耶伍德在格列高利。"

这个周末将很不愉快，马丁牧师想。约翰牧师见到执事长势必十分痛苦，克拉普顿本人也不会喜欢这样的见面，虽然这很难避免。他必须知道约翰牧师在圣安塞尔斯这个事实。如果佩里格林是正确的——他总是正确的——执事长和耶伍德探员的会面会让两个人都感到十分尴尬。让拉斐尔保持理性，或者干脆不让他和执事长见面都很困难。毕竟，他已经是资深的神职候选人。还有斯坦纳德，除了他来圣安塞尔斯动机古怪之外,他也从来都不是个好伺候的客人。最让人有压力的还是亚当·达格利什的到来,他将用他的经验和怀疑的眼睛审视他们,那些已经被放到一边去的令人不快的事情将再次被提起,挥之不去。

塞巴斯蒂安牧师的声音把他从遐思中带回来。"现在我想我们该喝杯咖啡了。"

6

拉斐尔·阿巴斯诺特走进来站在那里等着，和平时一样泰然自若。他黑色的教士衣有一排暗扣，跟其他学生的不一样，看起来是新裁的，优雅合体；教士衣冷峻的黑色与拉斐尔苍白的脸色和闪亮的头发组合在一起，让人产生一个似乎有些矛盾的印象：既有僧侣的质朴刻板，又略带戏剧性。塞巴斯蒂安牧师和他单独相处的时候总是感到有点不舒服。他本人也很英俊，而且也一直很看重——有时候过分看重了——其他男性的英俊和女性的美丽。他只是没有用这样的标准来衡量他妻子。可他也发现男人太漂亮了是令人不安的，甚至有点令人讨厌。年轻的男人，尤其是年轻的英格兰男人，不应该看起来像个有些放荡风流的希腊神。这并不是说拉斐尔的长相有双性的特征，塞巴斯蒂安牧师知道这种漂亮对男人比对女人更有吸引力——即使这并没有让他自己动心。

塞巴斯蒂安牧师心头再次涌起了那些挥之不去的忧虑。和拉斐尔在一起，很难不回想起过去。让他做教士是否是个合理的选择？他生长于此,一直是这里的一员,学院是否还应该同意他在这里做教士候选人?他妈妈,最后一位姓阿巴斯诺特的人,在二十五年前——当时他才两个星期大——将他遗弃在学院,他是多余的私生子。从那时起,圣安塞尔斯就是他唯一的家。是不是鼓励他去别的什么地方,比如卡德斯顿或者牛津的圣斯蒂芬学院申请才更明智和谨慎呢?拉斐尔一直坚持在圣安塞尔斯接受培训,可他的话语里是否已经间接传达出威胁,就是他要么不在这儿做,要么就不做神职候选人?也许学院一直对他过于热情了,以至于这阿巴斯诺特家族最后的血脉只能选择奉献给教堂。这种关于拉斐尔的没完没了的忧虑时不时会冒出来,对那些虽然琐碎但迫在眉睫的日常工作构成了打扰,这使塞巴斯蒂安牧师很恼火,他坚决地把拉斐尔的事放在一边,让自己集中精力处理学院的事情。

"有些小事情,拉斐尔,我想在学院前面停车的学生应该把车停得更有序些。你知道,我希望汽车和摩托车都能停在学校主楼的左侧。如果他们一定要停在院子里,那就更要小心。这是特别令佩里格林牧师恼怒的事情。另外请学生们记得不要在晚祷结束之后再使用洗衣机,佩里格林牧师觉得那噪声让他难以集中精神。门罗女士已经不在了,床单和被套现在每两个星期换一次,它们放在杂物室,学生们自己去拿了自己换好。我们已经登了广告招人,但要过一阵子才能找到。"

"是,牧师,我会跟他们说的。"

"还有两件更重要的事。这个星期苏格兰场的达格利什警长要到我们这里来。很显然阿尔弗雷德·特里夫斯不满意罗纳德案件的审讯结果,找来警察局进行进一步调查。我不知道他要在我们这里待多久,也许只是一个周末。我们自然要全力配合他,就是说我们要充分和诚实地回答他的问题,而不要贸然发表意见。"

"但是罗纳德已经下葬了,牧师。达格利什警长还希望证明些什么呢?他显然无法推翻上次审讯的内容。"

"我想是的。我觉得这更像是为了让阿尔弗雷德爵士满意而采取的一种做法,他希望对他儿子的死做更详尽的调查。"

"但是这很荒谬,牧师。萨福克警方已经查得很仔细了。现在警察局想发现些什么呢?"

"我觉得很难。但不管怎样,达格利什要来,我安排他住在杰罗姆。除了埃玛·拉文汉姆,我们还有另外三名访客。耶伍德探员要来这里度假恢复心情。他需要安静和休息,我想他有时候可能需要在房间里用餐。斯坦纳德先生要回来了,继续他在图书馆的研究。他周六来,计划在星期日早餐后就离开。我已经邀请他在星期六的晚祷时吹奏。这会是个小型的圣会,但是也没有办法。"

拉斐尔说:"如果知道这些,牧师,我可能就不会来了。"

"我知道。我希望你能作为高年级学生至少留到晚祷之后。而且要对他表现出你对一位访客、一位长者和一位牧师应有的尊重和礼貌。"

"前两个人我没有问题。第三个人让我觉得如鲠在喉,做了那些事之后,他将如何面对我们、面对约翰牧师?"

"我想,像我们其他人一样,如果他相信自己在那个时候做了他认为正确的事情,他就能获得自我安慰。"

拉斐尔的脸激动得发红。他叫起来:"他怎么能认为自己是对的?一位牧师把另一位牧师送进了监狱!无论是谁这么做都太可耻了。这件事由他引起,这太令人讨厌了。约翰牧师是最优雅、最好的人。"

"你忘了,拉斐尔。约翰牧师在审判中认罪了。"

"他承认对那两个男孩子有不当的行为。但他没有强奸他们,没有引诱他们,也没有对他们有身体上的伤害。是的,他是认罪了,但如果克拉普顿没有多管闲事地去揭发过去的事情,他不至于进监狱。挖出那另外三个男孩,说服他们去作证,这究竟跟他有什么关系?"

"他认为这是他的职责。别忘了约翰牧师也对其他更严重的指控认了罪。"

"他当然那么做了。他认罪是因为他有负罪感。他觉得还活着就是一种犯罪。他不想让那些孩子去证人席上作伪证。他不能承受的是对那些孩子的伤害——他们在法庭上作伪证对他们自己造成的伤害。他希望用自己进监狱为代价来宽恕他们。使他们免于受害。"

塞巴斯蒂安牧师针锋相对地说:"他是这样告诉你的吗?你真的跟

他讨论过这件事吗?"

"没有,不是直说的。但这是真的,我知道这是真的。"

塞巴斯蒂安牧师感到很不安。这很可能是事实。他自己也这样想过。但是这种微妙的、心理层面的感受对于他这样一名牧师来说是自然的。而这出自一个学生之口就让他感觉很惶恐了。他说:"你说得不对,拉斐尔,你不能去跟约翰牧师谈这件事。他已经服过刑,目前在我们这里工作。过去的已经过去了。他还要面对执行长,这很遗憾。但如果你试图插手这件事的话没有什么好处。我们每个人自身都有阴暗面。约翰牧师的事只有他和上帝才知道,或者在他和听他忏悔的牧师之间交流。你从中干预就太妄自尊大了。"

拉斐尔好像很难听得进去。他说:"我们知道克拉普顿要来了,是吗?来刺探我们,来找到不利于我们学院的新证据。他想看着我们关门。只要主教任命他做托管人,他马上就会明目张胆地这么做。"

"如果他没有受到礼遇,他就得到了他需要的证据。我让圣安塞尔斯继续下去的办法是平静地做好我的工作,而不是同强大的敌人对抗。学院正处在艰难的时刻,罗纳德·特里夫斯的死更是雪上加霜。"他停顿了一下,然后问了一个他至今也没有开口问过的问题,他说:"你们一定已经讨论过他的死了,你们这些学生对此有什么看法?"

他意识到这个问题并不受欢迎。拉斐尔回答之前停顿了一下,然后说:"我想,牧师,普遍的看法是罗纳德是自杀的。"

"但他为什么自杀呢?你有什么看法吗?"

这一次沉默的时间更长了。接下来拉斐尔说:"没有,牧师,我们没有别的看法。"

塞巴斯蒂安牧师走回他的桌前,拿起一沓纸看着。语调里带着一丝尖刻。"我看到学院里这个周末没什么人,只有你四个人在。你告诉我,为什么那么多人都走了,学期刚开始啊。"

"有三个学生去教区实习,牧师。鲁珀特被叫到圣玛格丽特吹奏,我想还有两个学生跟去听了。理查德的妈妈五十岁生日,同时也是结婚二十五周年纪念日,他请假走了。还有你知道托比·威廉在进行他的第一次实习,很多人去为他鼓劲。这里就剩下亨利、斯蒂芬、彼得和我。我本来打算在晚祷之后离开。我不想错过托比的第一次教区弥撒。"

塞巴斯蒂安牧师仍然在看着那些纸。"是的,这样算起来人数差不多。你可以在听完执事长的布道之后离开。但是你不在星期日的弥撒之后上格列高利先生的希腊语课吗?"

"我约过了,牧师。他周一可以给我上课。"

"好,那么我想这个星期就这些了。拉斐尔,你还要拿上你的论文,在桌上呢。伊夫林·沃[①]在他的一本游记中说,他视神学为一种把事物简化的科学,通过这种简化,模糊和令人费解的想法变得容易理解而且更加准确。而在你的论文中,这二者都没有。你还错用了'赶超'这个词,这并不是'模仿'的同义词。"

"当然不是,对不起,牧师。我可以模仿你但是我不能指望赶超你。"

塞巴斯蒂安牧师转过身去,不想让拉斐尔看到他在笑。他说:"我强烈建议你两样都不要做。"

拉斐尔关门出去了,笑容还在塞巴斯蒂安牧师脸上停留着;之后他才想起他并没有得到拉斐尔会好好表现的承诺。如果他承诺了,他就会遵守,但是他没有。这会是一个很麻烦的周末。

[①] 伊夫林·沃(Evelyn Waugh, 1903—1966),英国小说家,一九三〇年转信罗马天主教,作品深受其影响。

7

达格利什黎明前就离开了他在昆赛德那间能够俯瞰泰晤士河的公寓。这座建筑曾经是一个仓库，现在被改造成了一个金融机构的办公大楼。仓库里残留的香料味道还在这套铺着木地板、没什么家具、宽敞的顶层公寓里残存着，就像人的记忆，模糊不清。这所房子要被卖掉的时候，他很坚决地抵制开发商要买断他的长期租约的要求，最终也没有接受开发商出的高价。他们最后只好作出让步，把最顶层原样留给了他。这家金融机构出钱给达格利什在楼侧面的不显眼处加了一道门，还有一部通向他公寓的私人安全电梯。这样，租金提高了，但租期延长了。他觉察到整座建筑里面空间太多了，这家金融机构根本无法把它占满。而且——虽然没有任何实际的作用——有一名高级警官住在顶层会让这里的保安觉得很踏实。达格利什保住了这房子所有让他看重的价值：私人空间、夜里楼下的安静——即使白天也不是很吵，还有它宽阔的视野——泰晤士河就在脚下流过，它的潮汐里涌动着生机。

他开车向东穿过城市，经过白教堂区到 A12 公路。即使在早上七点钟，街上也并不空廖，已经有人出现在地铁口。伦敦城从来不会完全入睡，他很享受这早上的安宁，看着第一批赶去上班的人出现在街上——几小时之内这里就会变得非常喧嚣，体会着在不塞车的街道上开车的那种放松的感觉。他到达了 A12 公路，伊斯顿大街被甩在身后。第一缕粉红色的霞光在黑暗的黎明里扩散开来，直到天色完全变白。田野和灌木丛也被笼罩上了一层明亮的灰色晨光，树木在这晨光里呈现出日本水彩画似的朦胧和精致。轮廓也逐渐清晰起来，呈现出它们在初秋里丰富和饱满的色彩。虽然春天时树木会更加欣欣向荣，但他仍觉得此时是年终看树的好季节。现在树叶还没有完全掉光，随着树叶上绿色、黄色和红色的渐渐退去，树枝和树干越来越清晰了。

开车的时候他在思索此行的目的，分析了他介入这事的原因——当然是不太名正言顺，一个不知名的男孩死去了，已经进行过死亡调查和尸体检验。在火把尸体变成骨灰的时候，这个案子在法律意义上就已经结束了。他同意接手这桩调查并不是一时冲动：他职业生涯里很少有这样的经历。调查这事不完全是为了应付阿尔弗雷德爵士，让他不要总是来警局骚扰——尽管没人愿意看到他。他又一次感到困惑，这个人对他表面上根本不爱的养子的死似乎很关心。达格利什觉得也许他自己的判断太过武断了，阿尔弗雷德毕竟不是一个完全没有情感的人，也许他比表现出来的更爱这个儿子。也许他就是太渴望知道事实的真相了，不管调查会有多困难、知道真相后又可能带来多少不快。如果他是这样想的，达格利什觉得倒是值得理解和同情的。

他开得很快，不到三个小时就到了洛斯托夫特。他有很多年没有在这里开过车了，上次来的时候就震惊于这里堕落和贫穷的气息。面向大海的旅馆，在景气的时候可以吸引中产阶级来度假。那时候以赌博活动出名。很多商店都关闭了，人们面色晦暗、神情沮丧地在街上走着。现在看起来这里有一些复苏的迹象，他觉得自己走在一个依然对未来怀有信心的地方。他很熟悉前往码头的那座桥，开过去的时候心里很是忐忑。少年时代他经常在这条街上游逛，去码头买鲱鱼。他还可以回忆起他们把鳞光闪闪的鱼从桶里拿出来放进帆布包里时的气味。这些鱼是他送给牧师们的，骑车回去的时候，背包沉沉地压在肩上。他又闻到了熟悉的水和焦油的气味，带着愉快的记忆看着码头里的渔船，想着是不是还能在码头上买到鱼。即使可以，他也再不可能有那种在少年时代将礼物带回圣安塞尔斯时的兴奋和成就感了。

他更希望警察局还是他少年时的那个样子——经过改造作为警用的单独或者联排的房子，标志就是添加上那些固定在灯柱上的蓝色的灯。可现在他看到了一座现代化的低层楼房，楼的正面嵌着一排暗色的窗户，立在房顶的无线电杆非常显眼，入口处的旗杆上飘着一面警察局的旗。

他们准备好了迎接他的到来。前台小姐用她充满魅力的萨福克口音对他表示欢迎，好像迎接他的到来是她这天唯一的工作。

"琼斯警员在等您，先生。我给他打电话，他马上来。"

艾弗顿·琼斯警员又黑又瘦，面如土色，没怎么经过风吹日晒的皮肤跟几乎是黑色的头发形成很大反差。他一开口达格利什就听出了他是哪里人。

"是达格利什先生吧？我正在等您。威廉姆斯先生说我们可以用他的办公室，请到这边来吧。不能等您来他很抱歉，负责人现在都在伦敦参加高级警官协会的会议。请在这里登记，长官。"

达格利什跟着他进入不透明的玻璃边门，然后走在一条很窄的走廊上，他说："你老家离这儿很远啊，警官。"

"是很远，达格利什先生。确切地说，有四百英里。我和一位姓洛斯托夫特的女孩结了婚，她是独生女，她妈妈身体不太好，所以珍妮必须住在离家近的地方。我找了个机会从高尔调过来。这里很适合我，我只要在海边就行。"

"很不一样的海。"

"很不一样的海，但它们同样危险，这么说并不是因为我们这儿人死得多。那个可怜的家伙是三年半以来这里第一个死于事故的。哨壁附近都有危险警示标识，而且这里的人都知道那儿不安全，至少现在他们该知道了。这片海滩太荒凉了,周围人烟稀少,所以很少出事。在这里,先生,威廉姆斯先生已经把桌子收拾干净了。您一定觉得这儿没什么重要的证据给您看吧,您要咖啡吗?看,打开开关就有了。"

托盘上有两个杯子,杯把整齐地朝着一个方向。还有咖啡过滤器、一个贴有"咖啡"标签的罐子。一壶牛奶和一个电水壶。虽然显得有点忙乱,琼斯警员还是很快煮好了咖啡。咖啡非常棒。他们在窗前的两把办公椅上落座。

达格利什说:"我想你们是接到电话后到海滩上去的。到底发生了什么?"

"我不是第一个到现场的。第一个到的是年轻的布莱恩·迈尔斯,他是当地的区警。塞巴斯蒂安牧师从学校打电话来,布莱恩没用多长时间——最多不超过半小时——就到了那里。他到的时候只有塞巴斯蒂安牧师和马丁牧师两个人在尸体旁边,谁都看得出来那个可怜的男孩已经死了。他是一名不错的警察,我是说布莱恩,他觉得这事让他有些不自在,不太正常。我不是在说他认为罗纳德的死很可疑,但是不能否认这事很奇怪。我是他的上级,所以他向我报告了。我在差不多三点时接到电话,然后就赶了过去,我们警局的外科医生莫利森博士正好也在,我们就一起去了现场。"

达格利什说:"救护车也去了?"

"没有。那时候没有。我相信在伦敦,验尸官自己有救护车,在这里我们搬运尸体的时候也用民用救护车。当时救护车正在执行任务,所以大概过了一个半小时才把他移走。我们把他送到停尸房后,跟验尸部门的负责人谈了一下,他说几乎可以肯定验尸官会申请做法医病理检验。验尸官是梅利什先生,一个非常小心仔细的人。从那个时候起罗纳德的死就被列为谋杀案进行调查了。"

"你们在现场到底发现了什么?"

"嗯,他死了,达格利什先生。莫利森医生立刻做出了判断,其实这并不需要医生来告诉你。莫利森医生认为他已经死了五到六个小时。我们到那儿的时候尸体还基本上被埋在沙子里,格列高利先生和门罗女士已经把尸体挖开了一部分,但还看不到他的头,手和脸。塞巴斯蒂安牧师和马丁牧师在现场。他们什么都做不了,但是塞巴斯蒂安牧师坚持等我们把尸体都挖出来才离开。我觉得他想在那里为他祈祷。我们把那个可怜的男孩挖出来,翻过身,放到担架上,莫利森先生从近处进行了勘察,看不到什么特别的东西。他身上裹着沙子,已经死了。这就是全部的情况。"

"有没有什么能看到的伤痕?"

"没有,我们没发现,达格利什先生。当然,如果被叫去调查一起这样的案件您一定会多想一些的,不是吗?你会进行分析和推理,但是莫利森医生没有发现任何暴力的痕迹,头后部没有裂缝或者类似的伤痕。当然,他并不知道地区法院的病理学专家斯卡格尔医生做尸体解剖时得出的结论。莫利森医生说他除了判断死亡时间外什么都做不了,我们必须等验尸结果。并不是我们觉得他的死有什么可疑,当时事情十分简单明了。他在悬空伸出的崖壁的下面,崖壁松动了,石头和沙子掉下来把他埋在了底下——看起来就是这样的,也是他们在审讯时得到的结论。

"有没有什么奇怪或者可疑的事情引起了你的注意?"

"嗯。奇怪,但不算可疑。他倒下的位置很奇怪——头朝下,就像是一只兔子或者狗栽下了峭壁。"

"尸体旁边什么都没有发现吗?"

"有他的衣服,他的棕色斗篷,还有带扣子的黑色长外套,叫法衣,是吧?非常整齐。"

"没有能作为武器的东西吗?"

"只有一根木棍。我们在挖出他的时候发现的。在离他右手很近的地方。我想最好把它带回警局,万一这很重要呢,但没人重视它,不过我还是把它拿回来了——如果你想看看,先生。我觉得审讯以后似乎没有保留它的必要,上面什么都没有,没有指纹,没有血迹。"

他走到屋子尽头的橱柜那里,从里面拿出了一个用塑料布包着的物件。那是一根长约两英尺半的浅色木棍。达格利什拿近看了看,可以看到一些少量的、好像是蓝油漆的印记。

琼斯警官说:"它不是在水里的,反正我没见它在水里。也许那个男孩在沙滩上发现了它,然后捡起来,不意味着什么特别的事,很多人走在在沙滩上都会随手捡东西。塞巴斯蒂安牧师认为这是学院废弃的更衣室里的。很显然塞巴斯蒂安牧师认为那种白蓝相间的条纹有些碍眼,还是简单质朴的木头更好,于是他们就重建了更衣室。更衣室还用于储藏救生设备。旧的更衣室也快散架了,但那些木头没有被全部移走,还有一些腐烂了的木板堆在那里。但是我打赌,它们现在已经被搬走了。"

"有没有脚印?"

"嗯,找脚印是我们做的第一件事。那男孩被埋在沙子里面,我们发现了一行顺着海滩走的脚印。那是他的,您看我们有他的鞋。但是到那里的人大都会这样沿着鹅卵石散步。现场的沙滩已经被踩乱了,你无法指责格列高利先生和门罗女士没有小心地注意不要留下脚印。"

"你对陪审团的裁决感到意外吗?"

"我得说是的。判死因不明可能是更合逻辑的。梅利什先生和陪审团坐在一起,通常如果案子比较复杂或者比较受公众关注的话,他都会去。陪审团的八个人意见非常一致。但不可否认的是,死因不明也是不能令人满意的——圣安塞尔斯在我们这里非常受尊重。

"虽然我不否认他们与世隔绝,但是他们那里的年轻人在附近的教堂里吹奏,在社区里做了很多好事。我不是说陪审团的判断是错的。无论如何,他们认为这是对的。"

达格利什说:"阿尔弗雷德爵士无法抱怨你们办案的认真程度,我看不出你们有什么疏漏。"

"我也看不出,达格利什先生,验尸官也是这么说的。"

看起来没有什么需要再了解的了。谢过了琼斯警员和他的咖啡,达格利什便离开了。那根有蓝色印记的木棍又被包起来贴上了标签。达格利什拿上了它,这是因为他觉得琼斯警官希望他拿走,而不是因为他认为它会有用。

在停车场的尽头,一个男子正在把纸板箱放到路虎车的后座上。他打量了一下四周,看到达格利什正在走近一辆捷豹汽车,他盯着他看了一会儿,然后像是忽然做了一个决定,走了过来。达格利什看到了一张因为睡眠不足或是内心痛苦而未老先衰的脸,脸上生了很多皱纹。这种面容他见得太多了。

"你一定是亚当·达格利什警长。泰德·威廉姆斯说你会来。我是罗杰·耶伍德调查员。我正在休病假,来拿点东西。我想说你会在圣安塞尔斯看到我。牧师不时会接纳我去住住,那里比旅馆便宜,周围的人也比精神病院的好多了,不过有时候精神病院也是一个选择。哦,还有,吃的也更好。"

这些话说出来就像事先排演过一样流利,他深色的眼睛显得有些咄咄逼人,但又有些害羞。不知为什么,达格利什觉得这不是个好消息,他认为自己应该是唯一的访客。

可能是看出了他的反应,耶伍德说:"别担心,我不会在晚祷后找你喝酒的。我才不想聊警察那些事儿呢,我敢说你也是。"

握手之后达格利什还没想好要说什么,耶伍德就飞快地点了一下头,转过身迅速走回了自己的车里。

8

达格利什说他会在午饭后到达学院。离开洛斯托夫特之前,他在一家熟食店买了一个热狗、一块黄油、一些粗纤维的肉酱和半瓶酒。像往常在乡下开车的时候一样,他随身带了一个杯子和一热水瓶的咖啡。

出城的时候,他走了岔道,看到一条枝蔓丛生的土路,宽度正好够他的捷豹开过去,路边有一处可以停车的地方,正好面对着广阔的秋天的原野。他把车停下来准备吃午餐。他先把手机关掉下了车,然后斜倚着车门,闭上眼睛聆听寂静的声音,这是他在过于忙碌的生活中渴求的瞬间。现在没有人知道他在哪里,也不知道怎样才能找到他。乡间那些小得几乎不能分辨的声音在香甜的空气中飘荡着,远处传来不知名的鸟儿的歌唱;风吹过草地发出沙沙的声响,树干在他的头顶吱吱作响。吃完后他还兴致勃勃地在小径里走了半英里,然后才回到车上,掉头上了A12公路朝巴拉德斯梅尔方向开去。

比预料得要快一些,现在他已经到了转弯处:那棵巨大的岑树还在那里，上面被常青藤覆盖，看起来就要衰败了。他的左侧是两座整洁的木屋，前花园修剪得很整齐。比小巷宽不了多少的窄窄的小路有些塌陷了。树篱有些杂乱，比路基还高，使他看不太清前方岬角的景色，也看不到远处的圣安塞尔斯。但在树篱比较稀疏的地方，偶然可以瞥到高耸的砖砌烟囱和南侧的圆屋顶。当他开到悬崖边上，向北经过布满沙砾的海岸时，就可以看到远景了。一座奇异巨大的砖结构建筑和上面一层层的石料看起来既明亮辉煌又很不真实，就像湛蓝天空上的一幅纸版画一样。感觉上像是它在向他靠近，而不是他在向前走，伴随着扑面而来的对青春期的回忆——欢乐或者痛苦都已经模糊不清，那时候的一切是那么的不确定，却又充满着希望。主楼好像没什么变化。倒塌的都铎式双塔残留的塔基裂缝里长满了杂草，仍然像哨兵一样把守着通向前庭的入口处，从它们中间开过的时候，他又看到了整幢建筑威严地屹立在那里，百感交集。

看不起维多利亚时代建筑的风气在他少年时代就有了，如果不用那种藐视的态度，他对这座建筑会有更恰当的看法。建筑师可能过分地受到了房屋主人的影响，试图在这座建筑中加入所有时髦的元素：高耸的烟囱、凸肚状的窗户、中央圆顶、朝南的塔楼、城堡状的外观和巨大的石头门廊。可他现在看来，这座建筑并没有小时候感觉到的那么荒谬和不能容忍。他甚至觉得，建筑师至少还实现了某种平衡，他觉得当时再度流行的中世纪哥特式建筑风格和维多利亚时代的自负生活方式并未导致令人生厌的不和谐。

已经有人在等他了，正是他隐约中觉得来此可能会见到的人。在他还没有关好车门之前，学院的前门就开了，一个穿着教士服的虚弱的身影一瘸一拐地走出来，小心地走下三级石头台阶。

他立刻认出了马丁牧师，同时也觉得很吃惊，因为前任院长竟然还在学院。他应该至少有八十岁了。但是达格利什确定那无疑就是他，自己孩提时代十分尊敬和爱戴的人。岁月一去不返，却没有在马丁牧师身上留下太多无情掠夺的痕迹。他脸上的骨骼衬着枯瘦的脖子，显得比以前更突出；垂在额头上的一绺头发以前是深褐色的，现在变成了银白色，但发质却像婴儿一样；饱满的下嘴唇已经松弛了。他们紧握住对方的手。对达格利什来说，那感觉就像是隔着精致山羊皮手套握住了一把松动的骨头。但马丁牧师的手依然十分有力。那双眼睛尽管看起来比以前小了，可还是那种明亮的灰色，他的脚明显有些跛，那是战争中服役受伤留下的，然而他还是可以不用拐杖走路。他的那张仍然十分绅士的脸，不容置疑地体现出他精神上的高贵。看着马丁牧师的眼睛，达格利什意识到他不仅是作为一个老朋友被欢迎的，马丁牧师的眼神既有放松，也有忧惧。他感到很惊奇，同时不无愧疚。他离开这里这么久了，虽然偶然也回来过，不过几乎都是一时兴起；现在他第一次想知道，在圣安塞尔斯等待他的到底是什么。

马丁牧师带着他走进主楼，一边走一边说道："恐怕我得让你把车停到主楼后面的草坪上去，佩里格林牧师不喜欢看到车子停在前院，不过不着急。我们把你安排在了老地方——杰罗姆。"

他们走进宽敞的大厅，地上是棋盘图案的大理石，从宽大的橡木楼梯走上去是一排房间。熏香的味道，家具上蜡油的味道，旧书和食物的味道——记忆如潮水般涌来。除了在入口处多出了一个房间，这里好像什么都没有改变。门是开着的，达格利什可以瞥见里面的祭坛。也许，他想，这房间是个小礼拜室。圣母怀抱圣婴的木质雕像还放在楼梯的底部，下面有红色的灯光照上来。在雕塑基座下面，放置着一个红色的花瓶。他停下来看着，马丁牧师很耐心地站在旁边等候。雕像是一件模仿得很好的维多利亚和艾伯特博物馆的藏品《圣母和圣婴》，他不记得是谁的作品了。它不像同类作品那样让人感到悲伤，没有那种巨大的苦难即将到来的模式化表现。妈妈和孩子都在笑着，圣婴伸出了他圆胖的胳膊，圣母看起来也不过是个孩子，欣喜地望着她的儿子。

他们走在楼梯上的时候，马丁牧师说："你看到我一定很惊讶。当然，我已经正式退休了，但学校一直留我教授牧师原理。塞巴斯蒂安·莫里尔牧师在这里做院长已经有十五年了，你肯定很想故地重游，但塞巴斯蒂安在等我们。他一定已经听到你车的声音了，他总是这样。

院长办公室还是上次你来的时候那一间。

从桌子后面起身上前迎接他们的人,和绅士般的马丁牧师很不一样。他身高超过六英尺,比达格利什想象的年轻。浅棕色的头发,只有少许灰白,自高高的额头向后梳着。棱角分明的嘴唇,略钩的鼻子,修长的双颊,给他浓郁的古典气质中平添了一些冷峻和力度。给人印象最深的是那双眼睛,它们本是那种清澈的深蓝色,而当它们盯着你的时候却显露出一种异样的敏锐,令人不安。这是张实干家的脸,更像是军人,而不是学者。裁剪十分得体的黑色华达呢法衣和他散发出的隐隐的权力欲望,似乎不太协调。

就连这房间里的家具也是不协调的。桌子上放着电脑和打印机,很现代,但是上方的墙上挂着仿中世纪的耶稣受难木雕。对面的墙上挂着一系列《名利场》中的维多利亚时代高级教士的卡通形象。有的脸刮得很干净,留着两撇八字胡;有的很瘦;有的面色红润,有的面色苍白而缺少活力,有的温顺虔诚,自信地站在金十字架上面。壁炉上刻着箴言,两侧是装在画框里的人物和风景照片,看起来应该是在主人记忆中占有特殊位置的。而壁炉上方又是一幅风格很不同的画。那是伯恩-琼斯的油画。一个美丽浪漫的梦,画面充溢出画家具有代表性的、在自然界中难以找到的亮色。四个头戴花环、身穿粉色和棕色相间印花长裙的年轻女子,围在一棵苹果树下。其中一个坐着,面前摊开一本书,一只小猫蜷在她的右臂上;另一个身边放着一把竖琴,正望着远方沉思;另外两个站着,一个举起手臂去摘苹果,另一个正用纤细的手打开围裙装水果。达格利什注意到对面墙上还有一幅伯恩-琼斯的作品:一个有两个抽屉的餐具柜,柜子腿又高又直,还有轮子。两扇柜门上也都有画,其中一扇上是一个女人在喂鸟,另一扇是一个小孩和羊群。他记得这两幅画,还有画上的餐具柜。但是他确定上次来的时候它们是挂在餐厅的。画面上华丽的罗曼蒂克情调和这个房间其他地方冷峻的调子在一起显得很奇怪。

一个表示欢迎的微笑从院长的脸上掠过。但是太敷衍了,仿佛是面部肌肉的一次痉挛。

"亚当·达格利什？非常欢迎。马丁牧师告诉我你已经很久没来过了。我们更希望你在更令人高兴的时候来。"

达格利什说："我也这样想，牧师，希望不会打扰你们太久。"

塞巴斯蒂安牧师指示他们坐在壁炉旁的两把椅子上。马丁牧师从桌边搬了一把椅子坐下。

坐下后，塞巴斯蒂安牧师说："我承认你们的助理警官打电话来的时候我很惊讶——首都警察局的首长亲自过问地方上的案子。虽然对于相关的人来说是场悲剧，但这不是什么重要的案件，而且已经经过了审判并且结案了。这样做是不是太浪费人力了呢？"他停顿了一下，然后又说，"或者不寻常？"

"没有什么不寻常，塞巴斯蒂安牧师，也许是不太合程序。只是我正好要去萨福克，这样既节省时间，对学院来说或许影响也最小。"

"至少有个收获，他们让你回来了。我们会——当然会——回答你的问题。阿尔弗雷德·特里夫斯爵士不太礼貌，他不是直接找到我们的。他没有去参加审讯——我们知道他在国外——而是写了委托书派了位律师来，我记得他没有提到有什么不满。我们很少和阿尔弗雷德爵士打交道，也没有觉得他是很麻烦的人。他从来没有表现出对他儿子所选择的职业的不满——也许不是这么回事，当然，阿尔弗雷德爵士不会把当教士看做是一种神圣的事业。很难想象他希望重启案子的动机。这件事只有三种可能性。谋杀是不可能的。罗纳德在这里没有敌人，没有人会从他的死亡中受益。自杀？当然，那是一个令人痛苦的可能性，但是他最近的表现或行为都没有什么能证明他不愉快到了那种程度。于是就只剩下意外死亡这一种可能。我还以为判决以后阿尔弗雷德爵士能够感到轻松些。

达格利什说："我想助理警官跟您提到了匿名信的事。如果阿尔弗雷德爵士没有收到它的话，我想我也不会到这里来了。"

达格利什从钱包里拿出了那封信，递了过去。塞巴斯蒂安牧师迅速浏览了一下，然后说："很明显这是用电脑打印出来的。我这里就有电脑——你看到的，我办公室里就有。"

"你觉得什么人有可能写这封信?"

塞巴斯蒂安牧师只瞥了一眼就把信还回去了,还做了一个非常轻蔑的手势。"没有。我们有敌人。也许这么说太强硬了;更准确地说有人很希望这个学院不存在。但是他们和我们的分歧是意识形态上的,神学上的或是财务上的,关于教堂资源的问题。我不相信有谁会堕落到去诽谤中伤。我很奇怪阿尔弗雷德爵士竟把它当真了。作为一个掌权的人,他不会不熟悉用匿名信去沟通的手段吧。我们当然会尽可能给你提供帮助。你肯定想先去看一看罗纳德死亡的现场。请原谅我得让马丁牧师陪你去,因为今天下午我有客人,还有更重要的事情要去处理。如果你想来的话,晚祷五点钟开始。之后我会在这里喝点餐前酒。周五的晚餐我们不提供酒,我想你还记得,如果有客人来的话,我们在晚餐前提供香槟。这个周末我们有另外四个访客要来。克拉普顿执事长,这所学院的托管人之一;埃玛·拉文汉姆博士,每个学期都会从剑桥来一次给学生们讲英国教教义的文学传统;克里夫·斯坦纳德博士,用我们的图书馆资料做研究;罗杰·耶伍德,地方警察局的探员,现在在病假中。罗纳德死的时候他们四个人都不在这里。如果你有兴趣知道那时候都有哪些人在学校里,马丁牧师可以给你提供一份名单。我们等你吃晚饭吗?"

"今晚不了,牧师,很抱歉。我想我会去参加晚祷。"

"那么我们在教堂见了。希望你觉得房间还舒服。"

塞巴斯蒂安牧师开始移动脚步了,很显然,会面结束了。

9

马丁牧师说:"我想你希望在去房间之前顺路去教堂看看。"

这个建议当然得到了达格利什的同意,甚至是热情回应。实际上达格利什并非不想去,那个小教堂里有他很想再去看看的东西。

他说:"韦登的《圣母像》还在祭坛的上面吗?"

"是的。这幅画和《末日审判》是两样最吸引人的东西。也许'吸引'并不是一个合适的词。我并不是说它们吸引了很多访客。我们并没有很多访客,而且他们通常会事先预约。我们并不炫耀我们的财富。"

"韦登的画上过保险吗,牧师?

"没有,从没上过。我们付不起保费,而且塞巴斯蒂安牧师说过,这幅画是不可替代的,有钱也没有办法再买到,所以我们都十分小心。当然,这个地方与世隔绝,不太容易出事,再说现在我们有现代化的报警装置。设备控制系统装在从北区通向圣堂的门的里侧,警铃声也能覆盖到南门。我想上次你走后这套系统就安装好了。主教说如果我们想把画留在这教堂里,就必须听从安全方面的建议。当然,他是对的。"

达格利什说:"记得我小的时候教堂好像是全天开放的。"

"确实是的。但是专家鉴定这画是真迹以后,我们就不那样做了。教堂常常要锁着,这让我觉得很痛苦,特别是在这样一所神学院里。这就是为什么我做院长的时候,设立了一间小的祈祷室。我想你进来的时候看到了,就在门的左侧。祈祷室不能进行正式的宗教仪式,因为它是另一座建筑的一部分,但那里的祭坛提供了一个让神职学员们可以在教堂被锁上的时候作祈祷或者冥想的地方。"

他们经过了在主楼后面的衣帽间,出去就是通向北区的门。衣帽间被长椅上方的一排衣帽钩分隔成两个空间。每个衣帽钩下面都放有外出穿的鞋和靴子的箱子。大部分的衣帽钩空着,其中约有六个挂着棕色的带帽斗篷。无疑这些斗篷和黑色法衣一样都要在室内穿好才能出去,这是由令人敬畏的艾格尼丝·阿巴斯诺特小姐规定的。如果是这样的话,她一定是知道这片裸露的海滩上刮起东风有多猛烈。衣帽间的右侧是设备室,透过半掩着的门可以看得见里面有四个大型洗衣机和一个烘干机。

达格利什和马丁牧师经过了昏暗的主楼来到回廊上,室外空气新鲜,安静的庭院里阳光普照,不再有教堂里那种虽然微弱、但到处都弥漫着圣公会学院的气息。达格利什还是个小男孩的时候就体验过这种感觉,现在像是又回到了过去。这里,维多利亚时代的红砖装饰被简单的石头取代了。又窄又细的柱子组成的回廊从三面围绕着用鹅卵石铺成的庭院。回廊里面是用约克石铺成的,后面是一排相同的橡木门,通向两层的学生宿舍。四座访客公寓在面向主楼的西面,由一扇包铁的门与教堂的墙分隔开。向门外看去,是一片暗淡的灌木丛和更远处绿油油的甜菜地。庭院的中间是一棵成熟的七叶树,它已在秋日里显露出衰败的迹象。它底部的树干十分粗糙,部分树皮已经像结痂那样脱落了,小的树枝上还有新发的芽,刚长出的树叶就像春天刚发芽时那样又绿又嫩。它们上面的巨大树干上挂着黄色和棕色的叶子,有些落到鹅卵石地上,就像干瘪脆弱的木乃伊手指一样卷曲在坠下的红褐色的栗子中间。

达格利什想,在这个记忆中永久留存的场景里,有些东西对他来说是新的,例如柱子下面摆放着的几排未经装饰但形状优美的赤陶罐花瓶。里面的那些花夏天一定怒放过,但现在只剩下几朵微弱地昭示着曾经的繁盛。在主楼教堂西墙上攀爬的倒挂金钟是他在这里的时候就种下的。花还是很茂密,但是叶子已经逐渐枯萎了,四散飘落的花瓣就像血洒在地上。

马丁牧师说:"我们穿过圣器储藏室的门进去。"

他从法衣的口袋里拿出很大一个钥匙圈。"我想我得费点工夫才能找到正确的钥匙。我知道我应该现在就找到,但是钥匙太多了,恐怕我永远也不能适应这个安全系统。它给你一分钟时间输入四位数的密码,但是它发出的哔哔声太低,我现在都很难听得到。塞巴斯蒂安牧师不喜欢噪声,特别是在教堂里。如果警铃被设定,它会发出恐怖刺耳的声音,传遍整个学院。"

"我能帮您吗,牧师?"

"哦,不用了,亚当。不,我来。我从来不觉得记这个数字很困难,因为它是阿巴斯诺特小姐创建这所学院的时间,一八六一。"

达格利什想,这个数字很容易让人猜到。

圣器储藏室比达格利什印象中的要大,显然这里曾用做小礼拜室、衣帽间和办公室。门的左侧朝向教堂的方向是一排衣帽钩。另一面是几个跟天花板一样高的用来装祭坛布的柜子。在一个柜子的福米加贴面上放着电水壶和咖啡,旁边还有两把高背木头椅子和一个下沉的水槽和滴水板。两大罐白色和一小罐黑色的油漆倚着墙整齐地堆放着,在一个果酱罐子里还有刷子——刷把朝着油漆桶的方向。门的左侧,一扇窗下是一个有抽屉的大桌子,桌子上摆放着一个银制的十字架。桌子上方是一个嵌在墙里的保险箱。见达格利什看着它,马丁牧师说:"塞巴斯蒂安牧师装这个保险柜是为了保存我们十七世纪的圣餐杯和圣餐碟。它们是阿巴斯诺特小姐的遗赠,十分精美。之前,考虑到它的价值,我们曾把它放在银行里面保存。塞巴斯蒂安牧师觉得它们应该能派上用场,于是又放回来,我想他是对的。"

桌子旁边是一排泛着黑褐色的镶框照片,它们几乎都是旧的,其中一些很显然可以追溯到学院刚成立的时候。达格利什对老照片很感兴趣,拿起来看。其中的一个人一定是阿巴斯诺特小姐。她站在两个牧师中间,每个人都身穿法衣头戴四角帽,个子都比她高。以他敏锐的观察力,他立刻知道阿巴斯诺特小姐无疑是很有统治欲的女人。她非但没有被她的两名身着黑色法衣的管理人的严肃所影响,反而显得很放松地站在那里,手指松松地交叉放在裙褶的前面。她的衣服简单却昂贵:高领的蝙蝠袖绸上衣,即使在照片里也可以看得到丝绸的光泽和裙子的华美。除了一枚镶有贝壳的领针和一条简单的十字架吊坠的项链,她没有戴其他首饰。她头发的颜色很淡,紧绷着向后梳;脸是心形的,眼神坚定,在直直的、深色的眉毛下面,两个眼睛分得很开。达格利什不禁想,若换成一个不是这么严肃得让人觉得畏缩、而是轻松愉快的场景下,她看起来会是什么样子呢?他想,这是一名不在意自己是否美丽的美丽女子的照片,她需要的是因为权力而产生的满足。

熏香和蜡烛的味道唤起了他对教堂的记忆。他们从北边的过道走下来,马丁牧师说:"你一定想再看看《末日审判》。"

尽管《末日审判》可以被附近柱子上的灯照亮,马丁牧师还是举起了手里的灯,一幅黑暗的、难以辨认的场景被灯照得活灵活现。展现在他们面前的是"最后的审判"的鲜活场面。整幅作品画在一块半月形的、直径约十二英尺的木头上。

画面最上方是头上有光环的中心人物耶稣,正伸开他受伤的双手悲悯地俯瞰着世态炎凉。下面的中心人物显然是圣米迦勒,他右手握着一把很重的剑,左手上是他用来称重灵魂的正义与邪恶的秤。他的左侧是拖着带鳞的尾巴、长着阴暗邪恶下巴的魔鬼,他是恐怖的化身,正准备去作恶。善良的人举起苍白的手在祈祷,死了以后下地狱的那伙坏人是一群吵嚷着的怪兽,它们挺着黑色的大肚子、张着大嘴。怪兽的旁边是一群拿着干草叉和镣铐的小恶魔,正忙着将他们的受害者推进有着利剑般牙齿的大鱼嘴里。在左边，天堂被描绘成一座城堡式的酒店，充当守卫的天使在欢迎赤裸的灵魂。圣彼得戴着三重皇冠，正在接纳那些上了天堂的人。所有的人都赤身裸体，只戴着表示等级的袖章；红衣主教戴着法冠；国王和王后都戴着王冠。达格利什想，这幅中世纪描绘的天堂景象中没有任何民主气氛。在他看来，所有被祝福的人都是一副令人厌倦的虔诚的表情；那些被诅咒的倒是显得十分生龙活虎、目中无人、没有真心地悔过，当他们把脚踏进鱼嘴的时候，还是不知悔改。有一个人被画得比别人大，他在抗拒自己的命运，还向人形的圣米迦勒做着鄙夷的手势。《末日审判》本来放在更显著的位置上，通过呈现下地狱的场景来恐吓中世纪的信众，让他们积德行善、服从教条。而现在，观赏这幅作品的只是有兴趣的学者和游客，他们不再有对地狱的恐惧，觉得天堂存在于现世，而非来世。

他们站在那里一起观赏这幅画的时候，马丁牧师说："当然，这幅《末日审判》很不寻常。也许这是全国最好的画作之一了，我一直忍不住在想它应该被放到别的地方去。它大概是一四八○年前后的作品。我不知道你是否见过温哈斯顿的《末日审判》。这幅和那个作品很像，应该出自布利茅斯的同一名修道士之手。那幅画是在外流落多年后才被保存起来的，我们这幅则保存得更好，我们是幸运的。它是一九三○年代在韦赛特附近一座两层楼高的谷仓里被发现的，在那里，它被用来当做隔板把房间隔开。所以大概从一八○○年左右开始它就没有被弄湿过。"

马丁牧师把灯关了，兴奋地唠叨着："我们本来有一座很早期的环形塔——你可能知道在布拉姆菲尔德还有一座——我们那座早就已经散失了。这是刻着天主教堂里的七个重要仪式的洗礼盘，你看，上面的雕刻几乎没有了。传说中，圣餐盘是在十八世纪晚期的一场飓风之后从海里打捞上来的。当然，我们已经无从知道它是本来就在这里，还是属于某座沉在水下的教堂的。它被保存在这里已经有很多个世纪了。你看，我们还有四张十七世纪祈祷用的长凳。"

不管它们到底是什么时候的，达格利什看到长凳的时候就觉得它是维多利亚时代的。乡绅权贵和他的全家坐在其他信徒看不到的隐蔽的木头包厢里,从布道坛的方向望过来也很难看得到。达格利什想象着他们的凳子上是不是加了垫子和毯子,可能还给他们提供三明治和酒,也许还有用纸小心包好的书,来熬过长达数小时的、令人厌烦的布道。他还是小男孩的时候就担心这些包厢里的权贵们如果想撒尿了该怎么办。他们——还有所有其他的信徒——怎么应付星期天圣餐会冗长的布道或者祈祷,怎么能一直坐在那里坚持两场礼拜?是不是通常会有夜壶藏在木头椅子下面呢?

现在他们从走廊向祭坛走去。马丁牧师走到布道坛后面的柱子旁伸手打开开关并将灯光调暗。阴沉的教堂顿时陷入一片黑暗,整幅画戏剧性地焕发出生命和光彩。圣母和圣约瑟夫安静的姿态展现在画面上已经超过五百年了,仿佛有一瞬间他们从木头上飘出来,悬空停在静止的空气中,栩栩如生。圣母被画在精致繁复的黄棕色的锦缎背景上,饱满的色彩凸显了她的朴实和柔弱。她坐在矮凳上,裸体的圣婴在她大腿上摊开的白布上。她是标准的鹅蛋脸,脸色苍白,窄窄的鼻子下面是柔嫩的嘴,浓密睫毛覆盖着眼睛,上面是细细弯弯的眉毛。她落在孩子身上的眼神是无私和宽容的,高高的前额上垂下来的一缕缕卷曲的赤褐色头发,散在蓝色的斗篷上,落在精巧的双手上。她指尖合十,正在祈祷。孩子伸开双臂盯着她,就像在预示着他被钉在十字架上的磨难。圣约瑟夫穿着红衣,在画的右侧坐着,看起来未老先衰,很沉重地靠在一根棍子上。

达格利什和马丁牧师沉默了一会儿,关灯之前马丁牧师没有再说什么。达格利什怀疑他是否能在有这样魔力的画作面前进行世俗的谈话。

现在他说话了:"专家认为这是韦登的真品,可能是在一四四〇到一四四五年之间创作的。另外两幅版画可能表现了圣徒和捐赠人以及捐赠人的家人的肖像。"

达格利什说:"它是怎么来的?"

"是阿巴斯诺特小姐在学院成立一年以后送的。她想让它作为装饰祭坛的饰品，我们也从没想过把它挪到别的地方去。我的前任尼古拉斯·沃伯格牧师找来了专家。他对绘画很感兴趣，尤其是荷兰文艺复兴时期的作品，他对作品的真伪十分好奇。在赠送礼物的时候有份文件，阿巴斯诺特小姐在其中把它说成是放置在圣坛上、表现圣母和圣婴的三幅相连的画中的一幅，可能是韦登的作品。我一直在想如果没有进行进一步的鉴定就好了，那样我们就可以欣赏它而不用被安全问题所困扰。"

"阿巴斯诺特小姐是怎么得到这幅画的？"

"哦，是买的。一个陷入困境的家族为了分配遗产需要变卖一些艺术品，大概就是这么回事。我觉得阿巴斯诺特小姐买下它并没有花太多钱。这幅画的质量有让人生疑之处，即使它是真品。那个画家在一八六〇年代也不太出名和被认可。这幅画对学院来说是一个负担，当然，我知道执事长强烈地认为应该把它挪走。"

"挪到那里去？"

"挪到某个大教堂去。也许，那里可以有更好的安保条件。也许甚至是画廊或者博物馆。我相信他甚至建议过塞巴斯蒂安牧师把它卖了。"

达格利什说："把卖来的钱捐赠给穷人？"

"嗯，给教堂。他的另一个理论是那样能使更多的人有机会欣赏到这幅作品。为什么在我们这样一个处地偏远的神学院所拥有的其他特权之上还要加上它呢？"

马丁牧师的声音里有点辛酸，达格利什没有说话。马丁牧师沉默了一会儿，好像觉得自己把话题扯远了，继续向前走去。

"这些都是有意义的讨论。也许我们应该采纳它们，但是很难想象教堂的祭坛没有这幅画的场景。这是阿巴斯诺特小姐送给学校作为祭坛上的饰品，我想我们应该拒绝任何想把它挪走的建议。我可能愿意卖掉《末日审判》，但不是这幅。"

他们转身离开后，达格利什的思绪飘向了更远的地方。用不着想起阿尔弗雷德爵士那些攻击学院的弱点的言论，也会知道这个学院的未来有多么的不确定。学院会有什么前途呢?它的精神追求已经不再被圣公会的主流观点认可。只有二十名学生,占据着这个偏远的、难以接近的地方。如果它本来还可以维持,那么罗纳德·特里夫斯神秘的死亡也打破了原有的平衡。如果学院被关闭了,韦登的画和阿巴斯诺特小姐赠送的其他贵重物品,还有这座建筑本身的去向将如何呢?想起那张照片,很难相信她不曾正视过这种可能性并为此做好准备,即使这是她所不情愿的。一个老问题又回来了,指向问题的核心:谁会受益?他想问马丁牧师,但又觉得这样显得太不老练,再说,在这个地方问也不合适。但这是必须要找到答案的一个问题。

10

四套客房被阿巴斯诺特小姐用天主教的四名学者的名字来命名，分别叫格列高利、奥古斯丁、杰罗姆和安布罗斯。还是基于这个神学上的意义，四座为员工准备的木屋分别被命名为圣马太、圣马可、圣路加和圣约翰。很显然是因为没有那么多灵感了，所以南北回廊上学生宿舍的命名就没那么有想象力了，只用了数字门牌，但这样也更容易辨认。

马丁牧师说："你小的时候是住在杰罗姆的。也许你还记得。现在它是一个双人房了，床应该很舒服。从教堂那边数过来是第二间。恐怕没有房间钥匙可以给你。我们的客人房从来不上锁的。这里很安全。如果你有什么需要锁起来的文件，拉姆齐小姐会保管它们。早上九点钟她会在这里。我希望你觉得舒适，亚当。你看得出来吧，这里是重新粉刷过的。"

房间确实重新整修过。以前起居室的前面是一个很挤的小贮藏室，里面放着一些看起来好像是在教区义卖上无人问津的多余家具，现在已经变成了一块有用的地方，完全可以作为书房。这里没有多余的东西。窗子旁放着一张带抽屉的桌子，也可以写字用，窗外向西可以望见灌木丛。两把椅子放在取暖器的两边；还有一张矮桌，一个书柜。取暖器的右边是一个放食物的柜橱。福米卡贴面上放着一个电水壶、一个茶壶还有两个杯子和碟子。

马丁牧师说："食橱里有一个小冰箱。皮尔比姆夫人每天会放一品脱牛奶在这里。你到楼上就会看到我们在卧室里装了一个淋浴。你还记得吗？以前你来的时候需要穿过回廊到主楼的洗澡间去洗澡。"

达格利什当然记得。住在这里的时候，他很喜欢穿着衬衣在早上的空气中走出去，把毛巾搭在肩上，或者去盥洗室，或者走上半英里去洗澡间。这个现代化的淋浴可不是什么好的替代品。

马丁牧师说："如果可以的话，你收拾东西的时候我想待在这儿。我想让你看两样东西。"

卧室的家具和楼下一样简单。木质的双人床旁边有床头桌和床头灯，一个尺寸刚好合适的食橱，还有一个书架和一把安乐椅。达格利什把旅行袋的拉链拉开，拿出一套西装挂起来，他觉得有必要带着。简单梳洗了一下后他又回到房间里，马丁牧师正在窗前望着岬角的方向。达格利什进来的时候，他从法衣的口袋里拿出了一张折着的纸。

他说："我这里留着一张你十四岁的时候忘在这里的东西。我没有寄给你因为我不确定你是否高兴我看到了它。但我确实看到了，而且一直保存着，也许你现在想把它要回去。这是一首四行诗。我想你可以把它叫做诗。"

达格利什觉得那不能叫做诗。他压抑住自己的叹息，伸手拿过了那张纸。是什么样的感受从过去的岁月里露出头来，让他觉得这么不舒服？是少年的草率、困窘，还是矫揉造作？眼前的字迹，既熟悉又陌生，尽管写得小心翼翼，但还很幼稚、没有定型。它比一张旧照片更能让他回忆起以前的那些岁月，因为这是太私人的东西。很难相信在这片纸上写字的少年的手就是此刻拿着它的手。

他默默地读着。

丧失

"又是可爱的新一天",在远逝的过去你曾这样说,
那么无聊的声音。没人注意到你在街上走。
你没有说,"请用你的夹克把我包裹",
不是在阳光下,而是在风雪中。

这勾起了他另一段回忆。这在他童年的记忆里是很平常的事:他爸爸主持一个葬礼,在鲜绿的人造草坪旁边有厚厚的土堆,还有几个花圈。他父亲的白色法衣在大风中翻动着,还有鲜花的味道。他记得那几行诗是在参加一个独子的葬礼后写的。他还记得,他为最后一行的用词伤透了脑筋,他觉得两个元音太接近了,但又找不出合适的可以替代的词。

马丁牧师说:"我想对于一个十四岁的孩子来说是写得相当不错的。除非你想要回去,否则我想继续保留它。"

达格利什点了点头,把那张纸递过去。马丁牧师带着一种孩子似的满足感把它折起来放进了口袋里。

达格利什说:"一定还有什么其他的东西给我看吧。"

"是的,也许我们可以坐下来看。"

马丁牧师又一次把手伸进很深的法衣口袋里,拿出了一本卷着的类似学生作业本的东西,上面还套着橡皮筋。他把它在大腿上展平,双手交叉放在上面,就像是在保护它。他说:"在你去海滩前我想让你读一下这个。这是一份自白。那女人最后一次写完后,当天晚上死于心脏病。这对罗纳德·特里夫斯的死可能并不重要。我把它给塞巴斯蒂安牧师看过,这是他的观点。他认为这完全可以被忽略。它可能说明不了任何事,但是我很忧虑。我想最好让你在这里看一下,在这里我们可以不被打扰。我想让你看最开始和最后的两段。"

他把本子递了过来,等着达格利什把它看完。达格利什说:"您是

怎么拿到的,牧师?"

"我去找,然后果然发现了。玛格丽特·门罗是十月十三号星期五在她的木屋里被皮尔比姆夫人发现的。当时她正往学院走,发现圣马太那么早就亮着灯,觉得很奇怪。梅特卡夫医生——他是圣安塞尔斯的全科医生——看过后,尸体就被搬走了。是我建议玛格丽特写下她发现罗纳德·特里夫斯的过程,想知道她是不是真的写了。我是在她屋里小木桌的抽屉里一沓纸下面发现的。她并没有刻意想将它藏起来。"

"就您所知没有人知道这本日记的存在吗?"

"没有。除了塞巴斯蒂安牧师。我想玛格丽特甚至不会相信皮尔比姆夫人,虽然她是在员工中跟她走得最近的一个。她的木屋不像是被人翻过。我被叫去的时候,她坐在椅子上织毛线,看起来很安详。"

"你知道她具体指的是什么吗?"

"不知道。她肯定是在罗纳德死的那天看到或是听到了什么,还有埃里克·瑟蒂斯送给她的青蒜勾起了她的记忆。他是这里的杂工,帮雷格·皮尔比姆干活儿。这些你在日记里也看到了。我想不出那会是怎么回事。"

"她的死很意外吗?"

"不。她的心脏很不好已经好多年了。梅特卡夫医生和她在伊普斯威奇①咨询的专家都跟她讨论过建议她做心脏移植手术,但她很强硬地回绝了,她不想做任何手术。她认为有限的资源应当用于年轻人或者是正在哺育孩子的父母。我觉得她儿子死后她已经不大在乎自己是活着还是死去了。她的态度并不病态,只是对生命没有那么依恋,不愿意再抗争了。"

达格利什说:"如果可以的话我想留着这本日记。塞巴斯蒂安牧师也许是对的,这可能根本没用,但这对分析罗纳德·特里夫斯之死的

---

①伊普斯威奇(Ipswich),萨福克郡首府。

背景是一个很有意思的参考。"

他把本子装进了公文包，然后关上并设定密码锁。他们坐在那里沉默了半分钟。达格利什觉得有一股隐隐的恐惧袭扰着他们，除了一些可疑之处外，还有挥之不去的不安。罗纳德·特里夫斯很离奇地死去了，一个星期后发现尸体的女人，也就是之后发现了一个她觉得是重要秘密的人，也死了。这可能不只是巧合。现在还没有证据证明这是谋杀。他猜想马丁牧师和他一样，也不想把这些话说出来。

达格利什说："您对审判结果觉得很惊讶吗？"

"有点儿。我以为会判死因不明。认为罗纳德是自杀的想法，还有那种骇人听闻的表达方式，都是我们很难接受的。"

"他是个什么样的男孩？他在这里开心吗？"

"我并不觉得他很开心。但是我觉得没有其他神学院比这里更合适他了。他很聪明，也很努力，只是缺少魅力，可怜的孩子。在年轻人里面他显得很有主意。我说过，他非常自大但又显得缺乏安全感。他没有特别的朋友——我们倒不鼓励那种特别的友谊——我想他一直很孤独。但他在这里的学业和生活都不会让他感到绝望或者试图自杀。当然如果他确实是自杀的，那么某种程度上我们必须受到谴责。那样的话我们应当看得出他很不愉快，但一点迹象也没有。"

"你们对他的学业满意吗？"

马丁牧师考虑了一下才回答说："塞巴斯蒂安牧师觉得还满意，但我想他也许没有考虑到他的学习成绩。他没有自己以为的那么聪明，但他确实很聪明。在我看来，罗纳德非常渴望讨好他父亲。很明显，以他父亲的标准来看他还差得太远，于是他选择了一个根本没有任何可比性的职业。作为一名教士，尤其是天主教教士，有种令人感到诱惑的权威。一旦得到任命，他就拿到了赦免牌。这至少是他父亲不会做的事。我没有跟任何人说起过这些想法，也可能我想得不对。我觉得接受他的入学申请有些困难。对于一位院长来说，前任还在学院工作对他而言并不是件容易的事情。所以我认为这件事上我不应该反对塞巴斯蒂安牧师。"

如果说有某种不必要的不安在弥漫的话，那么在达格利什听到马丁牧师说"现在我想你希望看看他死的地方了"时，这种不安感更强烈了。

11

埃里克·瑟蒂斯从后门离开了圣约翰木屋。走过一排排整齐的菜畦去看他的猪，地里的菜已经成熟了。百合花、金盏花、小雏菊和香桃木纷纷意气风发地乱叫着走上来，撅起它们粉红色的猪嘴用力吸着，欢迎他的到来。不管情绪怎样，只要来到自己造的猪舍，进入围栏里面，总能让他觉得很满足。但是今天，他弯下身子拍拍香桃木的屁股，还是觉得有种焦虑无法排遣，就像真的有重物压在肩膀上一样。

他同父异母的妹妹凯伦就要来喝茶了。她一般每隔三个星期的周末会从伦敦开车来一次，而且无论天气如何都来，那两天他的记忆里满是阳光，足以温暖和点亮中间几个星期的漫长时间。过去四年，她使他的生活发生了很多改变。现在他不能想象没有她的生活将会是怎样的。她的到来对他来说是一种奖励；以前她只是跟他一起过周日。但是他知道她这次来是有事要他办。上个星期他已经拒绝过了，他知道这次他必须鼓足勇气再次拒绝她。

他斜倚在猪舍的栏杆上，想起过去四年他和凯伦之间所发生的事情。他们的关系并不是一开始就很和谐。他们认识的时候他已经二十六岁了,她比他小三岁,在她十岁以前,他妈妈完全不知道她的存在。他父亲给一家大的出版集团做代理,成功地经营着两家公司。十年前,由于公司的经营压力很大,加上和身体状况不佳,让他负担过重承受不了,把一切都扔给了他的女人后离家出走了。埃里克和他妈妈都没有因为他的离开而感到太难过;除了委屈她没有什么别的感觉。而这件事又让她生命的最后十年一直处于愤慨和严酷的斗争当中。她想得到伦敦的房产,但没有成功;她坚持想要孩子的监护权,其实没有人跟她争;她为了钱财的分配进行了长期和艰苦的争夺。埃里克再也没有见到过他父亲。

那座四层的房子在地铁椭圆站附近,是一座维多利亚式联排房子的一部分。在他妈妈长期遭受老年痴呆症的折磨去世之后,他父亲的律师告知他在他父亲去世以前可以免费住在那里。四年以前,他父亲在旅途中死于心脏病突发。埃里克发现那所房子被留给了他和同父异母的妹妹。

他在父亲的葬礼上第一次见到她。那个仪式——其实很难被定义为葬礼——是在伦敦北部的一个火葬场举行的,并没有神职人员出席,除了他和妹妹之外只有两名公司的代表,仪式只进行了几分钟就结束了。

从火葬场出来以后,他同父异母的妹妹直截了当地说:"这就是父亲想要的。他从不参与宗教活动,他不想要鲜花,也不需要被哀悼。我们要讨论一下房子的问题,但不是现在。我有很急的约会必须立刻回到办公室去,不好推辞。"

她没有提出送他回去,他一个人独自回到了那座空房子里。第二天她打来电话。他很清楚地记得打开门时的情景。她穿着和葬礼上一样的黑色紧身皮裤,宽松的红色套头衫和高跟靴子。她的头发看起来硬硬的,刚打过发油,她左侧的鼻子上有一枚闪光的鼻钉。她的外表看起来很怪异,但他很惊讶地发现他很喜欢她的样子。他们走进了前厅,这里大多数时候都空着。她没说什么,用评判的眼光四下打量了一下，不无轻蔑地看了一眼他妈妈的遗物，还有那些他从来懒得去挪动的笨重家具；满是灰尘的窗帘，面向大街的一面上还有图案；壁炉架上满是他妈妈去西班牙旅行带回来的华而不实的装饰品。

她说："我们要决定这房子该怎么处理。我们可以现在把它卖了然后每人分一半，或者可以把它出租。或者，我想，我们可以花点钱，把这里做些改造，变成三个一居室的公寓房，这可能花费不少，但父亲留下了一张保单，我不介意用它来改造房子，只要我能在房租收入里分得更多就行。你是怎么想的，顺便问一下，你还想住在这里吗？"

他说："我其实不想住在伦敦了。我想，如果我们可以把房子卖了，我就能在其他什么地方买一幢小别墅。我可能去做蔬菜种植，或者类似的事。"

"你太傻了，那需要比你可能得到的更多的钱，总之，不是你想象的那个数目。当然，如果你想离开的话，我想你更希望把它卖了。"

他想：她知道自己想做什么，而且一定会做到——无论我说什么。但是他并不介意，他带着某种好奇跟她一起一个房间一个房间地走。

他说："如果你想留着这房子我也不介意。"

"不是我想怎么样的问题。这对我们两个来说都是最明智的办法。现在房市很好，将来可能会更好。如果我们真的把它改造了，虽然会减少它作为祖居的价值，但从另一个角度来说，它可以带给我们固定的收入。"

她的想法无疑被实现了。他知道，开始的时候她很轻视他，随着时间的推移她对她的态度改变了。她很惊讶但是很高兴地发现他有多能干，因为他会粉刷、贴墙纸、装架子、安装橱柜，他们因此省下了很多钱。在这所只在名义上属于他的房子上他从不吝惜。他也发现了自己原来没有想到但十分有用的技能。他们请了一名水管工、一名电工和一名瓦工，但是很多事都是埃里克做的。他们自然而然地成了伙伴。星期六他们要去二手市场买家具，为买床单和餐具讲价钱，像孩子那样向对方展示自己的战利品。他教她怎样安全地使用喷灯；

坚持在粉刷之前把木头打磨光滑,尽管她抗议这是没有必要的;他认真地测量尺寸,定制厨房用具,她赞叹于他的细致和投入。他们一起忙的时候,她也谈些她自己的生活——她刚开始做一名自由记者,所以必须创出自己的名声;她终于能够以自己的名义发稿子的快乐;还有她工作的新闻圈里的那些骗局、流言飞语和丑闻。那是一个对他来说完全不同的世界。他很庆幸自己没有被迫置身其中。他梦想有一所小房子,一个小菜园,也许可以满足他想养猪的愿望。

他还记得——他当然记得——他们成为恋人的那一天。他修好了一扇朝南窗户上装有板条的木质百叶窗。他们一起用乳化漆刷墙。她干活儿很邋遢,而且干到一半说她很热,身上黏黏的,还溅到了油漆,想洗个澡。这也是个机会试试新装的浴室是不是好用。他也停下来不刷了,盘腿坐在地上,对着一面还没刷的墙休息,看着阳光透过半开的百叶窗漏进来,网格状的影子洒在有斑斑点点油漆的地板上,满足感油然而生。

然后她进来了。她没穿衣服,只在腰上缠着一条毛巾,手上拿着一块浴室用的大防滑垫。把它放下之后,她蹲下来,看着他笑。伸出双臂。他有点恍惚,跪在她面前低声说:"不能这样,我们不能。我们是兄妹。"

"只是一半妹妹,一半哥哥。没关系,只是家里的事。"

他嘟囔着:"窗帘,太亮了。"

她跳起来把窗帘拉上了。房间里几乎是黑的。她回到他跟前,把他的头揽在怀里。

这是他的第一次,也从此改变了他的人生。他知道她并不爱他,他也还没有爱上她。在这次和这以后很多次做爱的时候,他一直闭着眼睛,纵容自己的那些浪漫的、温柔的、暴力的、让他面红耳赤的白日梦成为现实。终于有一天,当他们第一次舒适自然地在床上做爱的时候,他才睁开眼睛看着她,才明白这是爱。

是凯伦帮他找到了圣安塞尔斯的这份工作。她在伊普斯威奇有个采访,拿回了一份《东盎格鲁日报》。当天晚上她就拿着报纸来别墅找他——那里还在施工,他在地下室打地铺。

"这个地方可能合适你。是在洛斯托夫特南部一个神学院里做杂工。那地方很安静。他们会提供一个小木屋作为住处,很显然是有院子的,我想你可以说服他们让你养鸡。"

"我不想养鸡,我更想养猪。"

"好,那就养猪——如果它们的味道不是特别大的话。他们给的薪水不多,但你每星期可以从这里收两百五十英镑房租。你可以把它存起来。你觉得呢?"

他想如果这是真的实在是太好了。

她说:"当然,他们可能想找一对夫妇,但是也不一定。我们可以去看看行不行。如果你愿意的话明早我就开车带你过去。现在给他们打电话约个时间,这上面有他们的号码。"

第二天她开车带他去了萨福克,把他放在学校门口,说一个小时以后回来接他。塞巴斯蒂安·莫里尔牧师和马丁·佩里牧师一起对他进行了面试。他很担心他们想要有牧师背景的人或者问他是不是经常去做礼拜,但他们没有提到任何关于宗教的事。

凯伦说过:"你可以去市政厅问问情况,当然,你最好证明你是个好的杂工。他们不是想要个苦力。我带了相机,我把你做的那些橱柜、隔板和家具都拍下来,你可以给他们看照片。记住,你得推销自己。"

但他并不需要推销自己。他很简单地回答了他们的问题,带着更令人同情的渴望,拿出照片给他们看,表明他多么想得到这份工作。他们带他去看了木屋。这比他想要的要大,在学校后面八十英尺左右的地方,前面的灌木丛一览无余,还有一个小院子。他在这里工作了一个月之后才提出想要养猪的事。提出以后也没有遭到任何反对。马丁牧师有点紧张地说:"它们不会跑出来吧,埃里克?"就像在问一个阿尔萨斯人一样。

"不会的,牧师,我想我会造一个猪圈把它们圈起来。当然,我去买木头之前会给您看图纸。"

"是不是会有不好的气味?"塞巴斯蒂安牧师问,"我听说猪没有味道,可我常常能闻得到,我的鼻子可能比大部分人的都灵。"

"它们不会有味儿的,牧师,猪是非常干净的动物。"

这样他有了小别墅、院子、猪,还有凯伦会每三个星期来一次。他的生活没有什么不满意的了。

在圣安塞尔斯他感觉到了一生都在寻找的宁静。他也不知道为什么,这些变成了他不可或缺的必需品——远离噪声,争论和人际关系的压力。这并不是因为他爸曾经粗暴地对待过他。大部分时候他都不在,即使在的时候他父母不和谐的婚姻也基本上表现为抱怨唠叨和委屈地嘀咕,而不是大吵大闹。他认为从童年起怯懦就是他性格的一部分。

即使在市政厅工作的时候——那份工作几乎不能算是特别刺激和令人愉快的——他还是让自己远离那些其他人觉得很正常的、甚至会主动挑起的同事间因反感或不合而产生的口角或者争吵。后来他认识了凯伦并和她相爱,但他更愿意一个人独处。

现在,他有了这个宁静的避难所,他的庭院和猪,有一份他很喜欢的、能体现他价值的工作,还有凯伦定期来看他,他觉得生活是完美和丰富的。但是学院托管人之一的执事长克拉普顿的约见把一切都改变了。凯伦可能提出的要求所带来的忧虑更加重了他对执事长拜访的不安。

执事长第一次来的时候,塞巴斯蒂安牧师对他说:"执事长克拉普顿可能想见你,埃里克,可能是周日或者周一的某个时间。主教任命他做这里的托管人,我想他可能认为有必要问你一些问题。"

塞巴斯蒂安牧师的声音有些奇怪,因为他最后一句话引起了埃里克的警惕。

他说:"关于我在这里工作的问题吗,牧师?"

"关于你的聘用条件,关于一些他想问的问题,他可能想参观一下你的木屋。"

他想参观一下木屋,他星期一早上九点刚过就来了。凯伦没有像平时那样在周日晚上离开,而是周一早上七点半才急匆匆地走了。她上午十点在伦敦有个会，走的时候已经快来不及了；周一早上A12公路堵得很厉害，尤其是进伦敦的方向。匆忙中——凯伦总是很忙乱——她忘了挂在木屋边晾衣绳上的文胸和短裤。执事长从小路上走过来，一眼就看到了。

执事长没有做自我介绍，他说："我不知道你还有客人。"

埃里克把那些令人讨厌的东西从绳子上拽下来塞进口袋里，随即意识到他这个令人尴尬和偷偷摸摸的行动也是个错误。

他说："我妹妹来这里过周末。牧师。"

"我不是你的牧师。别把这个词用在我身上。你可以叫我执事长。"

"是，执事长。"

他个子非常高——肯定超过六英尺，方脸，浓密的眉毛下的一双眼睛非常锐利，留着胡子。

他们沉默着经过小路走向猪舍。至少，埃里克想，对于这个园子他应该挑不出什么毛病。

他的猪用比以往都高声的号叫迎接了他们。执事长说："我不知道你养猪。你为学院提供猪肉吗？"

"有时候，执事长。但他们不怎么吃猪肉。他们从洛斯托夫特的屠户那里买肉。我只是养猪。我问过塞巴斯蒂安牧师是否可以养猪，他同意了。"

"养猪要占去你多少时间？"

"没多少时间，牧……没多少时间，执事长。"

"它们实在是太吵了，不过至少不臭。"

埃里克没有回答。执事长走回屋子里，埃里克跟在后面。起居室的圆桌旁有四把直背椅子，上面放着灯心草做的椅垫，他拉出其中一把，请执事长坐。而执事长好像没有留意他的示意。他站在壁炉前面打量着整个房间：两把扶手椅——一把是摇椅，另一把是加了坐垫的温莎公爵椅——一整面墙的矮书柜，还有凯伦带来的海报，用大头针钉在墙上。"

执事长说："这样往墙上贴海报不会损坏墙壁吗？"

"不会的,钉子是特制的,类似口香糖的材料。"

然后执事长拉出一把椅子坐下,让埃里克也坐下。下面的问题并不是十分咄咄逼人,但是埃里克觉得自己是某起未查明案件中被审问的嫌疑犯。

"你在这里工作多久了?四年,是吗?"

"是的,执事长。"

"你的具体工作是什么呢?"

他的职责从来没有被明确过。埃里克说:"我是一个杂工。我负责修理一切损坏了的东西,除了电器。我负责室外的打扫。我擦洗回廊的地板,把庭院收拾干净还有擦玻璃。皮尔比姆先生负责室内的打扫,还有一位从雷顿来的女工帮忙。"

"不是什么繁重的工作。花园看起来不错,你对园艺有兴趣?"

"是的,非常有兴趣。"

"但是还远远做不到为学院提供蔬菜。"

"不是所有的蔬菜,大部分是自己吃的。剩下的我也会送去厨房给皮尔比姆夫人,有时候我也送给其他木屋里的人。"

"他们给钱吗?"

"哦,不,执事长。没有人给钱。"

"那么你做这份不是很繁重的工作薪水是多少?"

"按照每天五个小时算基本工资。"

他没有说,其实他跟学院都不太在乎时间。有时候他做不到五个小时,有时候就长一些。

"除此以外你的住宿是免费的。当然,你需要付暖气费、电费,还有地方税。"

"我自己付地方税。"

"周末呢?"

"周末是休息日。"

"我指的是教堂。你去这里的教堂参加礼拜吗?"

他确实偶尔去教堂,但只是在晚祷的时候去。他坐在后面听音乐,还有塞巴斯蒂安牧师和马丁牧师控制得很好的嗓音，那些说出的字句他不熟悉，但听起来很美妙。不过执事长所指的参加礼拜不是这个意思。

他说："星期天我不是很经常去教堂。"

"塞巴斯蒂安牧师面试你的时候没有问过这件事吗？"

"没有，执事长。他问我是不是可以做这个工作。"

"他没有问你是不是一个教徒？"

这个问题他至少可以回应。他说："我是教徒，执事长。我在婴儿的时候受过洗。我有张卡片。"他很暧昧地四下看着，就好像那张记录着受洗仪式、上面有耶稣祝福幼儿的充满柔情的画面的卡片，会突然出现在眼前。

沉默了一会儿，他意识到他的回答没有令执事长满意。他不知道是否应该问执事长要不要咖啡，但早上九点半实在是太早了。执事长又沉默了一阵，然后从椅子上站起来。

他说："我知道你在这里生活得很舒服，塞巴斯蒂安牧师也很满意你的工作。但没有什么是永久的，舒服日子也不例外。圣安塞尔斯已经存在一百四十年了，但圣公会——实际上整个世界——已经改变了很多。我想建议，如果你知道有什么其他适合你的工作，你应该认真考虑应聘。"

埃里克说："您的意思是圣安塞尔斯要被关闭了？"

他意识到执事长的话说得有些多了。

"我没有那样说。这些事和你没关系。我给你建议是为你好，不要以为你可以一辈子在一个地方工作，就是这样。"

然后他走了。埃里克站在门口看着执事长大步穿过岬角向学院走去。他被一种特别的情绪攫住了。他的胃在翻腾着，嘴里觉得有胆汁似的苦。他一生都在回避着一些强烈的情绪，这是他生命中第二次感觉到一种不可抵御的身体反应，第一次是他意识到自己爱上凯伦的时候。但是这一次不同。这一次更强烈，但也更讨厌。他知道这是他人生中第一次觉得另一个人非常可恨。

12

达格利什在大厅里等马丁牧师回办公室取他的黑色斗篷。他来的时候,达格利什说:"我们能不能尽量把车开到离现场近一点的地方?"他其实更想步行过去,但他知道对于陪他去的马丁牧师来说,走在那片海滩上不论在体力和精神上都是件很辛苦的事。

马丁牧师显然松了口气,接受了这个提议。到现场之前一路上他们都没有说话,海岸公路向西和洛斯托夫特路交会了。达格利什平稳地将捷豹停在路边,侧过身来帮马丁牧师解开安全带,然后下车帮他打开车门。他们向海滩走去。

前面已经没有路了,他们走在沙滩上一条窄窄的小径上,两侧是高及腰际的欧洲蕨和乱蓬蓬的矮树丛,脚下的杂草早已被踩平了。有一段,矮树丛的枝叶拱悬在小径上,他们仿佛走进了昏暗的隧道中,波涛汹涌的大海只剩下从远处传来的有节奏的低声呻吟。欧洲蕨刚开始干枯,呈现出金黄的颜色,走在松软沙土上的每一步都散发着秋天里痛苦衰败的气息。他们从昏暗中走出来,岬角便铺展在他们眼前了。

这是一段险恶的平坦地带,向前再经过五十码左右的鹅卵石路,就是白浪翻滚的大海了。达格利什觉得,这里像史前纪念碑一样守卫着池塘的黑色木桩比以前少了。他试图寻找那艘失事船的残骸遗迹,但只有一根鲨鱼翅形状的黑色木棍戳在平坦的沙滩上。

这里到海滩上去的路很简陋,就是六级表面满是沙子的木头台阶,装在一侧的扶手似乎完全没有必要。台阶顶端的凹洞里有一座没刷漆的长方形橡木屋。它比普通的海滨更衣室大一些,旁边是用防水油布盖着的一堆木头,达格利什掀起油布的一角,看到里面摆放得整整齐齐的木板和断裂的板材,一半被漆成了蓝色。

马丁牧师说:"这里过去是更衣室。它看起来更像是索斯沃德[①]海滩上的,塞巴斯蒂安牧师觉得它很不协调。它已经破败了,看起来很丑,所以我们找了个机会把它废弃不用了。塞巴斯蒂安牧师觉得一个不刷漆的、简单的小木屋会看起来更好。这片海滩人迹罕至,我们来游泳的时候也几乎不用它洗澡,但无论如何我们也得有个换衣服的地方。我们不想让人觉得我们很古怪。更衣室里还有救生船。在这里游泳是十分危险的。"

达格利什没有把那段木头带来,也没有必要。他确定它是来自更衣室。罗纳德·特里夫斯是不是偶然地捡到它——就像人们在海滩上发现一根木头,没有什么特别的意思,只想用力地把它扔进海里?他是在这里发现这根棍子的还是沿着鹅卵石的路走了更远才发现的?他是不是想用它去戳从头顶上伸出的沙质岩壁?或者还有另外一个人拿着那根断了的木棍?但是罗纳德·特里夫斯是那么年轻,应该是健康和强壮的。他怎么会被人强行埋在令人窒息的沙子里,尸体上却没有留下任何搏斗的痕迹呢?

潮水正在退去,他们踏着细浪,沿着海边狭长潮湿的沙路走着,爬上两座防波堤。很显然它们是新造的,他记忆中的那两道防波堤在它们中间,只剩下几根顶部是正方形的柱子深陷在沙子里,由腐烂

[①]索斯沃德(Southwold),萨福克郡北部的一个海边小镇。

了的木板连接着。

马丁牧师拉起斗篷,爬上长满苔藓的防波堤,说:"欧洲委员会捐助了这些防波堤。它们是海防工程的一部分,改变了很多地方海岸原来的面貌。我想这里比你记忆中的沙子更多了。"

他们走了大约两百码,马丁牧师轻声说:"这就是那个地方。"然后开始向悬崖的方向走。达格利什看到一个由两段紧紧绑在一起的浮木做成的十字架,沾在沙子上。

马丁牧师说:"发现罗纳德·特里夫斯的第二天我们便把这个十字架放在这里。现在它还在这儿。也许从这里经过的人都不愿去弄乱它。我觉得它保存不了多久了,冬天暴风来了会把它刮走。"

十字架上面的沙质峭壁是深棕橙色的,像被用铁锹铲成了薄片。一簇从峭壁边缘伸出的草在微风中摇晃着。左右各有几处峭壁的表面已经松动了,在伸出的崖壁下面留下很深的裂缝。他想,如果有人把头伸进这样的崖壁下方,再用棍子向上戳,那么他被半吨重的沙子压下来是太有可能的事了。但是那意味着一个人需要具有超乎寻常的意志或者绝望。他想不出什么比这更可怕的死法。如果罗纳德·特里夫斯想自杀的话,游进海里让寒冷和精疲力竭淹没他岂不是更仁慈的选择?到现在为止,他和马丁牧师还没有谈到"自杀"这个词,但是他觉得必须说一下了。

"牧师,他的死更像是自杀而不是事故。但是如果罗纳德·特里夫斯确实想自杀,他为什么不选择投海呢?"

"罗纳德肯定不会那样做的。他非常怕海。他也不会游泳。其他人常到这儿游泳,而他连个澡都没在这儿洗过,我从来没见过他在海滩上走过。这也是我对他选择圣安塞尔斯而不是去申请其他神学院感到吃惊的原因之一。"他停顿了一下,"恐怕你会觉得自杀的可能性比事故大。这种可能性让我们感到非常痛苦。如果罗纳德自杀了而我们根本不知道他有那么不开心,那么我们真是不可原谅。我真的不能相信他来这里的目的是为了走向坟墓。"

达格利什说:"他脱掉斗篷和法衣,并把它们整整齐齐地叠好。如果他是上来攀登峭壁的,会这样做吗?"

"他可能这样做。那两件衣服无论穿着哪一件都很难攀爬。这两件衣服特别令人痛苦。他把它们叠得太好了,袖子朝里,就像把它们打包要出门旅行。他是个很细心的男孩儿。"

达格利什想,那为什么要往峭壁上爬?如果他是来找什么东西的话,会是什么呢?峭壁是沙质的,很容易松动,上面也只有很薄的一层石头,是个很难藏东西的地方。他知道这里偶尔会有些有趣的发现:几块琥珀或者是从现在已经沉入大海的墓地中被冲刷出的人骨。但是如果特里夫斯发现了这些物件,那么它现在哪里?他的尸体旁边除了那根木棍什么东西都没有。

他们沉默着从海滩走回来,马丁牧师走得不太稳,达格利什为了迁就他也放慢了步伐。这位年老的牧师在风中低着头把他的黑色斗篷紧紧地裹在身上,对达格利什来说就像和死人一起走一样。

他们回到车上后,达格利什说:"我想跟那位发现门罗夫人尸体的职员聊聊——皮尔比姆夫人,对吗?而且如果我可以跟那位医生谈谈的话也会有帮助,虽然还很难有说得出口的正当的理由。我不想无中生有地怀疑。她的死已经够让人伤心的了。"

马丁牧师说:"梅特卡夫大夫应该下午来学院。我们的一名学生,彼得·巴克赫斯特,得了腮腺炎正在恢复。上个学期就开始了。他的父母在国外工作,所以放假的时候我们让他留在这儿,确保他能得到必要的照顾和护理。他有需要的时候,格利高利·梅特卡夫就会过来,如果距离他的下一个患者预约有半小时左右的时间的话,他也经常用这个机会来遛狗,我们可能会遇到他。"

他们很幸运。穿过塔楼到达庭院的时候,他们看到一辆陆虎停在主楼前面。达格利什和马丁牧师下车的时候,梅特卡夫大夫正提着箱子走下台阶,回头和什么人说再见。医生个子很高,看起来像是饱经风霜。达格利什想他一定快退休了。他走向那辆陆虎,打开车门,里面传来很响的狗叫声——两条达尔马提亚狗从里面冲出来,祈求般地叫着。医生拿出两只大碗和一个塑料瓶,马上就传来了狗在啜食的声音,粗壮的白色尾巴摆得更厉害了。

达格利什和马丁牧师走近的时候,他大声地打招呼:"下午好,牧师。彼得恢复得很好,不用再担心了。他应该多一些户外的活动。少点神学,多一点新鲜空气。我带阿杰克斯和贾斯帕去岬角转转,您一切都好吧?"

"非常好,谢谢你。乔治,这是从伦敦来的亚当·达格利什。他要在我们这里待一两天。"

医生转过头来看着达格利什,握手的时候,他满意地点了点头,像是对方通过了体格检查那样。

达格利什说:"我本想来到这儿之后先见一下门罗女士,但是我来晚了。我不知道她病得这么厉害。但是据马丁牧师说,她的死并不是很突然。"

医生脱掉了外套,从车里拽出一件厚运动衫,把皮鞋换成了方便步行的靴子。他说:"死亡仍然让我觉得吃惊。你觉得一个病人活不到一个星期了,具有讽刺性的是,他们起来了,而且一年以后还活着。之后你觉得他们至少还能再活六个月,可当晚再被找来的时候他们已经走了。这是为什么我从来不给患者一个还能活多久的预期。但是门罗夫人知道她心脏的状况很糟——毕竟她是一名护士——她的去世当然没有让我觉得吃惊。她可能在任何时候走。她和我都知道这一点。"

达格利什说:"这就意味着学院可以躲过一劫,不用在刚有人死去并做过尸检后再经历这种事。"

"上帝,是的!谁都不该死。我定期来看她;她死的前一天我还给她打过电话。你们怀念她,我也很难过。她是你的老朋友吗?她知道你要来访吗?"

"不,"达格利什说,"她不知道。"

"真遗憾。如果她有什么值得期待的事也许可以再坚持些时候。你们不懂心脏病患者。你们不懂任何病人。他们往往就是这样。"

他点了点头算作告别,然后大步流星地走了,两条狗在他身边蹦蹦跳跳，一路小跑。

马丁牧师说："我们现在可以去木屋找皮尔比姆夫人了。我带你进门介绍一下，然后你们单独谈。"

13

圣马可通向门廊的门大开着,阳光洒在红色的地面上,照在门两侧矮架子上一排赤陶罐花瓶里的植物上。马丁牧师很费力地伸手到门环上敲门,里面的门开了,皮尔比姆夫人微笑着站在一边迎接他们。马丁牧师做了简单的介绍就离开了,他曾经在门口犹豫了一下,好像不确定是否应该说两句客套话。

达格利什来到堆满家具的客厅,这里让他产生一种温暖和怀旧的情愫,把他带回到了童年时代。小时候跟妈妈来教区的时候就是在这样的房间里,坐在椅子上,晃荡着腿,在桌边吃果饼,或者在圣诞节的时候吃着肉馅饼,听着妈妈低低的、柔和的声音。这个房间里的一切都是他很熟悉的:带装饰盖的小铁制壁炉;中间正方形的餐桌上盖着红色的绒线桌布,桌子中央绿色的花盆里是一大束绿叶盆栽;壁炉两侧各有一把简单的椅子,其中一把是摇椅;壁炉架上有一些装饰品——两条撅嘴绷脸的斯塔福德郡狗;一只装饰复杂的花瓶,上面写着"来自索森德的礼物";还有一些镶在银相框里的照片。墙上挂着维多利亚时代的图画，还在它们原装的胡桃木框子里，有《水手回家》和《爷爷的宠物》，画面上一群干净整洁得几乎不真实的孩子和他们的父母穿过草地去教堂。南窗大开着，面对着岬角的景色。狭窄的窗台上布满了种着仙人掌和非洲堇的小花盆。唯一不协调的是占据角落的一台大电视机和录音机。

皮尔比姆夫人个子很矮，身材丰满结实，风吹日晒的褐色脸庞，头发很整齐，精心地梳成了波浪形。她刚才在裙子外面围了一条印花的围裙，现在脱下来挂在了门后的钩子上。她示意达格利什坐在摇椅里，自己坐在他对面。达格利什忍住不向后靠去，舒服地摇晃着。

见他在看那些画，她说："这些画是奶奶留给我的。我是在这些画的陪伴下长大的。雷格认为它们有些太伤感了，但是我喜欢他们。那个时候的画家跟现代的不一样。"

"是的，"达格利什说，"是很不一样。"

看着他的那双眼睛很温和，但很有智慧。阿尔弗雷德·特里夫斯爵士强硬地坚持调查必须非常小心谨慎，但又不能把事情搞得过于神秘。皮尔比姆夫人像塞巴斯蒂安牧师一样知道真相，至少是必要的部分。

他说："是关于罗纳德·特里夫斯的死。审讯时，他父亲阿尔弗雷德爵士不在英国，他让我来做些调查——关于到底发生了什么，如果证明审判结果是正确，他就放心了。"

皮尔比姆夫人说："塞巴斯蒂安牧师告诉过我您会来问些问题。但阿尔弗雷德爵士这个想法有点滑稽，不是吗？说起来，他应该很高兴接受现在的结果。"

达格利什看着她。"你对审判的结果满意吗，皮尔比姆夫人？"

"嗯，尸体不是我发现的，我也没有去旁听审讯。这件事跟我没关系，但是的确有些奇怪，每个人都知道峭壁那里很危险。尽管这样，那个可怜的男孩还是死了。我看不出他父亲重提这事希望得到什么。"

达格利什说："我没有办法去和门罗夫人谈话了，但是我想知道她是否跟你说过什么关于发现那男孩的事情。马丁牧师说你们是朋友。"

"可怜的人，是的，我想我们是朋友，虽然玛格丽特是不喜欢被打扰的人，甚至在查理死了以后我也不觉得我们真的很亲近。他是部队里的上尉，她很为他骄傲。他被爱尔兰共和军俘虏了，我想他一定在做些保密的工作，他们抓了他以后对他进行拷问，让他交代。消息传来后我搬到她那里去住了大概一个星期。塞巴斯蒂安牧师让我这样做，其实无论如何我都会去陪她的。她没有阻止我，我觉得她都没有意识到我的存在。我把吃的放在她面前的时候，她就吃一口。她突然说让我走的时候我很高兴，她说："对不起，鲁比。我真的不是个好相处的人。你太好了，但是请你现在走吧。"然后我就离开了。

"事发以后的几个月里她忍受着来自地狱般的折磨，不能说话。她眼睛变得很大，脸上满是皱纹。我想她还是没有恢复过来——换作是你也不会，是吗，如果那是你自己的孩子呢？但那个时候她开始再次对生活感兴趣起来。我想是的，我们都是这样。而后来，根据耶稣受难日的协议，那些凶手被放了出来，这让她不能接受。我想她很寂寞。她爱那些男孩子——对她来说他们永远都是孩子——他们生病的时候她照顾他们。但我觉得查理死了以后他们在她面前有些不好意思。年轻人不愿看到不幸，谁又能责怪他们呢？"

达格利什说："他们必须承受并习惯于这些，他们是牧师。"

"哦，他们会学习的，我敢说，他们是好的牧师。"

达格利什问："皮尔比姆夫人，你喜欢罗纳德·特里夫斯吗？"

这个女人过了一会儿才回答："我是否喜欢他并不重要。当然，谁的立场都不重要。在这么小的一个社区，最好不要有这种偏好，这是塞巴斯蒂安牧师一贯反对的。但他不是个受欢迎的男孩，我也不觉得他在这里待得很习惯。他太孤傲，对别人又很苛刻。这可能是缺乏安全感的表现，是吗？他从来不会忘记提醒我们他父亲很有钱。"

"他和门罗夫人的关系好吗？"

"和玛格丽特？我想可以说是的。我知道他确实常去她哪儿。学生们只有受到邀请才能到木屋去，但是我觉得他常常不预先通知就去了。她从没抱怨过。我想不出他们在一起会聊些什么。也许他们都需要陪伴。"

"门罗夫人跟您说起过发现尸体的事吗?"

"没有多说,我也不喜欢问。当然审讯的时候都说过,我也看了审讯书,不过我没有出庭。这里每个人都在谈论这件事,当然是在塞巴斯蒂安牧师听不到的地方。他不喜欢大家传闲话。可无论如何,我想我了解所有的情况——也没什么复杂的。"

"她告诉你她对这事做了记录吗?"

"不,她没有。但我并不奇怪,玛格丽特很能写。查理死前她每周都给他写信。我去看她的时候她总是在桌上写字,一页接一页地写。但她没有告诉过我她在写关于罗纳德·特里夫斯的事。她为什么要这样做呢?"

"你发现了她的尸体,是吗?她心脏病发作的时候。当时到底是什么情况,皮尔比姆夫人?"

"当时六点刚过,我正在去往学院的路上,发现她灯亮着。我已经有好几天没有见过她了——其实是几天没有说过话——我有一点紧张。我想我有些忽略她了,她也许想过来跟我和雷格一起吃顿晚饭,也许一起看看电视。于是我就去了她的木屋。然后我看到,她死了,就在椅子上。

"门没有锁还是你有钥匙?"

"哦,门没有锁。这里一般都不锁门。我们总是这样。然后我发现了她。她看起来很冷,坐在椅子上,身体僵直,大腿上摊着正在织的毛线。她右手还握着针,正要织下一针。当然我叫了塞巴斯蒂安牧师,还给梅特卡夫大夫打了电话。梅特卡夫大夫前天还来看过她,她的心脏非常不好,所以出具死亡证明没有任何问题。她这样走很好,真的。我们都应该觉得她很幸运。"

"你发现了什么纸吗?或者信?"

"我没有看到,当然我没有到处翻。为什么要那样做呢?"

"您的确不会那样做,皮尔比姆夫人。我只是好奇她有没有留下什么纸条、信件或者放在桌上的文件。"

"没有,桌子上什么也没有。有一件事情很奇怪,她没有在织毛线,没有。"

"为什么您这样说？"

"她在帮马丁牧师织一件冬天的套衫。他在伊普斯威奇的一个商店里看到的然后回来描述给她听。她想织一件给他作为圣诞节的礼物。但是那个式样十分复杂，是一种中间带图案的缆绳状花样，她告诉过我有多么难织。她织的时候必须把一个样式图打开放在眼前。我看到过很多次，她必须参照那个样子才能织。而且她戴错了眼镜，那副眼镜是她看电视的时候戴的。看近的东西时她常会戴一副金边眼镜。"

"当时图样不在？"

"不在。只有针和线在她腿上，而且她拿针的姿势也很滑稽。她跟我的织法不一样，她告诉我她是大陆织法。非常奇怪。她一般是用左手紧握着针，另一只手把线绕上去。我想那个场面有点滑稽，她没在织却把织物和毛线放在腿上。"

"你跟任何人说过这事吗？"

"说这事有什么用吗？这不重要，只是有些古怪而已。我想她可能是觉得不舒服了，拿了针和织了一半的毛衫坐在椅子上，忘了拿那个样式图。我想念她。让这个木屋空着很奇怪，就像她一夜之间消失了。她从没谈起过她的家人，但忽然出现了一个住在萨比顿的姐姐，并且安排把她的尸体运到伦敦去举行葬礼，她和她丈夫来木屋收拾遗物。没有什么比死亡更能把家人召唤来了。玛格丽特可能并没有希望有一个安魂弥撒，但是塞巴斯蒂安牧师在教堂精心准备了仪式，我们都参加了。塞巴斯蒂安牧师觉得我可能想读圣保罗中的一段，不过我说我更愿意祈祷。我觉得我不能读圣保罗。对我来说他是一个麻烦制造者。基督教信徒里原本是有一些各自为政的小支派，但基本上相处得还不错。后来圣保罗出人意料地出现了，开始胡乱指挥，还责备大家。他还写信对他们进行严厉的谴责。我可不愿意收到那样的信。我也是这样告诉塞巴斯蒂安牧师的。

"他说了什么？"

"他说圣保罗是伟大的宗教天才之一,如果不是因为他我们现在都不会是基督徒。我说:'是的,牧师。就算不是基督徒,我们也总会是个什么。'然后我问他觉得我们会是什么。我觉得他并不知道。他说他得想一想,也许他想了,但他再没有告诉我。他说我提的问题不在剑桥神学院的课程提纲之列。"

达格利什谢绝了她喝茶和点心的邀请,之后便离开了。他想,皮尔比姆夫人提出的问题远不止这些。

14

埃玛·拉文汉姆博士离开剑桥学院比计划中的要晚，吉尔斯已经在食堂吃过午饭，在她装行李的时候，他向她交代了走之前要办的事。她知道他很想拖延她的时间。吉尔斯从来都不喜欢她每个学期离开三天去圣安塞尔斯神学院讲课。他从没有公开反对过，也许是担心她会认为那是对她私人生活不可原谅的干涉。但他用更缓和的方式表达他对这桩与他无关的事情的不满；作为一名宣誓的无神论者，他也并不尊重神学院。可他又很难以她在剑桥的工作有多么辛苦为由阻拦她。

出发晚了就意味着会遇上周五晚高峰的堵车，车子走走停停，让她对吉尔斯耽误她的时间心生怨恨，也恼怒自己为什么没能坚决地反抗他。上个学期末，她开始意识到吉尔斯的占有欲更强了，对她的时间和感情都有更多要求。现在，因为有希望能在北方的大学谋得一个教授职位，他想结婚了，他觉得这样她才最有可能和他一起走。她知道他对与什么样的女人组建家庭有很明确的想法。不幸的是，看起来她好像正符合那些要求。她下定决心，至少在接下来的几天里，要把这件事，以及工作上的所有问题彻底抛在脑后。

她和学院的合作开始于三年以前。她知道塞巴斯蒂安牧师以他惯有的方式招募了她。他先在剑桥的熟人中传播了意向。学院要求的是一名专业学者，最好是年轻的，在每个学期开始的时候办三场关于"英国国教诗歌传承"的讲座，这个人还要有些名望——或者将会有名望，能和年轻的教士候选人交流，还要符合圣安塞尔斯的精神气质。至于这些气质到底是些什么，塞巴斯蒂安牧师认为是无须解释的。塞巴斯蒂安牧师后来告诉她，设立这个职位是出于学院创建者阿巴斯诺特小姐的意愿。像其他很多事情一样，这个想法也是因为受到了她在牛津高教会派朋友的强烈影响，她相信被授予神职的圣公会教士应该了解他们教派的文学遗产。埃玛——二十八岁，新近被任命的讲师——被邀请进行了塞巴斯蒂安牧师所说的非正式会晤，讨论她每年在这里工作九天的可能性。他们给了她这个工作，她也接受了。埃玛的条件只有一个，那就是诗歌的范围不应该只限于圣公会作家，也不应该对作品创作时间进行限制。她告诉塞巴斯蒂安牧师，她希望在课程中增加杰拉尔德·曼利·霍普金斯[①]的诗歌，并将课程所涉及的时间跨度扩展到现代，包括艾略特[②]这样的诗人。塞巴斯蒂安牧师显然认为自己找对了人，很愿意把这些具体的课程安排交由她来决定。他参加了她主持的第三次研讨会，当时他沉默不语，显得有点吓人。除此之外，他对课程的进展情况没有更大的兴趣。

在圣安塞尔斯的那三天以及之前的一个周末，对她来说日益重要，她总是非常向往，而且这里也从没让她失望过。剑桥的生活充满了紧张和焦虑。她很早就取得了大学讲师的职位——她想也许是太早了。如何在她所热爱的教学和开展研究工作之前取得平衡是个问题；她还要承担管理的责任，还要向牧师一样关爱那些越来越愿意把她当做第

[①] 杰拉尔德·曼利·霍普金斯（Gerard Manley Hopkins, 1884—1889），英国诗人，他在写作技巧上的变革影响了二十世纪很多诗人。
[②] 艾略特（T.S. Eliot, 1888—1965），英国诗人、文学评论家和剧作家，一九四八年获诺贝尔文学奖。

一个倾诉对象的学生们。很多人都是家里第一个上大学的,他们因为负载着家人的期望而显得烦恼和焦虑。有些从前一直是 A 等成绩的学生会发现书单长得令他们心生畏惧。还有一些人非常想家又不好意思承认,觉得没有准备好去面对令人胆怯的新生活。

除了这些压力以外,还要面对吉尔斯对她的要求以及她自己复杂的情绪。对她来说,来到整齐漂亮、偏远宁静的圣安塞尔斯,为那些聪明的、不用每周写论文的年轻人讲授她热爱的诗歌是一种解脱。他们会无意识地谈论她可以接受的看法来讨好她,也没有学位考试的阴影。她喜欢他们,虽然她一般不鼓励他们那种浪漫多情的情绪,但她知道他们喜欢她。他们很高兴在学院里见到一位女士,期待她再来并把她看成是一个伙伴。而且不仅学生欢迎她,这里的教士们也会像老朋友一样问候她。塞巴斯蒂安牧师平静的,甚至是有些正式的欢迎不能掩饰他对选择了合适的人来上课所流露的满意。其他几位教士则对她会再来表现出溢于言表的高兴。

虽然到圣安塞尔斯的访问总是值得期待,但定期例行回家看望父亲却是她一直难以卸下的精神负担。自从放弃了牛津的职位,他就搬去了马里波恩车站附近的一所公寓。那里红砖墙的颜色让她觉得像块生肉,笨重的家具、深色的墙纸,还有网格状的窗户营造了一种永久的昏暗的氛围,而她父亲好像从来都没有意识到。亨利·拉文汉姆结婚很晚,第二个女儿出生后不久,妻子就因肺癌去世了。那时候埃玛才三岁,之后她觉得父亲把对妻子的爱都转移到了小女儿身上,对无助的和失去母亲的孩子格外怜悯。埃玛一直觉得自己缺少爱。她对妹妹没有怨恨或者嫉妒,而是用对工作的爱和成功来弥补在家里缺少爱的缺憾。有两个词是她在青春期反复听到的,那就是"聪明"和"漂亮"。这两个词对她来说也都是负担:第一个是对她获得成功的期望,因为她拿到需要的分数是件轻而易举的事;第二个是个词更让她为难,有时甚至是种折磨。她到了青春期才显出是个美人,时常盯着镜子试图去定义和评估这笔被格外高估了的资产。那时候她差不多已经知道,长得好看、可爱是一种上天的恩赐,而美丽漂亮则是危险的和不那么容易接受的礼物。

直到妹妹玛丽安长到十一岁,两个女孩一直由她爸爸的一个姐姐照顾,那是一个通情达理、不善表达感情但尽心尽责的女人。她身上几乎没有什么母性的本能,只是在当时的情况下知道自己有责任帮忙照看孩子。她为她们提供了稳定的生活,但缺乏感性的关怀。一到了她认为玛丽安已经足够大的时候,她便又回到了养狗、打桥牌和到国外旅行的日子里去了。两个女孩看着她没有一点歉疚地离开了。

但是不久玛丽安就死了,十三岁生日的时候死于一个醉酒司机的车轮下,于是就剩下了埃玛和父亲。她回去看他的时候,他表现得小心谨慎、甚至是很痛苦的礼貌。她不知道是不是因为他们缺乏交流,避免互相表达亲情——她很难把这称为疏远,他们跟陌生人有什么区别呢?——导致了他现在这样的感受,他七十多岁了,又是鳏夫,向她要求他从未表现出的对爱的需要是种屈辱,会令他尴尬。

现在,她终于接近了旅行的终点。通向海的那条窄路只有在夏天的周末才会有人。在这个傍晚,她是唯一的旅行者。路在她的面前伸展开来,苍白暗淡,影影绰绰,在昏暗的灯光下显得有些险恶。像往常到圣安塞尔斯来一样,她感觉像在沿着坍塌的海岸前行,在时间上和空间上都显得难以驾驭,神秘而孤寂。

她顺着路转过弯,向圣安塞尔斯开去,高高的烟囱和学院高塔在越来越暗的天空中若隐若现。她看到了一个矮个子的人正在她前面五十码的地方向前走着,她认出那是约翰·贝特顿牧师。

她追上去停在他身边,把车窗摇下来说:"我能带您一段吗,牧师?"

他眨了眨眼,似乎一时没有认出她来。之后他就露出了熟悉的孩子般的笑容:"埃玛。谢谢你,谢谢你。能带我一段最好了,我围着池塘走得远了一些。"

他穿着一件很重的斜纹软呢外套,脖子上挂着望远镜。他上了车,外套里装满了东西。潮湿的气息带着海水的咸味。

"看鸟有什么收获吗,牧师?"

"就是那些冬留鸟。"

他们沉默着坐在一起,感觉很舒服。曾经有很短的一段时间。埃玛觉得跟约翰牧师在一起很难放松。那是她三年前第一次到这里来的时候,拉斐尔告诉了她约翰牧师曾经入狱的事情。

他说:"就算在这里没人跟你说,在剑桥也一定会有人告诉你,与其那样,我更希望你从我这里听说。约翰牧师公开承认他对唱诗班里的几个小男孩进行了性骚扰——那是他们用的词。但是我怀疑那不是什么真正的性骚扰,他在监狱里待了三年。"

埃玛说:"我不太懂法律,但是判得好像很严苛。"

拉斐尔曾这样告诉她:"开始只是两个男孩。可是,另一位临近教区的教士马修·克拉普顿,多管闲事地提出了另外的证据,又引出了三个年轻人跟那个案子绑在一起。他们以更严重的暴行为名起诉了约翰牧师。他们的证词中说,是他们小时候遭到的虐待使得他们找不到工作、不开心、违法和反社会。他们在撒谎,但是约翰牧师还是有负罪感。他有他的理由。"

即使没有拉斐尔告诉她自己相信约翰牧师是清白的,埃玛也非常同情他。他像一个一半都沉浸在自己个人世界中的男人,小心地维持着那种容易受到攻击的外表,就像背负着什么脆弱易碎的东西,即使一个意外、突然的动作就会把它打碎。他对人不厌其烦地礼貌和客气。她只是偶尔在注视他眼睛的时候会觉察到他的痛苦,于是她不得不把目光从那些痛苦中移开。也许他还依然感到内疚。她真希望拉斐尔没有说过那件事就好了。她无法设想他在监狱的日子是怎么过的,有谁愿意承受这种地狱般的生活?他在圣安塞尔斯的日子也不会好过。他和他未婚的、可以被仁慈地解释为古怪的姐姐住在三楼的一套公寓里。埃玛仅有的几次见到他们在一起的时候,她觉得约翰牧师明显很投入地爱他的姐姐,但也许即使爱对他来说也是额外的重担而不是安慰。

她在想是否应该提一下罗纳德·特里夫斯的死。她在报纸上看到了一则简报。出于某种原因,拉斐尔担负起了向她通报学院新闻的任务,打电话告诉了她这件事。考虑了一下之后她写了一封简短、措辞小心的吊唁信给塞巴斯蒂安牧师。现在跟约翰牧师提起罗纳德的事应该是很自然的，但有什么东西阻止了她。她意识到这个话题可能不受欢迎，甚至是痛苦的。

现在，视线中的圣安塞尔斯已经很清楚了，屋顶、高耸的烟囱、塔楼和圆顶，随着光线的消失而越来越暗。主楼前面两个废弃的伊丽莎白时代门房的柱子无言地传送着暧昧的信息——原始的生殖崇拜。不屈的哨兵对抗着稳步前进的敌人，不停地提示着这所房子必然的结局。是不是因为她旁边约翰牧师的出现，或者是由于想到了罗纳德·特里夫斯在沙子重压下的最后一次呼吸，才让她心头忽然爆发了这种悲伤的情绪和茫然的忧惧？以前每次来圣安塞尔斯都充满欢愉，可现在她接近它的时候几乎带着恐惧。

车停下的时候，房子前门是打开的，借着大厅里的灯光，她看到了拉斐尔的轮廓。他穿着深色的法衣站在那里，纹丝不动，就像石雕一样向下看着他们。她记得她第一次看到他的情景：她愣在那里，有一瞬间不能相信自己的眼睛，然后大笑起来，因为她没能掩饰自己的吃惊。另一个学生史蒂夫·莫比跟他们在一起，还跟她一起笑。

"他很特别，是吧？我们在雷顿的一个客栈里，有一位女士走上来说：'你们从那里来，奥林匹斯？'我想跳过桌子，袒胸露背，然后大喊：'看看我吧！看看我吧！我也很漂亮。'不过这只是无用的想象罢了。"

他这样说的时候没有带着一点嫉妒。也许他知道一个男人的美并不像看起来那样是个天赐的礼物，不过对埃玛来说，她确实无法看到拉斐尔而不想到洗礼仪式上的坏仙女。她觉得有趣的是，她看他的时候感到愉快但不会有任何生理上的反应。也许他对男人比对女人更有吸引力。如果他对男性女性同样有魅力，那他也没有意识到。从他的自信可以看出，他知道自己很漂亮，而这样的漂亮让他与众不同。他看重自己与众不同的漂亮，也觉得拥有这样的外貌是件好事，但是他并没有在意这对其他人的影响。

现在他露出了微笑，下了台阶向她走来，伸出手。以她现在的有些迷信的心情和恐惧的感觉，这个手势好像不是欢迎而是警告。约翰牧师点了点头,最后笑了一下,快步走开了。

拉斐尔接过埃玛的笔记本电脑和箱子,说:"欢迎回来。我不能保证你有个愉快的周末,但可能很有趣。我们这里住着两个警察——有一个竟然是从伦敦警察厅来的。达格利什警长来这里问有关罗纳德·特里夫斯之死的问题。还有些别的人,至少在我看来更不受欢迎。我不想理他,也建议你这样做。他是执事长马修·克拉普顿。"

15

还有个地方要去。达格利什先回了一下自己的房间,然后穿过安布罗斯和教堂石墙之间的铁门,沿着八十码长的小道走向圣约翰木屋。已经接近傍晚了,西边的天空出现一抹俗丽的粉色。小路边上高高的、修剪整齐的草丛在微风里颤抖着,接着又被突如其来的一阵狂风打倒了。在他的身后,圣安塞尔斯向西的那面还在光亮里,三座有人住的木屋像是被困堡垒的前哨,映衬出圣安塞尔斯黑暗的轮廓。

随着光亮的退去,海浪的声音渐渐地变强了,那有节奏的柔弱呻吟变成了低哑的怒号。他想起年少时来这里的时候,每天傍晚最后的光亮退去,就是这眼前大海在汹涌冲击的景象,仿佛夜晚和黑暗是它天然的盟友。他可以坐在杰罗姆的窗前,由逐渐变暗的灌木丛看出去,想象着海滩上曾经争夺战斗过的那些用沙子堆起的城堡最终被冲毁的情景,孩子们的喊声和笑声都沉寂了,躺椅被折起来收走了,大海回复了它本来的面目,卷走那些失事船舶残骸附近的水手的尸骨。

圣约翰的门开着,光线洒在通向便门的小路上。他还能清楚地看到猪舍右侧的木墙,听到低沉的鼻息和磨擦。他能闻到动物的味道,但既不强烈也不令人讨厌。猪舍的前面可以看到园子。一排排整齐的田垄里种着他不认识的蔬菜。更高的长茎上是很多红花菜豆。在花园的尽头,一个小的花房反射着微光。

听到他的脚步声,埃里克·瑟蒂斯的身影出现在门口。他看起来很犹豫,默默地站在一边,做了一个僵硬的手势请他进来。达格利什知道塞巴斯蒂安牧师已经告诉这个员工他要来,虽然他不太确定牧师是否详细解释过他来的原因。他感觉这个人在等着他来,但显然不太欢迎他。

他说:"瑟蒂斯先生,我是大都会警局的达格利什警长,我想塞巴斯蒂安牧师跟你解释过我要来问些关于罗纳德·特里夫斯死因的问题。审讯的时候他父亲不在英国,他自然希望尽可能多地知道关于他儿子死亡的情况。如果方便的话我想跟你谈几分钟。"

瑟蒂斯点了点头。"好的。你介意来这边吗?"

达格利什跟他走进了过道右侧的一个房间。和皮尔比姆夫人舒适的、生活化的布置比起来,这个木屋显得非常不同。虽然屋子中间有一张木桌,还有四把椅子,但家具让这间屋子显得像个车间。门对面的墙上是一些铁架子,上面挂着一排整洁干净的园艺工具:铁锹、耙子、锄头,还有大剪刀和锯子。下面是一堆木箱,里面放着工具盒和较小的用具。窗户前面有一张工作台,上面有盏荧光灯。朝向厨房的门开着,从里面飘出一股强烈而难闻的味道。瑟蒂斯在给他的猪煮食。

瑟蒂斯从桌子下拉出椅子,在石板地上磨出刺耳的声音,然后说道:"你先在这儿等一会儿,我去洗洗,刚才在猪舍的。"

通过开着的门,达格利什可以看到他在水池边,把水洒在头上和脸上很痛快地洗着,不像只是表面沾了尘土和污物。他回来时脖子上还搭着一条毛巾,笔直呆板地坐在达格利什对面,紧张地张望着,就像是囚犯被审讯一样。忽然,他出人意料地大声问道:"你想喝茶吗?"

想到准备茶可能让他放松一些，达格利什说："如果不太麻烦的话。"

"不麻烦，我用茶包沏，加牛奶和糖吗？"

"只要牛奶就行。"

几分钟后他回来了，将两个又大又重的杯子放在桌子上。茶又浓又烫。他们谁也没有喝。达格利什很少见到看起来这么心虚的人。他有什么好心虚的呢？想象这个羞怯的男子——比男孩子要稍大些——会杀掉任何活物实在是件非常荒谬的事情。即使他的猪也是在清洁的、管理严格的、经过授权的屠宰场宰杀的。达格利什看得出瑟蒂斯体能上并没有什么欠缺。他的格子短袖衬衫下面露出成块的肌肉。他的手大而粗糙，跟身体的其他部位相比很不协调，就像后接上去的一样。一张精致的脸经过风吹日晒变成了褐色，但是从粗糙的棉衬衣敞开的领口可以看到里面的皮肤像孩子一样雪白柔软。

达格利什端起杯子，问道："你一直养猪，还是到这里来工作以后开始养的？那有四年了，是吗？"

"是从我来这里以后。我一直喜欢猪。我得到这份工作的时候塞巴斯蒂安牧师说我可以养几头——如果它们不吵、也没有味道的话。它们是非常干净的动物。人们觉得它们有味是十分错误的。"

"你在造猪舍？我很奇怪你用了木头，我想猪会破坏所有的东西。"

"是的，它们确实会。只是在外侧用了木头。塞巴斯蒂安牧师坚持要这样，他痛恨水泥。我在接缝处用了焦砟石。"

瑟蒂斯一直等到达格利什开始喝茶，才拿起自己的杯子。达格利什吃惊地看到他是那样津津有味地喝着茶。他说："我不大懂猪，但据说它们很聪明，是好伙伴。"

瑟蒂斯很显然放松下来。"是的，是这样的。它们是最聪明的动物之一。我一直很喜欢它们。"

"这是圣安塞尔斯的幸运。这意味着这里的人吃的熏肉不会含有那种化学制品，也不会散发那种令人倒胃口的、很臭的液体的味道。而且猪都是用正确的方式杀死的。"

"我并不是为了学院养猪的。我养它们——是为了做伴儿。当然,它们最终会被杀掉,但现在不是问题。欧盟有许多关于屠宰的规定,而且必须有一名兽医在场,所以人们通常不愿意接受屠宰很少几只动物。再有就是运输的问题。附近有个农场,就在布莱斯堡郊外,哈里森先生可以帮忙。我把我的猪和他的一起送到屠宰场去。他杀猪后常常留一些肉自己吃,所以我也可以偶尔给牧师们供应一些相当好的猪肉。他们不怎么吃猪肉,但是喜欢熏肉。塞巴斯蒂安牧师坚持要付钱,我觉得应该是免费的。"

达格利什和以前一样好奇,一个人真心喜欢他们所养的动物,真诚地为它们的安康考虑,投入地照顾着它们的需要,而同时又可以那么容易地接受它们被宰杀。现在他进入了来访的正题。

他说:"你知道罗纳德·特里夫斯吗——你和他认识,对吗?"

"不能这么说。我知道他是这里的圣职候选人,我在这里见过他,但我们没有说过话。我想他有点孤独——我的意思是,我在这儿看到他的时候,他经常是一个人。"

"他死的那天发生了什么?你在这里吗?"

"我和我妹妹在这里。那是个周末,她来看我。我们周六没有见过罗纳德。我们知道他失踪了是因为皮尔比姆夫人来问他是不是在这里。我们说他没来过。后来我再没有听说过什么,到五点左右我出去扫回廊和院子里的落叶,清洗石凳。前一天一直在下雨,回廊上有点泥。我一般在礼拜仪式之后去清扫和冲洗,但是塞巴斯蒂安牧师让我在弥撒以后、晚祷之前做。我干活的时候皮尔比姆夫人告诉我他们发现了罗纳德·特里夫斯的尸体。晚祷之前,塞巴斯蒂安牧师把我们都叫到图书馆,告诉我们发生了什么事。"

"所有人都觉得很震惊。"

瑟蒂斯朝下看着他的手,手指紧扣放在桌子上,又突然像个犯了错误的小孩一样把手缩回去,身体前倾,用很低的声音说:"是的,震惊。就是这样的,不是吗?"

"你是圣安塞尔斯唯一的园丁。你种的东西归自己,还是归学院?"

"实际上大部分蔬菜是为自己和需要的人种的。我种的菜不足以供应学院,尤其是所有的圣职候选人都在的时候。我想我可以扩大园子,但那要花太多的时间。虽然离海这么近,但这里的土是很不错的。我妹妹来的时候常常带些菜回伦敦去,贝特顿小姐也很喜欢,她给自己和约翰牧师做饭。皮尔比姆夫人也是,她和皮尔比姆先生吃。"

达格利什说:"门罗夫人留下了一本日记。她提到你在十月十一日那天好心地送给了她一些青蒜,就是她死的前一天。你记得这事吗?"

瑟蒂斯停顿了一下,说:"是的,我想是。也许吧,我不记得了。"

达格利什轻声地说:"那不是很长时间以前的事,对吗?只是一个星期前,你确定你不记得了吗?"

"我现在想起来了。我是在晚上给她送的青蒜。门罗夫人说过她晚上喜欢吃青蒜加干酪酱,所以我送去了些到圣马太。"

"然后发生了什么?"

他向上看着,很迷惑。"没有,什么也没有发生。我的意思是,她说了谢谢,然后就拿进去了。"

"你进去了吗?"

"没有,她没有请我进去。我也不想进去。我的意思是,凯伦在这里,我想快点回来。她会在这里待到周二上午。我也是碰一下运气。我想门罗夫人可能跟皮尔比姆夫人在一起。如果她不在,我就把青蒜放在她门口。"

"但是她在家。你确信她什么也没说,什么也没发生?你把青蒜交到她手上的?"

他点了点头。"我交给她就离开了。"

达格利什听到有车开过来的声音。瑟蒂斯应该同时也听到了。他把椅子向后拉,看起来情绪明显放松了,说:"应该是凯伦。她是我妹妹,来过周末。"

车停下了。瑟蒂斯赶紧出去。达格利什感觉他急于单独和他妹妹说话,也许是要警告她他在这里。他静静地跟着瑟蒂斯走出去,站在大门口。

一个女人从车里走出来。现在,她和她哥哥站在一起,面对着达格利什。她没有说话,转过去开始从车上拽下一个大的帆布包和一堆装着各种东西的塑料袋,然后关上了车门。他们拖着大包小包走过通道。

瑟蒂斯说:"凯伦。这是达格利什警官,从苏格兰场来。他问了些关于罗纳德的问题。"

她没有戴帽子,深色的头发被剪得很短,耳朵上的金色耳环让她精致骨感的脸显得更加苍白。拱形的细眉下面是窄窄的眼睛,虹膜颜色很深,闪闪发亮。她涂着很重的红色唇膏,脸上就像黑白红三色图案的色板。起初,她瞥向达格利什的目光是怀着敌意的,是一种对待不期而至和不受欢迎的访客的目光。当他们的眼光触碰到一起时,它又变得试探和机警。

他们一起走到工作间。凯伦·瑟蒂斯把她的一袋子东西倒在桌子上,朝达格利什点了点头,对哥哥说:"最好把这些准备好的食物直接放进冰箱。车上还有一箱酒。"

瑟蒂斯看了看他们两个,然后出去了。凯伦开始从帆布包里拽出一堆衣服,还有罐装食品。

达格利什说:"显然这个时候你并不欢迎访客,可是我已经在这儿了,我会节省时间的——如果你可以回答我几个问题的话。"

"问吧。我是凯伦·瑟蒂斯,顺便说一下,是埃里克同父异母的妹妹。你的工作有点滞后了,不是吗?现在问关于罗纳德·特里夫斯的事没什么用了。审讯已经进行完毕,是意外死亡。甚至没有尸体可以挖掘,他父亲已经把他在伦敦火化了。这些他们没有告诉你吗?不管怎么说,我不知道大都会警方现在还能做些什么。我的意思是,这不是萨福克警方的事吗?"

"本来是的。但是阿尔弗雷德爵士想知道他儿子是怎么死的。我正好来这里,所以让我来看看能发现些什么。"

"如果他真的想知道他儿子是怎么死的,他就应该去聆听审讯。我想他有负罪感,想证明自己是个负责任的父亲。他到底在担心什么呢?

他不会认为罗纳德·特里夫斯是被谋杀的吧?"

听到她随口就说出这么多牢骚话,达格利什感觉很奇怪。"不,我不认为他是那样想的。"

"嗯,我没法帮他。我只在这里见过他儿子一两次,他在外面走的时候,我们说过'早上好'或者'日安'之类,都是些没用的客套话。"

"你们不是朋友?"

"我不是这里任何一个学生的朋友——如果是指你所说的意义上的朋友。我来这里是为了换换环境和探望我哥哥,不是来勾搭圣职候选人的!倒不是说这对他们会有什么伤害,我对他们没兴趣。"

"罗纳德·特里夫斯死的那个周末你在这里?"

"是的。我周五晚上来的。跟今天的时间差不多。"

"周末你见过他吗?"

"我们俩都没见过。我们知道他失踪是因为皮尔比姆来问他有没有来过这里。我们说他没来过,这就是全部情况。如果你还想知道什么,可以明天再问吗?我想安顿一下,把东西放好,喝杯茶,你知道我的意思吗?从伦敦出来的路是地狱。所以如果可以的话,今天就到这里吧,倒不是说我还有什么要说的。据我所知他只是这里的一名学生。"

"但是你们肯定对他的死有自己的看法,你们俩都是。你们一定谈过这事。"

瑟蒂斯把东西收拾好,从厨房回来了。凯伦看着达格利什,说:"我们当然谈过这事,整个学院都谈过。如果你想知道,我觉得他可能是自杀的。我不知道为什么,这不关我的事。我说过,我根本就谈不上认识他,但如果说这是个事故好像又很奇怪。他应该知道悬崖上面很危险。我们都知道,那里有足够的警示牌。他到海滩上到底干什么去了呢?"

达格利什说:"这确实是个问题。"

他谢过了他们,转身正要走的时候又忽然想起一件事。他问瑟蒂斯:"你送给门罗夫人的青蒜,有包装吗?你还记不记得,是放在一个袋子里，还是你没有包装直接拿去的？"

瑟蒂斯困惑不解。"我不记得了，我想是用报纸包的。我常用报纸包蔬菜，当然是那种大的报纸。"

"你还记得你用的是什么报纸吗？我知道这不容易。"还没等瑟蒂斯回答，他又加了一句，"是那种大幅的报章还是小报？你用的是哪张报纸？"

最后是凯伦回答了问题："是一份《海湾周报》，我是一名记者，对报纸比较敏感。"

"你当时在厨房里吗？"

"应该是的，难道不对吗？总之，我看到了埃里克包青蒜。他说他要给门罗夫人送去。"

"你不记得报纸的日期了吧？"

"不记得，我记得那张报纸是因为，我说过我留意报纸。埃里克从中间打开时我看到了上面有一个当地农民葬礼的图片。他希望他最喜欢的小母牛能够参加，所以他们把牛带到了他的墓穴旁边，并在它的角和脖子上都系上了黑色的丝带。我不觉得他们会真的允许牛进入教堂。这张照片被刊登只是因为编辑们喜欢有冲击力的照片罢了。"

达格利什转向瑟蒂斯。"《海湾周报》哪天出版？"

"每周二。我一般到周末才看。"

"所以你用的那张报纸可能是上个星期的。"他转向凯伦说："谢谢，你帮了很大忙。"他又看到了她充满警觉的眼睛。

他们跟他走到门口。回头的时候他看到他们站在一起，看着他走。好像在确保他真的已经离开了。他们转过去的同时，门在他后面关上了。

16

独自一人在索斯沃德的王冠酒店吃过晚饭后，达格利什本计划按时回到圣安塞尔斯参加晚祷。但是，晚饭太美味了，没法不慢慢品尝，他用的时间比预计的长，回来停好捷豹的时候，晚祷已经开始了。他在房间里等着，直到有一束光洒在庭院里——他在房间里看到教堂的南门打开，一小队参加圣会的人从里面出来了，他才朝圣器储藏室走去。塞巴斯蒂安牧师终于出现了，出来后他又回过头去锁上身后的门。

达格利什说："我们可以谈一下吗，牧师？还是您希望明天再谈？"

他知道晚祷之后保持安静是圣安塞尔斯的习惯，但是院长回答说："时间会很长吗，警长？"

"我希望不会，牧师。"

"那么现在谈吧，如果你希望的话。可以去我的办公室吗？"

到办公室后，院长坐在桌子后面，让达格利什拉过一把椅子坐在他的对面。坐在壁炉边的矮椅子上聊天很不舒服。院长没有开始谈话的意思，也没有问达格利什关于罗纳德·特里夫斯的死是否有结论，他沉默地等待着，虽然没有表现出什么不友好，不过给人的印象是他在尽量忍耐。

达格利什说："马丁牧师给我看了门罗夫人的日记。罗纳德·特里夫斯跟她在一起的时间比我们想象得可能要多；还有，是她发现了他的尸体。这让她日记里面提到他的内容变得很重要。我想最后一段特别有意义，就是她在死亡的当天写下的那段。她发现了一个秘密并且掌握了证据，因而很担心。您没觉得这很值得重视吗？"

塞巴斯蒂安牧师说："证据？多么像法庭辩论中的用词啊，警长。我没有关注它是因为显然她很在意这本日记。我对读别人的私人日记深感歉疚，但这是马丁牧师鼓励他写下去的，他有兴趣看她会写什么。也许这种兴趣是天生的，尽管我觉得那本日记应该被销毁而不应该被阅读。事实看起来很清楚。玛格丽特·门罗是一位聪明、敏感的女人。她发现了让她忧虑的事情，和相关的人谈过了，并且对结果感到满意。无论她得到了什么样的解释，这让她的思绪得到了解脱。当时如果是我进行调查，不但会同样一无所获，还会造成更多伤害。你不会赞成我把全校召集起来询问是谁告诉了门罗夫人一个秘密吧？我认为她写的东西和她做的解释不需要我们采取任何进一步的行动。"

达格利什说："罗纳德·特里夫斯好像有点孤独，牧师，你喜欢他吗？"

这是一个很危险的、带有挑衅的问题，但塞巴斯蒂安牧师并没有畏缩。达格利什察觉到院长那张英俊的脸好像忽然僵了一下。

院长的回答带有一种含蓄的责难，但他的声音中并没有流露出怨恨。"我不会在和神职候选人的关系上考虑我自己的喜欢或者不喜欢，我也不该这么做。偏爱某个学生，或者让别人觉得你有偏爱，在这样一个小社区里会更加危险。罗纳德是一个非常不讨人喜欢的年轻人，但是到处讨人喜欢算是一个神职人员的美德吗？"

"你有没有问过自己他在这里是不是高兴？"

"圣安塞尔斯不是一所为增进个人幸福而设立的学院。如果我知道他不高兴，我可能会去关注。我们很严肃地对待自己作为牧师的责任。

罗纳德没有寻求我们的帮助,也没有迹象表明他需要帮助。这不是说我自己没有过失。信仰对罗纳德很重要,他对这个职业也很投入。他无疑是自杀的,这个行为并不是一时冲动,沿着海岸走半英里才能到达悬崖。他自杀的原因只有一个,就是他绝望了。任何学生有这样的倾向我都应该知道的,可我却不知道。"

达格利什说:"年轻、健康的人自杀一般都很神秘,没人知道他们为什么选择去死,也许是因为无法解释。"

院长说:"我没有在向你请求豁免责任,警长。我只是陈述事实而已。"

双方沉默了一会儿。达格利什的下一个问题仍然十分尖锐,但他必须问。他在想自己是不是太直白了,甚至没用任何技巧。不过他认为塞巴斯蒂安牧师更欢迎直率,看不起小聪明。他们之间的沟通更多的是靠理解,而不是靠语言。

他说:"我在想谁会从学院的关闭中受益。"

"我是受益者中的一个。但是我想这样的问题可能由我们的律师来回答会更恰当些。'斯坦纳德'福克斯和佩罗内特事务所,自成立起就为学院提供服务,保罗·佩罗内特是现在的受托管理人。他们的办公室在诺里奇。他可以告诉你这所学院的历史——如果你感兴趣的话。我知道他有时候星期六上午也工作。你希望我帮你安排一个会面吗?我可以看看是否能在家找到他。"

"那会很有帮助,牧师。"

院长伸手拿起桌上的电话。他不需要查号码,径直按了号码后停了一下,然后说:"保罗?我是塞巴斯蒂安·莫里尔,从办公室打来电话。我跟达格利什警长在一起。你记得我们昨晚说过他要来的事吗?他有一些关于学院的问题,如果你可以回答我会很高兴……是的,他问的任何问题。没有什么需要隐瞒的……你真好,保罗。我把电话交给他。"

他没有再说话,把话筒交给了达格利什,里面一个很深沉的声音说道:"我是保罗·佩罗内特。我明天早上会在办公室。我十点钟约了人,如果你可以早一点来,比如说九点,我想我们的时间应该够了。我八点半以后就会在。塞巴斯蒂安牧师会把地址给你。我们离教堂很近。我九点钟等你,就这样。"

达格利什回到他的椅子上坐下的时候,院长说:"今晚上还有别的事吗?"

"牧师,如果你可以让我看一下玛格丽特·门罗的员工档案,那会很有帮助,如果你们还有的话。"

"她活着的时候这是保密的。既然她已经死了,我觉得没有什么不妥的。拉姆齐小姐锁在隔壁的柜子里。我拿来给你。"

他出去了。达格利什能听到打开铁柜子抽屉的刺耳声音。很快院长就回来了,交给他一个硬皮的文件夹。他没有问门罗夫人的档案和罗纳德·特里夫斯的死有什么关系,达格利什觉得他知道原因。他知道塞巴斯蒂安牧师是一个有经验的策略家,如果他知道一个问题的答案是他不愿回应、或者他不喜欢的就不会问。如果他承诺了会提供协助,就一定会这样做。但他不露声色地面对达格利什的每一次打扰、回答所有他不喜欢的问题,直到找到恰当的时机指出他已经被要求了多少、这些要求和问题多么没有道理,以及得到的结论多么没有意义。没有人比他更精于把对手引诱出来再发起攻击,他们通常没有正当的理由进行反抗。

现在他说道:"你想把文件拿走吗,警长?"

"是的,牧师,我明天还给您。"

"那么如果没有别的事了,我要说晚安了。"

他站起来帮达格利什把门打开。这是个不礼貌的姿态。对达格利什来说,有点像校监在请闹事的家长自行离开。

通向南侧回廊的门是开的。皮尔比姆还没有把它锁上。回廊上昏暗的墙灯在亮着,非常黑,只有南侧回廊上两个学生的房间还透着一道光亮。他朝杰罗姆走的路上看到有两个人一起站在安布罗斯门外。一个他已经在喝茶的时候被介绍过了,苍白的脸在墙灯的照射下一定不会认错。另一个是位女士。听到他的脚步声,她朝他看过来,他走到门口的时候他们的目光相遇了，彼此对对方的出现都有些惊诧。灯光照在一张如雕像般的脸上，美得令人难忘，他感觉到一种久违了的恍惚，身体因为惊讶而有点摇晃。

拉斐尔说："我想你们可能没见过。埃玛。这是达格利什警长，从苏格兰场来告诉我们罗纳德是怎么死的。警长，这是埃玛·拉文汉姆博士，从剑桥来，每年来三次给我们讲课。参加晚祷之后，我们都想出来走走，看星星，就碰到了。现在，作为一个有教养的男士，我送她回房间。晚安，埃玛。"

他的声音和姿态都显示了对她的一种拥有，达格利什感觉到她有点不喜欢他这样。她说："我完全可以找到回去的路。不过，谢谢你，拉斐尔。"

有一瞬间，他像是想要拉起她的手，但是她说了一个很坚定的"晚安"，听起来像是对他们两个人说的，然后就快步走进了她的居室。

拉斐尔说："星星有点让人遗憾。晚安，警长。我希望你在这里能有所收获。"他转过身去迈着轻快的大步穿过鹅卵石地面的院子，回到了他在北侧回廊的房间。"

达格利什不知为什么觉得有点恼怒。拉斐尔·阿巴斯诺特是一位有幽默感的年轻人，但无疑太漂亮对他自己没好处。他应该是圣安塞尔斯创建者阿巴斯诺特家族的后代。如果学院关闭的话，他能够继承多少呢？

他坐到了桌子前，打开了门罗夫人的档案，一页一页翻着。她一九九四年五月一日从阿什科姆来到这里，那是诺里奇城外的一个收容所。圣安塞尔斯在《教堂日报》和地方报纸上都登了广告，招聘一位女性常住学院负责洗衣和家务管理。门罗夫人那时候刚被诊断出有心脏病，她的求职信上面写着护理工作对她来说太繁重了，她想找一个提供住宿，同时可以轻松一些的工作。收容所护士长的推荐信写得不错——虽然不是那么热情洋溢。门罗夫人从一九八八年六月一日起在那里工作，一直是一名尽责尽心的护士，但是在与其他人相处时太过矜持。护理濒死病人对她来说精神和体力上的消耗都太大了，但是收容所认为她可以在一所主要由健康年轻男性组成的学院里做护士,也会很高兴承担洗衣的工作。自从来校后,她好像几乎不请假。档案里只有很少几张写给塞巴斯蒂安牧师的假条。她好像喜欢在木屋里度过假期。她唯一的孩子——是一名军官——会来看她。从档案的内容得出的印象是,她是一位尽责的、努力工作的、基本上活在自己世界里的女人,除了儿子之外几乎没有其他的兴趣。档案里注明了在她来这里十八个月以后,她的儿子死了。

他把档案放进了桌子抽屉里,洗澡上床。关了灯,他想让自己入睡,但是一整天的事情都在他脑海中挥之不去。他又一次和马丁牧师一起站在沙滩上。他想象着棕色的斗篷和法衣被叠得整整齐齐,就像这个男孩为外出旅行准备的行李,也许他就是这么想的。难道他真的是把它们脱掉,然后沿着上面满是石头、纠缠着烂草的松软沙土向上爬了几码?他为什么要这样做?如果这样的话,他希望找到或发现什么?在这片海滩上,有时会有些早年埋在地下的尸骨会出现在沙子下面或者峭壁表面,墓地是几十年前被海水淹没的,现在在距离海岸一英里以外的海底。但那些东西并不是非常明显、随处可见的。即使特里夫斯瞥见了光滑的头骨,或者沙子里面凸起的一段长骨头的末端,他有什么必要脱掉法衣呢?在达格利什看来,这叠得整整齐齐的一堆衣服还有更重要的含义。这难道不是一个经过深思熟虑的,把生命、价值观和信仰抛开的仪式吗?

他想着这起可怕的死亡事件,即怜悯又好奇,同时还产生了各种猜测。他转念又想起了玛格丽特·门罗的日记。最后一段他读了很多次,已经可以背诵了。她发现了一个很重要的秘密,她不能明确地写出来,只能含糊地提到。她同与之直接相关的人谈过,在透露了这个秘密几个小时之后她就死了。根据她心脏的情况,她可能随时会死。她要面对这个秘密可能产生的后果,也许这样的焦虑加速了她的死亡。但是对某个人来说,她死得正是时候。这个谋杀会是多么简单。一位上了年纪、有心脏病的女人独自在木屋里面,定期来看她的医生很轻易地就可以出具死亡证明。还有为什么,她戴着看电视的眼镜,而腿上摊着正在织的毛线？如果她死的时候正在看电视，那么是谁关了电视机？所有这些奇怪的事情，当然需要找到解释。当时已经很晚了，她很累了。如果有更多的证据被发现——那将是些什么样的证据呢？现在几乎没有希望解开这些谜团了。像罗纳德·特里夫斯一样，她也已经被火化了。圣安塞尔斯处理尸体的迅速让他感到惊讶。但这么说也不太公平——阿尔弗雷德爵士和门罗夫人的姐姐都没有让学院参与葬礼活动。

他希望他可以亲眼看到罗纳德的尸体。第二手的证据总不能令人满意，甚至一张现场照片都没有。但是记录上写得很清楚，是自杀。这是为什么？特里夫斯应当把自杀的行为视为犯罪，这在教义上是不可饶恕的大罪。究竟是什么强烈的动机，让他走向了这么恐怖的结局？

17

任何到过有些历史的城镇的人都会意识到，律师办公的地方总是当地最引人注目的中心建筑，"斯坦纳德，福克斯和佩罗内特"的律师们也不例外。律师楼离大教堂很近，在一幢典雅的佐治亚时代的建筑里，由一条很窄的鹅卵石铺成的小路与公路隔开。它那前门上亮亮的、泛着油漆光泽的狮头门环；一尘不染、反射出晨光的窗子；以及整洁的网窗帘，都显示着这家事务所的尊贵、成功和独有的地位。接待室显然是由前室精心分隔出来的，正在翻看杂志的年轻女孩抬起头，用诺福克口音问候了他。

"是达格利什警长吧？佩罗内特先生正在等您。他让您直接进去找他，在一层，就在前面。他的助理星期六不上班，只有我们两个在。但是如果您想喝咖啡，我也很愿意效劳。"

达格利什笑着谢过她，没有要咖啡，沿着墙上挂满前任事务所成员的楼梯走上去。

站在办公室门口等候的男人迎了上来，他看上去比电话里的声音听起来老，估计快六十岁了，身高超过六英尺，秃顶，下巴很长，角质架的眼镜后面是一双浅灰色的眼睛，几根麦色的头发稀疏地耷拉在宽大的前额上，那张脸更像是喜剧演员而不是律师。他外穿很正统的深色细条纹西装，虽然已经很旧了，但看得出裁剪得非常合体，这跟里面花哨的蓝色宽条纹衬衫和粉色蓝点的领结在一起显得很不协调，他似乎知道这身装束会显示出他性格上的两重性，或者说古怪，而这正是他刻意要营造的效果。

这间办公室和达格利什想象中的差不多。桌子是佐治亚式的，桌面上没有任何纸张和文件夹。雅致的大理石壁炉上方挂着一幅油画，无疑是一位事务所创立者的画像，还挂着一排十分精美的水彩风景画，也许是科特曼①的作品。

"您不喝咖啡吗？非常明智。现在太早了。我十一点左右才喝咖啡。步行去玛丽·曼克劳夫特喝，正好有机会离开办公室出去走走。椅子不会太矮吧？愿意的话您可以换一把。塞巴斯蒂安牧师让我回答您感兴趣的关于圣安塞尔斯的问题。当然，如果这是一个正式的警方质询，我也有责任跟你合作，回答您的问题。

他那双温和的灰色眼睛显得很狡猾，可能在试图发现什么。达格利什说："很难说这是正式的调查。我的角色有些不明确。我想塞巴斯蒂安牧师告诉过您，阿尔弗雷德·特里夫斯爵士对他儿子之死的审判结果不满意，于是请伦敦警察厅来做初步的调查，看看有没有继续查下去的必要。我正好要到这里来，而且恰好对圣安塞尔斯有所了解，让我过来查是既省钱又实际的办法。当然，如果有什么涉及需要刑事立案的迹象，我们会正式把案子转给萨福克警方。"

保罗·佩罗内特说："对判决的结果不满意，是吗？我觉得这个结果应该是一种解脱。"

"他认为他儿子死于意外事故的结论证据不足。"

"就算有这种可能，也没有任何其他证据。判死因不明也许会更

---

① 科特曼（John Sell Cotman, 1782—1842），英国海景和风景画家。

好些。"

达格利什说:"学院目前正处于困难时期,他们可能不想把这事公之于众。"

"是这样的,这场悲剧被处理得很谨慎。塞巴斯蒂安牧师精于处理这类问题,而且圣安塞尔斯以前还发生过更糟糕的事情。一九三二年发生过同性恋丑闻。一位讲授教会历史的牧师——卡斯伯特牧师——与一位圣职候选人坠入情网,他们被那时的院长当场发现。后来他们骑着卡斯伯特牧师的双人自行车去费利克斯托码头自杀了,我估计他们换掉了法衣,穿上了维多利亚式的灯笼裤,我常想那是个动人的画面。更大的丑闻也出现在一九三二年,当时的院长改信罗马天主教,还带走了一半的教师和三分之一的圣职候选人。那真是让死去的艾格尼丝·阿巴斯诺特蒙羞!最近的这件事又发生在学院的多事之秋。"

"您去了审讯现场吗?"

"是的,我去了。我是代表学院参加的。我们这家事务所从圣安塞尔斯创设起就是它的代理人。阿巴斯诺特小姐——实际上,是阿巴斯诺特家族所有的人——总的来说不喜欢伦敦,她父亲后来搬到萨福克,并且在一八四二年在这里建房以后,就请我们来处理他所有的法律事务。阿巴斯诺特小姐在她父亲死后接管了事务。这里一直有一位主要合伙人来做学院的托管人之一。阿巴斯诺特小姐在她的遗嘱中做了这样的安排,并指示这位托管人也同时是学院与圣公会的联络人。我就是现在的托管人。我不知道未来的前景会怎样——如果这里所有的合伙人都是罗马教徒、非英格兰教徒或者干脆是不信教的人,那样的话我们就必须说服某个人改变信仰。到现在为止,一直还都有适合的合伙人。"

达格利什问:"这家事务所很有历史了,是吗?"

"是一七九二年成立的。现在所里没有斯坦纳德家族的人了。最后一位是一名学者,我想是在一所新式大学。但是有一位年轻的福克斯小姐就要加入我们了——确切地说,是年轻的狐狸[①],去年才取得律师

[①]狐狸与福克斯的英文均为Fox。

资格，非常有前途。我希望看到这里能继续下去。"

达格利什说："我听马丁牧师说小特里夫斯的死会让圣安塞尔斯更快被关闭。作为一位托管人，您是这样认为的吗？"

"恐怕是这样的。是加速它的关闭，而不是让它关闭的原因。我想你知道，圣公会有一个原则，就是将神学院集中在几个地方，但是圣安塞尔斯一直是个特例。现在，它可能会被更快地关闭了，但是，唉，关闭是必然的。这不只是教廷的政策和资源的问题，主要是道义和传统这些东西都已经过时了。圣安塞尔斯一直有它的弱项：'精英化'，'势利'，'太偏僻'，甚至'学生的条件太好了'，还有它们的酒也太好了。所以我从不在四月斋和星期五的时候去做每季度的例行访问。当然绝大部分的酒都是遗赠，不需要花学院一分钱。老科斯格罗夫教士五年前又把自己的酒窖留给了他们。这老头儿的品位不错，能让他们支撑到关闭。"

达格利什说："真到关闭的时候，学院的这些建筑会怎么处理，还有里面的物品？"

"塞巴斯蒂安牧师没有告诉你吗？"

"他告诉我他将是受益人之一，但是让我想向您询问详情。"

"是的，是的。"

佩罗内特先生从桌子后面站起来，打开了壁炉旁边的一个柜子，费力地从里面拿出了一个贴着阿巴斯诺特标签的白漆盒子。

他说："如果你对学院的历史有兴趣，我现在拿出来给你看。也许我们应该从头开始，所有的档案都在这里。是的，你确实可以从一个大黑匣子里读到一个家族的故事。我要从艾格尼丝·阿巴斯诺特的父亲说起，他的名字是克劳德·阿巴斯诺特。死于一八五九年。他在伊普斯威奇郊外有一家工厂，制造纽扣和带扣——女士们常穿的高筒靴的纽扣，还有礼服的扣子和带扣。他做得十分成功，也让他变得十分富有。长女艾格尼丝，生于一八二〇年。她还有一个弟弟，叫埃德温。生于一八二三年，还有两年以后出生的克拉拉，她从未结婚，于一八四九年在意大利死于肺结核。我们没必要追究她的事了。她被葬在了罗马清教徒的墓地——有了很好的栖身之所,死后也不会寂寞。就像可怜的济慈①!这是他们那个时代的人常做的事情,想到阳光灿烂的地方去治好病。可这样的旅程本身就能把他们杀死。她还不如就去托基②,在那儿休息呢。算了,不提克拉拉了。

"是老克劳德造了这所房子。他积累了那么多财富,想找机会炫耀一下。他把房子留给了艾格尼丝。钱平分给了她和弟弟埃德温。我推断关于财产的分配曾有过一些争论。艾格尼丝一直照看着这所房子并且住在那里,而埃德温没有,所以她得到了房子。当然,如果他们的父亲——一个严格的新教徒——知道她要做的事情,财产的分配可能就不是这样了。毕竟,你无法在死后还继续照顾你的财产。他把房子传给了她,后来就有了这所学院。父亲去世一年以后,她搬去伦敦与一位学生时代的朋友住在一起,受到牛津运动的影响,她决定创立圣安塞尔斯,房子是现成的,她又新建了两个回廊,修复了教堂,还建了四座供员工住的木屋。"

达格利什说:"埃德温后来怎么样了?"

"他是一位探险者。除了克劳德,这个家族所有的男人都有去旅行的渴望。实际上,他参与了几次中东很重要的考古活动。他很少回到英国,一八九〇年死在开罗。"

达格利什说:"他就是给圣安塞尔斯莎草纸文献的人?"

角质眼镜架后的那双眼睛变得机警起来。佩罗内特沉默了一会儿才开口:"这么说你知道这件事。塞巴斯蒂安牧师没告诉我。"

"我知道得很少。我父亲知道内情,虽然他一直很小心地保守秘密,但是我和他都在圣安塞尔斯的时候我找到了一些线索。一个十四岁男孩的耳朵很灵,还有超乎大人想象的好奇心。我父亲跟我说过一点点,让我承诺保守秘密。我想我那时候没有兴趣再做别的事了。"

佩罗内特说:"塞巴斯蒂安牧师让我回答你所有的问题;但是在

---

① 济慈(John Kests, 1795—1821),杰出的英诗作家之一,浪漫派的主要代表,最终死于肺结核。
② 托基(Torquay),英格兰西南部的度假圣地。

个莎草纸文件这事上我并不比你知道得更多。它肯定是埃德温在一八八七年交给他姐姐的,当然他有能力伪造一份文件或者让人帮他伪造。他很热衷于开玩笑,他可能觉得造假是很有意思的事。他是一个彻底的无神论者。一个无神论者会是狂热的吗?无论如何,他是反宗教的。"

"莎草纸文件到底是什么样的?"

"我听说它是彼拉多[①]写给一位看守关于移走一具尸体的指令。阿巴斯诺特认为它是伪造的,绝大多数看到过的院长也是这样认为的。我没有亲眼看到,但我父亲见过,确信它不是真的。不过他也说过,伪造这份东西可需要很高的智慧。"

达格利什说:"很奇怪艾格尼丝·阿巴斯诺特没有把它毁了。"

"哦,不奇怪,我想,我不认为这很奇怪。这些文件里有一张便条。不介意的话我给你说一下要点。她的观点是,如果它被毁了,她弟弟将把这件事情公之于众,那么毁掉它的事实就证明了它的真实性。一旦它被毁,就再没有人可以证明它不是假的。她很谨慎地留下了指示,要求必须由每一任的院长来保存它,只有在他死的时候才可以交给下一任的院长。"

达格利什说:"那就是说它现在在马丁牧师手上。"

"对,是被马丁牧师放在什么地方了。我觉得塞巴斯蒂安牧师也知道它在哪儿。如果你想知道关于那份文献更多的情况,应该去问他。但我看不出这和小特里夫斯的死有什么关系。"

达格利什说:"目前我也不知道。埃德温·阿巴斯诺特死后又发生了些什么事?"

"他有一个儿子,休。一八八〇年出生,一九一六年死于索姆河战役[②]。我的祖父也死于那次战役。我们还清楚地记得那些战役中死去的

[①] 彼拉多(Pontius Pilate),一世纪罗马帝国驻犹太总督,耶稣即由他判决被钉死在十字架上。
[②] 索姆河战役(The Battle of Somme),第一次世界大战中期,英、法军队在法国北部索姆河地区对德军的阵地进攻战役。战役自一九一六年六月二十四日开始,至十一月中旬结束。

人,不是吗?他留下两个儿子,一个叫埃德温,生于一九〇三年,终身未婚,一九七九年死在亚历山大港。二儿子叫克劳德。一九〇五年出生。他就是在校生拉斐尔·阿巴斯诺特的外祖父,拉斐尔是这个家族中最后一个人了。"

达格利什说:"但是他并没有继承权?"

"很遗憾,他没有。他是非婚生子。阿巴斯诺特小姐的遗嘱是清楚和明确的。我不认为这位亲爱的小姐真的想过学院有关闭的一天,但是在那个时候跟这个家族打过交道的我的前辈们告诉她,还是要为此留有准备的。因此遗嘱写明,作为阿巴斯诺特小姐赠送的学校的财产和所有的物品,在关闭时还存留的,将平分给她父亲的直系后裔。但他们必须具有英格兰法律上的合法地位,而且必须是圣公会的信徒。"

达格利什说:"真是很奇怪的用词,'英格兰法律上的合法地位'。

"这也不奇怪。阿巴斯诺特小姐的这种做法在她的时代和阶层中是很典型的。涉及财产继承的问题,维多利亚时代的人经常会面对家庭成员跟外国人之间非正常的婚姻,私生子参与争夺财产也是很普遍的。当时有一些声名狼藉的例子。如果没有合法的继承人,那么财产就会在学院关闭时由在任的教士平分。"

达格利什说:"这就意味着受益人将是塞巴斯蒂安·莫里尔牧师、马丁·佩里牧师、佩里格林·格洛弗牧师和约翰·贝特顿牧师。这对拉斐尔来说有些不公平,不是吗?他肯定是私生的吗?"

"关于受益人你说得很正确。但是塞巴斯蒂安牧师意识到了这样是不公正的,关闭学院的问题最早是在两年前正式提出来的,那个时候他跟我说过。他甚至是很自然地反对遗嘱上的条款并且建议在关闭学院的时候,所有的受益人必须达成合议以确保拉斐尔的利益。一般来说,遗产或者遗赠可以基于受益人的合意进行修改,但这件事比较复杂。我告诉他关于财产的处理,我不能很快给他一个简单的答案。举个例子来说,教堂里那幅非常值钱的名画。阿巴斯诺特小姐赠送给教堂的时候很明确地说明是用在祭坛上方的。如果教堂继续被使用的话,那么这幅画是否要移走,或者是否应该达成一个协议?最近被任命为托管人的克拉普顿执事长,已经在煽动现在就把它移走,移到一个更安全的地方或者把它卖了。他希望把所有值钱的东西都挪走。我告诉他我不赞成这种草率的做法。但他也许能办到。他有很强的影响力,况且,这样的行为会保证圣公会,而不是某些人从关闭学院中受益。

"还有就是关于学校建筑的问题。我承认我看不出它们有什么用,它们是否能再存在二十年都是个问题。海岸线越来越逼近了。当然还有海水的腐蚀,也大大抵消了它的价值。里面的财物——不仅是那幅画——才是更值钱的东西,尤其是那些银器,书,还有家具。"

达格利什说:"还有圣安塞尔斯的莎草纸文献。"

他又一次知道这样的提醒是不受欢迎的。

佩罗内特说:"那大概也会交给受益人。那样就有更大的困难,如果学院关闭,没有继任的院长,那么莎草纸文献就会成为财产的一部分。"

"问题是,它大概是一个有价值的文献,但真假难辨。"

保罗·佩罗内特说:"对于那些热衷于钱和权力的人来说,它的价值相当可观。"

就像阿尔弗雷德·特里夫斯爵士那样的人,达格利什想。但他还是很难想象阿尔弗雷德爵士故意把他的养子送到这所学院来就是为了得到那份莎草纸文献,即使有证据表明它的存在。

他说:"拉斐尔是私生的,这一点没有疑问吧?"

"确实没有,警官。他妈妈在怀孕的时候并没有隐瞒她没有结婚而且也不打算结婚的事实。她从没有透露过孩子父亲的名字,尽管她确实表现出了对那个人的轻蔑和憎恨。孩子出生以后,她留张纸条就把他放在一个篮子里遗弃在了学院,纸条上写着:你们是追求基督仁慈的人,所以把你们的仁慈表现在收留这个私生子上吧。如果你们需要钱,就跟我父亲要。这张纸条保留在阿巴斯诺特家族的档案当中。一位母亲做出这样的事情真是非同寻常。"

真是这样。达格利什想,的确有女人遗弃自己的孩子,有时候甚至杀死他们。但是拉斐尔的母亲既不缺钱也不缺少朋友，对他的遗弃似乎是经过精心策划的残忍行为。

"她立刻出了国，接下来差不多十年里在远东和印度游历。我相信绝大多数时间里她是有朋友陪伴的，是一位做医生的女性朋友，她在克拉拉·阿巴斯诺特回到英国以前自杀。克拉拉于一九九八年四月三十日在诺里奇郊外的阿什科姆收容所死于癌症。"

"再也没有见过这个孩子？"

"没见过，对他也没有任何兴趣。当然，她死得太早了。否则事情可能会发生改变。她父亲结婚的时候已经超过五十岁了，外孙出生的时候他已经很老了，已经很难再应付这事，也不想管了，但他确实建立了一笔信托基金，当时的院长在他死后成了法定监护人。这样，学院就成了拉斐尔合法的家。牧师们总的来说都对他非常好。他们觉得应该让他离开这里去念预科学校，跟别的孩子在一起。钱就从信托基金里面出。但是他绝大部分假期都是在学院里度过的。"

桌子上的电话铃响了。保罗·佩罗内特说："萨莉跟我说下面的访客到了。您还有什么需要了解的吗，警官？"

"没有了。谢谢。我不确定我们谈到的这些对调查是否大有用处。但是我很高兴可以了解到这些事情。谢谢您腾出这么多的时间接待我。"

佩罗内特说："我们所谈论的东西跟他那个可怜男孩的死好像没什么关系。你当然会告诉我调查的结果。作为托管人之一，我对此有兴趣，仅此而已。"

达格利什承诺他会的。他走在洒满阳光的街道上，前面是耀眼的圣玛丽·曼克劳夫特教堂。他毕竟还是在假期当中，有资格享受至少一小时属于自己的时间。

他在仔细琢磨刚才听到的东西。克拉拉·阿巴斯诺特死在玛格丽特·门罗供职做护士的收容所里确实是个奇怪的巧合，不过也许还可以理解。也许阿巴斯诺特小姐希望死在她出生的地方，圣安塞尔斯是在当地登了招聘广告的，而恰巧门罗夫人正想找工作。但是这两个女人可能没有见过面。他得去查查时间,但有一点他很清楚,阿巴斯诺特小姐在玛格丽特·门罗到那个收容所供职前一个月就死了。

有个事实则让他觉得复杂得让人有点不舒服。不管罗纳德·特里夫斯死亡的真相是怎样的,它让圣安塞尔斯离关闭更近了。而且学院一旦被关闭,这里有四位成员将变得非常富有。

他知道圣安塞尔斯的人们将非常乐意他在一天大部分时间里都不在,但是他告诉马丁牧师他会回去吃晚饭。在城里尽情游逛了两个小时之后,他找到一家餐馆吃了一顿简单的午餐。回学院之前他还有些事情要做。他在餐馆查了一下电话簿,找到了《海湾周报》报社的地址。他们的办公室是一幢类似车库的红砖建筑,坐落在通向城外的一条三岔路上。他们出版好几份本地的报纸和杂志,在这里会很容易找到旧报纸。凯伦·瑟蒂斯记得没错——门罗夫人死前出版的那一期确实登有戴着丝带的小母牛站在它主人坟前的照片。

达格利什把车停在了前院,于是回到车上看那张报纸。这是一张典型的地方周报,主要刊登当地的生活,满足小城市人的兴趣,没有全国性报纸那种大篇幅和大主题。这里有关于惠斯特牌会的报道,义卖的消息,投掷比赛,葬礼和地方团体的集会消息。其中一版都是新婚照片,新郎新娘的头凑在一起,朝着照相机微笑;还有几页刊登的是房子的照片,是小别墅和平房的广告;另外有四页专门是个人启事和其他广告。只有两个栏目显示了他们对外部世界的一点关注。在谷仓发现了七个非法移民,他们涉嫌买了一艘当地的船只。警察逮捕了两名藏有可卡因的嫌犯,他们很可能是当地的毒贩。

达格利什把报纸重新叠好,意识到他的第六感并没给他带来什么新的线索。如果周报上的内容刺激了玛格丽特·门罗的记忆,让她想起了什么的话,那个秘密也已经和她一起死掉了。

18

雷顿的执事长、尊敬的马修·克拉普顿牧师从伊普斯威奇南部克雷林菲尔德教区的住处沿着最近的路线开车前往圣安塞尔斯。他沿着A12公路开车过来的时候心里觉得很踏实,他夫人和他的书房都被安排得很好。在很年轻的时候他每次离开家时就总有一种不能再回来的预感,虽然他从没有说出来过。这从来都不是很严重的担忧,但是这种感觉时时袭扰着他,就像其他那些像蛇一样盘踞在思绪深处的莫名其妙的恐惧一样。有时候他觉得整个生活都处在一种末日将到的预感当中。这个每天缠绕着他的感受并非出于害怕因病而死,也和他的信仰无关,他知道这和他妈妈坚持每天早上给他换上干净内衣的习惯更有关系——因为也许就在这一天他被车撞了,就会把身体暴露在护士、大夫和运送尸体的人眼前,他们会觉得他是一个母亲没尽到照顾责任的可怜小孩儿。当他还是小男孩的时候,他就常常在头脑中描绘那最后的一幕:他平躺在停尸间的板子上,他妈妈感到安慰和满足,因为他死的时候内裤是干净的。

他像整理桌子那样有条理地把第一段婚姻收藏起来。楼梯角落里静静窥视、透过书房窗户的一瞥，以及他意外听到记忆中模糊的笑声而感到的震惊，都不再那么咄咄逼人，都被他在教区的工作，每个星期走访的行程，以及他的第二段婚姻掩盖而淡忘了。他在脑海中把他的第一次婚姻打入地牢还上了门闩——在正式宣判了以后。他曾听说有一位教区居民——一个有诵读困难，而且还有点聋的孩子的妈妈，描述她的女儿怎样被地方当局"诊断"为需要特殊教育的儿童，她明白这意味着她孩子的需要已经被评估过了，也会有相应的措施。所以，他把自己的婚姻也诊断为病态和有障碍的，即使这是完全不一样的"诊断"，在他心里却有着同样的权威。那些话从没说出来过，也从未写在纸上，但他可以在脑海中背诵它的内容，就像讲述一个偶然认识的人的事情。那段简短的、对这段婚姻的结局性的评价写在他的脑海中，常常用另一种字体浮现出来。

执事长克拉普顿在他成为内城教区牧师之后不久与他的第一任妻子结婚。芭芭拉·汉普顿不到二十岁，年轻、漂亮、任性、爱捣乱——这是她家人从没透露过的事实。这段婚姻在开始的时候还是幸福的。他知道自己是个幸运的男人，并没有为她做什么就成为了她的丈夫。他认为她的多愁善感是一种善良，她容易与陌生人亲近的性格，还有她的美丽和慷慨让她在教区很有人缘。在最初几个月的时间里，问题还没有被暴露出来，或者没有被说出来。后来，教会执事和教区居民会趁她不在的时候来家里拜访，告诉他一些令人尴尬的事情。她暴躁的脾气、大喊大叫、污辱别人，这些他以为只会和他在一起的时候才会发生的事情开始在教区传开了。她拒绝接受治疗，还辩解说生病的应该是他。她开始更严重地酗酒。

在他们结婚四年后的一个下午，他要去看望生病的教区居民。知道她说累了要在下午睡一觉，就过去看她。打开房门，他以为她很平静地睡着了，就离开了，希望不要打扰她。那天晚上他回来的时候发现她已经死了。她吃了过量的阿司匹林。法庭的结果是自杀。他责备自己娶了一个太年轻的女人，她也不适合做教区牧师的妻子。他在第二段婚姻里面找到了幸福，而且也是一段更合适的婚姻，但是他从没有从悼念第一个妻子的情绪中摆脱出来。

这就是他在头脑中记下的故事，但他现在已经不那么经常地回想它了。十八个月以后他便再婚了。一个没有伴侣的教区牧师，尤其是那么悲惨地变成了鳏夫，无疑会成为教区媒婆们的理想目标。在他看来，他的第二任妻子是别人帮他选的，但他也高兴地接受了。

今天他有工作要做，这事是他喜欢的，而且他说服自己这是一项义务：说服塞巴斯蒂安·莫里尔。圣安塞尔斯必须关闭，然后找到更多的依据使它尽快关闭——既然关闭已经是必然的。他告诉自己，而且他也相信，圣安塞尔斯维持成本太高，这里过于偏僻、只有二十名学生，而且挑选程序复杂、太过特权化和精英化了，它的存在是圣公会的一个错误决定。他承认——而且打心眼里欣赏自己的诚实——他不仅不喜欢这所学院，也不喜欢这所学院的负责人——为什么还有一种人被称为院长？这种不喜欢带有强烈的个人色彩，远远超出了两个人职位的不同影响或神学理论上的分歧。他承认，一部分冲突是因他们来自不同社会阶层而起的怨恨。他觉得自己是靠奋斗取得了教士的职位并得以升迁的。实际上他也没有费太大的力气：大学的时候由于有充足的资助，他的路一直很顺，而他妈妈也一直很纵容这个她唯一的孩子。但莫里尔的父亲和祖父都是主教，还有一位十八世纪的先辈还是一名兼任主教的王子。莫里尔家族一直住在宫殿里，执事长知道他的对手会用他家族的触角和个人的影响找到英国政府、大学还有圣公会的关系，不会轻易放弃一寸自己的地盘。

还有莫里尔那位可怕的长脸妻子，上帝才知道他为什么娶了她。维罗尼卡女士在执事长第一次到学院来的时候就在，那是他被任命为托管人以前很久。吃晚餐的时候她坐在他左边，两个人都觉得不愉快。当然，她现在已经死了。至少他再也听不到她的大嗓门了——那种上层阶级经过数个世纪的傲慢自大和麻木无情而形成的那种令人讨厌的音调。她或者她的丈夫可曾知道什么是贫穷和令人感到羞辱的被剥夺感？他们可曾生活在充满暴力和棘手问题的破败的旧城教区？除了在一个时髦的省会城市待了两年，莫里尔从来没有当过教区牧师。为什么他这样一个富于智慧和声望的人会满足于掌管一个这么小的、偏远的神学院，对执事长来说是一个谜，他猜想这对很多人来说都是个谜。

然而还有一个解释存在于阿巴斯诺特小姐那令人惊叹的遗嘱中。她的法律顾问到底为什么会让她留下这样的遗嘱？当然，她不可能知道她留给学院的画和银器在一个半世纪以后已经变得如此值钱。近年来，圣安塞尔斯一直受到圣公会的资助，难以想象这是阿巴斯诺特小姐的愿望。当学院变成多余的时候，它的资产要交给圣公会或圣公会的慈善团体，这在道义上才是公平的。不能想象阿巴斯诺特小姐希望在学院关闭的时候让四个幸运的牧师成为百万富翁，而他们其中的一个已经八十岁了，另一位还曾被判猥亵儿童罪。他会把学院正式关闭前移走所有有价值的东西作为他的责任。塞巴斯蒂安·莫里尔如果不把自己置于自私和贪婪的指控之下，将很难阻止他。他试图用迂回的策略保住圣安塞尔斯可能就是一种诡计，用以掩饰他对占有那些宝物的欲望。

战线已经划清，他很有自信地朝他希望的方向去努力，等待他的是一场决定性的战役。

19

塞巴斯蒂安牧师知道周末结束之前他和执事长会有一场对质,但是他不想在教堂里跟他谈。他已经准备好了,甚至渴望着去坚持自己的立场,但不是在圣坛前面。然而执事长说他现在就想看到韦登的画,塞巴斯蒂安牧师没有理由不陪他去,而且如果仅仅是把钥匙给他则是失礼的。他安慰自己可能去一下就行了,不用很长时间。毕竟,执事长在教堂里能公然反对什么呢,除了那四处弥漫的熏香味道?他决心保持平静,如果可能的话不要谈得太深入。当然两个教士在教堂里说话的时候应该可以避免恶毒和讽刺的言语。

他们一语不发地沿着北侧的回廊向圣器储藏室走去。在塞巴斯蒂安牧师打开灯把画照亮之前他们什么都没说,肩并肩地站在画前默默地看着。塞巴斯蒂安牧师从来都找不到合适的语言来形容这幅画忽然在眼前鲜活起来的时候带给他的感觉,此刻他也没有试图去找到。过了足足一分钟的时间执事长才开口说话,他的声音在凝固的空气中显得不同寻常地响亮。

"它不应该在这里,当然。你有没有认真地想过把它移走?"

"移到哪里去,执事长?这是阿巴斯诺特小姐赠给学院的,而且指定要放在教堂祭坛的上方。"

"对于这么值钱的东西来说,这可不是个安全的地方。你觉得它值多少钱?五百万?八百万?还是一千万?"

"我没有概念。如果说到安全问题,这幅画挂在祭坛上方已经有一百多年了。你到底想把它移到哪里去呢?"

"移到更安全的地方,一个其他人也能有机会欣赏到的地方。最为合理的做法就是——我就这个问题跟主教讨论过——把它卖给一家博物馆供大众参观。圣公会或者其他的慈善团体,能够善用这笔钱。你们这里另外两个值钱的圣餐杯也应该这样处理。这么值钱的东西放在这里供二十名教士候选人欣赏是不应该的。"

塞巴斯蒂安牧师想引用一段《圣经》里的典故——"香膏可以卖钱,周济穷人。"——但他谨慎地忍住了。不过他的声音里还是带着被侮辱的愤怒。

"圣坛上的画是学院的财产。只要我还是这里的院长,它就既不会被卖掉,也不会被移走。银器也会放在圣堂的保险箱里,在需要用到的时候拿出来用。"

"即使它们的存在意味着教堂要上锁而且也不能供教士候选人们使用?"

"不是不能用,他们可以去拿钥匙。"

"祈祷的需要是自然而然产生的,不是想到要去拿钥匙的时候产生的。"

"这就是为什么他们有祈祷室。"

执事长转过身去,塞巴斯蒂安牧师关上了灯。那位与他同行的人说:"不管怎么样,一旦学院关闭,这幅画就要被移走了。我不知道主教教区对学院的占地如何处理——我是说教堂本身,即使只是从管理的角度来说,作为一个教区教堂它太偏远了。你去哪里找那么多信众呢?买下这房子的人应该需要一个小的礼拜堂,但是谁知道呢!我实在想不出谁会有兴趣买下它。偏远，不易经营，很难到达，还没有直接通往海滩的路。它很难作为一个酒店或者疗养所。还有海水的侵蚀，谁知道它还能不能再挺二十年。"

塞巴斯蒂安牧师过了一会儿才开始说话，他要确保自己可以保持平静。"那只是你的看法，执事长，您说的就像关闭圣安塞尔斯的决定已经做出了一样。作为这里的院长，关闭学院应该征求我的意见。还没有人跟我说过此事或者致函给我。"

"当然会征求你的意见。所有必要的官样程序都不会漏掉，但结论是很明确的，你很清楚这一点。圣公会正在使其神学教学集中化和合理化。改革势在必行了。圣安塞尔斯太小、太偏僻、太贵也太精英主义了。"

"精英主义，执事长？"

"我是故意用这个词的。你们最后一次从公共教育体系中接收学生是什么时候？"

"史蒂夫·莫比是从国家教育系统中来的。他几乎是我们这里最聪明的教士候选人。"

"我想他是第一个吧。无疑是从牛津来的，而且还是第一名。那么，你们可曾接受过女性做教士候选人？或者女性的教士？"

"没有女性申请过。"

"很正确，因为女性知道她们是不受欢迎的。"

"我想最近的情况会推翻您的猜测，执事长。我们没有偏见。圣公会，或者说是教会政策会议已经做了决定。但是这里太小，无法吸收女性候选人。即使那些更大一些的神学院也觉得招收女性候选人很困难。是候选人们自己受不了。只要我做院长，我就不能允许神学院中一部分神职人员不愿意从另一部分人手里接受圣餐的事情发生。"

"精英主义并不是你们唯一的问题。除非教廷能够适应二十一世纪的需要，否则它就不能存活。在这里，年轻人的生活出奇地奢侈，与那些他们将要去服务的人们完全隔绝。学习希腊语和希伯来语是有用的，我不否认这一点，但是我们也应该关注一些新的学科。他们在社会学方面有什么课程？在公共关系以及不同宗教信仰的合作方面有所涉猎吗？"

塞巴斯蒂安牧师设法让自己的声音保持平稳。他说："我们是全国最好的神学院之一。这在对我们的评估报告中体现得很清楚。说这里不能接触真实世界或者说这里的学生不是被训练去服务真实世界的说法是荒谬可笑的。从这里走出去的教士在国内外服务于那些最落后和最困难的地区。为什么不想想多诺万牧师在远东死于伤寒病，他没有离开信众，还有在非洲殉教的布鲁斯牧师，还有其他人。圣安塞尔斯还培养了本世纪最杰出的两位主教。"

"他们是他们那个时代的主教了。你在谈过去的事。我关心的是现在的需要，尤其是年轻一代的需要。我们不能让人再去相信那些过时的教条和陈旧的礼拜仪式，还有那看起来自命不凡、令人反感、中产阶级——甚至是种族主义——的教堂。圣安塞尔斯已经变得和新的时代格格不入了。"

塞巴斯蒂安牧师说："你想要的是什么呢？没有神秘感的教堂，被剥去了知识、宽容和尊严这些优点的圣公会？在不可言喻的神秘和全能上帝的慈爱面前没有任何谦卑的教堂？把礼拜仪式办成简单地唱唱圣歌，圣餐办得像教区的免费筵席吗？为时髦、现代的英国人服务的吗？那不是我在圣安塞尔斯办礼拜仪式的方式，对不起。我知道我们在如何看待神职工作上有分歧，我不想把这个问题个人化。"

执事长说："哦，可是恕我直言，我想你是这样做了，莫里尔。"

"您一直很坦率，但是在这里进行这样的讨论合适吗？"

"圣安塞尔斯会被关闭。无疑它在过去做得很好，但是跟现在没有关系。它的教学是不错，可是它比奇切斯特、萨里斯伯里、林肯更好吗？他们也接受了被关闭的现实。"

"它不会被关闭，只要我还活着它就不会被关闭。我还是有些影响力的。"

"哦，我知道。这正是我不满的地方——影响力、认识人、在有影响力的圈子里面活动、跟有影响力的人说话。这样的英格兰就像这所学院一样过时了。维多利亚女士的世界已经一去不复返了。"

塞巴斯蒂安牧师一直努力控制着的愤怒终于奔涌出来。他几乎说不出话来,他觉得委屈、满腔仇恨,他用自己都不能相信的声音喊了出来:"你敢!你怎么竟敢提起我妻子的名字!"

他们像两名拳击手一样紧盯着对方。最后还是执事长先开了口:"对不起,是我太放纵太苛刻了,我在不合适的地方说了不该说的话,我们可以走了吗?"

他很想伸手抓住对方的手臂,但是最终还是决定不这样做。他们沉默着顺着北墙往圣器储藏室走去。塞巴斯蒂安牧师忽然停了一下,说:"有人在这里。"

他们停在那里几秒钟,听了听。执事长说:"我什么也没听见,门是锁着的,我们进来的时候还设了警铃。这里没有人。"

"当然没有人。怎么会有?这只是感觉。"

塞巴斯蒂安牧师设了警铃,还把身后圣器储藏室外面的门锁上了,他们一起走进了北侧的回廊。虽然执事长道了歉,但塞巴斯蒂安牧师知道他们两个人刚才说过的话是谁也不会忘记的。他厌恶自己的失控。他和执事长都有错,但他是这里的主人,应该负更大的责任。执事长不过是说出了外界对学院的看法。一种很深的沮丧侵袭着他,他有一种难以名状的感觉,用个比忧虑更准确的词,是恐惧。

20

在圣安塞尔斯，星期六的下午茶并不是什么正式的活动。通常由皮尔比姆夫人准备，摆在房子后面学生们的起居室里，想参加的人要事先告知。一般来的人不多，尤其是离得不远的地方有足球赛的时候。

下午三点，埃玛、拉斐尔·阿巴斯诺特、亨利·布洛克斯汉姆和史蒂夫·莫比懒洋洋地坐在皮尔比姆夫人的起居室里，起居室位于主厨房和向南侧回廊的通道之间。从这段通道走下一段楼梯就是地窖。主厨房里有四个烤箱，那闪亮的不锈钢工作台和现代化的设备是不许学生使用的。隔壁皮尔比姆夫人的起居室里有一个小煤气炉和一张木质方桌，皮尔比姆夫人经常做烤饼和蛋糕，还有茶。房间舒适惬意，虽然它和隔壁那手术室般干净、一尘不染的厨房相比显得有点简陋。壁炉和上面的装饰罩都是原配的，不过闪闪发光的天然金块换成了合金，燃料也变成了煤气，但这些都让这个屋子显得更加舒适。

起居室基本上是皮尔比姆夫人的领地。壁炉架上摆放着她自己珍爱的东西，大部分都是以前的学生放假回来带给她的：一个精美的茶壶、一套杯子和水壶、她喜欢的瓷器狗，还有一个衣着艳俗的娃娃，细细的双腿在壁炉架的边上耷拉着。

皮尔比姆夫人有三个孩子，都住得很远，埃玛猜测她很喜欢这每星期跟年轻人在一起的活动，就像教士候选人们也期待在日常苦行之余的放松。像他们一样，埃玛很享受皮尔比姆夫人那母性但又不神经质的关爱。她想知道塞巴斯蒂安牧师是否同意她参加这样非正式的聚会。她确信他知道这事；学院里没有什么事可以瞒得过塞巴斯蒂安牧师。

这天下午只来了三个学生。彼得·巴克赫斯特正在腮腺炎的恢复期，在自己的房间里休息。

埃玛蜷缩在壁炉右侧柳条椅的靠垫里。拉斐尔的长腿从对面的椅子上伸过来。亨利在桌子的另一头给大家读《星期六泰晤士报》上的一篇文章，桌子的另一头皮尔比姆夫人正在给史蒂夫上烹饪课。他在英格兰北部整洁的联排房子中长大，他妈妈相信男孩子不应该做家务——那里的人祖祖辈辈都是这样认为的。但史蒂夫在牛津的时候就和一位有才气的遗传学者订了婚，她是不妥协的男女平等主义者。这天下午，在皮尔比姆夫人的鼓励和同学们你一言我一语的批评中，他正拿着蛋糕模子把猪油和牛油和入面粉中。

皮尔比姆夫人抗议道："不是那样的，史蒂夫先生，手上轻一点，把手抬起来，让油汁一点点滴到碗里。这样里面才会松软。"

"我觉得自己真蠢。"

亨利说："你是看起来很蠢！如果你的艾莉森现在看到你，她一定对你是否有能力成为你们计划中的两个孩子的父亲产生很大的怀疑。"

"不，她不会的。"史蒂夫说着，露出了忆起往事的快乐笑容。

"颜色看起来还是很滑稽。你去超市买不就行了？那里的冰箱里有做好的糕饼。"

"那个跟家里做的糕饼没法比，亨利先生。不要打击他。现在看起来差不多对了。开始加冷水。不，别拿水壶。每次只加一勺。"

史蒂夫说："我在牛津有寓所的时候，知道一个做鸡肉砂锅菜的秘方。你从超市买来鸡肉片,然后加一听蘑菇汤或者土豆汤,都行。一定会很好吃。这样行了吗,皮尔比姆夫人?"

皮尔比姆夫人朝大碗里瞟了一眼,里面的生面最终被和成了一大坨,光泽很亮。"下星期我们做砂锅菜。这看起来很不错。现在我们把它用保鲜膜包好然后放进冰箱里让它休息。"

"它为什么需要休息?我已经筋疲力尽了!就是这样的颜色吗?看起来挺邋遢的。"

拉斐尔让自己清醒了一下,然后说:"那个侦探在哪儿?"

亨利的眼睛没离开报纸,他回答说:"很显然晚饭前不会来,我看到他在早饭后就开车走了。我必须说他走了让我觉得解脱,他的出现让人不那么舒服。"

史蒂夫问:"他认为在这里可能发现些什么呢?既然不能重启这个案子,那么他还能做什么?他能对一个已经火葬了的尸体开始新的质询吗?"

亨利抬眼看了看,说:"我想不是没有困难。直接去问达格利什吧,他是专家。"说完他又接着看《泰晤士报》。

史蒂夫去水池洗手上的面粉,一边说道:"我对罗纳德有点内疚。我们没能解决他的麻烦,是吗?"

"麻烦?我们是来解决麻烦的吗?圣安塞尔斯可不是学前班。"拉斐尔学究气地抱怨着,"'这是年轻的特里夫斯,阿巴斯诺特。他应该在你的宿舍,你应该看着他,对吗?给他看看那些绳子。'也许罗纳德觉得自己还是学校里的孩子,无论什么东西他都贴标签真是个坏习惯,他在所有的衣服、所有东西上都粘上标签。他以为我们会做什么,偷他的东西吗?"

亨利说:"所有突然死去的人都会让人产生震惊、悲痛、生气、负罪等情绪反应。我们已经过了震惊的阶段,我们不怎么悲痛,也没理由感到生气,那就剩下负罪了。下次我们去忏悔的时候肯定都是一个套路,马丁牧师将很厌倦听到罗纳德·特里夫斯这个名字。"

埃玛诡秘地问到:"难道圣安塞尔斯的教士不听你们的忏悔吗?"

亨利笑了起来:"感谢上帝,我们是个小圈子,可是还没小成这样。有一名牧师每个学期从弗莫林汉姆来两次。"他看完了报纸,把它小心地折好。

"说到罗纳德,我有没有说过周五晚上他死之前我见过他?"

拉斐尔说:"没有,你没有说过。你在哪儿见到他的?"

"从猪圈出来的时候。"

"他在那里干什么?"

"我怎么会知道。我想也许是去搔猪屁股去了吧。实际上,我看他情绪低落,好像要哭的样子。我想他没有见到我。他跌跌撞撞地从我身边经过向岬角那边去了。"

"你有没有跟警察说起这件事?"

"没有。我没有跟任何人说过。所有警察问我的问题——我想,绝对缺乏技巧——都是关于我是否认为罗纳德有自杀的动机。就算头天晚上沮丧地离开猪圈,那也不是让你往自己的头上沾上一吨沙子的理由,再说我也不能很确定我看到的。他几乎是跟我擦肩而过,而且那时候很黑,碰见他可能是我想象出来的。埃里克应该什么都没有说,或者是没有在审讯的时候提到。不管怎么说,那个晚上格列高利先生后来又见到了他,他说他在希腊语课上表现正常。"

史蒂夫说:"但这挺奇怪的,不是吗?"

"回想起来比当时觉得更奇怪。我没法不想这件事。罗纳德喜欢在这儿待着,不是吗?他死了之后好像更加无处不在了,比他活着的时候更真实。"

又是一阵沉默。埃玛没有说话。她看着亨利,希望找出些线索了解他的性格,就像她常做的那样。她记得亨利刚来校时她和拉斐尔的一段对话。

"亨利让我觉得很困惑,他也让你有这样的感觉吗?"

她说:"你们都让我很困惑。"

"是的,我们不想让别人看透我们。还有,你也让我们觉得很困惑。但是亨利,他到这里来干什么?"

"我想跟你差不多吧。"

"如果我确定可以每年赚五十万,还能期待由于表现好而在圣诞节得到另外一百万的话,我怀疑我是否还会选择要这每年一万七千英镑的教士津贴,运气不好的话甚至连个体面的住处都没有。教士的住所已经都卖给了喜欢维多利亚式建筑的雅皮家庭。我们能得到的是很糟糕的半独立住宅,停车位里是二手的福特嘉年华车。还记得那段关于圣路加的让人很不舒服的经文吗?那个有钱的年轻人因为他的财富而悲伤地离开了主。如果我是他,我也会这样。很幸运,我很穷而且还是个私生子。你认为上帝已经安排好了让我们永远不会面对那些诱惑,因为他知道我们没有能力去拒绝那些诱惑?"

埃玛说:"二十世纪的历史很难支持这些理论。"

"我想过也许可以把这些想法告诉塞巴斯蒂安牧师,建议把它们写成布道的内容,后来我又想了想,还是算了。"

拉斐尔的声音把她带回现实。他说:"罗纳德耽误了你的课程进度,是吗?他在课前精心准备、反复打草稿,以为会在课堂上问出聪明的问题。他可能是在为将来的布道摘下有用的句子。堆砌那些韵文也没法把一场平淡干瘪的布道变得让人记忆犹新,尤其是在信众们并不知道你引用的是什么的时候。"

埃玛说:"我有时候想他为什么会来。研讨会是自愿参加的,对吗?"

拉斐尔声音嘶哑地笑了一下,半是讽刺、半是自嘲,这让埃玛很不舒服。"是的,亲爱的,绝对是。问题是'自愿'这个词在这个地方的意思和在其他地方不大一样。这样说吧,一些行为比另一些行为更容易被接受。"

"哦,天哪,我还以为你们都来了是因为你们喜欢这些诗歌。"

史蒂夫说:"我们确实喜欢那些诗。问题是我们只有二十个人,这意味着我们常常处于被监视之中,这些教士们也只能这么做,我们人太少了。这是为什么圣公会认为六十名学生是神学院比较合适的规模——圣公会是对的。执事长说这个学院太小了是有道理的。"

拉斐尔打断他说:"哦,我们必须要谈到执事长吗?"

"好,我们不谈他,但他是个奇怪的混合体,不是吗?必须承认,圣公会有四个教堂,而不是一个,可到底哪里合适他呢?他不是随和的人,他是信福音书的,但他接受女性教士。他总在说我们必须改变以适应新世纪,但他也不是什么自由主义的代表,他在离婚和堕胎方面立场强硬。"

亨利说:"他的观念是维多利亚时代的。他在这里的时候我就想起特罗洛普①的小说,除了角色是颠倒的。塞巴斯蒂安牧师应该是执事长格兰特利,克拉普顿是斯洛普这个角色。"

史蒂夫说:"不,不是斯洛普。斯洛普是个伪君子。执事长至少是真诚的。"

拉斐尔说:"哦,他是真诚的。希特勒也是真诚的。每个暴君都是真诚的。"

史蒂夫很平静地说:"他在自己的教区里不是暴君。实际上,我觉得他是一个很好的牧师。不要忘了,我在上个复活节被借调到那里去了一个星期。他们喜欢他。他们甚至喜欢他的布道。就像一位教会委员说的:'他知道他相信的东西并且会直接告诉我们。在教区里没有一个蒙受灾难或者需要上帝的人不对他心怀感激的。'我们看到的是他坏的一面,他不在这里的时候是另外一个人。"

拉斐尔说:"他控告他的教士同事并把他送进了监狱,这是基督教的仁慈吗?他痛恨塞巴斯蒂安牧师,这就是所谓的兄弟情谊吗?他还痛恨这个地方和它所代表的东西。他想关掉圣安塞尔斯。"

亨利说:"塞巴斯蒂安牧师在努力让学院继续下去。我确信这一点,可以为此赌上几镑。"

"我不太确定。罗纳德的死没起什么好作用。"

"圣公会不能因为一个学生的自杀就决定关闭某一所神学院。不管怎么说,星期天早饭后他就要走了。很显然,他必须回教区去。只需

---

①特罗洛普(Anthony Trollope, 1815—1882),英国小说家。

要吃两顿饭。你最好表现得好一点,拉斐尔。"

"塞巴斯蒂安牧师已经警告过我了。我会努力控制情绪的。"

"但是如果你没有成功,你就会被要求在执事长早上离开前向他道歉。"

"哦,不,"拉斐尔说,"我有种感觉,早上没有人会向执事长道歉。"

十分钟以后,所有的学生都去了学生起居室喝茶。皮尔比姆夫人说:"你看起来很累,小姐,如果愿意就留下来跟我一起喝茶吧。现在你会觉得很舒适和安静了。"

"我愿意,皮尔比姆夫人,谢谢您。"

皮尔比姆夫人拉过一张矮桌放在自己跟前,在上面放了一大杯茶和一盘黄油烤饼,还有果酱。埃玛想,真好啊,可以这样静静地和另一个女人一起坐着喝茶,听着皮尔比姆夫人坐的那把柳条椅吱吱作响,闻着热腾腾的黄油烤饼,看看壁炉里闪着蓝色的光。

她希望他们没有提起罗纳德·特里夫斯。她没有想到这宗神秘的死亡事件能对学院产生如此巨大的影响。而且不仅仅是他的死,门罗夫人本来是十分自然、平静甚至是如愿死去的,在这个时候却让这里蒙上了更大的阴影。眼下,在这个小社区里,死亡的阴霾挥之不去。亨利是对的,人们会觉得有负罪感。她也希望自己以前能更多地照顾罗纳德,希望曾经对他更好更耐心。他蹒跚地从瑟蒂斯的猪圈走出来的画面就像刺蒺藜一样难以从脑海中抹去。

现在又有了执事长的事。拉斐尔对他的不喜欢已经溢于言表,而且已经不止是不喜欢那么简单。他的声音里有憎恨,她没想到在圣安塞尔斯会看到这种情绪。她知道她有多么依恋来学院上课的时光。祈祷书上的那些句子在她脑海中浮现,在这里她能感受到一种现实世界不能给予的平静,但是这样的平静被一个男孩在沙子下面张着大嘴垂死挣扎的画面打破。圣安塞尔斯是俗世的一部分。学生们会是圣职候选人,而他们的老师都是教士,但他们也都是人。这所学院看起来孤立地存在于大海和无人居住的岬角之间。但学院里的生活是紧张的、被严格管制的、幽闭的,什么样的坏情绪不能够在这种温室条件中滋生出来呢?

　　还有拉斐尔。他在这个孤独的环境里被养大,没有母亲,能逃脱一会儿的时候,也不过是处于同样男性化和被严格管理的预备学校和公立学校。他真的有信仰吗,或许他在用他所知道的唯一方式来还一笔旧债?她发现自己第一次在心里责怪这里的牧师们。他们当然该知道拉斐尔应该在其他学院里受教育。她想塞巴斯蒂安牧师和马丁牧师作为智慧和仁慈的化身很难了解这些。就像她认为教会并不真正终极地掌握着神的启示,而只是受道德驱动的组织。最终,她又像往常一样,想到了那个让她觉得不大舒服的结论:牧师也不过就是人而已。

　　起风了。她可以听到风声轰隆作响,时隐时现,现在还很难把它与海浪巨大的轰鸣声区分开来。

　　皮尔比姆夫人说:"就要起大风了,我觉得直到黎明前风都会越来越大。估计这个晚上不大好过。"

　　她们沉默地喝着茶,然后皮尔比姆夫人说:"你知道,他们都是好孩子,都是。"

　　"是的,"埃玛说,"我知道他们是。"听起来她是在安慰别人。

21

塞巴斯蒂安牧师不喜欢下午茶。他从不吃点心，因为觉得黄油糕饼和三明治只会破坏晚餐的胃口。不过他觉得有必要在四点钟有客人的时候露一下面，通常也只是喝两杯加柠檬的伯爵茶的工夫，对到访者表示欢迎，然后就离开了。这个星期六，他把接待访客的任务交给了马丁牧师，但现在是四点十分，他觉得应该在这个时候出现一下比较礼貌。可他刚下了一半楼梯，就遇见了匆匆向他走来的执事长。

"莫里尔。我需要跟你谈谈，在你的办公室。"

现在？谈什么？塞巴斯蒂安牧师疲倦无聊地跟在执事长后面走上楼梯。执事长两步并作一步地上了台阶，来到办公室外的时候，像是要很随便地撞门进去。塞巴斯蒂安牧师很安静地进了办公室，请他在壁炉一侧的椅子上坐下，但没有注意到这样两个男人面对面挨得那么近，塞巴斯蒂安牧师可以闻到对方嘴里呼出的酸味。他发现自己被迫直面一双怒目而视的眼睛，而且立刻看清了执事长脸上的每一处细节，这让他觉得很不舒服：左鼻孔里的两簇鼻毛，两侧脸颊高颧骨上的斑点,还有一点看起来像奶油糕饼碎末的东西沾在嘴边。他站在那里,看着执事长在设法控制自己的情绪。

克拉普顿说话的时候情绪已经平静了一些,但声音里显然带着恐吓。"警察在这里干什么?谁请他来的?"

"达格利什警官?我想我解释过……"

"不是达格利什,是耶伍德。罗杰·耶伍德。"

塞巴斯蒂安牧师平静地说:"就像您一样,耶伍德先生是一位客人。他是萨福克警方的探员,来这里休假。"

"让他在这里,是你的主意吗?"

"他时不时会来,是一位受欢迎的客人。现在他在休病假。他写信来问是否可以在这里待一个星期。我们喜欢他,愿意让他来。"

"耶伍德是调查我妻子死因的警官。你可以认真地告诉我你不知道这一点吗?"

"我怎么会知道,执事长?我们怎么可能知道?这些事他是不会说的。他到这里来为的就是远离他的工作。我看出来你对他在这里感到很沮丧,我很抱歉发生这事。很显然,他的出现让您回忆起非常不愉快的事情。但这只是个巧合,没有别的。这种巧合每天都会发生。耶伍德探员五年前就从大都会调到萨福克来了,我相信,应该是您妻子死后不久就调动了。"

塞巴斯蒂安牧师避免用"自杀"这个词,但是他知道这个词就悬在那里。执事长第一任妻子的悲剧在牧师圈子里广为人知。

执事长说:"他必须离开。当然,我不想跟他一起吃晚饭。"

塞巴斯蒂安牧师游移在对执事长的同情和厌恶的情绪之中,备受折磨。他说:"我没打算让他走。就像我说过的那样,他是这里的客人。无论他带给你怎样不快的记忆,两个成年人都应该可以克制愤怒,坐在一起吃饭。"

"愤怒?"

"我觉得这个词很合适。为什么你觉得这么生气呢,执事长?耶伍德只是做了他该做的工作。你们之间没有私人恩怨。"

"从他出现在我住处时起他就是带着个人情绪的。他就差把我当成凶手了。他每天都来,即使在我最悲痛和易受打击的时候,跟我纠缠各种问题,询问我婚姻的细节,还有跟他毫无关系的私事,毫无关系!审讯和判决结束后我就向伦敦警察厅投诉了他。我还想去警员投诉机构告他,可又觉得他们不会认真处理的。从那时候起,我就想把关于他的事给忘了。伦敦警察厅确实为此进行了质询,并承认耶伍德在调查中可能过度积极了。"

"过度积极?"塞巴斯蒂安牧师说出了他一直以来对此事的看法,"我认为他觉得他在履行职责。"

"职责?那跟他的职责毫无关系!他觉得他可以办个漂亮的案子累积名声。对他来说可是个好主意,不是吗?教区牧师涉嫌杀害自己的妻子。你知道这样的控诉在主教教区有多大的伤害吗?他折磨我,并且对此很享受。"

塞巴斯蒂安牧师很难信服这些对他所认识的耶伍德的谴责。他又一次意识到了一种矛盾的情绪:对执事长的同情,同时犹豫着是否应该同耶伍德说这件事,想着不应该没有必要地去让他觉得在肉体和精神上都还很脆弱的人更加担忧,还有如何在与克拉普顿之间不产生更多敌意的情况下度过这个周末。所有这些忧虑都显得不协调和滑稽可笑,还连带着一个高于一切的问题——晚餐的座次安排。他不能让两名警察坐在一起,他们希望避免陷入工作讨论,而且他当然也不希望他们在饭桌上说这些。塞巴斯蒂安牧师从来没想到过圣安塞尔斯的食堂除了是他的餐厅和他的餐桌外还有什么其他意义。很明显,无论是拉斐尔还是约翰都既不能坐在执事长两侧,也不能面对他。克里夫·斯坦纳德即使在表现最好的时候也是个无聊的客人,也不能把他安排在克拉普顿或者达格利什旁边。他希望他的妻子还活着,如果她还活着的话这些事就都不会发生了。他感到一种被刺痛的怨恨,她留下他一个人是多么的不方便。

这个时候,有人敲门。这个时候有人打扰非常好,他说:"进来。"然后拉斐尔进来了。执事长看了他一眼然后对塞巴斯蒂安牧师说:"你就这样看着不管了,是吗。莫里尔?"说完便出去了。

塞巴斯蒂安牧师虽然很高兴有人打扰,但也没有欢迎客人的情绪,他很简单地问:"什么事,拉斐尔?"

"是关于耶伍德探员,牧师。他不想跟我们一起晚餐了。他问我们能否送些吃的到他的房间去。"

"他病了吗?"

"我觉得他不是特别好,但是他并没有说病了。他在下午茶的时候遇到了执事长,我想他希望如果可能的话不要再见到他了。他没有跟我们一起喝茶就走了,所以我跟着他回到房间看他是否还好。"

"他告诉你他为什么不开心了吗?"

"是的,牧师,他说了。"

"向您或者这里任何其他人倾诉他的想法都是不合适的,既不够职业也不明智,您也会阻止他的。"

"他没有说很多,牧师,但他说的事很有趣。"

"无论他说了什么你都不要说出去。你最好去找皮尔比姆夫人帮他准备晚餐,汤和沙拉什么的。"

"我想他要的正是这些。牧师,他说他希望一个人待着。"

塞巴斯蒂安牧师想,是不是该跟耶伍德谈一下,但还是觉得不要这样做。也许让他独自待着是最好的。执事长明天早餐之后就走了,因为他想回去在星期日十点半的教区圣餐会上吹奏。他暗示了有什么重要人物要来参加圣会。很庆幸这两个人不用再见面了。

院长很疲倦地走下楼梯,到学生客厅去喝了两杯伯爵茶。

22

食堂面向南，从大小和式样上看基本上是图书馆的复制品，筒形的拱顶层层向上，配合着相同数量的高而窄的窗子，虽然没有彩饰的玻璃，但窗子是淡绿色的，装饰着葡萄藤叶子。它们之间的墙上挂着三幅巨大的、风格明快的拉斐尔前派的绘画，都是学院创建者的捐赠。其中一幅是但丁·加里布耶尔·罗塞蒂[1]的作品。表现了一个火红色头发的女孩坐在窗边读书，这个意象可以被解释成虔诚。第二幅是爱德华·伯恩·琼斯作品，三个棕色头发的女孩在柑橘树下跳舞，金褐色的丝裙旋转着，很显然是表现世俗生活的；第三幅，也是最大的一幅，是威廉·霍尔曼·亨特[2]的作品。表现了一位牧师在板条搭成的礼拜堂外为一群古代的不列颠人施洗礼。它们不是埃玛特别喜欢的作品，但

---

[1] 但丁·加里布耶尔·罗塞蒂（Dante Gabriel Rossetti, 1828—1882），英国拉斐尔前派代表画家。
[2] 威廉·霍尔曼·亨特（William Holman Hunt, 1827—1910），英国画家，前拉斐尔派的创始人之一。

无疑是圣安塞尔斯财产中很值钱的一部分。房间被刻意设计成家庭餐厅的样子，但给人感觉是摆排场大于实用性和亲近感。即使是传统意义上的维多利亚式大家庭也肯定会对这种父亲般庄严的陈设感到隔阂和不舒服。圣安塞尔斯显然没做什么改变就把这里变成了餐厅。椭圆形带雕刻的橡木桌放在屋子的中央，中间用木板加长了六英尺。木椅子的扶手装饰华丽，很显然是旧时留下的，按传统习惯放在厨房的入口，食物由一个盖着白色餐布的长条形餐具桌送来。

皮尔比姆夫人等在桌子边，有两名学生帮忙，通常由学生们轮流担当这个职责。皮尔比姆家的人也用同样的食物，不过他们会拿回皮尔比姆夫人的起居室去吃。埃玛第一次来这里的时候，就对这种古怪的安排产生了很大的兴趣。皮尔比姆夫人好像本能地知道每一道菜吃完的时间，总是在恰当的时候出现。没有铃响，第一道菜和主菜大家都静静地吃，有一名神职学员在门左手边的一个高桌边上朗诵。这项工作也是轮流的。

朗诵的题目由神职学员自己决定，诵读的内容也不限于《圣经》或是宗教文献。埃玛在这里的时候听过亨利·布洛克斯汉姆读过《荒原》[1]中的段落。史蒂夫·莫比声情并茂地读过沃德豪斯[2]的短篇小说，彼得·巴克赫斯特选择过《小人物日记》[3]。对于埃玛来说，除了可以由朗诵的内容猜出朗诵者的兴趣以外，她还可以在不需要把头转来转去进行应酬交谈的情况下，享受皮尔比姆夫人高超的厨艺。

在塞巴斯蒂安牧师的主持下，圣安塞尔斯的晚餐有点像那种正式的私人宴会。不过朗诵和前两道菜结束后，之前的沉默反而刺激了大家交谈的愿望，所以一般都会进行得很愉快，刚才那名朗诵的学生把自己的食物从烤盘上拿下来，大队人马便移到学生起居室喝咖啡，或

---

[1]《荒原》，诗人T.S.艾略特的作品。
[2] 沃德豪斯（P.G.Wodehouse, 1881—1975），英国幽默小说家，作品包括小说、短篇故事、剧本、诗歌、歌词和大量新闻报道。
[3]《小人物日记》描述维多利亚时代英国下层小市民生活的小说。中产者普尔特先生不算窘迫，但攀附"绅士"的势力心态令其生活局促、暗淡和难堪。小说被认为体现了英国讽刺艺术的精妙。作者为乔治·格罗史密斯（George Grossmith）兄弟。

者穿过南门到院子里去。这样的闲谈通常会持续到晚祷的时候。晚祷之后按照惯例学生们要回到自己的房间里去，然后一切就安静下来。

虽然按照传统学生们找空位落座即可，不过塞巴斯蒂安牧师还是给客人和员工安排了座位。他把克拉普顿执事长安排在自己的左边，埃玛坐在执事长旁边。马丁牧师在她的另一侧。他的右边是达格利什警长，接下来是佩里格林牧师，然后是克里夫·斯坦纳德。乔治·格列高利很少在学院就餐，但今晚他来了，坐在斯坦纳德和史蒂夫·莫比的中间；埃玛希望看到耶伍德探员，但是他没来，也没有人说他为什么没有来。约翰牧师也没有来。四名在校学生中的三个找到自己的位子，像其他人一样，站在椅子后面准备等待女士先坐下。这时候拉斐尔进来了，边走边扣着法衣的扣子。他嘀咕着道了歉，打开了他拿来的书，在诵读桌旁站好。塞巴斯蒂安牧师用拉丁语说了句祝福的话，然后是一阵拖拉椅子的声音，他们坐下来开始吃第一道菜。

埃玛在执事长旁边的椅子上坐下，她知道他们离得很近，估计他也能感觉到。她本能地觉得他是那种跟女人交往的时候会表现出强烈性渴望的人，但这种渴望被压抑着。他和塞巴斯蒂安牧师身高差不多，只是肌肉更加发达，肩膀宽阔、脖子很粗、仪表堂堂。他的头发几乎是黑色的，胡须开始有点发灰，眼睛深陷在眉毛下面，眉毛的形状柔美得就像是修整过一样，和他不苟言笑的男性气质有点不协调。他们到达餐厅的时候，塞巴斯蒂安牧师已经把执事长介绍给她，他冷漠但有力地握了她的手。见到她在盯着自己看，他既困惑又吃惊，仿佛觉得她是一个必须在晚餐结束之前解决的谜团。

第一道菜已经摆上来了，是橄榄油胡椒烤茄子。大家开始动手拿起餐具，好像都在刻意降低刀叉的摩擦声，就像在等着什么信号一样，这时拉斐尔开始朗诵了。他就像在教堂里宣布一节布道的题目似的说："这是特罗洛普的《巴塞特寺院》[①]的第一章。"

[①]《巴塞特寺院》(*Barchester Towers*)，特罗洛普前期六部"巴特郡小说"中的一部。小说集中描写了乡镇牧师和中产阶级的日常生活，含蓄地揭发了教会中的人事倾轧和尔虞我诈，同时穿插了爱情故事，勾勒出新兴资产阶级的丑恶面貌。

这部作品埃玛很熟悉,她喜欢维多利亚时代的小说,但她很奇怪拉斐尔为什么会选择这个。学生们确实偶尔读读小说,不过通常他们会选择一个独立成章的短篇。拉斐尔读得很好,埃玛发现自己吃得很慢,像是在过分地挑剔食物,其实是因为她的头脑中充满着他读到的故事的场景。圣安塞尔斯的环境非常适合诵读特罗洛普的小说。在这座建筑巨大的、洞穴般的拱顶下面,她可以想象出巴彻斯特宫殿里主教的卧房,执事长格兰特利看着他死去的父亲躺在床上,知道如果这个老人活到政府倒台——只剩不到几个小时的时间——他就没有机会在他父亲身后做主教了。这是一个很有震撼力的段落,狂妄自大、野心勃勃的儿子双膝跪地,祈祷自己希望父亲早死的罪恶能够被宽恕。

傍晚开始的风越刮越猛了。现在它汹涌而来,猛击着主楼,就像一阵阵的炮火。每一次冲击的时候,拉斐尔都会停顿一下,就像一个授课者在等待混乱的课堂安静下来。在狂风撞击的间隙,他的声音听起来异乎寻常地清楚和富有预见性。

埃玛开始觉察她旁边的黑衣人停止了所有的动作。她瞥了一眼执事长紧握着刀叉的手。彼得·巴克赫斯特安静地逐个给大家添酒,但执事长的手用力盖住玻璃杯,指节都泛白了,埃玛甚至担心他会把杯子捏碎。她看着他,想象中那手越来越大,变得畸形了,手指上的汗毛倒竖。她知道,在对面坐着的达格利什警官也瞟了执事长一眼。埃玛不相信在座的人会丝毫没有察觉到她身边这个人传达出的如此紧张的情绪。不过看起来似乎只有达格利什警长注意到了。格列高利一直在静静地吃东西,很明显他对菜式很满意。在拉斐尔朗诵之前他几乎没有抬过头。之后他偶尔用嘲弄的眼神瞥一眼执事长。

拉斐尔的声音在皮尔比姆夫人和彼得·巴克赫斯特静静地收拾盘子的时候一直在继续着,她上了主菜:炖豆焖肉配煮土豆、胡萝卜和豆子。执事长翻了翻盘里的菜,他几乎什么也没吃。在前两道菜结束,要上水果、奶酪和点心的时候,拉斐尔合上了书,走向烤盘,在桌子末端坐下了。这时候埃玛发现塞巴斯蒂安牧师正表情严肃地盯着桌子一头的拉斐尔。埃玛觉得她自己是绝对不会选择和拉斐尔四目相对的。

似乎没有人着急打破沉默，最后还是执事长做出了努力。他转向埃玛，官样文章地问起她和学院的关系。她什么时候被聘任的？她到底教什么？她觉得总的来说能被学生接纳吗？她个人对英文和宗教诗歌的教学与神学的关系是怎么看的？她知道他想让她放松下来，或者至少努力开口谈话，但这听起来好像是审问，在一片沉默中，他的提问和她的回答声音都大得不同寻常。她的眼睛不停地看向坐在院长右边的亚当·达格利什，他正扭头朝向旁边那位头发颜色比他略浅的人，好像聊得很投机。他们肯定不会谈到罗纳德的死，至少不是在这个晚餐上。她时不时地感觉到达格利什也在盯着她看。他们的目光偶尔撞到一起，她会很快地躲闪开，还会为那一刻的尴尬和笨拙而生自己的气，接着继续应付执事长的那些提问。

终于，他们移到起居室去喝咖啡了，但是换地方也没有起到活跃谈话气氛的作用。接下来大家开始断断续续地说些陈词滥调，离晚祷开始还有很长时间，大家就散了。埃玛是最先离开的人之一。尽管外面有大风，她还是觉得应该呼吸一下新鲜空气，睡觉之前运动一下。今晚她不去参加晚祷了。这是来这里的数次经历中她第一次强烈地感觉想离开这所房子。然而当她从通向南侧回廊的门往外走的时候，强风让她喘不过气来，连站直都很困难了。这个晚上不适合在高地上走，那里会忽然变得很不安全。她在想亚当·达格利什正在干什么，也许他觉得参加晚祷比较礼貌。对她来说还有工作——总是工作——还要早睡觉。她沿着南回廊昏暗的灯光走向安布罗斯，走向孤独。

23

九点二十九分,拉斐尔最后一个走进圣器贮藏室,看到只有塞巴斯蒂安牧师在这里脱掉斗篷换上礼拜时穿的长袍。拉斐尔把手放在去教堂的门上,这时塞巴斯蒂安牧师说:"你特意选择诵读特罗洛普是想让执事长不高兴吗?"

"这是我十分喜欢的一段。那个傲慢的、野心勃勃的家伙跪在他父亲的床前,面对他希望主教按时死亡的秘密。这是特罗洛普写过的最好的段落。我想我们都会很欣赏。"

"我没有问你对特罗洛普的文学评价。你没有回答我的问题,你选择读这一段是不是想让执事长难堪?"

拉斐尔安静地回答:"是的,牧师。我是这样想的。"

"我猜是因为耶伍德探员之前跟你说的话吧。"

"他很沮丧,执事长基本上是强行进入罗杰的房间跟他对质的。罗杰脱口而出了一些话,之后告诉我要保密,让我必须忘了它。"

"你忘记的方法就是精心地选择一篇文章来诵读,而它不仅深深伤害了这里的一位客人,还泄露了一个秘密,出卖了耶伍德探员对你的信任。"

"牧师,这段文字并非是对执事长的无礼,除非耶伍德告诉我的事情是真的。"

"我看出来了。你是在演一出《哈姆雷特》。你恶作剧,还不遵守我要你在执事长做客的时候好好表现的要求。我们都得想想了,我要考虑一下,凭良心我是否还能推荐你做教士。你必须想一想你是否真的适合成为一名教士。"

这是塞巴斯蒂安牧师第一次说出他自己都不敢承认的疑虑。他看着拉斐尔,等着他的回答。

拉斐尔很平静地回答:"但是我们真的有选择吗,牧师?无论你还是我。"

让塞巴斯蒂安牧师感到吃惊的不是他的回答,而是他说话的语调。他从拉斐尔的语调中听到了,从他的眼睛里也看到了同样的东西:不是蔑视,也不是对他权威的挑衅,甚至不是一般的冷嘲热讽,而是一些更令人烦恼和痛苦的东西:一种绝望地放弃的迹象,同时,还有寻求帮助的哀号。他们都没有再说话,塞巴斯蒂安牧师换好了长袍,然后等着拉斐尔为他打开圣器贮藏室的门,跟着他走进了烛光昏暗的教堂。

24

达格利什是唯一一来参加晚祷的访客。他坐在右侧过道中间处的座位上,看着身穿白色法衣的亨利·布洛克斯汉姆点亮了祭坛上的两根蜡烛,以及唱诗班前面玻璃罩里的一排蜡烛。亨利在达格利什到达前就把南大门的门闩打开了。达格利什安静地坐着,希望听到他身后门被打开时吱吱的响声。但是埃玛、员工还有其他访客一个也没有来。教堂里很昏暗,他独自坐在一片宁静当中。暴风的喧嚣好像十分遥远,就像是另外一个世界的存在。亨利终于开了祭坛上的灯,那幅悬挂在凝固空气中的韦登的画被照亮了。亨利在圣坛前躬身跪拜,然后回到了圣器贮藏室。两分钟以后四位驻校的教士走了进来,后面跟着学生和执事长。他们都身穿白色法衣,沉默地向前走,从容不迫地坐下来,塞巴斯蒂安牧师的第一声祷告打破了沉默。

"全能的上帝赐予我们安静的夜晚和完美的结束,阿门。"

晚祷式上唱的是单声圣歌[①],歌声近乎完美,听得出他们是经过

[①] 一种不分小节无伴奏的宗教歌曲。

了长期的练习且对曲调烂熟于胸。达格利什也跟着一起诵读和回应、起身和跪下。他并不想扮演一个偷窥者的角色。他把所有关于罗纳德·特里夫斯之死的调查都放到脑后。此刻他的身份并不是警察，在这里应该怀着虔敬之心，赶走一切杂念。

短祷结束后、正式祷告开始之前，执事长从他的位子上走出来布道。他选择站在圣坛前面的扶手处，而没有走去讲道坛或是诵读桌。达格利什觉得这样正好，否则他就将面对着来参加晚祷的唯一不是教士、也不是学生的人讲话，而他几乎可以肯定他是执事长此刻最不在意的一名听众。布道十分简短，不到六分钟，执事长语调平静但很有威严，他知道温和地表达才能使不受欢迎的言论变得更加强而有力。他站在暗影里，又留着胡子，看起来就像《旧约》里的一位先知。他那些穿着白色法袍的观众们并没有将目光转向他，而是像石像一样静静地坐在那里。

布道的主题是现代社会中基督教徒的身份，内容几乎是对圣安塞尔斯成立一百年来所坚持的、塞巴斯蒂安牧师所珍视的价值的全盘批判。布道所传递的信息是毫不含糊的——除非回到它那些最基本的信念，否则圣公会将不能生存，因为它无法适应暴力的、无序的、有越来越多非教徒的新世纪的需要。现代的修行不应再放任那些虽然优美但过于陈旧和难以理解的语言形式，这些东西只会让人的信仰变得模糊不清而不是更加坚定。过分强调智慧和心智成长使神学变成了一种用以证明怀疑论的正当性的哲学游戏，还有同样一直诱惑着我们的那些被过分强调的仪式、服饰和程序的正确与否，以及对选择音乐的过度执迷，这些因素往往使得教堂的礼拜式变成公开的表演。教会不是一个用以满足生活舒适的中产阶级对美、智慧的渴求以及抒发怀旧情绪和精神幻想需要的社会组织。只有回归到福音书的真谛，教会才有希望满足现代社会的需要。

布道结束，执事长走回到他的位置上。在塞巴斯蒂安牧师说出最后祝福的时候，所有的教士和学生都跪下了。这一行人都离开教堂后，亨利回来熄灭蜡烛并关掉了圣坛上的灯。然后他走向南门，很有礼貌地对达格利什道了晚安，接着锁上了门。除了道晚安，他们都没有再说话。听到关门的声音，达格利什觉得自己永远地被关在这扇门外了。这里面的世界是他永远都不理解也不接受的，随着这声门响，他和那些东西彻底地决裂了。回廊挡住了一些狂风，他从教堂的门出来，走了几码就到了杰罗姆，然后便上床睡觉了。

第二部 ————
执事长之死

1

晚祷之后，执事长没有过多地逗留，和塞巴斯蒂安牧师一同默默地在圣器室换下法衣，简单地道了晚安，就跨入了风暴席卷着的回廊。

狂风仍旧在庭院里怒吼盘旋着。雨已经停了，但是东南风还是一阵紧似一阵，扫着树顶上的叶子嘶嘶作响，推着硕大的枝干前后上下地摇晃，就像葬礼上庄严缓慢的舞步。稍不结实的树干和枝杈噼啪作响，断裂了一地，像是刚刚放完的爆竹散落在鹅卵石上。南回廊上的状况稍好，但落叶也在翻滚扭动着，湿漉漉地堆积在圣器室的门口和北回廊的墙边。

执事长在学院的入口处把他黑色鞋子的鞋底和鞋尖上沾着的几片碎叶清理干净，然后穿过衣帽间来到大厅。屋外风暴肆虐，但屋内却出奇地安静。他不知道那四位教士是不是还在教堂或者圣器室内，也许他们正在愤怒地讨论着他刚才的布道。神职学员们应该已经都回房间了。平静中略带火药味的气氛里透着不安，有种不祥的预兆。

还不到十点半，执事长感觉有些焦躁，不想这么早就上床休息，但突然想出去走走的念头在这样大风的夜晚实在是不太现实，也很危险。他知道圣安塞尔斯在晚祷之后按惯例是要保持安静的，尽管他对这样的传统其实一点儿都不认同，但也不想公然藐视这个惯例。其实神职学员休息室里有台电视机，但星期六总是没有什么好看的节目，而且他也不想去打破这种安静。或许他可以在那儿找到一本书看看，而且也没有人会反对他在那里看看ITV①的午夜新闻。

执事长推开休息室的门，却发现屋里有人。中午介绍给他认识的那位名叫克里夫·斯坦纳德的年轻男子正在看电影。听到开门声，他转过身来，看起来一副很不情愿被打扰的样子。于是执事长犹豫了一下，道了声晚安，便从地窖台阶旁边的门退出来，艰难地顶着风穿过庭院，回到了奥古斯丁。

十点四十分。他已换上了睡衣，外面披了一件家居服，准备睡觉。上床前他读了《圣马可福音》中的一个章节。例行公事地做了常规的祈祷。他熟知福音书中的每一个字，默默地诵读了一遍，仿佛这样慢慢地专心地默诵，才可以从中体会到经书应有的意义。然后他脱了外衣，关严了窗户，上床睡觉。

终日忙碌是不被记忆烦扰的最佳方法。现在僵直地躺在粗麻布的床单上，听着窗外狂风大作，执事长知道自己很难睡着。这忙碌而痛苦的一天令他思绪万千。他也许真的应该顶着风出去走走。他回想起布道时的演讲，觉得很满意，没有什么值得遗憾的。他很认真地准备过而且讲的时候充满了激情，极具权威力，同时又不张扬。有些事情是一定要说的，他说了。如果此次布道进一步地将他与塞巴斯蒂安·莫里尔对立起来，如果他们对彼此的厌恶感已经恶化成敌意，那他也没有办法。他对自己说，这不是他在一意孤行地树敌，跟那些值得他尊敬的人保持良好关系是很重要的；他很有野心，他知道要得到主教的法冠就不能与圣公会的重要势力对抗，即使他们的影响力看上去没有以前那么大。塞巴斯蒂安·莫里尔已经完全不像他自己想象的那样有

---

① ITV，指英国独立电视台，创建于一九五四年。

影响力了。他非常清楚,在这场对弈之中自己赢定了。不过他仍然提醒自己,如果圣公会想要在二十一世纪存活下来,有些事关原则性的战役是不可避免的。关闭圣安塞尔斯虽然仅仅是整个战役中的一次小冲突,但能够取得胜利还是让人欣慰的。

那么圣安塞尔斯还有什么令他感觉不安的呢?为什么在这狂风席卷的孤零零的海岸边的这一小撮人,对精神世界有如此强烈的关注?为什么他和他的过去要遭人评判?这应该不是源于圣安塞尔斯长久以来对神的虔诚和崇拜。当然,这座教堂始于中世纪,人们也许可以感受到回荡在宁静空气中的数个世纪以来的圣歌,尽管他自己从来没有这种感觉。对他来说,教堂就应该是功能性的,是一个进行崇拜的地方,而不是一个被崇拜的地方。圣安塞尔斯其实只是一个维多利亚时代老处女的创作而已,她有太多的钱,但没有品位,只喜欢那些布满蕾丝的白色圣衣、四角帽和拥有学位的牧师。也许当时这女人其实已经半疯了。她的这种有害影响仍旧支配着二十一世纪的神学院,这是非常荒谬的。

他猛踢了几脚紧裹在身上的被子,放松一下。他突然希望穆里尔现在能在他的身边。这样他可以搂着她虽然麻木但还算让人舒服的身体,重温一下已经开始淡忘了的亲热的感觉。然而即使在想象中与她亲热的时候,他的意念中也会出现另一个身体,她的手臂柔软得像婴儿一样,胸脯饱胀,乳头激灵灵地战栗着,她的唇在他的身体上游走着、探索着,喃喃道:"你喜欢这样吗?这样呢?那这样呢?"

他们的爱情从一开始就是个错误,是完全未经思考的,所以完全应该预见到是场灾难。他现在为当时怎么可以那样自欺欺人而感到不解。他们之间的关系是那种很低劣的爱情小说的故事,是发生在甚至更低劣的地中海游船上的那种爱情小说。他的一个牧师朋友,本来受邀在去意大利和亚洲的考古和历史圣地的航海旅行上演讲,但在临出发之前生病了,就向主办单位推荐了他,他怀疑如果主办方可以找到比他更合适的人,根本就不会让他去,但他却意外地取得了成功。幸运的是,那次航海旅行的游船上没什么有学问的乘客。而且出发前他也做了周详的准备,并带上了他的牧师朋友为他准备的非常完备的讲义,总算是在所有乘客面前露了一手。

芭芭拉是跟她的母亲和继父出来开眼界长见识的。她是船上最年轻的乘客,他却不是船上唯一被她迷惑的男人。在他眼里,芭芭拉这个十九岁的姑娘更像一个孩子——一个不属于她那个时代的孩子。她乌黑的头发剪到耳根处,深蓝色的眼睛上是低低的刘海,心形脸蛋上是小而丰满的嘴唇,身上很短的棉衬衫把她男孩一样的身材衬托得姣好曼妙,有一种二十世纪二十年代的气息。那些年长一点儿、经历过三十年代的人们,还保留着对上一个疯狂年代的记忆,他们无限怀旧地感叹、私语。她让他们不禁想起了年轻的克劳德·科尔伯特。不过对他来说,外表形象都是不实在的。芭芭拉并没有电影明星的精致和完美,倒是她孩子般的纯真、活泼和柔弱不由得令他心生一缕珍爱与呵护之情。所以当芭芭拉表现出对他的好感,而后又很快地委身于他的时候。他简直不敢相信自己有这么幸运。三个月后,他们结婚了。他当时三十九岁,而芭芭拉只有二十岁。

芭芭拉一直在注重多元文化、多元宗教和自由传统的学校里接受教育,她对教会所知甚少,但非常渴望了解教会并从中得到启迪。过了一段时间他才意识到,对她来说,他们师生之间完全是一种强烈的情色关系。她喜欢被奴役,而且不仅仅是在肉体上。然而没过多久,芭芭拉的种种热情——包括婚姻在内——就退去了。他曾经供职的教区牧师将他们那个宽敞的维多利亚时代的牧师宿舍卖掉了,而在底层改建了一个二层的所谓现代的简易建筑,毫无设计可言,但比较经济实惠。可这并不是芭芭拉所期望的住所。

他很快意识到芭芭拉的放纵、任性和反复无常,完全不可能成为一个雄心勃勃的圣公会牧师的理想妻子。他开始为此焦虑,甚至他们共同迷恋的性事也为焦虑所困。他越是努力迎合她,她的要求就越多。偶尔有访客留宿就更尴尬了。卧室的墙壁是那么的薄,芭芭拉夜晚的亲热低语又是那么容易突然间变为大声的呵斥和要求,而第二天早上,芭芭拉还有可能披着晨衣出现在大家面前,睡眼惺忪地,恣意地伸伸懒腰，任由薄如蝉翼的晨衣在肩头滑落，扬扬得意地公然调情。

她为什么要嫁给他？为了得到一份安全感？借以摆脱母亲和她痛恨的继父？希望被人关心爱护？他越来越害怕芭芭拉那不可预期的坏情绪，越来越受不了她可以瞬间爆发的狂躁怒吼。他尽量不让教区的人知道，但很快就有流言飞语传到他耳朵里。他还记得有一位教会委员在提到芭芭拉的时候令他感到非常不堪。这位教会委员刚好是名医生，有一次来拜会他的时候劝慰说："您的夫人虽然不是我的病人，我也不想干涉你们的生活，但是我认为她的精神状况不是太好，你们最好能考虑一下寻求专业人士的帮助。"然而当他建议芭芭拉去看精神科医生，或者哪怕只是去普通医生那里检查一下的时候，她总是哭哭啼啼委屈地指责他其实是想抛弃她。

窗外仍然狂风大作，有几分钟风呜呜的号叫声更是一阵紧似一阵。他躺在温暖安全的床上听窗外狂风怒吼的时候通常是感觉很享受的，但今天这个小小的房间对他而言不像一个避难所，更像一个监狱。芭芭拉死后，他一直在祈祷，请求主的宽恕。宽恕他娶了芭芭拉、宽恕他不再爱她了、宽恕他不能理解她。但是他从来没有为曾经盼望芭芭拉的死而请求过宽恕。现在他躺在这个窄窄的小床上，开始痛苦地面对过去的一幕幕生活。他不希望重新打开黑暗的记忆大门，回顾那段不堪的婚姻，但那些痛苦的记忆还是不由自主地涌入了他的脑海。有些事——与耶伍德的遭遇所带来的创伤；还有圣安塞尔斯这个地方——令他窒息，无处可逃。

他游离于梦境与噩梦之间，依稀看见自己被关在一个很现代化的审讯室里面。审讯室的功能一应俱全，但是毫无特点。接着他突然意识到这其实是他以前牧师宿舍的起居室。他坐在达格利什和耶伍德两人中间的沙发上，当时他没有被铐起来，但是他知道他们已经认定他犯了罪，而且铁证如山。他眼前出现了一卷模糊不清，像是被偷偷摄下来的判决书。达格利什时不时地会说"暂停"。耶伍德也会伸出一只手。当他们在一种认定他有罪的沉默中仔细审视他的时候，画面就静止了。他所有卑鄙的罪行，无情、错爱都在他眼前再现。最后他们还将审视他最深层的孽障——心理的阴暗。

梦境一转,他脱离了两个控告者的监禁,离开了那个沙发。于是,画面再现出这之前发生的所有事情,每一个动作、每一句话、每一种感受都像第一次经历一样。那是十月中旬一个不见天日的午后,阴雨霏霏,雾气沼沼,这样的天气已经持续两天了。他刚刚去探望了几个常年抱病在家的教区居民。他一直都坚持负责任地亲自去看望他们,并且满足他们每一个人的期望:奥立弗太太双目失明,她总喜欢让他给她读一段经文,然后陪她一起祈祷;在每次见到老山姆·伯辛格的时候,总要听他从头讲述一遍阿拉曼战役;波利太太拄拐,不方便出门,每次都要追问教区里最新的八卦消息;卡尔·洛马斯从未踏入过圣波多法教堂一步,却热衷于谈论神学和圣公会的缺点。波利太太在牧师的协助下艰难地挪到厨房来给他泡茶,并从罐子里拿出专门为他烤制的姜蓉面包。四年前,他第一次造访,非常不明智地赞扬了波利太太的姜蓉面包,结果迄今为止他不得不每个星期都要面对它们,而且无法承认其实他并不喜欢。但是那热气腾腾的浓茶倒是很贴心,这样他就不用回家自己泡了。

他将他的沃克斯豪尔[①]骑士停在路边,厚厚的草坪上有一条石板路,通向他家的大门。草坪久未修剪了,凋谢的蔷薇花瓣散落在石板路两侧腐烂的草丛里。整幢房子显得很凄清。他像往常一样心情沉重地回到家中。芭芭拉从早饭开始就闷闷不乐,烦躁不安了。事实上她没有心情梳妆打扮总不是什么好兆头。她仍旧穿着晨衣,喝了点汤,又吃了一些蔬菜沙拉,然后把盘子推到一边,说她太累了不想吃东西,准备回到床上躺上一下午,试着再睡一觉。

她任性地说:"你最好还是去找你那些又老又闷的教友吧,反正你也只关心他们。回来时别烦我,我不想听你提起他们,我根本就不想听你说任何事情。"

他当时没有回应,只是压抑着愤怒看着她慢慢地爬上楼梯,晨衣

[①] 沃克斯豪尔(Vauxhall),英国本土的汽车制造公司,一九〇三年开始制造汽车,一九二五年被美国通用汽车公司收购。

丝质的带子拖在身后,她的头耷拉着,好像很绝望的样子。

现在他回到家,心里沉甸甸的。他忧郁地将身后的大门轻轻关上,寻思着芭芭拉是否还在床上,还是等他一走,她就换上衣服又出去疯疯癫癫地贻害乡里了。他必须弄清楚。他悄悄上了楼梯,如果芭芭拉还在睡觉,他可绝不想吵醒她。

卧室的房门紧闭,他轻轻地旋开门柄。卧室内很昏暗,窗帘垂地,遮掩着大半个长长的窗口。窗外长方形的草坪很粗糙,看起来像农田一样,三角形的花园后面是整齐划一的一排排房屋。他走向芭芭拉的床边,适应了室内昏暗的光线后,他能清楚地看见她面朝右侧躺在床上,手臂蜷在脸颊下,左手随意地放在床单上。他俯下身,听到她低沉、短促且不均匀的呼吸声。气息里伴着酒精的味道,夹杂着一股强烈的、估计是呕吐污物的恶心气味。床头柜上有一瓶打开了的红酒,边上还放着一个原本用来装阿司匹林的空瓶子。

他告诉自己芭芭拉是在睡觉,她喝多了,不希望有人打搅她。几乎是出于本能,他拿起了酒瓶准备看看芭芭拉到底喝了多少,潜意识里一个强烈的警告声促使他又把酒瓶放回了原处。他顺手抽出枕头下露出来的一块手帕,将酒瓶上的手印擦拭干净后又丢回到床上。这一连串的反应仿佛是完全不受意识支配的,也好像完全不合逻辑。他就这样离开了她,关上房门,下了楼。他再次告诉自己,芭芭拉正在睡觉,她醉了,不想有人打扰。半小时后,他开始镇定地整理文件,为六点要召开的教区教堂理事会作准备,然后离开了家。

他头脑中一片空白,完全不记得理事会会议的任何情况了。但是他知道他是跟梅尔文·霍普金斯一起开车回到教区宿舍的。他答应给梅尔文看一份最新的关于教区委员会社会责任的报告。他让梅尔文跟他一起回住所。这时候,他头脑里的影像开始清晰起来了。来到家中,他抱歉地向梅尔文说芭芭拉身体不舒服,所以他没有能在客厅看到她。他再次上了楼,再次轻轻打开卧室门,芭芭拉、酒瓶和旁边的药瓶仍然和下午一样留在黑暗中。他走到床边,已经听不到那种低沉而不均匀的呼吸声了。他伸出手去触摸她的脸颊,冰冷的,他知道她已经死了。而后他记得恍惚间听到了很多声音，看到了不知从什么地方看到的文字。但是现在想想这些声音和文字背后的种种暗示是那么的可怕。可有一样总算是明智的，那就是有人见证了他是如何发现尸体的。

后来葬礼和火化的情形让他不堪回想，也想不起来了。他感觉到在他的家里前前后后一直晃动着很多面孔——同情的、关心的、担忧的和带着阴暗心理审视他的种种面孔。现在他面对的就是其中一张可怕的面孔。他坐在沙发上，不过这次耶伍德警官还带来了另外一个穿制服的年轻人，他看起来还没有他教堂里唱诗班的小歌手大，在整个问讯过程中一言未发。

"您下午五点多探望教友回家后具体都做了哪些事情？"

"警官先生，我已经跟您说了，我上楼去看我太太是否还在睡觉。"

"您推开房门的时候，床头灯是否亮着？"

"没有。窗帘几乎遮着整个窗户，屋里很暗。"

"当时您可曾接近过尸体？"

"我说过了，警官先生，我只是看了一下，我太太当时躺在床上，我当然认为她在睡觉。"

"那她是什么时候开始睡的？"

"午饭的时候，大约十二点半。她说她不饿，只想去睡一觉。"

"难道五个小时之后她仍在睡觉，您没有觉得奇怪吗？"

"没有。她说她很累，而且我太太也确实总在下午睡觉。"

"您当时就没有感觉到她也许病了，就没有想到要去床边看看她是否还好？就没有意识到她也许需要去看急诊？"

"我跟您说过了，也没有力气再跟您重复了，我以为她在睡觉。"

"您当时是否看见了床头柜上有两个瓶子，一个红酒瓶、一个阿司匹林药瓶？"

"我看见红酒瓶子了，我认为她一直在喝酒。"

"她是带着酒瓶子去睡觉吗？"

"不是，她一定是在我离家之后下楼来取的。"

"然后，带上床？"

"我猜是吧。因为家里没有其他人，当然是她自己带着上床的。要不然还能有谁会帮她把酒送到床边呢？"

"嗯，这难道不是个问题吗？你看，酒瓶上并没有任何指印，你能解释这个现象吗？"

"我当然不能，我猜也许是我太太自己把手印擦掉了吧。当时她枕头下露着半截手帕。"

"虽然您没有注意到在床头柜上的瓶子，却看见了您太太枕头下的手帕？"

"我当时并没有看见，是后来发现我太太已经死了之后看见的。"

警察问了很多类似这样的问题，耶伍德警官也反复上门追问了几次，他有时候跟那个穿制服的小巡警一起来，有时候是自己单独来。执事长开始害怕听到门铃声，也不敢向窗外望，担心又要看到一个穿灰色衣服的人头也不回地朝他家走来。问的问题总是一样的，而他的回答渐渐连他自己听来都不是那么让人信服了。甚至在聆讯结束，芭芭拉意料之中地被认定为自杀以后，这种折磨还在继续。早在几个星期前，芭芭拉已经被火化了，留下了一小堆白骨，埋在教堂庭院的一个角落里，但是耶伍德警官的调查还仍然在进行着。

报应女神从不会以比这更让人难以接受的方式出现。耶伍德就像一个挨家挨户敲门的推销员，不在乎来自对方的任何抵触，像狗一样坚韧，浑身透着一事无成的倒霉样。他的身板很单薄，靠着身高才有资格做个警察；他皮肤蜡黄，大额头下面是一双深色的、鬼鬼祟祟的眼睛。他提问的时候很少直视克拉普顿，总是盯着他们俩中间的一个地方，好像是通过中间人在跟克拉普顿对话。他的声音单调而鲜有变化，问题之间的沉默中充满着一种威胁，好像不仅仅来源于对受害者的同情。他很少事先跟克拉普顿打招呼就来造访，但是好像很清楚克拉普顿什么时候在家。他还会在他家门口非常耐心地等待，直到克拉普顿沉默着开门让他进去。见面之后也没有什么寒暄，直接端出他那些没完没了的问题。

"您认为你们的婚姻美满吗？"

问题之无礼令克拉普顿感到非常震惊,一时间竟然说不出话。回过神来后,他用非常严肃的、连自己都不熟悉的声音回答他:"我猜对你们警察来说,任何一种关系,包括神圣的关系都是可以拿来划分等级的。你应该发给我一张婚姻调查问卷,这样可以节省我们大家的时间。直接勾出我婚姻质量的等级:非常美满,幸福,一般,不和谐,不幸福,痛苦,痛苦到想杀人。"

话音一落,两人陷入了沉默。耶伍德又问:"那您给您的婚姻定为哪一个等级呢?"

最后,克拉普顿郑重地向巡警队长投诉,才让耶伍德的骚扰停止了。经过一番调查之后,警署通知他,耶伍德警官的做法已经超越了他的职权范围,尤其是他不应该独自进行未被授权的调查。耶伍德在克拉普顿心里是一个阴暗的谴责者的形象。时间的推移、新的教区、他被提升为执事长的任命、他的第二次婚姻,都不能平复他想起耶伍德时的那种令人灼痛的气愤。

今天耶伍德又出现在他的面前。他不记得他们到底互相说了什么话。他只知道他的怨恨和痛苦在愤怒的咒骂中像洪流般发泄了出来。

芭芭拉死后的最初一段时间,他每天坚持祈祷,而后间或也有请求主原谅他对她犯下的罪过,宽恕他未能给予芭芭拉足够的耐心,未能容忍,缺少爱意,不能理解和谅解她,但是他确实希望芭芭拉死掉的那份罪孽始终隐藏在脑海深处。对于在芭芭拉死前有所疏忽这样的小罪过,他已经得到了宽恕。在他接受问讯之前,他遇到了芭芭拉生前的医生。

"我一直有个想法,如果我回到家意识到芭芭拉其实是昏迷了,当即叫了救护车,事情是否就会不一样了呢?"

他听到的回答无异于赦免了他的罪过:"就芭芭拉服用的药物和酒精的剂量来看,完全不会有什么分别。"

这所神学院到底有种什么样的力量使他回想起自己大大小小的谎言?他知道当时芭芭拉有生命危险,他其实也希望她能就这样死去。当然,在上帝眼里,他是一个罪人,罪孽不啻于溶解了的药片,强行灌入芭芭拉的喉咙；不啻于他亲手拿着酒杯送到芭芭拉的唇边。他罪孽如此深重而不能觉醒，还怎么能向其他人传教、怎么还能宣扬饶恕罪孽？怎么还能带着他头脑深处的阴暗站在今晚的宣讲台上？

他伸手扭亮了床头灯，光芒洒满整个房间，比他晚上读经文的时候亮了很多。他起身下床，跪了下来，将脸深埋在手掌里，很自然地开始忏悔"主啊，请求你宽恕我这个罪人吧"，仿佛借此就可以得到宽恕和心灵的平静。

他一直跪在那里，直到床头柜上的手机忽然响起了一阵欢快的旋律。这声音的出现是那么的突然和不和谐，他愣了几秒钟都没反应过来发生了什么。之后，他艰难地站了起来，伸手去接电话。

2

将近五点半的时候,马丁牧师从噩梦中惊醒。他猛地坐起来,全身像木偶一样僵硬,双眼迷茫地盯着黑夜。大颗的汗珠从额头滚落,漫过眼帘滴入双眼。他擦拭掉冷汗,感觉到自己身体紧绷、浑身冰冷,仿佛正处在死亡的边缘。片刻之后,噩梦的恐惧慢慢退去,房间的样子渐渐从暗影中浮现出来,那些家具灰蒙蒙的轮廓似乎更多地是出于想象,而不是亲眼看到的。这些熟悉的陈设围绕着他,带给他一丝安慰:椅子、五斗橱、床脚的踏步,墙上画框的轮廓。落地的窗帘遮挡着四扇圆形的窗口,即使在最黑暗的夜晚,马丁牧师也能透过缝隙,看见那一丝从东方海上升起的微光。他知道窗外的暴风雨持续了整晚,且愈演愈烈。昨晚临睡前,它更是像一个报丧的女妖围着教堂的尖塔肆虐号叫。然而现在窗外却出奇的安静,带着一种不祥的预兆。马丁牧师僵直地坐在床上,侧耳倾听,外面一片寂静,没有脚步声,没有说话声。

马丁牧师两年多以前开始不断地做噩梦,那时候他就要求搬到这个南塔楼的圆形小房间来了。他说是因为喜欢窗外宽阔的海景和绵长的海岸，被那种宁静和面海的孤独感所吸引。虽然每天他回到住处都需要爬很高的楼梯，但是他希望这样至少可以没有人能听到他噩梦中的惊叫。不过塞巴斯蒂安牧师还是猜到了他真正的用意，至少是一部分。马丁牧师记得他们在一个星期天弥撒之后的一次简短对话。

塞巴斯蒂安牧师问："牧师，您睡得还好吧？"

"还可以，谢谢。"

"如果您总是做噩梦的话，我知道有些办法可以帮您改善睡眠。我不是说那种通常意义上的咨询，有的时候跟有类似痛苦经历的人聊聊会很有帮助的。"

塞巴斯蒂安牧师的一番话让马丁牧师吃了一惊。塞巴斯蒂安牧师从不掩饰他对心理学家的不信任。他说如果心理学家们可以从医学上或者哲学上解释他们学科的基础，或者可以帮他明确大脑和精神的区别，他可能会更尊重他们。马丁牧师对塞巴斯蒂安牧师总是能知道圣安塞尔斯的每个角落里发生的事情感到吃惊。但是他并不喜欢这样的对话，所以也没有理会对方提出的建议。他知道作为日本集中营的幸存者，他不是唯一在上了年纪后饱经恐怖折磨的人。年轻的时候，他还有能力压抑这种情绪。尽管他看见有报道说与一群所谓同病相怜的人坐下来讨论相似的经历会是很有帮助，但他完全不想这么做。这是他需要自己面对和解决的事情。

风越刮越厉害了，有节律的呼啸变为了号叫，接着响起了剧烈的尖鸣，仿佛在用一种超越自然的力量在向人们示威。他费力地把腿从被窝里抽出来，穿上拖鞋，僵直地走过去打开向东的窗子。迎面吹来的冷风像清新剂一样，驱散了他口鼻中那种热带丛林的恶臭，它疯狂刺耳的声音淹没了梦中悲惨的呻吟和哀鸣，抹去了他头脑中那些可怕的影像。

噩梦总是一样的。鲁珀特在前一晚被拖回集中营。第二天，所有犯人被带出来列队观看他被斩首的过程。这个孩子已经被折磨得不成人样，几乎不能走到行刑地点了。他瘫坐在自己的小腿上，仿佛这样可以减轻一点儿痛苦。在铡刀落下时,他用尽最后一点儿力气,昂起了头。最初的两秒钟里,他的头颅仍旧坚忍地停留在脖颈上,然后慢慢滑落下来,紧接着火红的鲜血喷涌而出,像是在为生命做最后的喝彩。这就是夜夜都萦绕在马丁牧师噩梦中的情景。

清醒的时候马丁牧师总忍不住问自己,鲁珀特明知道逃跑无异于自杀,为什么还要铤而走险?为什么没有向其他人吐露自己的目的?最糟糕的是,他自己为什么没能在铡刀砍下来之前冲出队伍,用自己微弱的力量,从卫兵的手上夺下屠刀,这样也就可以和他的朋友一起去死了?他和鲁珀特虽然没有性关系,但确是两情相悦、真诚相爱的,他是他人生中唯一的挚爱。他今天作为牧师所做的一切只不过是普遍意义上的关心和仁慈。尽管他也常常能感到付出时的欢愉,甚至偶尔也体会到更高精神层次的幸福,但他仍旧一直背负着当年辜负鲁珀特的沉重的犯罪感。他没有权利继续活在这个世上,假如有一个总能让他找到内心平静的地方,他现在就去。

他拿起床头柜上那一大串钥匙,慢吞吞地走到门后的挂衣钩前,取下了他的旧羊毛开衫。开衫的肘部有两片真皮,冬天的时候他总是把它穿在斗篷里面。他披上斗篷,轻声打开房门,慢慢走下楼梯。

他不需要火把,每阶平台上一盏小灯的微光就足以照亮他脚下的每一步了。通向楼下的旋转楼梯看起来有点儿陡,但是好在有足够的壁灯。暴风雨仿佛暂时停了下来,整幢房子安静极了,渐渐沉寂的风声更加衬出这安静,比完全没有人声还让人感觉不祥。很难相信有人就睡在这紧闭的房门后面,很难相信这宁静的空气里曾经回荡着急匆匆的脚步声和男子有力的说话声,很难相信那个沉重的橡树大门在过去的几十年里未曾关闭过。

在楼下的大厅里,圣母怀抱孩子的雕像下有一盏红色的灯,灯光在圣母微笑的面庞上洒了一层光芒,也给圣母怀中儿时的耶稣那胖嘟嘟的手臂涂抹上了一层粉红色。木雕上的人物活灵活现。马丁牧师穿着棉拖鞋,无声地穿过大厅,来到衣帽间。整齐悬挂在那里的一排深褐色斗篷显示了整幢房子容纳了多少人,它们看起来像是上几辈人们留下的遗物。现在他可以清楚地听见风声了,当他打开通向修道院北面回廊的门时,窗外的风突然怒吼着冲了进来。

马丁牧师吃惊地发现,后门的灯是关着的,沿着回廊的一排小灯也没有开。他伸手按下开关,所有的灯都亮了。灯光下的石阶上铺满了厚厚的落叶。正当他将门在身后带上的时候,又一阵狂风撼动了一棵大树,搅动起树干周围的落叶一路翻滚到他的脚下。叶子像一群棕色的小鸟在他身边盘旋飘舞,轻啄着他的脸颊,像羽毛一样飘落在他的肩头。

他来到圣器室门前,落叶一路在脚下沙沙作响。借着昏黄的灯光,他好不容易才找到开门的两把钥匙。进去后,他开了门边的灯,立即输入关闭保安系统的密码,让低沉的报警声停下来,然后来到教堂的大厅。天花板上两排灯的开关在他的右边。正在他正要伸手去开灯时,有些吃惊地发现映照着《末日审判》的射灯开着,教堂西端被反射光照亮了。但他并没有担心,也没有开顶灯,他沿着教堂的北侧前行,身影映在石墙上,紧随在他的后面。

他来到《末日审判》前面,站在那里一动也不能动,仿佛被脚下不断蔓延的恐惧钉住了。那些鲜血又出现了,这个他一直寻求庇护的地方和他噩梦中的一样红,但那不是从羽毛喷泉中涌出来的,而是散布在石板地上丝丝斑斑的血迹。血已经凝固了,显得很黏稠,好像在微微地颤动着。噩梦并未结束,他还陷在恐惧之中,只是这一次他无法从梦中惊醒以逃离恐惧。这要么一定是现实,要么就是他自己疯了。他闭上眼睛祈祷"主啊,帮帮我吧"。然后慢慢地,他恢复了知觉,睁开双眼,强迫自己再看仔细一些。

马丁牧师仍旧不能相信眼前这可怕的景象,只能是慢慢地逐步查看细节。粉碎的头盖骨;执事长的眼镜没有折断,落在离他尸体不远处的地方;两个铜质祭祀烛台分列在尸体两侧,仿佛带着一种亵渎和藐视神灵的姿态;执事长的双手向外伸展着,好像是想抓起石头,那双手看起来比他活着的时候更苍白、更脆弱;他紫色衬里的家居服上沾了血,已经变得僵硬了。最后马丁牧师抬头望了望《末日审判》,眼前又出现了舞动着的魔鬼，这一次他戴着眼镜，蓄着短短的胡须，伸长了右手，摆着庸俗不堪的挑衅姿势。在《末日审判》的下面，有一小罐黑色的油漆，盖子上端正地放着一把刷子。

马丁牧师蹒跚向前，跪倒在执事长身旁。他想祈祷，但不知道该说些什么。突然，他觉得需要有人在他身边，需要听到活生生的人的脚步声、嘈杂声，需要找回有人陪伴的那种安全感和舒适感。他没有仔细思考，摇摇晃晃地来到教堂西侧的钟楼，竭尽全力敲响了圣钟，钟声像以往一样悦耳，但是在他的耳中，却似恐怖的鸣号。

随后他又来到南门，用战栗的双手好不容易拉开了重重的铁门闩。狂风夹杂着破败的落叶一下子涌进来。他把门稍微打开了一点，然后回到教堂的主厅，这次他的步伐比出来时看上去坚定得多。他感到有话要说，现在找到了说出来的勇气。

他静静地跪在那里，法衣的衣角拖在血泊中。他听到一阵脚步声，紧接着是一个女人的声音。埃玛在他身边跪了下来，用她的手臂环抱住他的肩膀。他能感到她柔软的发丝扫过他的面颊，他嗅到她肌肤的馨香，驱散了他头脑中的血腥味。他能感到她在发抖，但她的声音却是那么的平静，"我们走吧，牧师，我们离开这里吧，一切会好起来的。"

但是，一切都不会好起来了，而且永远也不会好起来了。

他想看看她，无力抬起头，蠕动嘴唇喃喃地说道："我的上帝啊，我们做了什么？我们到底做了什么？"他感到她害怕地将他揽得更紧了，他们的身后，南大门被狂风吹得吱呀作响，大敞开来。

3

即使是在陌生的床上,达格利什也很少有难以入睡的时候。多年的探员生活,已经使他习惯了各种不舒服的床榻。只要床头有一盏灯、或者一个手电筒,可以让他睡前读一小段书,就能轻易令他像放松四肢一样地放松精神了。但是今晚不同。他的房间有足够的条件成就他一夜安眠:床垫软硬适中,床头灯高度适当,床褥厚薄适度。他拿起谢默斯·希尼[①]翻译的《贝奥武甫》,坚持着读了五页。这本来就像是每晚固定的项目,而非期待已久的乐事。但是这些诗很快深深地吸引了他,结果一口气读到了十一点,然后他才熄了灯,准备睡觉。

今晚他一直没能睡着。虽然他的头脑能渐渐脱离知觉的困扰,仿佛在慢慢坠入往常的那种昏睡状态,但就是没能睡着。也许是窗外暴风雨的怒吼让他一直醒着,可是他通常很喜欢躺在床上伴着雷电的声音入睡。今夜的暴风与平日不同,它有短暂的喘息、片刻的宁静,跟

[①] 谢默斯·希尼(Seamus Heaney, 1939—),爱尔兰诗人及诗学家。

着再由低沉的轰鸣,渐渐变为疯狂的群魔齐嚎。在这由弱渐强的风暴声中,他听见高大的七叶树在呻吟,好像突然看见噼啪折断的大树枝,还有满是伤疤的树干断落到地上,起初还仿佛在挣扎犹豫,接着上半截树枝就以惊人的、仿佛能穿破卧室窗户的力量完全断裂开来。而且——总有一种颤声陪伴着狂风的骚乱——他听得到远处海浪撞向岸边的声音。仿佛没有任何生灵可以与这样的风暴抗争。

他沉静了片刻,重新打开床头灯。一看表,吃了一惊,已经凌晨五点半了。就是说他确实睡着了,而且至少睡了六个多小时。狂风又开始呼啸了,声音再度由弱渐强地转为号叫,他不禁开始怀疑狂风刚才是否真的算是释放了自己的能量。在随后短暂的间歇中,他听到风雨中出现了一种异样的声音,那是他儿时起就熟悉的,随时都能辨识得出的教堂钟声,虽然只有短短的一声,但是清澈甜美。有那么一秒钟,他以为自己仍在梦中。不过他很快就完全清醒了,侧耳倾听,并没有钟声再度传来。

他迅速做出了反应。一直以来,他都有一个习惯,就是在睡前将所有紧急情况下需要的物品都摆放在触手可及的地方。他很快地披上晨衣,甩掉拖鞋穿上便鞋,抓起床头重得可以当做武器的手电筒。

他借着手电筒的光亮走出了房间,轻轻地将前门在身后掩上。一阵狂风迎面扑来,卷着落叶在他的头顶盘旋,仿佛一群发狂的飞鸟。学院南北回廊里的昏暗壁灯隐约勾勒出廊柱纤细的轮廓,在石板路上投下令人不安的光影。主楼里漆黑一片,只有隔壁埃玛住的安布罗斯亮着灯。他狂奔着经过安布罗斯,并没有停下来叫埃玛。这时他的心突然紧张地揪了起来。一缕昏暗的光线透过微微敞着的主楼南门斜射出来。他用力推开厚重的橡木大门,铰链吱吱作响,之后门又在他身后关上了。

有那么几秒钟,他被眼前的情况惊呆了,一动不动地僵在那里。他和《末日审判》之间一片空旷,毫无障碍,两块大石柱勾勒出《末日审判》的外框。画被照得雪亮,原本已经有些消退的颜色泛着光芒,像是刚刚用饱满得超乎想象的油漆刷新过似的。看到《末日审判》被黑色油漆损毁所带来的震惊，和他脚下的罪大恶极相比是微不足道的。执事长匍匐在地、手足伸展，仿佛在做着最高级别的拜祭。在他头的两侧，肃穆地分列着两个厚重的黄铜烛台。血泊鲜红瑰丽，似乎比任何人类的血迹都更加红艳。当时在场的两个人，看起来都那么的不真实：白发黑袍的牧师跪在地上，几乎环抱着尸体。一位年轻的女士蜷伏在他身边，一只手臂紧紧地搂着他的肩膀。在那一刻，恍惚间几乎可以见到黑色的魔鬼跳出《末日审判》，正在那女人头边舞动。

听到门响，她转过头来，看见了他，立刻站起身跑了过来。

"感谢上帝你来了。"

她紧紧地抓着他。他将她颤抖的身体拥入怀中的时候，他知道，这一系列的动作都是她在惊吓中寻求慰藉的本能反应。

她立刻哭了起来，说道："那是马丁牧师，我无法让他离开。"

马丁牧师左臂环绕着执事长的尸体，另一只手拖在血泊中。达格利什放下手电筒，轻触牧师的肩头，低声说道："是我，亚当，牧师，离开这里吧，我来了，一切都会好起来的。"

当然一切并不会真的好起来，即使在他讲这些安慰话的时候，那种空洞虚伪也让人不舒服。

马丁牧师并没有动，他的肩膀还僵着，像被锁住一样。达格利什提高声音，更坚定地又说了一遍："让他走吧，牧师。您必须离开这里。您在这里也并不能做什么。"

这一次，牧师好像听到了达格利什的声音，慢慢地在他的搀扶下站起身来。牧师用孩子般惊奇的眼神望了望自己沾满鲜血的双手，在斗篷上用力蹭了蹭。这在达格利什看来，非常不利于做血迹的检验。当务之急不是同情他们，更重要的是要尽量保护现场不被破坏，还要对凶手作案的方式严格保密。如果南门像往常一样一直闩着，那么凶手一定是经过北回廊从圣器室进来的。埃玛站在牧师的右侧，小心翼翼地搀扶着他，在达格利什引导下来到最靠近大门的一排长椅边。

达格利什将二人安顿好，对埃玛说："在这里等我几分钟，不会太久，我去把南门闩上，然后再从圣器室穿出去，我会把门锁上。别让任何人进来。"

他转向马丁牧师："您听到我说什么了吗,牧师?"

牧师第一次抬起头来,与他四目相对,达格利什实在不忍看到牧师眼中那深切的痛苦与恐惧。

"是的,是的。我还好。非常抱歉,亚当,我刚才的表现很反常,我现在好了。"

牧师的状态仍然相当令人担忧,但是至少他看起来好像听懂了达格利什刚才在说什么。

达格利什又说:"有一件事情我必须先强调一下。虽然可能听起来冷漠且不合时宜,但是这件事非常重要。请不要跟任何人提及刚才见到的事情,任何人。你们都明白吗?"

两个人低声允诺,然后马丁牧师又提高声音清楚地重复说:"我们明白。"

达格利什正准备转身离开的时候,埃玛问:"凶手已经不在这里了,是吧?他不会仍旧躲在教堂里吧?"

"应该不会,我现在就去检查一下。"

达格利什不想再多开任何一盏灯了。很显然只有他和埃玛被教堂的钟声惊醒。他最不希望的就是大家都闻声拥到现场来。他回到南门,挂上沉重的铁闩,然后拿着手电筒迅速但是很仔细地检查了一遍教堂,既是为了让埃玛放心也是为了让自己安心。以他多年的经验,一开始他就已经注意到凶杀案并不是刚刚发生的。他推开对着两个祈祷凳的门,用手电筒照了一遍座位,然后跪在地上,查看座位下面。在这里,他发现第二个祈祷包厢里曾经有人蹲伏过。座位上一部分灰尘被蹭掉了,他将手电筒伸向坐椅下的角落,可以非常肯定地看出曾经有人就藏在这里。

他很快结束了全面的搜查,回到牧师和埃玛身边。他说:"现在没事了,这里除了我们没有别人。牧师,圣器室的门锁着吗?"

"是的,锁着呢。我来的时候锁的。"

"您能把钥匙给我吗?"

马丁牧师在法衣的口袋里摸索了一番，拽出一大串钥匙，他颤抖着双手好一阵子才从中找到圣器室的钥匙。

达格利什又一次说："我得出去一下，不会很久，我出去后会把门锁上，你们在这里等我回来没有问题吧？"

埃玛说："我觉得马丁牧师不应该在这里久留。"

"他不会待太久的。"

达格利什想，应该只用几分钟时间就可以把罗杰·耶伍德找来。无论最终由谁负责调查这个案子，他现在都需要帮助。当然还有一个授权问题，耶伍德是萨福克警局的人，在治安总长决定由谁来接管这个案子之前，应该是由耶伍德临时主管。他非常庆幸在晨衣口袋里找到了一方手绢，有了它就可以不在圣器室门上留下手印了。他把门关好，重新设置了警报系统，踏着已经堆得几英寸厚的落叶，一路急匆匆地经过北回廊回到客房，去找罗杰·耶伍德。他记得他应该就住在格列高利。

屋里很黑，借着手电筒的光亮，达格利什穿过起居室，对着楼上叫耶伍德，但没人答应。他上楼来到卧室，发现房门敞开着。耶伍德肯定上床睡过，可现在被子被推到了一边。达格利什打开浴室的门，空无一人。他开了灯，迅速查看了衣橱。耶伍德的外衣、鞋子都不见了，只有拖鞋在床边。这说明耶伍德一定在某个时候离开了房间，顶着狂风出了门。

他一个人独自开始搜查毫无意义。耶伍德可能在这片岬角上的任何地方。于是他再次回到教堂，埃玛和马丁牧师仍旧坐在原处。

他轻声说："牧师，您跟拉文汉姆博士去她的房间吧。她可以在那儿泡杯热茶。我认为塞巴斯蒂安牧师将会召集整个神学院集会，您暂时可以在那里安静地休息等待。"

马丁牧师抬起头来，眼神里充满了孩子般的迷惑和可怜，喃喃说道："但是塞巴斯蒂安牧师会需要我在场的。"

埃玛接过话头，说："塞巴斯蒂安牧师当然会需要您在，但是我们让达格利什警官跟他先说明情况不是更好？我们现在最好先去我的房间,那儿有一切泡壶好茶所必需的东西,我是很想喝杯茶的。"

马丁牧师点了点头,站起身来。达格利什说:"牧师,在您离开之前,我们还必须去查看一下保险柜是否被撬了。"

他们来到圣器室,达格利什问了保险柜的密码。然后他小心地用手绢包住手指,以防破坏可能留在保险柜按键上的指纹。他谨慎小心地旋开保险柜的门,看到里面在一摞文件上面放着一个大大的带有细拉绳的软皮包。他把包拿到桌面上,打开查看。里面有一对包裹着白色绸缎的华丽圣餐杯,镶嵌着前宗教改革年代的珠宝,还有一个圣餐盘,这是圣安塞尔斯的创始人留给学院的礼物。

马丁牧师轻声说:"没有丢东西。"达格利什将软皮包放回原处,重新锁好保险柜。可以断定,凶手不是为抢劫而来;其实他从来也没有认为凶杀案是由抢劫而起的。

达格利什等埃玛和马丁牧师离开后,把南门闩好,离开圣器室,又回到堆满落叶的北回廊。虽然到处都是狂风破坏过的痕迹——折断的树枝和吹落的残叶,但它开始显得有些筋疲力尽了,正在逐渐减弱。达格利什穿过北回廊的门,上了两层楼来到院长的套房。

听到敲门声,塞巴斯蒂安牧师很快起身开了门。他披着一件羊毛方格晨衣,头发凌乱,反倒让他看起来显得很年轻。两人四目相对,达格利什感到在他开口之前,**牧师好像已经知道他要说什么了**。达格利什没有什么更温和、更容易让人接受的方式来告知牧师这个惨痛的消息。

他说:"执事长被人谋杀了。马丁牧师今晨五点半左右在教堂里发现了他的尸体。"

院长伸手入袋摸出自己的手表,然后说:"现在已经六点多了,为什么没有早点儿通知我?"

"我听到马丁牧师在教堂敲钟示警,拉文汉姆博士也听到了,她第一个赶到了现场。有些事情我得先做,所以耽搁了。现在我必须得给萨福克警察局打个电话。"

"但是这难道不应该由耶伍德警官来处理吗?"

"当然,但是耶伍德警官不见了,我们找不到他。牧师,我能借用您的办公室吗?"

"当然,我穿上衣服跟你一起去。其他人知道这件事情了吗?"

"还没有,牧师。"

"那我必须通知大家。"

他关上门,和达格利什一起去了楼下的办公室。

4

萨福克警局的号码在他房间的钱包里，他用了几秒钟，居然想起来了。在对方确认了自己的身份后，他拿到了巡警总长的电话号码。这之后一切都很顺利。接电话的人都非常习惯于对突发的情况作出判断并采取行动。他向巡警总长全面地介绍了情况。虽然他说得很简洁，但每个环节都无须再次重复。

巡警总长沉默了大约五秒钟，然后开口说道："耶伍德的失踪使整个案情变得复杂。阿尔弗雷德·特里夫斯的死也是，但是没有那么重要。目前我还不知道该如何展开工作。但我们不能浪费时间了。案发的前三天总是至关重要的。我会向特派员汇报。你需要一个搜查队吗？"

"目前还不需要，耶伍德也许只是出去走走，他现在甚至有可能已经回来了。如果没有，我会让神学院的学生天一亮就先到处找找，如果发现了什么，我会及时汇报，如果还是找不到他，您就得接手了。"

"好的。你的上司会跟你再次确认，但是你最好现在就把这个当成你全权负责的案子。我会跟伦敦警察厅讨论案子的细节部分,不过我想你是希望用自己的人。"

"是的,这会让事情简单一些。"

随后,巡警总长又停顿了一下,说:"我知道一些圣安塞尔斯的事。他们都是好人。请转达我对塞巴斯蒂安牧师的慰问,这件事将会从很多方面对他们造成伤害。"

又过了五分钟,伦敦警察厅来电话通知达格利什他们与萨福克警局达成的处理该案的细节。由达格利什主管这个案子。凯特·密斯肯探员、皮尔斯·塔兰特探员和罗宾斯警官正在乘车赶往现场的路上。随后辅助队伍也会去,包括一名摄影师和三名犯罪现场勘察员。由于达格利什已在现场,就不用花钱派直升机了。调查小组将会乘火车抵达伊普斯威奇,然后再由萨福克警局出面送接他们来神学院。经常与达格利什搭档的法医病理学家凯纳斯通博士正在另一个犯罪现场,很可能要在那儿忙一整天。当地的病理学家正在纽约休假,但他的替补马克·艾林博士在,可以到现场协助。看来也只能用他了。任何紧急需要法医鉴定的证据,可以送去亨廷顿或者兰贝思实验室,要看他们当时的工作量来定。

在达格利什打电话的时候,塞巴斯蒂安牧师一直非常得体地在自己办公室的外间等候着。听到达格利什终于打完电话了,牧师走了进来,说:"我现在要去教堂了,警长先生,您有您的职责,我也有我的。"

达格利什说:"现在最紧急的是要开始寻找罗杰·耶伍德。您的学员中谁最能胜任这项工作?"

"史蒂夫·莫比,我建议由他和皮尔比姆一起开那辆陆虎去找。"

牧师抓起桌上的电话,很快接通了。

"早上好,皮尔比姆。你已经起床了吗?非常好。请你叫醒莫比先生,然后你们两个人立刻一起到我办公室来。"

不久,达格利什就听到了匆匆拾阶而上的脚步声,先在门口停了停,随后走进来两个人。之前,达格利什并没有见过皮尔比姆。他生得高大健壮,肯定高过六英尺。脖颈粗壮,一副乡下人模样,皮肤黝黑粗糙，小麦色的头发显得很稀疏。

达格利什觉得他看起来有些眼熟，然后突然意识到他和某个演员非常像。名字想不起来了，只记得他经常在战争影片里演些配角：是那种虽然说话磕磕巴巴，但却非常忠诚可靠的战士，总是毫无怨言地在影片最后以各种各样的方式死去，来衬托影片主要英雄的光辉形象。

他站在那里显得很轻松，他旁边的年轻小伙子看上去也不弱。

塞巴斯蒂安牧师对着皮尔比姆说："耶伍德先生不见了，估计他又迷路了。"

"他在昨天晚上走失可是很麻烦，牧师。"

"正是。他虽然随时都有可能会回来，但是我想我们不应该再等了。现在让你和莫比先生开上陆虎去找找他。你们的手机开着吗？"

"开着呢，牧师。"

"如果有什么消息请立即通知我。如果在岬角或者附近找不到他，你们就不要再花时间了。那就留给警察来处理了。还有，皮尔比姆……"

"是的，牧师。"

"无论是否找到耶伍德先生，你们回来以后都要立刻来见我，别跟其他任何人提及此事。还有你，史蒂夫，明白吗？"

"是的，牧师。"

史蒂夫·莫比说道："发生了什么事情吗？不只是耶伍德先生失踪了，是吗？"

"你们回来后，我会跟你们说清楚的。在天大亮之前，你们也许还做不了什么，但是我希望你们现在就出发，带上手电筒、毯子和热咖啡。皮尔比姆，七点半的时候，我会在图书馆面对全体讲话，你能请你夫人也来听吗？"

"是的，牧师。"

两人转身出去了。塞巴斯蒂安牧师说："他们两个都很机敏，如果耶伍德确实在岬角，他们会找到他的。我想等他们回来之后才告诉他们发生了什么事情比较好。"

"这很明智。"

很明显，塞巴斯蒂安牧师已经很快地适应了目前的非常状况，又开始发号施令了。达格利什想，绝对不能让一个尚有嫌疑的人在整个调查过程中扮演重要角色。目前的状况需要谨慎处理。

院长说："你说得对，寻找耶伍德是当务之急。但是，现在也许我应该回到执事长身边去了。"

"您离开之前，我还有些问题，牧师。教堂的钥匙一共有多少把？分别在谁那里？"

"现在真有必要问这些事情吗？"

"是的，牧师。就像您说的那样，您有您的职责，我也有我的。"

"而您的职责还必须优先于我的？"

"就现在来看，是的。"

塞巴斯蒂安牧师努力使自己不要听起来很不耐烦。他说："一共有七套钥匙，每套都包括两把圣器室大门钥匙，一把保险锁钥匙，一把耶尔锁钥匙。南大门通常只是用铁闩闩着。四名牧师每人都一套。另外三套在隔壁拉姆齐办公室的钥匙柜里。因为我们有祭祀用的器皿和各种银器，所以有必要锁好教堂。但是每个在这里的神职学员如有需要进入教堂，都可以签字领走钥匙。平时就是由神职学员，而不是员工来打扫教堂的。"

"那员工和来访者要去教堂怎么办？"

"除了祭祀仪式期间，他们都需要在有钥匙的人陪同下才能进入教堂。我们每天有四次祭祀，分别是晨祷、圣餐、暮祷和晚祷，他们都可以参加。我不喜欢做这样的限制，但是为了保护祭坛上的那幅韦登的画，我们必须这样做。问题是，年轻人不会总记得离开前重设警报器，每位员工和来访者都有西庭和岬角之间的大铁门的钥匙。"

"那在神学院，都有谁知道警报系统的密码呢？"

"我想每个人都知道。我们的预警系统是为了防备外人闯入的，不是用来防范自己人的。"

"学员们手中都有什么钥匙？"

"他们每人有两把钥匙,一把是他们常常出入的大铁门钥匙,一把是南回廊或者是北回廊门的钥匙,这要看他们的宿舍靠近哪侧回廊。不过他们都没有教堂的钥匙。"

"罗纳德·特里夫斯使用的钥匙在他死后被还回来了吗?"

"是的。他的钥匙就在拉姆齐小姐办公室的抽屉里,但是他当然没有教堂的钥匙,现在我想要到执事长身边去了。

"当然。在出去的路上,牧师,让我们去看看那三套备用的教堂钥匙是否还在钥匙柜里。"

塞巴斯蒂安牧师没有说话。当他们经过办公室外间的时候,他来到壁炉左侧一个窄窄的钥匙柜前。柜门没锁,内有两排挂钩,挂着标有名牌的钥匙。上排有三个挂钩,都标注着"教堂",但其中一个是空的。

达格利什说:"牧师,您还记得您最后一次看见教堂钥匙是什么时候吗?"

塞巴斯蒂安牧师沉思片刻,说:"我记得应该是昨天上午,午饭之前。有人送来给瑟蒂斯用于粉刷圣器室的油漆。皮尔比姆来拿钥匙,他签字的时候,我就在我的办公室里,不到五分钟他就还了回来,当时我还在。"

他来到拉姆齐小姐的办公桌前,拉开右侧的抽屉,取出一个记事本。"你可以从这个记录上看得出来,那是最后一次有人登记领取钥匙。你看,他用了不到五分钟。但是最后一个接触教堂钥匙的应该是亨利·布洛克斯汉姆,他负责昨天为晚祷作准备。他来领取和退还钥匙的时候,我就在隔壁自己的办公室里。如果他注意到有一串钥匙不见了,应该会说的。"

"你亲眼看见他退还钥匙了吗,牧师?"

"没有,我在我的办公室里,但门开着,他还跟我道了晚安。本子上没有他的记录,是因为学员在祭祀之前领钥匙,按规定是不需要登记的。现在,长官先生,我必须去教堂了。"

整幢房子一片寂静。他们穿过镶着方格地砖的大厅,互相没有再说话。塞巴斯蒂安牧师经过更衣室向门口走去，这时达格利什说道："我们要尽量远离北侧回廊。"

来到圣器室门口之前，两个人都没有再说话。塞巴斯蒂安牧师开始摸索钥匙，达格利什说："让我来，牧师。"

他打开房门，两人进去后又马上将门反锁好，然后再穿入教堂。他刚才没有关《末日审判》上的灯，所以脚下的惨状一目了然。塞巴斯蒂安牧师步履沉重地向它走去。他没有说话，先是抬头仰望被亵渎了的绘画，再低头凝视陈尸于他面前的死敌。然后在胸前画了十字，无声地跪倒下来开始祈祷。达格利什望着牧师，猜想他都跟上帝说了些什么。他一定不会是在为执事长的灵魂祈祷，因为那无异于诅咒执事长强硬坚持的新教教义。

他也好奇地问自己，如果此刻祈祷的是他自己，他又会说些什么呢？"帮助我破案吧，减轻无辜人的痛苦，保护好我的手下。"他记得自己最后一次怀着激情和信念祈祷，是在他太太将要死去的时候。但那时候上帝并没有真的听见他的祈祷，或者是即使听到了，也没有回应。他思考过死亡、生命的终结、死亡的必然。工作对他的吸引力——至少有一部分——正在于可以给他提供一些幻想的空间，幻想死亡是一个可以被解开的谜，幻想随着死亡之谜被解开，对生命种种无羁的热忱、所有的疑惑与恐惧都可以暂时搁在一边吗？

塞巴斯蒂安牧师好像注意到了达格利什一直默默地伫立在那里，仿佛觉得有必要让他也参与到祈祷中来，哪怕只是作为听众，聆听他内心深处隐藏着的忏悔，于是他开口了。牧师用他美妙的声音宣讲着他熟悉的祷文，并不像是祈祷，而更像是在郑重宣告。这些话不可思议地和达格利什心中所想的一样，让达格利什觉得仿佛是第一次听到似的，肃然起敬。

"主啊，是你最初奠定了地的根基，天也是你一手所造的；天地都要泯灭，你却要长存。天地都要像衣服一样渐渐地旧了；你要将天地卷起，就像卷起一件外衣；天地都会改变，唯有你永不改变，你的年数没有穷尽。"

5

达格利什训练有素地迅速洗漱换装,七点二十五分的时候又来到院长办公室。塞巴斯蒂安牧师看了看手表说:"我们该去图书馆了。开场我先说几句,然后交给你,这样你觉得行吗?"

"非常好。"

这是达格利什此行第一次来到图书馆。塞巴斯蒂安牧师打开了穹顶上一排沿着书架蜿蜒而下的吊灯,达格利什不由自主地回想起以前那些绵长的夏日傍晚,他在书架下面读书的情景。神像们两眼无神,整齐地排列在书架的顶层;夕阳照耀着皮质的书脊,血色的余晖洒在已被磨得发光的木质家具上;随着天色渐暗,海浪的轰鸣声也跟着渐渐加强。高高的半圆筒形的天花板显得阴沉幽暗,退了色的玻璃嵌在尖状高耸的窗子里,像是用铅条勾勒出的黑洞。

沿北侧山墙有一排整齐的书架,从窗子中间突出来,形成一个个小的隔间,每个隔间里面都有一对书桌和椅子。塞巴斯蒂安牧师来到最近的隔间,拎出两把椅子放在屋子的正中间说:"我们需要四把椅子,三把让女士们坐，另外一把给彼得·巴克赫斯特坐。他还不能长时间站立。哦，我想我们待会儿也不需要很长时间。不用给约翰牧师的姐姐准备椅子了。她老了，也很少离开他们的套间，不会来了。

达格利什没有说什么，只是帮忙搬来另外两把椅子。塞巴斯蒂安牧师将四把椅子摆成一排，退后伫立在那里，仿佛在审视椅子放置得是否合适。大厅里传来轻轻的脚步声，三名神职学员都穿黑色的法衣，像事先安排好了似的，一起走了进来，然后站到了椅子后面。他们站得笔直，身体僵硬、表情木讷、面色苍白，直直地望着塞巴斯蒂安牧师。整个房间里的气氛也明显地紧张起来。

不到一分钟，皮尔比姆夫人和埃玛也来了。塞巴斯蒂安牧师指指椅子。她们一声不吭地坐了下来，互相依靠着，好像肩膀的轻轻接触可以传递些许安慰。皮尔比姆夫人很显然是意识到了这个场合的重要性，打扮得非常隆重，显得有些不合时宜。她换下了白色连身工作服，穿了一条绿色的羊毛裙子，配一件浅蓝色的衬衫，领口处装饰了一颗硕大的胸针。埃玛看起来脸色苍白，但也认真打扮了一番，仿佛在努力使自己看上去跟平常一样，并没有受到凶杀案的刺激。黄色的中跟皮鞋擦得锃亮。浅褐色的灯芯绒裤子，配上看起来像刚刚熨过的奶白色衬衣，外衬一件皮质的小马甲。

塞巴斯蒂安牧师对巴克赫斯特说："怎么不坐下，彼得？"

"我想站着，牧师。"

"你还是坐下吧。"

彼得没有再坚持，靠着埃玛坐下来。

接着三名牧师走进来。约翰牧师和佩里格林牧师分别站在神职学员队列的两端，马丁牧师好像意识到了塞巴斯蒂安牧师无言的邀请一样，直接站到了他的身边。

约翰牧师说："我姐姐恐怕还在睡觉，我不想叫醒她，但如果需要，我可以过一会儿去叫她来。"

达格利什低声道："当然，没问题。"他注意到埃玛欠着身子，关爱地望着马丁牧师。在他眼里，埃玛温良、聪明、美丽。他的心为之一颤,一种久违的、同时也是他不希望出现的感觉涌上心头。达格利什心想,我的上帝呀,不要将事情复杂化吧,现在不要,永远都不要。

大家继续静静地等待,过了好几分钟,又传来了脚步声。门开了,乔治·格列高利走了进来,克里夫·斯坦纳德紧随其后。斯坦纳德看起来不是睡过了头,就是不想太麻烦。他直接在睡衣外面套了裤子和斜纹软呢外套,领口处很明显地露出带条纹的棉质睡衣,睡裤还皱皱地垂在他的脚面上。而乔治则恰恰相反,他装扮得很齐整,衬衫、领带都是那么无可挑剔。

乔治说:"对不起,让大家久等了。我早上换衣服前,一定得洗澡。"

他站到埃玛的身后,手轻松地搭在埃玛的椅背上。不过很快,他的手又悄悄地滑下来。很显然,他意识到这个姿势不是很得体。他机警地盯着塞巴斯蒂安牧师。达格利什从他的表情里觉察到了一丝愉悦的好奇。但是斯坦纳德确实被吓着了,只是他在努力用一种冷漠不恭的态度来掩盖他的不安,做作而令人尴尬。

他说:"看戏是不是早了点儿。我想是发生什么事情了吧?我们是不是应该知道一下呢?"

没有回应。这时门又开了,最后两个人也来了。其中一个是埃里克·瑟蒂斯。他还穿着工作服,在门口犹豫了一下,疑惑地看了一看达格利什,好像是很诧异为什么他在这里。另外一个是凯伦·瑟蒂斯。她的穿着鲜艳得活像个鹦鹉。红色的长款毛衣配绿色的裤子,只来得及涂了鲜红的口红,没有上妆的双眼看起来干涩而惺忪。她也犹疑了一下,然后坐到了最后那把空椅子上。她哥哥就站在她的后面。所有人都到齐了。达格利什觉得大家就像一群互不相干、形形色色的参加婚礼的人,非常不情愿地在一名过于热情的摄影师面前摆造型。

塞巴斯蒂安牧师开口说:"让我们一起祈祷吧。"

这是大家都没有预料到的。只有教士和神职学员们本能地低下头,双手合十。女人们都不知所措,但是看了一眼马丁牧师之后,大家都站了起来。埃玛和皮尔比姆夫人也低垂着头,而凯伦·瑟蒂斯则挑衅地瞪着达格利什，好像这些让人尴尬的混乱都由他而起。格列高利面带微笑，直视着前方。斯坦纳德则皱着眉头，不时倒换着双脚。塞巴斯蒂安牧师开始念早间弥撒的祷文。然后他停顿了一下，又开始念十个多小时前在晚祷时念的经文。

"主啊，我们恳求您，到我们这儿来吧，帮我们驱除邪恶；让圣洁的天使与我们同在，保佑我们和平安宁；愿我主耶稣祝福我们世世代代，阿门。"

众人齐声"阿门"，女人的声音微弱，神职学员说得更自信些。人群微动，更像是松了一口气。达格利什心想：他们已经知道了，他们当然已经知道了。他们当中有个人从一开始就是知道的。女人们再次坐了下来。达格利什感到了众人凝视着院长时透出的紧张气氛。塞巴斯蒂安牧师开始发言了，他声音镇定，脸上几乎没有什么表情。

"昨晚，一个强大的魔鬼来到这里，执事长在教堂里被残忍地谋杀了。马丁牧师早晨五点半的时候发现了他的尸体。达格利什警官原本是因为其他事情来这里的，他现在也还是我们的客人，但作为警官，他担负起了调查此桩谋杀案的责任。我们有责任、也希望尽一切可能协助他，完整如实地回答他的问题，不要用任何言语或者行动来阻碍警官办案，也不要让他们觉得在这里不受欢迎。我已经打了电话给那几名周末还在放假、原本应该今天回来的学员，让他们推迟一个星期再回来。在座的各位则必须在继续我们正常生活工作的同时全力配合警察破案。我已经将圣马太交给达格利什使用，警方将从现在开始在那儿办公。根据达格利什的要求，教堂、通向北回廊的通道和北回廊都要关闭。弥撒将在往常的时间在小礼拜堂举行，其他所有祭祀活动也都将在那里进行，直到教堂重新开放，可以举行宗教仪式为止。执事长的死交由警察处理，请不要妄加臆断、传播谣言。谋杀的事当然是藏不住的，消息肯定会被圣公会和社会公众所知。我要求大家，不要打电话、或者以任何方式向外界散布这个消息，这样我们可以保留至少一日安宁。如果有什么事情令你们担忧，我和马丁牧师都可以帮助你们。"他停顿了一下，又补充道，"就像往常一样。现在请达格利什讲几句。"

大家默默地听着,几乎没有任何声音。当听到"谋杀"这个刺耳的词的时候,达格利什留意到了有人倒吸了一口凉气,接着是很短的一声抽泣,但很快就被强忍住了,他猜想那应该是皮尔比姆太太。拉斐尔脸色惨白,直挺挺地站在那里,达格利什担心他随时会跌倒。埃里克·瑟蒂斯惊恐地瞥了一眼他的妹妹,然后很快将目光转回到塞巴斯蒂安牧师身上。格列高利紧皱着眉头,精神高度集中。冰冷的空气中弥漫着恐惧的气氛。除了瑟蒂斯的一瞥,没有任何人有目光的交流。达格利什觉得,也许大家都怕看到其他人的表情。

塞巴斯蒂安牧师没有提到耶伍德失踪以及皮尔比姆和史蒂夫·莫比为什么没有到场,达格利什觉得很有趣,也很感激他对这事小心周到的处理。他决定发言要尽量简短。他其实并不习惯在调查凶杀案的时候先为可能给大家带来的不便致歉,因为所谓"给大家带来的不便"是凶杀带来的所有祸害中最不重要的。

他说:"此案已经由伦敦警察厅接手了。今天上午将有一组警察和辅助工作人员抵达这里。正如塞巴斯蒂安牧师所说的,教堂、北回廊以及从这去往北回廊的门和通道都将关闭。我本人或者我的下属警官中的一位今天会跟你们每一位谈话。但是如果我们现在可以把某些事实搞清楚的话,会比较节省时间。你们有任何人在昨天晚祷之后离开过自己的房间吗?有人再进过教堂或者到教堂附近去过吗?有人昨晚看到或听到了什么有可能跟凶杀案有关的线索吗?"

一阵沉默,然后亨利说:"我昨晚大概十点半的时候曾经出来透透气和做运动。我绕着回廊快走了五圈,然后就回自己房间了。我住在南回廊的二号房,没有看见或听到任何可疑的事情。当时风越来越大,向北回廊卷去漫天的落叶。这基本上就是我能想起来的情况了。"

达格利什说:"晚祷之前是你负责去点蜡烛和开南门的。你从办公室外间取钥匙了吗?"

"是的,我在晚祷之前取的,结束之后又还回去了。我取的时候和还了之后,都一共有三把钥匙在那里。"

达格利什又说:"我再问一遍。你们是否有人在昨天晚祷之后离开过自己的房间?"

他等了片刻,没有人再回应,就继续说:"我需要查看你们昨晚穿过的衣服和鞋子。为了排除嫌疑,过会儿我们还需要采集在圣安塞尔斯的每一个人的指纹。我想到目前为止就这些了。"

又是一阵沉默,然后格列高利突然开口了。"我有个问题要问达格利什先生。好像有三个人今天并没有出现,其中还包括一名萨福克的警察。这个事实对案件的调查重要吗?"

达格利什回答说:"目前还不重要。"

这个问题一下子打破了沉寂,斯坦纳德开始大发牢骚。"我能否请问警长先生,为什么警察要假定是我们内部的人干的呢?当我们的衣服被拿去检验,我们的指纹被采集的时候,凶手可能已经在千里之外了呢?毕竟这个地方太不安全了。我可不想今晚睡觉的时候门上没有门锁。"

塞巴斯蒂安牧师说道:"你的担心是很正常的。我已经安排了在你的房间和另外四个客房门上装锁,并会把钥匙送到你们手上。"

"那我的问题呢?为什么假定一定是我们中的一个人干的?"

这是第一次有人将这个可能性大声地说了出来。在达格利什看来,在场的每一个人都坚定地注视着前方,仿佛每一个眼神都会流露出对他人的怀疑。他说:"目前我们并未做任何假设。"

塞巴斯蒂安牧师补充说:"关闭北回廊意味着住在那一侧的神职学员要临时搬出来。由于很多学生其实都不在学院里,这其实只涉及你,拉斐尔。你现在把钥匙交出来,然后再领取南回廊三号房间和南大门的钥匙。"

"那我的东西呢?书和衣服,难道我不能去取了吗?"

"你这两天必须适应没有这些东西的日子。相信同学们会借给你一些基本日用品的。我严正重申,远离任何警察已封锁的区域是非常重要的。"

拉斐尔再没有出声,从口袋里摸出了一大串钥匙,从中卸下了两把，向前跨了几步，递到塞巴斯蒂安牧师手中。

达格利什说："我知道所有的常驻牧师都有教堂的钥匙。请你们现在查一查，你们的钥匙是否都还在。"

约翰牧师第一次开了口："我没有带钥匙，我总是将它们放在床头柜上。"

达格利什还拿着早先马丁牧师在教堂里交给他的钥匙。他转向另外两名牧师，查看他们的钥匙是否还在各自的钥匙环上。

达格利什又转向了塞巴斯蒂安牧师，牧师说："我想现在要说的就这么多了。我们尽量按预定的时间表行事。取消今天的晨祷，建议中午在小礼拜堂做弥撒。谢谢。"

然后他转身大步走出房间。跟着身后一片混乱的脚步声，大家互相看了看，然后顺次离开了。

达格利什刚才开会的时候把手机关了，刚一打开就响了，是史蒂夫·莫比。

"达格利什警长吗？我们发现耶伍德探员了，他掉在了路边的沟里。我刚才就给你打电话，但一直不通。他的一部分身体泡在水里了，人也失去了知觉，我们觉得他可能摔断了腿。我们原本不想挪动他，怕加重他的伤势，但是又觉得不能就让他继续这样躺在那里。我们尽量小心地将他弄了出来，又叫了救护车。现在他已经被抬上救护车，送去伊普斯威奇医院了。"

达格利什说："你们做得对。他的伤势怎么样？"

"医护人员认为他应该没事，但是他一直没有苏醒。我目前和他一起在救护车里。我回来的时候，会有更多的情况向您汇报。皮尔比姆先生驾车跟在我们后面，这样我可以跟他一起回来。"

达格利什说："好吧，你们尽快。这里也需要你们。"

他向塞巴斯蒂安牧师转达了这个消息。院长说："这正是我担心的事情。他的病总是这样，是一种幽闭恐惧症。病发的时候需要到户外的空场地上走一走。妻子带着孩子离开他之后，他曾经消失过几天。有时他会一直走到虚脱摔倒，警察发现他，才把他再带回来。感谢上帝我们找到他了,看起来,还算及时。现在如果你可以来我的书房,我们就可以讨论一下你和你的同事在木屋里需要些什么东西。"

"过一会儿吧,牧师。我现在需要去看看贝特顿。"

"我想约翰牧师已经回房间了,就在北边第三层。毫无疑问,他正在等你。"

塞巴斯蒂安牧师过于精明了,甚至都没有用猜测的口吻说起耶伍德在这起凶杀案中可能扮演的角色。基督赋予的仁爱也并不是无限的。他一定在某种程度上希望最后的结果是这样的:一个不能为自己的行为完全负责的间歇性精神病人杀了人。如果耶伍德没能挺过来,他将一直被视为一个嫌疑犯。他的死对某个人来说将是非常有利的。

在去贝特顿的房间之前,达格利什先回了自己的房间,打电话给巡查总长。

6

贝特顿房间窄窄的橡木门边有个门铃,达格利什几乎还没去按,约翰牧师就已经出现在门口,将他引入室内。

约翰牧师说:"您不介意稍等片刻吧,我去叫我姐姐出来。她现在应该在厨房。我们住的这里有个小小的厨房,她喜欢在家里独自用餐,不愿意在公共区跟大家一起吃饭。稍等片刻。"

达格利什打量着这里的环境,天花板低矮,但房间很大,四扇葱头形玻璃窗面向大海。房间里堆满了旧家具:矮脚的软椅,椅背上装饰着大颗纽扣;宽大的沙发正对着壁炉,沙发座松松的,微微下陷,靠背上搭着一条印度棉的床单;屋子中间的圆桌是结实的桃花心木的,四周放着六把椅子,年代和式样都与桌子非常不协调;两扇窗户之间有一个搁架,还有一张小桌子,上面挤满了银质的相框、陶瓷摆设、木质盒子,银器和一碗陈腐的、落满灰尘的干花,早已经失去了芳香。

门左侧的墙上是满满一排书架。这里就是约翰牧师年轻时代,包括读书的时候和做牧师的岁月里所有的藏书了。但书架上也有一排黑色封面的《年度戏剧》杂志,是二十世纪三四十年代的。这些书边上还有几本简装的侦探小说。达格利什发现约翰牧师很是痴迷于黄金时代的一些女作家:多萝西·L.赛耶斯,玛杰里·艾琳汉姆和奈欧·马许。门右侧斜靠着一个高尔夫球包,里面有几根球杆。这看起来很是不协调,因为整间屋子里再也找不到其他与运动相关的物品了。

这里的藏画和其他手工艺品也是多种多样:维多利亚时代的油画,题材柔弱感伤,下笔相当有水准;植物花卉的印刷品;一些集锦和水彩画,看上去像是维多利亚时代的作品——品质之高,不像出自业余作者之手,但是又与专业画家的作品有些差别。虽然室内阴沉,但是显然非常适合居住,极富特点,也相当舒服,任何人住在这里都不会感到沮丧的。两个高靠背扶手摇椅放在壁炉两侧,旁边的桌子上摆着带天使塑像的台灯。姐弟俩一定常常对坐,温暖舒适地阅读。

贝特顿小姐一步入房间,达格利什就被震撼了,同一家族的基因居然可以衍生出如此怪异不同的结果。第一眼看上去,他们姐弟俩人完全不像有任何血缘关系。约翰牧师生得矮小结实,和善的面孔上永远带着那种忧虑不安和迷惑。他的姐姐则至少有六英尺高,躯体棱角分明、敏锐、双眼多疑。只有那长长的、叶状的双耳、下垂的眼睑和小小的嘴巴看起来有些相似。她看上去比她弟弟苍老许多。她将铁灰色的头发在头顶绾成一个发髻。在发髻的根部,干枯的头发一缕缕支楞出来,看起来像装饰用的绒球。她下身穿一件几乎拖地的斜纹软呢裙子,上身着一件看起来像是她弟弟的条纹衬衫,外披浅黄褐色的羊毛开衫,袖口带着非常显眼的虫蛀的窟窿。

约翰牧师说:"阿加莎,这位是来自新苏格兰场的达格利什警长。"

"警察?"

达格利什伸出手去说:"是的,贝特顿小姐,我是名警官。"

迟疑了一秒钟后,贝特顿也伸过手来。达格利什握着这只冰凉消瘦的手,他几乎可以感觉到她手上的每一块骨头。

她操着在其他人听起来很不自然的那种上流社会特有的、长笛般的嗓音。"我看您一定是走错地方了,先生,我们这里没有狗。"

"达格利什先生此番来这里跟狗没有关系,阿加莎。"

"我以为你刚才说他是个狗长。"

"不是,我说的是警长,不是狗长。"

"那我这里也没有任何船只呀。"她转向达格利什,"雷蒙德堂兄在上一次战争中是个总指挥,皇家海军志愿后备队的,不是正规海军。波浪海军,我相信大家都这样称呼他们,因为他们的制服袖子上都有金色的波浪线。他反正也牺牲了,无所谓了。你也许注意到了门边他的高尔夫球杆。人们通常不会对球杆寄予什么情感,但是他却始终不愿意扔掉它们。你为什么不穿制服,达格利什先生?我喜欢看男人穿制服。不过圣袍又是另外一回事。"

"我是一名警长,贝特顿小姐,这是伦敦地区警察局特有的官衔,跟海军完全没有关系。"

约翰牧师显然感到这样的对话实在是太拖沓冗长了,于是温柔而坚定地说:"阿加莎,亲爱的,刚刚发生了一件非常可怕的事情。我希望你仔细听听,但要保持冷静。执事长被人谋杀了。这就是为什么达格利什警官需要来跟你谈谈,跟我们每个人谈谈。我们必须尽一切力量协助他抓住凶手。"

牧师关于所谓保持冷静的劝导看起来完全是多余的,贝特顿小姐听到凶杀案的消息后,完全没有半点儿吃惊或悲伤。

她转头对达格利什说:"所以你还需要一条警犬。很遗憾你没有带警犬来。他是在哪里被杀的?我是说执事长。"

"教堂,贝特顿小姐。"

"塞巴斯蒂安牧师一定不希望有这种事情发生。你们还没有告诉他吧?"

她弟弟说:"已经通知他了,阿加莎,所有人都知道了。"

"在这里没有人会怀念他的,警官先生,他是一个特别讨厌的人。当然,我是说执事长。我可以向你解释我为什么这么认为,可是这属于不可外传的家事。我相信你会理解的。你看起来是个聪明谨慎的警官。我想这一定是以前曾在海军服役时所受的影响。有些人最好别活在这个世上,我不会解释为什么执事长就是其中一个,但是我向你保证,少了他,这个世界会变得更加美好。不过你们得及时处理他的尸首,不能停放在教堂里。塞巴斯蒂安牧师肯定不会希望这样。葬礼呢?难道没有在筹备吗?我当然不会参加他的葬礼。我不信教,但我弟弟信,我想他一定不希望对执事长的尸体不敬。无论我们对这个人私下怎么看,那样做都是不合适的。"

达格利什说:"尸体将会被移走,贝特顿小姐,但教堂仍然不会开放,至少未来几天是这样的。我有几个问题需要问你,昨天晚祷之后你和你的弟弟是否曾出去过?"

"我们为什么会想要出去呢,警官先生?"

"这是我要问你的,贝特顿小姐,昨晚十点钟以后你们两个中的任何人是否曾经离开过房间?"

他逐一审视着两个人。约翰牧师说:"我们每晚十一点睡。晚祷之后我没有离开过房间,我非常确信阿加莎也没有。她为什么要出去呢?"

"如果你们其中一个人离开房间,另一个能听到吗?"

这次是贝特顿小姐回答说:"当然听不到。我们不会瞪着眼睛躺在床上琢磨另外一个人在干什么。如果我弟弟愿意,他是完全可以晚上在这房子里随意走动的,但是我想不出来他为什么要这样。警官先生,我知道你是在想,是不是我们姐弟俩中的一个谋杀了执事长。我并不傻,我知道你想从这些问题里得到什么结论。那么,我可以告诉你,我没有杀他,我想我弟弟也没有,他不是一个有这种能力的人。"

看得出来约翰牧师很悲痛,而且情绪激动。"我当然没有,阿加莎,你怎么能这么想?"

"不是我这么想,是警官先生在这么想。"她转向达格利什,"执事长准备赶我们出去,他告诉我的,赶出这个房子。"

约翰牧师说:"他不能这么做的,阿加莎,你一定误解他了。"

达格利什问:"贝特顿小姐,这是什么时候的事情?"

"他上一次来的时候。那是星期一上午。我去了猪舍,看瑟蒂斯是否可以给我些蔬菜。瑟蒂斯在我们没有菜的时候总能帮助我们。离开猪舍的时候我碰上了执事长。他可能也是来弄些免费蔬菜的,也许是想来看看那些猪。我一眼就认出他了。当然我并不知道会在这里碰上他,我当时好像没好气地跟他打了个招呼。我不是个伪君子,不会假装喜欢一个人。我也不是信徒,不必表示出基督的慈悲。没有人告诉我他来学院造访,为什么就没有人通知我一声呢?如果不是拉斐尔·阿巴斯诺特后来告诉我,我至今也不会知道。"

她再次转向达格利什说:"你应该已经见过拉斐尔·阿巴斯诺特了吧?他是个聪明而讨人喜欢的小伙子,偶尔会来和我们一起吃晚饭,然后一起朗诵剧作。要不是牧师们先争取到了他,他本该可以成为一个演员。他能扮演任何角色,模仿各种声音,都是非同寻常的技能。"

约翰牧师说:"我姐姐酷爱戏剧。她和拉斐尔每隔一段时间就去一趟伦敦,上午逛街购物、午餐,然后看一场下午剧。"

贝特顿小姐接着说:"偶尔离开这个地方,对他来说很有意义。但是我不如以前听得清楚了。现在的演员都没有接受过专门的发声训练,咕哝,咕哝,咕咕哝哝。你觉得他们在戏剧学校是不是有咕哝专业,大家围坐在一起互相咕哝?有时候,即使我们坐在前排,听得也很费劲儿。我当然没有在拉斐尔面前抱怨过,我不想伤害他的感情。"

达格利什轻轻问:"当执事长威胁说要把你们逐出公寓的时候,他具体都说了些什么?"

"他说了些关于有些人太习惯于靠教堂的基金过活了,几乎没有回馈教堂什么的。"

约翰牧师打断她说:"他是不会说出这些话的,阿加莎。你确信你记得很清楚?"

"这也不是他的原话,约翰,但是确实是他的意思。然后他还说让我不要认为下半辈子都住在这里是理所应当的。我非常清楚他的意思,就是在威胁要赶我们出去。"

约翰牧师悲哀地说:"但是他不能,阿加莎,他没有这个权力。"

"我上次跟拉斐尔提到这件事情的时候,他也这么说。那次他来吃晚饭,我们讨论过这些。我告诉拉斐尔,执事长可以把我弟弟关进监狱,也可以做出任何其他事。拉斐尔说:'哦,他不能,我不会让他这样干的。'"

约翰牧师对谈话感到非常失望,独自来到窗边,说:"有一辆摩托车从海边的小路上向这边开过来。怪了,今天上午并没有人要来找我们,警官先生,一定是来找您的吧?"

达格利什来到他身边说:"我现在必须先走了。贝特顿小姐,感谢你的合作。我也许还会有些其他问题,届时我会征询什么时候您方便见我。现在,牧师,我可以看看你的钥匙串吗?"

约翰牧师出去了一下,很快带着他的钥匙回来了。达格利什将他们跟马丁牧师的钥匙对比了一下说:"牧师,你昨晚把钥匙放在哪里了?"

"像往常一样,在我的床头柜上。晚上我总是放在那儿。"

离开约翰牧师和他姐姐住处的时候,达格利什又瞥了一眼那套高尔夫球具。球杆的上头露在外面,铁杆干净锃亮。一种令人不安的影像出现在达格利什脑海里,清晰得像真的一样。凶手需要有好眼力,要等到执事长全部精神都集中在被破坏了的《末日审判》时向他击打,而在此之前球杆必须藏好,这很有难度。但这些是问题吗?球杆也可以事先藏在教堂硕大的立柱后面,使用这种长度的凶器,倒是可以减少自己身上溅到血迹的可能性。他眼前突然浮现出一幅活生生的画面,一个浅色头发的年轻人手执高球杆,静静地守在阴影里。如果真是拉斐尔打来的电话,执事长是不会在那个时候去教堂的。但是据贝特顿小姐证实,这个年轻人可以模仿任何人的声音。

7

没想到马克·艾林医生来得这么早。达格利什从贝特顿小姐房间出来的时候就听到马克·艾林的摩托车轰隆隆地驶入院子。皮尔比姆已经像每个清早一样将大门打开了。达格利什拾级而下,天刚蒙蒙亮,经过一夜骚乱,这空气清新的早晨显得疲惫而沉寂。远处海浪也变得悄无声息。一辆马达强劲的摩托车围着院子转了一圈,然后突然在大门口停下。来人摘下头盔,从后座上解下一个箱子,然后将头盔夹在腋下,跳上台阶,好像一个漫不经心的邮递员。

来人说道:"我是马克·艾林。尸体在教堂,是吗?"

"我是亚当·达格利什。是的,请跟我来。我们得穿过这个房子,从南门出去。从这里去北回廊的路已经封了。"

大厅里空荡荡的,达格利什觉得艾林的脚步声敲打着棋盘格的地板,显得异常沉重。法医当然不需要故意不让人觉察出他的到来,但这样闯入也很不得体。达格利什曾想过去找塞巴斯蒂安牧师,正式将法医介绍给他,但是犹豫了一下又作罢了。这毕竟不是什么社交应酬,事情处理得越及时越好。他同时毫不怀疑大家都留意到了法医的到来。他们经过酒窖台阶走向南回廊入口的时候，达格利什感到了一丝莫名的不安，仿佛是为他处理不得体而歉疚。细想一下，在这样的地方办案很复杂，每个行动都需要拿捏神职场所和一般社会场合的差别，即使在完全不能取得合作、甚至受到抵触的情况下进行谋杀案调查都比这来得容易。

他们从树皮已经部分剥落的巨大七叶树下经过，默默地穿过庭院，来到圣器室门口。达格利什开门时，艾林问："我在哪儿可以换一下工作服？"

"就在这里，这里既是小礼拜堂，也是办公室。"

他所说的换工作服，其实就是把他身上的皮衣脱下来，披上一件棕色的连身中长大褂，脱下靴子，套上一双棉质白袜，然后再穿上柔软的拖鞋。

达格利什把门在他们身后锁好，说："凶手极有可能是从这道门进来的。我已经将教堂封锁了，等着伦敦的现场勘查小组。"

艾林将他的皮衣整齐地叠放在办公桌前的转椅上，然后再将两只靴子规规矩矩地并排放好，问："为什么是伦敦警察厅处理此案？这是萨福克辖区的案子呀。"

"有一位萨福克的警官在此留宿，这就使案件复杂化了。我刚好因为其他事情到这里来，所以好像顺理成章地就先由我来负责了。"

艾林似乎接受了这样的解释。

他们进入教堂，中庭里灯光昏暗，但就那些对礼拜仪式的程序已经烂熟于心的人们来说，这样的光线应该足够了。他们来到《末日审判》前，达格利什举起手遮住射灯。这种四处弥漫着熏香味道的阴暗氛围在人们的想象中可以延伸开去，穿越教堂的四壁，与无边的黑暗融合为一体。射灯就在这阴暗中劈下一束炫目的强光，比达格利什记忆中的更加耀眼。他琢磨着，是另一个人的出现，让眼前的场景更戏剧化了，像大基诺剧院①里上演的一幕：一名技艺精湛的男主角，小心

①大基诺剧院（Grand Guignol），巴黎一剧院，以演出情节刺激或恐怖的剧目出名。

地控制着自己的身体,静静地躺在那里,两个烛台充满灵性地分列在他的头部两侧,而凶手自己在中庭立柱的阴影下,静静旁观,默默地等待上场。

艾林被强光下意想不到的戏剧般的情景震慑了。他呆立着,好像在评价这一戏剧场面到底对观众有多大的影响力。当他开始轻轻地绕着尸体逡巡的时候,又仿佛是个导演在审视镜头的角度,对死者的姿态既具现实性又兼有艺术感染力而感到颇为满意。达格利什更清晰地观察到一些细节:鞋尖处有磨损的黑色皮拖鞋从执事长的右脚上滑落了,光着的一只脚看上去好像那么大、那么奇特,大脚趾是那么丑陋,又粗又长。执事长的脸有半侧他看不见,只有那只光着的脚,永远地定格在那里,这比起看到一具全裸的尸体更能激发起一种强烈的同情和愤怒的情绪。

达格利什曾与执事长有过简短的会面。他们并不相熟,执事长又是突然到访,他为此有点不悦,但仅此而已。可现在他却感受着以前在任何犯罪现场都不曾经历过的愤怒。他觉得耳边一直萦绕着不知从哪里传来的声音:"到底是谁干的?"他一定要查出真相。这一次他要找到铁证,决不会在知道了凶手的身份、掌握了作案动机和作案方式,却仍旧无力将其捉拿归案的情况下结案。上次的失败仍像块沉重的石头,压在他心上,他将用这个案子的成功来减轻自己心头的愧疚。

艾林仍旧小心地在尸体周围巡查,眼珠都不动一下,好像已经发现了什么可疑的或者不同寻常的蛛丝马迹,但还不确定是怎么回事。然后他在死者头部旁边蹲了下来,仔细地闻着,问道:"他是什么人?"

"对不起,我没有意识到你还不知道他是谁。克拉普顿执事长。他最近才被任命为本院理事,星期六早上才抵达的。"

"一定有人非常不喜欢他,要不然就是他惊动了夜贼,案件本身看起来并不是针对他个人的,这里有什么东西值得偷吗?"

"祭坛上的东西比较珍贵,但是很难挪动,也没有证据显示有人曾试图搬动它们。圣器室的保险柜里有些值钱的银器,不过保险柜完好无损。"

艾林说:"还有,烛台也还在这里,尽管是铜的——倒也不值得偷。凶器和死因都比较明确。死者右耳上方的头盖骨受到了边缘锋利的重物的敲击。我不能确定是不是第一次打击就让他毙命,但是非常肯定让他摔倒了。凶手又猛击了第二次,我得说,看起来是带着暴怒的情绪行凶的。"

他直起身来,用戴着手套的手举起一个未被血迹沾污的烛台说:"很沉,应该是个很有力气的人。如果是女人或者老人,还得用两只手才行。还需要好眼力,因为受害者不会就站在这里毫无防范地背对着一个陌生人,或者任何他不信任的人。说到这儿,他是怎么进来的——我是说执事长?"

达格利什意识到这位法医的问题并没有过分拘泥于他的职责范围。

"据我所知,他并没有这里的钥匙。要么原本就有人在,从里面给他开了门,要么就是门根本没有关。《末日审判》被损坏了,他也许是想进来查看一下的。"

"看起来有点像内部人作案,很容易缩小嫌疑犯的范围。尸体是什么时候被发现的?"

"五点半左右,我大约是四分钟之后到达现场的。根据现场的血迹和死者脸颊的僵硬程度来看,估计是五个小时前遇害的。"

"我会再测一下他的体温,但也不会比你估计的更准确。死者就是大约午夜前后一小时左右被害的。"

达格利什问:"血迹的情况是怎样的,是否有大面积溅溢?"

"第一次袭击并不会造成血液四溅。你知道在头部的那个位置受伤会怎样,通常血会先流向头盖骨内部的空洞部分。但是死者并非只是受到一次重击。从第二次开始,就会出现血液迸溅的情况。可以是滴血,不一定都是喷溅。这取决于受害者在后来再次受创的时候离凶手的距离有多远。如果凶手是右撇子,那他的右臂甚至右胸前会被溅上血迹。"他又补充道,"当然凶手也许可以预见到这些,来的时候就穿一件衬衫,到时候把袖子挽起来就行了。他也可以只穿了一件T恤,或者干脆赤裸上身。很多人都知道这些。"

达格利什没有听到什么特别的，于是问道："难道受害人见到凶手时没有感到惊讶吗？"

艾林没有理会他的话，继续说："他动作必须得快。被害者不能有哪怕是一两秒钟的时间，否则他就有机会逃脱。所以没有什么时间给他挽起袖子了，而且他得事先将用做凶器的烛台放在合适的地方。"

"你觉得他会放在哪里？"

"放在祈祷长凳里面？也许有点太远了。为什么不干脆就站在柱子后面？他只需要拿着一个烛台藏在柱子后面就行了，他完全可以在杀了人之后再到祭坛上拿另外那个烛台，来布置他这个戏剧般的犯罪现场。我在想，他为什么要费神做这番布置呢？毕竟这不会是什么向某人致敬的剧目。"

发现达格利什并没有什么反应，他又说："我要测量一下尸体温度，看看是否对进一步确定死亡时间有帮助，但我怀疑不会比你原来估计的时间更准确。我把尸体放在台子上仔细检查之后，就可以给你结论了。"

达格利什没有站在那里观看对执事长尸体隐私的第一次侵犯。他一直在教堂中央的走廊上慢慢地徘徊着，当他回头看时，艾林已经检查到尸体的脚踝部了。结束之后，他们一起回到了圣器室，法医脱去工作服，然后又将自己塞回了那身皮装里。达格利什说："你想喝杯咖啡吗？我可以找人安排一下。"

"不用了，谢谢。时间有限，大家也未必想见到我。明天一早我就可以做尸检。虽然我不觉得会有什么新的发现，不过我还是会打电话给你的。验尸官会要求尽早做好验尸报告，他总是那么谨慎。你也会需要这份报告的。如果亨廷顿很忙，我想我应该可以用伦敦警局的实验室吧。在摄影师和犯罪现场调查小组来之前，别再挪动尸体了。你们弄完之后，给我打个电话，我认为这里的人们应该很想最后再见上执事长一面吧。"

艾林准备离开了。达格利什将圣器室的门锁好，重新设置了警报器。出于某种他说不清的原因，他不想带着艾林再次穿过主楼的大厅。

他说:"我们可以从岬角那边的大门出去,省得原路返回了,否则会有人拦着我们询问详细情况的。"

他们沿着院子里草地上已被踏出的小路绕行。当穿过灌木丛的时候,达格利什看见那三幢员工住的小木屋里散发出灯光。看起来像被包围的要塞中孤零零的前哨。圣马太里面也亮着灯。他估计皮尔比姆夫人一定拿着吸尘器在打扫,为警察的入住做着准备。他又想起了玛格丽特·门罗,她偏偏就在这个时候孤独地死去了。达格利什开始强烈地认为这一切都不合逻辑:一宗所谓的自杀,一个被确定的自然死亡,一起残酷的凶杀——这之间有着某种联系:某种微妙、错综复杂的联系。如果能够寻根溯源,就一定能解开谜团。

达格利什在院子前目送艾林跨上摩托车轰鸣而去,转身正要回主楼的时候,看见进学院的路上有灯光一闪,转眼间就有车开到了门口,原来是皮尔斯·塔兰特手下的阿尔法罗密欧。他的两名队员已经抵达现场了。

8

皮尔斯·塔兰特探员是早上六点十五分接到电话的,十分钟之后就准备就绪了。他接到命令,要在路上接上凯特·密斯肯,他想这样也肯定不会耽搁:凯特的公寓在泰晤士,瓦平区过去一点儿就到了,正好在他开往伦敦郊外的路上。罗宾警员则住在艾塞克斯郡埃塞克斯边上,他可以直接开车去现场。如果运气好,皮尔斯应该能追上他。走出公寓,星期天大清早的街道上空荡荡的,他从车库里开出了那辆伦敦都市警察局配给他的阿尔法罗密欧,将公文包扔在后座上,沿着前两天达格利什走过的线路一直向东。

凯特会在她住的那个街区的街口等着他。她的公寓面向泰晤士河,她从来没有邀请皮尔斯上过楼,她也没有见过他在城里的公寓是什么样。她对河边那迷幻的光影、幽深的波浪和繁忙的商业生活总是充满激情——就像他自己那种对都市的迷恋。他的公寓靠近圣保罗大教堂,在后街的一家熟食店楼上,有三间卧室。在他充满隐私的小世界里,没有同事,也没有性。他的公寓里没有一样多余的物件,所有东西都经过仔细甄选，也都是他能负担得起的最贵的东西。伦敦城的教堂、小巷、鹅卵石小路，和鲜有人问津的庭院，都是他喜欢的，也是他工余放松的好去处。和凯特一样，他也着迷于那条河——那只是因为它是构成整个伦敦城生活和历史的一部分。他每天骑车上班，只在离开伦敦的时候才开车，而且只开他喜欢的车。

凯特简短地跟皮尔斯打了个招呼，然后坐在副驾驶的位置上扣好安全带。最初的几英里路他们谁都没有说话，但是他可以感觉到她正为投入凶杀案调查而暗自兴奋，也知道她一定觉察到他也有同感。皮尔斯喜欢也很尊敬凯特，但同事之间难免偶尔会有抱怨、冲突和竞争。在凶杀案调查之初，他们两人的肾上腺激素分泌都开始突然加速，异常亢奋。皮尔斯常常怀疑这种内脏的颤动是否太接近于对血和暴力的渴望，但一定是某种类似狩猎的感受。

过了港口住宅区之后，凯特开口说："好了，现在跟我介绍一下情况吧。你在牛津修过神学，一定知道这个地方。"

他曾经在牛津读过神学的事确实是凯特所掌握的关于他为数不多的情况之一，她一直都对此感到困惑不解。他常常想，凯特一定坚信他从神学中获得的那些特殊的洞察力和深奥的知识，令他在分析作案动机、推断人类复杂的心理活动方面占有优势。她偶尔会说："跟我说说神学有什么用处？我的意思是你花了三年时间钻研这个，一定从中获得了你认为重要的或者有用的东西。"他解释说尽管他更喜欢历史，但是选神学可以使他更容易被牛津录取。他怀疑凯特并不相信他的说辞，但也没有告诉她自己的主要收获：人类能够建造一种复杂的精神堡垒，用以抵御对神的质疑，他被深深地吸引了。虽然他现在依然不相信上帝，但是他一点儿都不后悔在牛津的那三年。

然后他说："我对圣安塞尔斯神学院有点了解，但是并不多。我有个朋友在拿到学位以后去过那里，但后来我跟他失去联系了。我见过几张照片，是那种庞大的维多利亚式建筑，坐落在东海岸最荒凉的地方。那里流传着好几种不同版本的关于这所神学院的神话，像所有神话一样，总是只有部分是真实的。它是高教会派①——也许是祈祷书派，我不是很确定，带有一些华而不实的罗马传统，在神学方面有突出的优势，过去五十年里，一直反对圣公会所有的新教义，没有一流学校的学位很难被他们录取。我听说那里的伙食很好。"

凯特说："我怀疑我们不会有机会享受那里的美食。这么说，学院太过精英化了？"

"你可以这样讲，可是从某个角度来看，曼联也是啊。"

"你想过要去那所学院吗？"

"没有，我读神学并不是想做神职，况且他们也不会收我的，我的学位不够高。那里的院长很挑剔，他是研究理查德·胡克②的权威。好了，别问了，他是思想过时的十六世纪的牧师。相信我，任何一个能写出关于理查德·胡克的权威性著作的人都不愚蠢。我们就可能会在尊敬的塞巴斯蒂安·莫里尔博士那里遇到麻烦。"

"那受害人呢？达格利什提过受害人的情况吗？"

"只知道是个执事长，在教堂里遇害的。"

"什么是执事长？"

"是教堂里类似管家的人。他——当然也可以是女性——负责守护教堂的财产、招募辖区内的牧师。执事长通常管理好几个教区，每年亲临现场考察一次，有点儿类似总巡查官。"

凯特说："所以这有可能是一桩内部纠纷引发的案件，同一屋檐下的所有人都有嫌疑，我们还得小心行事，以免有人私下通报给委员会委员，或者找坎特伯雷的大教主投诉。可为什么是由我们来处理这个案子？"

"达格利什并没有多说。你也知道他的个性。总之，他要我们立刻上路，很显然萨福克警察局的一位探员昨晚作为客人留宿在教会学院。巡查总长也觉得他们自己不方便直接处理这个案子。"

---

①高教会派（High Church），高教会派是英国圣公会内的一个团体，强调天主教基督徒精神的历史延续性，并维持有关权威、主教制度及圣餐礼性质的传统定义。
②理查德·胡克（Richard Hooker, 1554—1660），英国神学家。

凯特没有再继续问，但皮尔斯明显觉察到她对是他第一个接到电话感到极不舒服。按理说凯特应该比皮尔斯资深，虽然凯特从来没有以此自居过。皮尔斯本想跟凯特解释一下，达格利什之所以先打给他，完全是为了节约时间，因为他的车快，而且他是要开车的人。不过想想又作罢了。

如他所料，他们在科切斯特的路旁赶上了罗宾斯。他知道，如果是凯特开车，她很可能会放慢速度，大家就一起到达现场。而皮尔斯则是向罗宾斯招了招手，然后就猛踩油门，超过了他。

凯特将头靠在椅背的头枕上，准备打个盹儿。皮尔斯瞥了一眼凯特那棱角分明而又姣好的面庞，开始寻思他们俩的关系。自《麦克弗森报告》[①]公布之后，这两年他们的关系发生了变化。尽管他对她的生活所知甚少，但他的确知道她是个私生女，在荒凉阴暗的内城区长大，和外婆住在一座高层建筑的顶层。她的邻居、学校的同学都是黑人。听说她还是某个组织的成员。那个组织将种族歧视制度化，他们认为种族歧视是正常的，还给她灌输对黑人强烈的愤恨。皮尔斯意识到这种憎恨改变了她对工作的态度。他的政治见解比凯特更圆滑，也更善于保护自己，他总是尝试着在他们白热化的讨论中保持冷静。

她曾经质问道："根据这个报告，如果你是黑人，你会不会加入警局呢？"

"不会，即使我是白人也不会。可我确实加入了，我也看不出来麦克弗森有什么理由让我放弃现在的工作。"

他知道自己未来要干什么。他希望可以在反恐部门谋到一个资深的职位，在那里才真正有前途。不过他对目前的工作状况也很满意——在一个很有声望的小组里，上司虽然要求严格，但很值得尊敬，工作中有足够的刺激和多样性，不会让他感觉枯燥无味。

凯特说："这就是他们想达到的目的吗？打击黑人，不让他们加入警界，同时赶走那些正派的非种族主义警员。"

[①]《麦克弗森报告》，针对二十世纪九十年代一起涉及种族主义的刑事案件的调查报告，报告成功地使人们注意到英国刑事司法领域根深蒂固的种族主义顽疾。

"看在上帝的分上,凯特,别这样,你不觉得烦吗?"

"报告上说,只要受害者感觉受到了种族歧视,那么与之对应的这个行为就将被视为种族歧视。要是都这样,那我还觉得这份报告本身就有种族歧视之嫌呢——它等于是在歧视白人警官,我要到哪里去投诉呢?"

"你可以尝试跟负责种族关系的人员交流一下,但是我怀疑你是否真能从中获益。去跟达格利什谈谈吧。"他不知道她是否找达格利什谈过,至少她目前还在这儿工作。然而她跟以前的凯特不同了。她虽然仍旧尽职、努力,全情投入手头的案子,绝不会让她的团队表现有失水准,但他知道有些东西一去不复返了。做好这份工作,需要的不仅仅是努力和投入,还需要那种认为警务既是天职,又是为社会服务的信念——他以前觉得她的这种想法太过浪漫、太过天真。现在他才意识到他多么希望凯特能找回原来的那些信念。至少他清楚,这份《麦克弗森报告》永远地摧毁了她对英国最高法院的崇敬。

八点三十分,他们经过了还沉浸在清晨宁静中的伦斯汉姆村。眼前被暴风损毁的篱笆、树木,让村子显得更加安详。暴风几乎没有影响到伦敦。凯特很快清醒了,开始查看地图,寻找巴拉德梅尔的转弯。皮尔斯随之放慢了车速。

他说:"达格利什说那个路口很容易被错过。马路右侧应该有棵巨大的半枯的岑树,对面有几幢小石板房。"

那棵高大的岑树包裹着厚厚的常青藤,非常醒目,但是当他们转过弯,驶上一条小路时,一眼就能看出发生了什么事情。一条大树枝从树干上断裂下来,横在草丛边,在逐渐泛亮的天色中,像根骨头一样泛着白光,上边刚刚萌芽的幼枝远远看上去像粗糙的手指。主干上树杈断裂处张着伤口。整条路虽然勉强可以通行,但是满目疮痍,到处是卷曲的断藤、树木幼枝,以及黄或绿的落叶。

两座石板房里都亮着灯,皮尔斯慢慢在路边停下来,轻按喇叭。片刻,一位健壮的中年妇女顺着花园的小路走了出来。她满面风霜的脸上带着亲切的笑容,顶着一头桀骜不驯的乱发,一层层的,看起来像羊毛质地的衣服外披着一件鲜艳的大花外套。凯特摇下玻璃窗。

皮尔斯探过身子问道："早上好！您遇到了点儿麻烦，是吧？"

"昨晚十点整掉下来的，是暴风把它刮下来的。你看见了，昨晚的风可是相当大。好在我们听到了它落下的声音——当然那动静大得没人听不到，我丈夫怕这样的雨夜里会出现交通事故，所以就在路两侧都放了红色的警示灯。天亮的时候，我家布莱恩和隔壁的丹尼尔斯先生用拖拉机把它从主路上拖开。其实除了那些去神学院探访牧师和学员的人外，不是有很多人常经过这里。不过我们还是觉得不要等管委会的人来了再挪。"

凯特问："你们什么时候开始清理路面的，这位太太？"

"芬奇，叫我芬奇太太。六点半的时候，当时天还黑着，但布莱恩想在上班之前把这里清理通畅。"

凯特说："那我们很走运，您真是好心人，谢谢您。这么说从昨晚十点到今晨六点半不可能有人开车经过这里，无论驶向哪个方向。"

"是的，小姐，只有一个骑摩托车的男人经过这里，一定是去神学院的。这条路只通向那里。他现在还没回来。"

"再没有其他人经过这里了？"

"我没有看见，如果有人经过，我通常是能看见的，厨房是在房子前面的。"

他们再次谢过这位农妇，跟她道别后继续前行。从后视镜里，凯特看见芬奇太太一直看着他们远去，然后才关了大门，蹒跚地折回花园小路。

皮尔斯说："一辆摩托车，而且尚未折返，应该是法医吧，尽管我们以为他会乘车来。无论怎样，我们掌握了一些可以告诉达格利什的消息了。如果这是唯一的通道的话……"

凯特一直盯着地图。"确实是唯一的路，至少对机动车来说是的。那么如果是学院以外的人作案，他一定是在晚上十点前已经到达现场了，而且现在也还没有离开，至少没有通过公路离开。难道是内部人员作案？"

皮尔斯说："我感觉达格利什也是这么认为的。"

进入岬角的路是至关重要的，凯特本来想说，为什么达格利什都没有派人来盘问一下芬奇太太？但是她又想到了，在他们到达之前，达格利什又有什么人可以派得出来呢？

这条小路狭窄而荒芜，地势下沉，沿途都是灌木丛。所以峰回路转，凯特突然看见灰暗的、波浪翻滚的北海和面海、巍峨高耸的庞大的维多利亚式建筑，心中不免一阵惊诧和喜悦。

他们的车逼近学院的时候，凯特说："我的天哪，好一个庞然大物！有谁会想到要在距海几码的地方建造这样一幢庞大的建筑呢？"

"不会有人这么干。当初它肯定离海没有这么近。"

她又说："你不会还很景仰这幢建筑吧。"

"哦，我不知道，但它散发着某种自信的气度。"

一辆摩托车迎面驶来，由远而近，和他们擦身而过，咆哮而去。凯特说："这一定是那个法医。"

皮尔斯放慢了车速，缓缓经过两个红砖砌成的、已经损毁了的柱子，来到达格利什等着他们的地方。

9

圣马太没有足够的空间进行大规模的调查工作，但达格利什认为就手头上的案子来说，这里也还算可以。附近几英里内都没有合适警员们居住的地方，把大队人马都带到赴岬角上来又有些不合逻辑，而且代价也太高。可如果大家都待在学院里也有问题，连吃饭问题都不好解决；在任何紧急和悲痛的情况下，无论是凶手还是受害者的亲人，总是要吃饭睡觉的。达格利什回想起他父亲刚刚过世的时候母亲的担心：怎样才能使过夜的客人都能被安排在诺福克教区住宿；他们饮食上有什么偏好，能吃什么、不能吃什么；还要决定为整个教区来吊唁的人提供什么样的食物，这种种操心至少在当时暂时缓解了母亲的丧夫之痛。罗宾斯警官已经同时在处理这些问题了。他拿着塞巴斯蒂安牧师提供的酒店名单，逐一打电话试图为自己、凯特、皮尔斯还有三个犯罪现场勘察人员订房间。达格利什将留宿他现在住的学院客房。

这幢木屋是他职业生涯中最不寻常的审讯室。门罗夫人的姐姐把门罗夫人居住的痕迹清理得干干净净，让这幢木屋变得好像从来没有人居住过一样毫无性格，连空气里都少了人味。一楼两个房间里的家具显然是客房那边淘汰的，那种传统的摆放方式给房间增添了沉闷的气氛。门左侧的客厅里，圆背的木摇椅上放着一个退了色的拼布靠垫，两把带脚踏的矮板条椅分别放在小小的维多利亚式壁炉两侧。房间正中是一张配有四把椅子的橡木方桌，另有两把椅子靠墙放着。壁炉左侧还有个小书架，上面只有一本皮面的《圣经》和一本《镜中奇缘》。右侧的房间看起来稍微舒服些，一张小一点儿的桌子靠墙而立、两把圆脚的桃花心木椅子、一张破旧的沙发和一把配套的椅子。楼上的两个房间是空的。达格利什认为客厅可以用来办公，兼做侦讯室。对面的房间可作为等候室，其中一间卧室里有电话插口和足够的电源插座，可以摆上萨福克警局提供的电脑。

吃饭的问题也已经解决了。达格利什在犹豫是否参加学院的集体晚餐，他想他的出席会让塞巴斯蒂安牧师不太方便讲话。院长已经向他发出了晚餐的邀请，但是也并不认为他真的会赴约。达格利什更愿意在其他什么地方吃晚饭。学院同意在一点钟为他的小组提供热汤和三明治或者农夫午餐。双方都故意没有提到费用的问题，但那情形还是有些微妙。达格利什想，这最终有可能被证明是第一桩由杀人犯为负责案件调查的警员提供饮食和住宿的案件。大家都很希望尽快开始工作，但首先他们得查看尸体。达格利什、凯特、皮尔斯和罗宾斯一起去了教堂，大家都穿了鞋套，沿着北墙向《末日审判》走去。达格利什非常清楚他们中的任何人都不会企图用黑色幽默或者其他什么方式来麻醉自己的恐惧。如果有谁是这样的，那一定在他手下干不长。他打开射灯，大家面对尸体静默了片刻。大家对凶手的情况还一无所知，甚至连一点线索都没有，而眼前，正是他的惨绝人寰的杰作。让他们来看看现场是对的。

只有凯特开口了，她问："长官，这对烛台通常是放在哪儿的？"

"祭坛上。"

"人们最后一次见到完好无损的《末日审判》是什么时候？"

"昨天九点半晚祷的时候。"

他们锁好教堂的门,又重新设置了警报系统,回到审讯室。现在他们坐下来,在着手工作前介绍案情和进行初步的讨论。达格利什知道这急不得,如果现在遗漏了任何信息,或者大家对案情了解得不够充分,都可能在之后成为拖延调查、相互误解甚至是犯错误的原因。他简要地将自己到圣安塞尔斯之后的全部所见所闻、所采取的行动无一遗漏地陈述了一遍,包括他对罗纳德·特里夫斯之死的调查、还有玛格丽特·门罗的日记内容。他们围坐在桌边,大部分时候很安静,偶尔做做记录。

凯特挺直身子坐在那里,双眼紧盯着自己的笔记本,偶尔会令人不安地抬头盯着达格利什看。她的着装跟每次办案时差不多:一双舒适的便鞋,一条窄脚裤和一件裁剪合身的上衣。冬天的时候,她像现在这样在里面穿上翻领套头的羊绒衫,夏天则是一件丝质衬衫。她浅褐色的头发在脑后编成一股粗粗的麻花辫。看不出她化了妆,面容姣好但并不漂亮,这样很能传达出她的基本品质:诚实、可靠、尽职,但是也许内心并不十分平静。

皮尔斯像往常一样不安宁,不能长时间坐着不动。他不断变换着坐姿,让自己舒服些。他的腿绕在椅子腿上,一只胳膊搭在椅背后面晃荡着。但是他的多动和他那略显宽短的脸上都带着对达格利什谈话内容的极大兴趣。他那双巧克力色的眼睛看起来有些困倦,眼皮明显发沉,不过仍像平常那样滑稽有趣。他的装扮很休闲:一件绿色的亚麻色衬衫,配浅黄褐色同质裤子,显出一种矜贵的随意。跟凯特的保守装束一样,也是精心搭配的。

罗宾斯则打扮得像个司机一样整洁正式。他很轻松地坐在桌子的另一端,时不时地起身弄点儿咖啡,帮大家续杯。

达格利什讲完话之后,凯特说:"我们将如何称呼这个凶手,长官?"

因为不喜欢那些常规的称呼,这个小组的成员总是在调查一开始的时候就给凶手起个名字。

皮尔斯说:"该隐应该很合适神学院的背景特点,而且简短。就是不太新颖。"

达格利什说："就叫该隐吧。我们现在开始工作了。我需要昨晚所有在学院的人的指纹，包括访客和那些小木屋里的员工。我们可以等现场勘查小组的人到了之后再采集执事长的指纹。在开始盘查之前，你们最好列出一个带有先后顺序的名单。然后再仔细检查所有人昨晚穿的衣服，我说的是所有人的，包括牧师们的。我已经查过神职学员们的衣服了，没有少，而且都是干净的。不过你们最好还是再查一次。"

皮尔斯说："他肯定既不会穿斗篷也不会穿法衣的，他为什么要这么穿？如果执事长是被人诱使来教堂的，那叫他的人应该是穿着睡衣或者家居服在这里等着他，而且下手应该很快，要抓住执事长转身看向《末日审判》的瞬间。也许他会用很短的时间挽起睡衣的袖子。他不可能让厚重的斜纹卡其布斗篷妨碍自己的行动。当然，也许睡衣里面他什么都没有穿，或者只穿了很简单的内衣，事后可以很快脱掉。即使这样，他的所有行动也都必须相当之快。"

达格利什说："法医也提出了一个不算很有创意的想法，说凶手没有穿上衣。"

皮尔斯继续说："这也没有什么稀奇的。毕竟，他并不需要真的出现在执事长面前。他所需要做的就是拉开南门的门闩，然后留个小门缝，执事长也许会奇怪为什么没有人在等他，但是他总得顺着亮光到《末日审判》这边来看看，因为找他来的人告诉他说《末日审判》被损毁了，而且非常明确地说了是怎么被毁的。"

凯特说："难道他去教堂之前不会先通知塞巴斯蒂安牧师吗？"

"在亲眼见到实际情况之前他是不会的，他不会为了一件不确定的事情示警，这会让他看起来很愚蠢。但是我总是在想，那个打电话的人给了一个什么样的理由，让他在那个时候去了教堂呢？也许是一线灯光？他被风声惊醒，向窗外一望，看见一道人影，起了疑心，甚至他连想都没有想，第一反应就是要去教堂巡查一下。"

凯特说："如果该隐当时穿了斗篷，为什么他后来把斗篷放回去了，却留着钥匙呢？那把丢了的钥匙是至关重要的物证。凶手不会冒险一直把钥匙留在身边的。钥匙其实很容易处置，可以随便被丢在外面的岬角上——但是为什么不还回去呢？如果他有胆量溜进来偷走钥匙，就一定有胆量折返回来还了它。"

皮尔斯说："如果他身上、衣服上或者手上沾了血就不会了。"

"但是他为什么会沾上血呢？我们刚才已经讨论过了，他有足够的时间回到自己的房间并且冲洗干净。他并没有想到尸体在清早七点半教堂开放之前就被发现。那么还有一件事情。"

"什么？"达格利什问。

"凶手并未归还钥匙这个事实难道不表示他有可能并不住在这里吗？牧师们可以合理合法地在白天黑天任何时候出入教堂，回去还钥匙对他们来说没有风险。"

达格利什说："凯特你忘记了，他们也不需要去取钥匙，四名牧师本来就人手一把钥匙，我查过了，钥匙都还在他们的手上。"

皮尔斯说："但是也许他们中会有人故意拿走一串钥匙，以便将怀疑的视线转移到员工、神职学员或者访客身上。"

达格利什说："是有这种可能，同样也有可能《末日审判》的损毁跟凶手其实也没有关系，只是幼稚的恶作剧而已。最特别的是凶手为什么要这样谋杀一个人。如果只是想让执事长死，完全没有必要一定要先将他骗到教堂里来。这里的客房房门都是不上锁的，学院的任何人都可以直接走进执事长的房间将他杀死在床上。即使是个外来者，要这么做也不会遇到什么麻烦。再加上凶手知道学院的格局，那个装饰性的铁门是最容易翻越的。"

凯特说："除了那串丢失的钥匙外，我们现在可以确定的是这不会是外来人作的案。晚上十点之后，是没有车辆能够通过那个堆满断枝的小路的。我猜该隐是走来的。穿过大树，或者沿着海滩一路走过来，但是在昨夜的暴风里，也应该是很艰难的。"

达格利什说："凶手知道在哪里可以拿到钥匙，知道警报系统的密码。看起来很像是内部人员作案，但我们现在还不要就这样下结论。我只是想再次指出，如果凶手不是用这么惊人和奇异的手段作案，我们其实很难把凶手与圣安塞尔斯的人联系起来。也有可能真是外来的人，也许只是个普通的盗贼，刚好知道门是开着的，而执事长刚好又在那个时间被吵醒，他在慌乱间杀了执事长。虽然并不像是这么回事，但是我们也不能排除这个可能。这个凶手不仅仅想让执事长死，而且还要让整个圣安塞尔斯牢记这桩谋杀案。我们一旦能查出这是为什么，就可以沿着这个思路开展调查。"

罗宾斯警官一直坐在一边低头记着笔记。工作谦虚谨慎、擅长速记是他的众多优良品质中的两条。他的记忆力是非常可靠和精准的，其实笔记对他来说并没有什么必要。虽然资历最浅，但也是队伍中的一员。凯特知道自己在等着达格利什向她发问，让她参与讨论。达格利什开口了："警官，你有什么推测？"

"没有什么，长官。很显然是内部人员作案，无论是谁干的，他一定很为之得意。但是我在想，圣器台上的烛台是否仅仅是整个凶杀的一部分。我们能确定这就是凶器吗？好，烛台上带血，但它们也许是执事长被杀之后从祭坛上被拿下来派上用场的。尸检并不能说明什么——至少不是很有说服力——看不出死者受到的第一次重击是否来自烛台，只能看出烛台上是否有执事长的血迹和脑浆。"

皮尔斯说："那你是怎么想的？核心的疑团难道不是区别凶手是预谋的还是在冲动下发起的攻击吗？"

"我们先假设这是有预谋的，而执事长一定是被人叫去教堂的，应该是去看《末日审判》受损的情况。有人在那里等着他，然后他们发生了激烈的争执。该隐情绪失控，将执事长打倒在地。而后，该隐站在尸体旁，发现了一种可以让神学院牢记这件事的方法。于是他从祭坛上取了烛台，用其中一个再次重击执事长，随后又将一对烛台安放在其头部两侧。"

凯特说："这是有可能的，但是这也就意味着，该隐手中原本已经拿了什么东西，而且是足够用来敲碎人的头盖骨的重物。"

罗宾斯继续说："可以是个锤子，或者任何一种够分量的工具，那种整理花园的就行。假设该隐昨晚看见教堂里射出一线灯光，进来准备看个究竟,随手抄了一个可以用来做武器的东西。然后他看见了执事长,并且与之发生了暴力冲突,最后将其击倒。"

凯特反对说:"但是为什么有人会晚上携带某种武器独自进入教堂呢?为什么不先打电话给主楼里的什么人呢?"

"他也许想先查看一下,或者他也许并不是一个人,也许还有人跟他在一起。"

也许是个修女,凯特想,这还真是个有趣的推断。

达格利什沉默了一阵说:"我们四个有很多事情要做,我建议现在就开始吧。"

他停顿了一下,犹豫着是否要将他想到的其他事情也说出来。其实他们面前有一个比较明确的凶手,但是他不想用一些跟本案没有直接关系的事情来扰乱调查工作的进行,也就是说,他应该先将他的疑虑收起来。

他说:"我想我们应该认为这个凶手跟前面两宗命案,也就是特里夫斯和门罗夫人的死有关。我有一种预感,但目前也仅仅是预感,这三个人的死有联系。这其中的联系现在也许还看不清楚,但是我相信一定有。"

几秒钟的沉默之后,大家纷纷表示认同。达格利什也感到每个人都有些惊奇。皮尔斯说:"长官先生,之前我以为您对特里夫斯是自杀或多或少还是感到如释重负的。因为如果他也是被谋杀的,那么在圣安塞尔斯就会同时出现两个凶手,这也未免有点儿太巧了。但我们能确定他的死一定是自杀或者意外吗?再看看你告诉我们的诸多事实:尸体是在两百多码之外的通向海滩的唯一入口处被发现的。将他背去那里是很困难的,而死者也没有可能欣然跟凶手一起走到那里。他强壮健康,不太可能让人将半吨重的沙子倾倒在他的头上,除非事先用药迷倒、或者灌醉他,甚至将他打晕。但事实上这些都没有发生。您说尸检是很认真的。"

凯特直截了当地对皮尔斯说:"好了,就让我们接受他是自杀的这个事实。可就算是自杀也要有动机的呀,是什么促使他下决心去死呢?

或者是谁令他想到要死？一定是有原因的。"

"但肯定不是杀害执事长的人，他当时甚至不在圣安塞尔斯。我们没有依据去假设他曾经见过特里夫斯。"

凯特继续固执地往下说："门罗夫人曾经想起过去的一些事情，这使她感到不安，她很想与相关的人叙述那些事情，随后她很快就死了。这不由得让我感到她的死也许对什么人很有利。"

"能会对谁有利呢？我的上帝呀，她心脏不好，随时都有可能死的。"

凯特再次重申："她写了那篇日记，提到她知道一些事情。而且她上了岁数，心脏又不好，这也让她成为最容易被杀掉的一个人。尤其是如果她对凶手毫无防备的话。"

皮尔斯坚决反对道："好了，她是知道一些事情，但并不意味着这些事情就很重要。也许是些除了塞巴斯蒂安院长和牧师们以外，其他人都不会在乎的小过失。更何况她现在已经被火化了，她的小屋也被清理干净，就算有证据也都被销毁了。我们又能怎样呢？无论她想起了什么事情，也都是十二年前发生的了，谁又会为了十二年前的事情犯下谋杀罪呢？"

凯特提示说："要记得是她发现了特里夫斯的尸体。"

"那又怎么样呢？日记里写得很清楚：她发现尸体的时候，并没有回想起以前的事情，是瑟蒂斯带给她青蒜的时候她才想起来的，才将过去和现在联系起来的。"

凯特说："青蒜——漏洞[①]。会不会是个文字游戏呢？"

"我的天哪，凯特，这纯属阿加莎·克里斯蒂侦探小说里的情节。"皮尔斯转向达格利什说："长官先生，您是说我们现在要调查两个凶手吗？一个杀执事长的，一个杀门罗夫人的？"

"不是，我不希望大家仅仅为了我的一个预感就怀疑是否有两个凶手。我只是想说这几宗死亡之间也许有关联，大家有这个意识就行了。

[①]青蒜的英文是 leek，漏洞的英文是 leak，发音相同。

我们有很多事情要做,最好现在就开始吧。首要任务是取得指纹,同时讯问所有的牧师和神职学员。凯特和皮尔斯,这件事就交给你们俩了,他们已经看够我了。还有瑟蒂斯也是,你们最好去见见他和他妹妹。让他们见些新面孔,这对我们有好处。我们要等耶伍德巡查员醒来、可以接受问话之后再展开更深入的调查。根据医院给的消息,如果我们幸运的话,他本周二应该可以醒了。"

皮尔斯说:"如果他有机会掌握重要线索,或者是个嫌疑人,难道不应该对他加强保安吗?"

达格利什说:"他已经是在软禁的状态下了。萨福克警局在那里帮忙做这件事。他当晚不在房间,也许见过凶手,因此我不会忘记给他加派保安的。"

又有汽车在岬角上颠簸的声音传来。罗宾斯来到窗边说:"克拉克先生和现场勘查小组到了,长官。"

皮尔斯看了看表说:"还不错,不过他们应该直接开车过来。从伊普斯威奇出来很费时间,好在火车并没有受到暴风的影响。"

达格利什对罗宾斯说:"跟他们说把设备都带到这里来。他们可以用另外那间卧室办公。在开始工作之前,他们也许希望喝杯咖啡。"

"是的,长官。"

达格利什让现场勘查人员在教堂里面换上工作服,但是距离犯罪现场要有足够的距离。布莱恩·克拉克是领队,特点鲜明,照例被称为"第一流的",这个人以前从来没有跟达格利什合作过。他看上去非常镇定,面无表情,毫无幽默感,他不是最有活力的同事,但是声誉相当好,以调查彻底、工作可靠和与人沟通有理有据著称。他能够找到一切有用的东西。他不相信激情,就算小组成员发现了很重要的线索,他的庆祝方式也只会是:"好了,小伙子们,保持冷静。这只是个掌纹,还没破案呢。"他还相信各司其职的原则。他的工作是发现、收集和保存证据,而不是介入探长们的工作。对于像达格利什这样提倡团队协作、善于接受不同意见的人来说,这种各自为政、沉默寡言并不是什么优点。

现在他开始怀念和查理·弗里斯一起工作的时候了,当然这不是达格利什第一次想起他。当时他正在跟现场勘查小组合作,调查贝罗恩-亨利·马克凶杀案。这两宗案件也都是发生在教堂的。他还清楚地记得弗里斯——小个子,浅棕色的头发,面庞棱角分明,像快船一样轻巧——走起路来昂首阔步,像个随时等待发令枪响的热情的奔跑者。他还记得弗伦特设计的了不起的工作服:小小的白短裤、短袖运动衫、紧箍着头的塑胶帽,看起来活像一个忘记脱内衣的游泳运动员。但弗伦特已经退休了,管理着在萨默塞特的一个小酒吧。他那洪亮的男低音虽然没有让他在那里名声大振,但是确实为乡村教堂的唱诗班注入了活力。

不同的法医,不同的现场勘查团队,很快又有旧人去了新人来。他觉得他还算幸运,至少还有凯特·密斯肯在。现在不是担心凯特的心情和考虑她未来的时候。他想也许是他年纪越来越大,不愿意面对各种变化了。

至少摄像师是他熟悉的。巴尼·帕克已经过了退休年龄,现在是兼职。他瘦长结实,是个很健谈的、目光敏锐而自信的男人。达格利什认识他的这么多年里他看上去几乎没有什么变化。他的另一份兼职工作是婚礼摄像,也许用柔和的焦距来拍摄打扮得分外美丽的新娘可以带给他一种调剂,这是刻板的、不能有半点儿懈怠的警察工作所不能给他的。他也确实有些婚礼摄影师的某种讨厌的习惯——常常绕着整个犯罪现场转,好像在确认是否还有其他什么尸体需要同时摄入他的镜头。达格利什几乎感觉到他仿佛还想找死者家属列队留影呢。但他的的确确是个优秀的摄影师,工作几乎没有瑕疵。

达格利什跟大家一起去了教堂,他们穿过圣器室绕到犯罪现场,默默地在离南门不远的高背椅子后面换了装。达格利什认定这沉默与现场的肃穆并无关系。他们穿上白色的棉质外套,包上白色头巾,站在那里看起来像一小群太空人,大家看着一流的克拉克跟在达格利什后面回到圣器室。皱皱的头巾围住克拉克的脸和他那微微外凸的牙齿,达格利什觉得,如果有对大耳朵,克拉克就会活像一只不开心的大兔子。

达格利什说:"可以非常肯定凶手是从北回廊进入圣器室的。这就意味着需要仔细检查回廊的地板,来寻找脚印——虽然我不认为你们能发现什么有用的东西,因为这落叶实在太厚了。门上并无把手,而且这里任何人的手印呈现在这扇门的某个位置上都是合理的。"

回到教堂,他接着说:"在《末日审判》的表面,还有旁边的墙上有可能留有手印,尽管我觉得凶手不会蠢到不戴手套作案。这个右侧的烛台上沾有血迹和毛发,还是那样,如果我们能从上面采集到指纹,那可就中彩了。有趣的是这里,"他将大家引至中央走廊第二个箱座那里,"有人曾在这里藏身。下面有大片的尘土被蹭掉了。我不知道你们是否能从这木头上采到指纹,但有这个可能性。"

克拉克说:"好的,长官先生。我们的工作人员在哪里吃饭?这附近看起来没有饭馆,我不想中断调查,想尽量利用自然光线。"

"学院会提供三明治的。罗宾斯会协助安排你们晚上就寝的地方。我们明天再碰头看看进度如何。"

"我认为我们需要两天的时间,长官。那些在北回廊的落叶都需要收集起来逐一检查。"

达格利什非常怀疑这么单调枯燥的检查到底能给他们带来什么,但是也不想挫伤克拉克对细节的专注。他跟另外两名成员道了别,留他们在那里开始干活了。

10

在和大家逐一谈话之前，首先要取得每一个在圣安塞尔斯的人的指纹。这个任务就落在了皮尔斯和凯特的肩上。两个人都知道，达格利什希望由女性警官来采集这里所有女士的指纹。开始之前，皮尔斯说："我好久没干这事了。你最好也注意一下，别让女士们觉得有什么不舒服。我倒觉得不用这么小心翼翼，任何人都可能认为这是某种形式的强人所难。"

凯特正在做着准备工作。她说："你可以把它看成是强人所难。无论我是否有罪，都会痛恨警察抓着我的手指。"

"那不能算抓。看上去除了牧师，好像已经有一屋子的人在等我们了。从谁开始？"

"最好从阿巴斯诺特开始。"

接下来的一个小时里，每个人在警官面前的不同表现引起了凯特的兴趣。塞巴斯蒂安牧师是跟他手下的牧师们一起来的。他表情严肃，尽量表示合作，但是当皮尔斯抓着他的手指用肥皂和水清洗，然后又重重地按在印台上揉动的时候,牧师忍不住厌恶的感觉,不由自主地撅起嘴来。他说:"这我完全可以自己做。"

皮尔斯完全没有受他的影响,说:"对不起,阁下,这关系到确保指纹的边界清晰。需要经验。"

约翰牧师自始至终都没有开口,面色惨白,凯特注意到他一直在发抖。在整个过程中,他始终闭着眼睛。马丁牧师显得对一切很感兴趣。他用孩子般好奇的眼神盯着那可以确定他身份的独一无二的手指纹路。佩里格林牧师则死死地盯着学院的方向,迫不及待地想回去,几乎没有注意到眼前正在进行的事情。他只是在发现手指上颜料留下的印迹时,才开始嘟嘟囔囔地抱怨说希望这些颜色可以很容易被洗掉。他认为每位神职学员在去图书馆之前一定要确保手指干干净净,还说会在小黑板上留下这个要求。

其他神职学员和工作人员的指纹采集进行得都很顺利,但斯坦纳德是有备而来的,他提出要看看调查工作是否违背了公民权利。他说:"我估计你们做这些事情是取得授权了的吧?"

皮尔斯冷静地说:"是的,先生。有您的许可,并且遵守警务部门和犯罪鉴定单位的规定。相信您了解相关的法律条款。"

"如果我不同意,我相信你们也能申请到法庭的命令来取指纹。如果我坚持不从,你们还会拘捕我——如果你们曾经真的走到过这一步的话——然后经过调查,证明我无罪,我的指纹也应该被销毁。但是我怎么知道你们真的会将我们的指纹记录销毁呢?"

"您有权要求见证我们销毁的过程。"

"我会的。"他一边将手指按在印台上一边说,"你放心,我一定会的。"

他们终于采集齐了所有人的指纹。埃玛·拉文汉姆是最后一个。她离开之后,凯特问:"你觉得达格利什会怎么看埃玛呢?"尽管她已经尽量故作随意地发问,但还是连自己都觉得口气有些不自然。

"他是个正常的男人,还是个诗人。在邂逅貌美的女性时,他会像跟任何一个正常男人和诗人想的一样。要我说,那就是尽快和她上床。"

"哦,得了吧。你就这么粗俗吗?你们就不能想点儿别的?"

"你算是哪类清教徒呢,凯特?你问我他会想什么,又没有问我他会做什么。他总是要控制他生理冲动,这是他的责任。埃玛在这里难道不显得奇怪吗?你觉得塞巴斯蒂安牧师为什么要将她留在这里?为了大家能偶尔操练一下如何抗拒诱惑?你可能会觉得找个漂亮的男人更合适。尽管我们刚才见过的这四位看起来都是些郁闷的异性恋。"

"天哪,这些当然一定都逃不过你的眼睛。"

"你也能看出来呀。说到美丽,你怎么看阿多尼斯[①]·拉斐尔呢?"

"你不觉得这个名字太合适他了吗?我在想,如果他要是叫阿尔伯特,是否看起来会有不同。他长得太帅了,而且他知道自己长得好看。"

"有感觉?"

"没有,你也一样。我们该去找大家谈了。你觉得应该从谁开始?塞巴斯蒂安牧师?"

"从上层人物开始?"

"有什么不妥吗?接下来,达格利什还需要我跟他一起去盘问阿巴斯诺特。"

"跟院长的谈话由谁来主导?"

"我,至少先开个头。"

"你觉得他对女人更能敞开胸怀?也许你是对的,但是我们不能指望这一点。听人忏悔是这些牧师生活的一部分,他们很擅长保守秘密,包括他们自己的秘密。"

[①]阿多尼斯(Adonis),希腊神话中为阿芙罗狄忒和珀尔塞福涅所爱的美少年。

11

塞巴斯蒂安牧师说:"如果你需要在执事长夫人离开之前见见她的话,我会在她方便的时候差人通知你一声。如果她希望可以来教堂看看,我会同意的,这没有问题吧?"

达格利什简短地回复说没有问题。他在想,塞巴斯蒂安牧师肯定认为如果执事长夫人想去看她丈夫被害的现场,理所应当是由他来陪同。其实达格利什有别的想法,但是认为现在不是争执这件事的时候。执事长夫人未必会要求去教堂。无论她是否去案发现场,最重要的是跟她见上一面。

来通知他执事长夫人已经准备好会见他的是史蒂夫·莫比,他现在基本上就是塞巴斯蒂安牧师的信差。达格利什已经留意到了这位牧师有多不喜欢用电话了。

他走进院长办公室的时候,执事长夫人从椅子上站起身,向他走来,伸出手,非常镇定地跟他打了招呼。她比达格利什预料的要年轻得多。纤腰丰胸,面庞和蔼朴实。她没有戴帽子,浅褐色的短发梳理得溜光水滑，修剪得相当讲究，要不是觉得太荒谬，乍看上去会以为她是从理发店直接来的呢。她身穿一套蓝色的斜纹软呢套装，翻领的地方别了一个大大的、雕有贝壳装饰的别针。领针的款式非常现代，跟她整套乡村风格的软呢套装很不协调。达格利什猜想也许那是她丈夫生前送给她的礼物。她将它像徽章一样牢牢地别在衣服上，仿佛是一种悼念，也许是一种示威。一件短风衣搭在她身后的椅背上。她看上去非常冷静，握着达格利什的手很冰冷，但是非常坚定。

塞巴斯蒂安牧师做了简短而正式的介绍。达格利什按照惯例说了些慰问的套话。这些话他不知对多少受害者家属说了多少遍。但是每一次听起来都不是那么真诚。

塞巴斯蒂安牧师说："执事长夫人想去教堂看看，而且希望你可以陪她一起去。如果还需要我到现场，就请来这里找我。"

他们一起穿过南侧回廊，经过院子里的鹅卵石小路来到教堂。执事长的尸首已经被移走了，现场勘查小组的人还在各处紧张地工作着。其中一人正在清理北回廊的落叶，然后逐一验查。他们已经整理出了一条通往圣器室门口的干净的小路。

教堂里冰冷阴森，达格利什留意到执事长夫人在发抖。于是说："需要我帮您去取外套吗？"

"不用，谢谢，警官先生。我没事。"

他将执事长夫人引至《末日审判》前。没有必要再强调这就是犯罪现场了，砖石上还沾着她丈夫的血。她身不由己地有些僵直地俯下身来。达格利什默默地走开，避让到中间的走廊。

过了几分钟，执事长夫人走了过来。说："我们需要坐一会儿吧？你应该有些问题要问我。"

"如果在塞巴斯蒂安牧师的办公室，或者在圣马太的问讯室对您来说舒服些，我们可以到那里去谈。"

"这里更好。"

两名现场勘查人员知趣地退到了圣器室里。两人静静地坐了下来，沉默了片刻。然后执事长夫人开口说："警官先生，我丈夫是怎么死的？

塞巴斯蒂安牧师好像不太想说。"

"事实上塞巴斯蒂安牧师也还不清楚。"

当然不是说牧师真的不知道。达格利什也不知道执事长夫人是否可以理解到这一点。他说:"为了确保调查顺利进行,有些细节目前是保密的。"

"我明白,我不会对外说什么的。"

达格利什轻声说道:"执事长是头部受到重击而死的。事情发生得很快,我认为当时他并没有受苦。他甚至有可能都来不及反应或者感到恐惧。"

"谢谢你,警官先生。"

又是一阵沉默。本不相干的两个人在这样的场景下默默坐着的感觉非常奇特和微妙,达格利什并不急于打破这种沉默。即使是在最悲痛的时候,执事长夫人也能保持高度的克制。和她相处是那么的平静。他好奇是否当初就是这种品质吸引了执事长。依旧是长时间的沉默。达格利什瞥见执事长夫人脸颊上闪动的泪珠,她默默地伸手拭去腮边泪水,再度开口时,重又显得那么镇定。

"我丈夫在这里并不受欢迎,警官先生,但是我知道在圣安塞尔斯是不会有人想杀他的。我不相信一个基督教场所会容得下这样的罪恶。"

达格利什说:"这正是我想问您的问题。您先生可曾树敌,您是否能想到任何有可能希望他受到伤害的人吗?"

"没有。他在教区内非常受人尊敬,可以说受人爱戴,虽然他会反对用这样的形容词。他是个好人,是个富于同情心、尽职尽责、不遗余力的教区牧师。不知是否有人告诉过你,我嫁给他的时候,他是个鳏夫。他前妻自杀了,她非常漂亮,但是患有精神病。他深深地爱着她。悲剧的发生对他的打击很大,不过他还是熬过来了。他正在慢慢学习让自己快乐起来,我们在一起非常幸福。他满心期待的未来最后变成这个样子实在是太残忍了。"

达格利什说:"您说他在圣安塞尔斯并不受欢迎,是因为在神学领域有观点分歧，还是有其他什么原因？他曾经跟您讨论过来这里的事情吗？"

"所有事情他都跟我讨论，警官先生，作为一名牧师，任何他不确定的事情都会拿来跟我讨论。他认为圣安塞尔斯神学院不再能发挥功用了。我觉得甚至连塞巴斯蒂安牧师也意识到这儿是个必须关闭的怪物。这里将被关闭。大家对怎样做教士可能有不同的看法。当然，这也不是全部的问题所在。你应该知道约翰·贝特顿牧师的事吧？"

达格利什谨慎地回应："我感觉到有些问题了，但是并不知道具体的细节。"

"这也算是一出悲剧故事了。几年前，约翰·贝特顿牧师因对其唱诗班里的几个男孩子有性侵犯行为而被判入狱。我丈夫提供了部分证据而且旁听了审判的整个过程。那时候我们还没有结婚——是他前妻刚刚过世没多久的时候——但是我知道当时他很伤心。他陈述了自己所见的事实，这是他的职责，但是这令他内心苦不堪言。"

达格利什暗自想，约翰牧师当时也一定经历了更深的痛苦。

他说："在来此访问之前，您丈夫是否提到过什么，暗示他有可能安排跟什么人会面，或者此行可能会遇到困难的原因？"

"没有，什么都没有说。我肯定除了和这里的人见面之外，没有其他什么人了。他对本周末的行程没什么期待，但也没有什么顾虑。"

"他到了这里之后一直都跟你保持着联系？"

"没有，他没有打电话给我，我也没觉得他会打。除了一些教区事务外，我接到的唯一电话，是教区主教办公室打来的。很显然他们找不到他的手机号码了，想跟我再要一次，用以备案。"

"那个电话是什么时候打来的？"

"很晚了。我也很吃惊，因为是下班以后了。当时是星期六晚上九点半。"

"你跟致电给你的人交谈了吗？男的还是女的？"

"听起来是个男的。我印象里就是个男的打来的。没有真的跟他交谈，只是报了电话号码，他说了句谢谢就挂断了。"

他当然会这么做，达格利什想，这个人不会说任何一个多余的字的。他需要的就只是一个号码，一个从其他渠道不易取得的号码，一个当晚将执事长引向死亡的号码。这难道不是案件核心问题之一的答案吗？如果执事长当晚是被一个电话诱使到教堂去的，那么打电话的人是如何取得号码的？要追查是谁九点半打了那个电话不是很困难，其结果将会毁了圣安塞尔斯的某个人。但其中还是有疑团。凶手——还是叫他该隐好了——并不愚蠢，这次作案是经过周密安排的，难道该隐就没有想到我会找执事长夫人谈话吗？难道没有可能——不，完全有可能——是故意暴露身份。达格利什突然想到了另一种可能，这也许正是该隐在有意误导调查。

12

印完指纹，埃玛回到自己的房间，拿了一些她需要的论文，打算去图书馆。这时南回廊那边传来急促的脚步声，来者旋即就来到眼前，原来是拉斐尔。

他说："有件事我想问你，现在方便吗？"

埃玛本来想说："如果不用很长时间的话，你就问吧。"但是看他脸上的表情，埃玛把话又咽了回去。看起来拉斐尔好像非常需要她的安慰。于是她说："现在可以，可你不是要去听佩里格林牧师的辅导课吗？"

"推后了。我正要到警察那边去，接受盘问。这就是为什么我需要现在见你一面。我猜你不会介意告诉达格利什说昨晚我们俩曾经在一起吧？晚上十一点以后，这个时间太重要了，在这之前我已经有人能证明我不在现场了。"

"我们在一起？在哪儿？"

"在你房间，或者我房间。其实我是在问，你会不会说昨晚我们睡在一起。"

埃玛停下脚步,把脸转过来对着拉斐尔,说:"当然不行,拉斐尔。这是多离谱的要求啊。你通常不是这么粗鲁无礼的啊。"

"但这并不是一件不可能的事情啊——难道不是吗?"

她又大步流星自顾自地向前走去,拉斐尔追上来,跟她并肩而行。埃玛说:"你看,我没有爱上你,也没有在跟你恋爱。"

他打断她的话说:"这可真是个保持距离的好说法。难道你就不觉得这是有可能的?这种想法可能并不让你感到那么恶心吧。"

埃玛再度转过脸来面对他说:"拉斐尔,如果我昨晚确实跟你上过床,我不会羞于承认。但是我没有。我不能、也不应该撒谎。抛开道义不说,这太愚蠢,也太冒险了。你认为这样就可以蒙蔽亚当·达格利什吗?即使我是个擅长说谎的人——当然我不擅长——他也会知道真相的。他就是干这个的。你希望他认为是你杀了执事长吗?"

"他也许已经这样认为了。证明我不具备作案条件的人证并没有什么说服力。昨晚暴风实在太大,我去陪彼得了,但是午夜前他都一直在昏昏沉沉地睡觉,我要是在这期间神不知鬼不觉地溜出去也是很容易的。我觉得达格利什也一定会这么想。"

埃玛说:"就算他怀疑你——虽然我认为他不会——你捏造伪证,只能让他更加怀疑你。这太不像你干的事情了,拉斐尔。这样做太愚蠢,太可悲。对我们俩都是一种侮辱。为什么要这样?"

"也许我想了解,原则上你认为和我上床这个想法是否可能。"

她说:"没有人从原则上来想象和别人上床,人们是直接用肉体尝试上床的。"

"当然,塞巴斯蒂安牧师一定不会喜欢这个想法。"

他不经意间流露出了一丝讥讽,但是埃玛却敏锐地捕捉到了其中的醋意。

她说:"他当然不会喜欢。你是他这里的神职学员,而我是这里的客人。即使我想跟你上床——事实上我不想——也是不合礼数的。"

这番话令他大笑起来,笑声是那么刺耳。他说:"礼数!是的,我应该考虑到这一点。这是我第一次因为这样的理由被拒绝：性道德。也许我们应该在道德教育提纲里加入这个方面的讨论。"

她又问："但是，你为什么还是要问？拉斐尔，其实你事先已经知道你会得到什么答案了。"

"我只是在想，如果我可以令你喜欢我——或者甚至对我有一点点爱意——我一定不会像现在这样处于混沌状态。一切都会好起来的。"

她更和蔼地说："但是事情不会这样的。如果生活处于混沌，我们是无法借助爱情的力量使之好转的。"

"但很多人都是这样做的。"

他们就这样僵持在南门外。埃玛转身准备进门。拉斐尔突然揽住她，抓住她的手，俯下身，亲吻了她的脸颊说："对不起，埃玛，我知道这样做不会有好结果的，但是仍旧抱有幻想。请原谅我。"

埃玛一直望着他转身经回廊跑出大铁门。她走进院子里，感到非常困惑，情绪低沉。她是否应该对他表现得更怜悯、更理解呢？他是不是很想向她倾诉？而她刚才是否应该鼓励他一下呢？如果他有什么不顺——她觉得他目前确实遇到了麻烦——依靠别人就能解决问题吗？可从某个角度来说，这不也正是当时她接受吉尔斯、跟他在一起的情形吗？她已经厌倦了被人强求，厌倦了别人以爱的名义索取感情，厌倦了由爱而生的嫉妒和冲突。她难道不是觉得以吉尔斯的社会地位和聪明才智，完全有条件给她一份至少是表面上的呵护？这样她可以专心于她生命中最重要的部分——工作。她现在意识到了自己当时的决定是错的，而且完全错了。她再回到剑桥的时候，会尽量坦然地面对他。但是她的离开是不会被原谅的——他不习惯被人拒绝——可她现在没有心思再细想这些事情了。未来要面对的伤害，跟今天发生在圣安塞尔斯的难以回避的灾难比起来不足挂齿。

13

快午夜十二点时，塞巴斯蒂安牧师给马丁牧师打电话，问是否可以跟他聊几句。他当时正在图书馆里写论文。塞巴斯蒂安牧师自从坐上院长的位置上以后，每次需要会见作为前任的马丁牧师的时候，总是亲自打电话给他，从不假他人之手。在一个全新且和以往不同的教区，塞巴斯蒂安牧师会很小心地避免处事不得体的失误。在大多数人看来，前任院长继续留在学院内做兼职教授是会引发很多麻烦的。卸任的院长通常都会考虑体面地离开，而且离神学院越远越好。马丁牧师没有离开，原本是因为院方要靠他为突然离职的神学讲师临时代课。后来由于院方和马丁牧师都比较满意现状，就一直留了下来。塞巴斯蒂安牧师也没有因此而受到束缚或者有任何难堪，他占据了前任在教堂高坛上的座位、入主了前任的办公室并重新做了布置、全面掌管各项事务并开展一系列精心策划的改革。马丁牧师则毫无怨言，轻松愉快，非常理解塞巴斯蒂安牧师的做法。塞巴斯蒂安牧师也从不认为任何人有可能对他的权威和他所发起的改革构成威胁。他未曾向马丁牧师透露过他的计划和想法,也从没咨询过其他什么人。如果他想了解以前的行政规则细节,会直接翻看过去的文件,或者让秘书找给他。这是一个充满自信的人,也许他可以毫不困难地让坎特伯雷大主教在自己手下就任一个低级职位。

他和马丁牧师之间的关系是互相信任、互相尊重的,对于马丁牧师来说,这里还包含着友情。马丁牧师在任职期间总是很难相信自己真的是院长。他诚意地接受塞巴斯蒂安牧师的继任,而且感到如释重负。即使他有时也渴望他们的关系可以再近一点儿,但这也不是他单方面可以做得到的。现在他被请来,坐在火炉边上他常坐的位置,看着塞巴斯蒂安牧师异常地惴惴不安。他忧心地意识到,塞巴斯蒂安牧师需要他——他的安慰、他的建议,甚至只是对他的焦虑表示同情。马丁牧师纹丝不动地坐在那里,口中默默地祈祷着。

塞巴斯蒂安牧师停下脚步,说:"执事长夫人十分钟前就离开这里了,他们的会面令人感到非常煎熬。"他补充说,"令我们大家都很痛苦。"

马丁牧师说:"这怎么能不令人痛苦呢?"

他在塞巴斯蒂安牧师的语气里洞察到了一丝愤怒,在执事长的种种错失之上还要加上一条——不替他人着想地在他的辖区遭人暗杀。这种令人羞耻的想法一闪而过,随之而来的是一个更不体面的念头:在邓肯的寡妇来因弗内斯城堡吊唁的时候,麦克白女士跟她说:"夫人,我和我丈夫对发生这样的悲剧表示遗憾。出事之前他在这里一直很愉快。我们做了所有可以做的,让陛下在这里感到舒服。"马丁牧师非常吃惊,可以算是震惊,这么荒谬的想法居然会跑到他的脑子里。他感到必须立刻剔除这些杂念。

塞巴斯蒂安牧师说:"她坚持要去教堂看看她丈夫遇害的地方。我认为这是不明智的,但达格利什警长还是答应了。她又指定要警长、而不是我陪她去。虽然这也很不合适,但我又认为权宜之计还是不要断然拒绝比较好。这就意味着她一定会看到《末日审判》。如果达格利什警长可以相信她会对《末日审判》的受损严守秘密,那为什么不能同样信任我的手下呢?"

马丁牧师并不想提示说那是因为执事长夫人不在受怀疑之列,而我们大家却都属于嫌疑犯。

塞巴斯蒂安牧师似乎突然意识到自己显得过于不安了,他走到马丁牧师面前坐了下来,说:"我不放心执事长夫人自己开车离开,我建议由史蒂夫·莫比陪她回去。当然,对他来说有点儿麻烦,他得坐火车回来,再在洛斯托夫特换乘出租车。但是执事长夫人宁愿自己回家。我也确实请她留下来吃午饭了。她可以在这里或者在我的公寓里安静地用膳,餐厅的确不太合适她。"

马丁牧师默默地表示同意。在餐厅和大家一起用餐对执事长夫人来说确实是件不舒服的事情。她会坐在众多有嫌疑的人当中,还要礼貌地互相递送土豆,甚至杀害她丈夫的凶手有可能就坐在她的身边呢。

院长说:"我担心我让执事长夫人失望了。有人曾经在这种场合说过很多非常贴心的话,但是现在听起来好像都没有什么意义。在她面前说些无关痛痒的话根本不会给她什么安慰。"

马丁牧师说:"牧师,您无论说了什么,都没有任何人可以比您做得更好了。在某些场合,人的心情是不能完全用语言表达出来的。"

其实他觉得执事长夫人不会喜欢、而且也真的不需要塞巴斯蒂安牧师用基督徒的坚韧来鼓励她,或者提示她对主的力量抱有希望。

塞巴斯蒂安牧师一直不安地在椅子上挪动着,他慢慢迫使自己安定下来,说道:"我没有和执事长夫人提起昨天午后跟执事长在教堂的争执。这只会给她徒添忧伤,没有任何好处。为此我感到非常后悔。执事长心怀愤怒地死去使我非常悲痛。对我们两人来说,都不是什么体面的事。"

马丁牧师温和地说:"牧师,我们并不能了解执事长临终时的心境。"

他耐心地继续陪着塞巴斯蒂安牧师,他说:"我觉得达格利什派他那些资历较浅的下属去问讯牧师们有些不妥。要是他本人能直接跟我们每一个人谈谈,应该更为理想。我自然非常配合他们的工作,也很确定这里其他人也都会跟我一样。我只是希望警察们能够开阔思路，尽管我也很不愿意相信耶伍德探员跟这件事有什么关系，但是也希望他们可以认为外来人在此作案也是很有可能的。耶伍德探员越早可以开口越好。我有些开始担心教堂是否真的可以重新开放。没有教堂，神学院几乎没有意义。"

马丁牧师继续说："我觉得我们不应该等《末日审判》被修复以后才开放教堂，但这可能不行。我的意思是，作为证据，警察可能需要教堂保持现状。"

"这太荒谬了。那些摄影师们应该已经拍了足够的照片。清理《末日审判》虽然很难——这得请专门的人来做——但它是国宝，我们不能让皮尔比姆用一罐松节油毁了它。在教堂重新启用之前，我们还要举行祭祀仪式。我已经去图书馆查询了教会法教规，但是几乎没有从中得到什么指导。法规第十五条提到了亵渎教堂的事情，但是没有给出如何让教堂恢复神圣的方法。当然我们可以遵循罗马教廷的习俗，但是看起来太过繁复，又不太合适。他们设计了这样一个过程：在教众走进教堂之前，主教戴着法冠，唱诗班、共同主持弥撒的教士和各教区的执事穿着符合各自身份的礼服，在一个持十字架的人的引导下先行进入。"

马丁牧师说："很难想象主教大人会愿意来参加这个仪式，不过，您可能已经跟他取得了联系，牧师？"

"是的，他会在星期三晚上到这里来。他想得很周到，觉得如果他太早过来，对我们和警察都不太方便。他当然也跟理事们沟通过了。我还有点儿拿不准他到了之后会跟我说些什么。圣安塞尔斯在这个期末就要关闭了。大主教希望我们可以将学员们安排到其他神学院去。他希望卡兹顿和圣史蒂夫可以接受他们，当然，这也不是完全没有难度的。我已经跟那几位校长联系过了。"

马丁牧师被激怒了，他哭着抗议起来，但是他的声音太苍老了，颤颤巍巍的，令人尴尬。"这太令人震惊了。只给了我们不到两个月的时间。那皮尔比姆、瑟蒂斯和那些临时工怎么办？大家很快会无家可归吗?"

"当然不会,牧师。"塞巴斯蒂安牧师的声音里透着不耐烦,"圣安塞尔斯作为一所神学院要在这个期末关闭,但在整幢建筑有新的归属之前,所有的员工都会继续在这里工作,那些临时工也一样。保罗·佩罗内特已经跟我在电话里交换过意见了,他会在星期二跟其他几位托管人一起来这里。他态度强硬,任何有价值的东西现在都不能挪出去,不管是学院里的,还是教堂的。阿巴斯诺特小姐遗嘱的意图是非常清楚的,但是相关人员法律地位的确定将会很复杂。"

马丁牧师是在成为院长的时候被告知了遗嘱中的规定。他当时就想过,我们这四名牧师都会成为有钱人的,但他并没有对别人讲过。他一直希望了解,会多有钱呢?这个想法让他觉得可怕。他感到自己的手在发抖,血管纹路中那些紫色的凸起和皮肤上褐色的斑点更像是由某种疾病引起的,而不是衰老的表现,他感到自己那一点残存的力量也渐渐衰退了。

马丁牧师望着塞巴斯蒂安牧师。他的脸苍白、隐忍,但看得出脑子里已经开始对未来进行盘算了。他从来不会悲伤、不会焦虑,可这次真是无法挽回了。塞巴斯蒂安牧师策划和安排的事情将一败涂地、陷入丑闻。他还是可以挺过来,但是现在,他第一次希望得到安慰。

他们沉默地对坐着。马丁牧师希望可以找到合适的措辞,但是没能找到。十五年来,没有人问过他的建议,没有人寻求过他的安慰、他的怜悯,还有他的帮助。现在,当他真正被需要的时候,却发现自己无能为力。他感到自己的失败不仅仅限于眼前,好像包含了他整个教士生涯。他为教区居民和圣安塞尔斯的学员们奉献了什么?善意、仁爱、忍让和理解,但是这些都是非常普通的善意行为。在任职期间,他是否改变过哪怕是任何一个人的命运呢?他想起曾经有个妇女在听说他要离开以前就任的教区时说过:"任何人都不会对马丁牧师是个好人产生异议。"现在对他来说好像是最严厉的指责。

马丁牧师坐了片刻后站起身来,塞巴斯蒂安牧师紧跟着起身,马丁牧师说:"牧师,你需要我去研究一下罗马教廷的习俗,看看我们是否可以借鉴他们的流程吗?"

塞巴斯蒂安牧师说:"谢谢,牧师,那太好了。"马丁牧师离开房间,静静地在身后将门掩上,塞巴斯蒂安牧师则回到桌子后面重又坐了下来。

14

第一个接受问讯的神职学员是拉斐尔·阿巴斯诺特。达格利什决定和凯特一起与他谈话。阿巴斯诺特并没有立即过来,罗宾斯将他领入问讯室的时候已经过了十分钟。

达格利什吃惊地发现,拉斐尔到现在还没有回过神来。他看起来和昨天在图书馆开会的时候一样震惊、一样悲痛。甚至也许在这期间,他感到他所处的环境充斥了更多的危险。他像一个老人一样僵硬地挪动了一下,并没有应达格利什邀请坐下来。他站在椅子后面,两只手紧紧地抓着椅背,突出的指关节跟他的脸一样惨白,金黄色的头发映衬着一张希腊式的脸,与墨黑的法衣形成强烈的反差,看上去有着某种等级式的距离感,又有点儿戏剧化的做作。

达格利什说:"昨天晚饭的所有人中,只有我不知道你不喜欢执事长,为什么?"

阿巴斯诺特没有料到谈话是这样开始的。凯特猜想,他也许认为谈话会从他比较熟悉的学院式的话题开始,从一些无伤大雅的关于个人背景的初级问题开始,然后逐步引向更尖锐的调查。他站在那里一动不动地盯着达格利什,一时语塞。

本以为从他那紧闭的双唇里是得不到什么回复了,但是当他开口时,声音却很平静。"我倾向于不谈论这个问题,难道你们了解我不喜欢他还不够吗?"他顿了顿又说,"我不仅仅不喜欢他,而且恨他。我无法摆脱对他的憎恨。我现在意识到了,也许我是把自己不能承认的、对什么人或者什么事的憎恨转移到他身上了,那也许是某个人、某个地方或者某个组织。"

然后他挤出一个悔恨的微笑,说:"如果塞巴斯蒂安牧师在这里,他也会认为我是在用一些不专业的心理学手段排遣我可悲的困扰。"

凯特开口了,声音出奇的温和。"我们知道约翰牧师曾被判有罪。"

达格利什在想,难道是他的错觉?他感到拉斐尔双手的紧张程度仿佛放松了一点儿。"当然,我一直都很蠢,我猜你们应该已经将我们都查遍了。可怜的约翰牧师。警察的电脑里从不记录什么好东西。所以你们知道执事长就是其中一个检方证人。就是他,而不是陪审团,将约翰牧师送入监狱的。"

凯特指出:"陪审团不会给犯人判刑,是法官。"好像担心拉斐尔会晕倒,她又补充说,"你为什么不坐下来,阿巴斯诺特先生?"

他迟疑了一下,坐了下来,努力使自己放松。然后说:"被人憎恨的人不应该被谋杀,如此一来,他们就会有某种不公平的优越感。我没有杀他,但是就像杀了他一样有犯罪感。"

达格利什说:"昨天晚餐时候你朗诵的特罗洛普那段,是你自己选的?"

"是的,我们一直自己选要朗读的内容。"

达格利什说:"一个完全不同的执事长,属于不同的年代。一个野心勃勃的男人,跪在垂危的父亲面前,请求他原谅自己一直盼着他死去。在我看来,执事长以为你是影射他的。"

"这就是我要的效果。"又一阵沉默之后拉斐尔说,"我一直在想,执事长为什么这么热衷于去追究约翰牧师的责任。那并不是因为他本人心情压抑,或者害怕同性恋曝光。现在我明白了,这是他在洗刷自己的犯罪感。"

达格利什问:"什么犯罪感?"

"我觉得这个问题你最好去问耶伍德探员。"

达格利什目前也不想在这个线索上追问下去了。他有太多的问题要问耶伍德。在他恢复健康、可以接受讯问之前,他还是要在不明朗的情势中摸索。他又问了昨天晚祷之后拉斐尔具体都做了些什么事情。

"首先,我回了自己的房间。晚祷之后,按规定我们原则上不应该再说话了,但是大家并不是特别严格地遵守着这个制度。禁语不代表两个人之间不能说话。我们并不像特拉普派①的僧人们那样,我们通常只是各自回房间,不再出来活动罢了。我在房间里看书、写论文一直到深夜十点半。昨晚窗外狂风怒吼——当然,你是知道的,警长,昨晚你也在这里——我想去主楼看看彼得·巴克赫斯特是不是还好。他患有腺热,虽有好转但仍很严重。我知道他害怕风暴,不是指闪电、打雷,或者大雨,只是害怕狂风大作的吼声。他七岁那年,母亲就是在一个大风天的夜晚,在他隔壁房间里过世的。从那时起,他就一直害怕狂风。

"你是怎么进到主楼里的?"

"和往常一样。我住的是北回廊的三号房间,我经过衣帽间,穿过大厅,上楼,到二层。主楼的背面有一间病房,彼得在那里已经住几个星期了。很明显他不想一个人孤零零的,所以我答应睡在那里陪他一晚。病房里还有一张床,我就睡在那儿。晚祷之后我其实已经跟塞巴斯蒂安牧师告假——我答应要去参加一个朋友的第一次弥撒,在科切斯特郊外一个教堂。但是我不想撇下彼得,所以决定今天早上早点儿出发。弥撒上午十点半才开始,所以我知道还赶得及。"

达格利什问:"阿巴斯诺特先生,今天早上在图书馆集合的时候,

---

①特拉普派(Trappist),一六六四年成立的西多会支派,以缄口等苦修闻名。

你为什么没有告诉我？我当时问过，是否有人在晚祷之后离开过自己的房间。"

"换了你，你会说吗？让学院里的每个人都知道彼得害怕狂风，对彼得来说岂不是很丢人。"

"你们在一起时都做了什么？"

"我们聊了一会儿天。然后我读书给他听，如果你感兴趣的话，是萨基①的一个短篇。"

"十点半左右你进入主楼之后，除了彼得·巴克赫斯特，你还见过其他人吗？"

"只有马丁牧师。晚上十一点左右他曾经来查过房，但没有停留。他也在担心彼得。"

凯特问："因为他也知道巴克赫斯特先生怕风吗？"

"马丁牧师总是能知道类似这样的事情。估计在这个神学院，只有我们两个知道这件事。"

"昨夜你是否曾经中途回过你自己的房间？"

"没有，如果我需要洗澡，病房中就有淋浴，我也不需要睡衣。"

达格利什又问："阿巴斯诺特先生，你是否清楚地记得你在去你朋友的房间时，将北回廊通向主楼的门锁上了？"

"非常确定。通常皮尔比姆先生晚上十一点左右关了前门之后，要查看一下所有其他的门。他也能证实当时那扇门是锁了的。"

"你在今天早上之前，没有再离开过病房，是吧？"

"没有，我整晚都在病房。我和彼得是午夜的时候熄了床头灯，准备睡觉的。我不知道他怎么样，反正我睡得很实，一直到凌晨六点半才醒，当时彼得还在沉睡。我在回房间的路上碰到塞巴斯蒂安牧师从办公室出来。他看见我时没有感到奇怪，也没有问我为什么还没有走。我现在才意识到，他当时满脑子都是其他事情。他告诉我去叫醒所有人，包括神职人员、学员、员工和客人，让大家七点半到图书馆集合。

---

①萨基（Hector Huge Munro, 1870—1916），笔名萨基，英国小说家。

我记得我还问过：'那早祷呢？'牧师说：'取消了。'"

达格利什问："牧师当时没有解释为什么要让大家集合？"

"没有，什么都没有说。我也是在七点半跟大家一起在图书馆时才知道发生了什么事情的。"

"你还有其他什么可以告诉我们的吗？任何有可能跟执事长谋杀案有关的事情？"

一时间双方再度陷入沉默，阿巴斯诺特死死地盯着放在大腿上的双手，过了好一阵，像是有了决定，他抬起眼睛，专注地望着达格利什，说："您问了很多问题，我能理解这是你们的工作。现在我可以问您一个问题吗？"

达格利什说："当然可以，尽管我不能保证一定可以回答。"

"是这样的，很显然，你们警察相信是昨夜在神学院内留宿的某个人刺杀了执事长。你们一定有原因这样认为。我的意思是，难道不像是有人夜闯教堂，也许原本为了偷盗，结果意外地撞到执事长？毕竟，这里并不安全。外人进入教堂院落应该没有什么困难。他也许还可以轻松撬开主楼的门，拿到教堂的钥匙。任何曾经在这里待过的人都应该知道钥匙放在哪里。所以，我只是不明白，你们为什么那么专注于怀疑我们——我的意思是，我们教士还有神职学员们。"

达格利什说："我们对究竟是谁谋杀了执事长仍旧抱持着非常开放的态度。我们不排除任何可能性，但是目前还不能告诉你。"

阿巴斯诺特继续说道："您看，我一直在想——当然，我们每个人都一直在想——如果是神学院里的人杀了执事长，那一定是我。因为没有任何人像我这样痛恨他。即使他们也恨他，但是都没有能力和条件杀死他。我在想，我是否可以神不知鬼不觉地干了这件事情呢？也许，我半夜起来，回自己的房间，刚好看见执事长来到教堂。难道我不会尾随他，跟他发生激烈争吵，最后杀了他？"

达格利什的声音非常平静而且漫不经心。"你为什么会这么想？"

"因为至少有这种可能性。如果你们认为这是内部人员作案，那还能是谁呢？更何况还有证据可以证明这个说法。今天早上在我打了一圈电话，通知所有人去图书馆之后，回到我的房间，发现昨晚曾有人来过。房间门口有一个小嫩枝。如果没有人动过，应该还在那里。现在你们封锁了北回廊，我也不能回去查看，我想那应该算是某种证据，但不知道是能证明什么的证据。"

达格利什问："你确信在你晚祷之后到彼得那里查看前，屋里肯定没有什么小嫩枝？"

"我确信没有，如果有，我一定会看见的。在我去了彼得那里之后，一定有人到过我的房间。也许是我在晚上的某个时候又回自己房间了，否则谁会在那么晚的时候，又是在那样一个风雨之夜去我的房间呢？"

达格利什说："你以前是否有过暂时性的健忘症呢？"

"没有，从来没有过。"

"而且你跟我们说的都是实话，你不记得你谋杀过执事长？"

"是的，我发誓。"

"我能说的是无论是谁承认自己谋杀了执事长，都一定非常清楚他或她自己在昨晚做了什么。"

"你的意思是我今早醒来的时候，手上还应该带着鲜血——真的是鲜血在我手上？"

"我的意思就是我所说的，今天就到这里吧。如果你待会儿想起什么没有提到的事情，请立即来找我们。"

谈话结束得很快，凯特注意到阿巴斯诺特还没有反应过来，双眼还在盯着达格利什，嘀咕了声"谢谢"，然后就离开了。

等他把前门关好，达格利什说："就是这样了，凯特。他要么是个完美的演员，要么是个忧心忡忡的无辜青年。"

"我觉得他是个很好的演员。长成他这个模样，也必须是个好演员。我知道这并不意味着他就有罪，但是他的故事确实编得很聪明，难道不是吗？他某种程度上承认了谋杀，然后希望可以了解我们到底掌握了什么。而且他和巴克赫斯特在一起，并不能成为有不在现场的足够证据；在那男孩睡着的时候，他可以轻而易举、蹑手蹑脚地从房间溜出来，拿了教堂的钥匙，然后打电话给执事长。我们也从贝特顿小姐那里了解到，他非常善于模仿声音；他完全可以在电话里假装是其他的牧师，而且如果有人在主楼里看见他，也都不会有什么疑心；即使巴克赫斯特晚上醒来可能发现他不在，也很难相信他会背弃朋友，把他一个人留在病房，所以也就容易感觉旁边的床上是有人的。"

达格利什说："接下来我们可以讯问巴克赫斯特，你和皮尔斯来做这件事。如果阿巴斯诺特拿了教堂的钥匙，他回来的时候为什么不将钥匙放回原处呢？除非我们确实相信杀害执事长的人很可能并没有回到学院，我们就要沿着这个思路继续分析。如果确实是拉斐尔杀害了执事长——在我们跟耶伍德交谈之前，他将一直作为我们的主要嫌疑人——最聪明的做法就是把钥匙扔掉。你们注意到没有，他一直没有提到耶伍德也有可能是嫌疑人。他不笨，他一定留意到了耶伍德失踪的重要性。他不会那么天真地认为警察就不可能成为凶手。"

凯特说："那他房间的那个小树枝呢？"

"他说还在那里，就应该一定在。问题是那个小树枝是怎么出现在他的房间的，什么时候出现的。这就意味着现场勘查小组必须进一步扩大范围，到阿巴斯诺特的房间搜索。如果他说的是实话——这倒是个奇特的故事——那这个小嫩枝将变得非常重要。可这宗谋杀案是经过精心策划的，如果阿巴斯诺特企图谋杀执事长，那他为什么要去彼得·巴克赫斯特的房间，将事情复杂化呢？如果他的朋友确实很害怕风暴，那他也很难留下他一个人离开。再说阿巴斯诺特也不能指望这个男孩一定会睡着，即使是到了半夜。"

"但是如果他想捏造一个不在现场的证据，彼得·巴克赫斯特也许是他唯一的选择。毕竟，一个病重而且受了惊吓的年轻人很容易混淆时间。如果阿巴斯诺特计划在午夜行凶，我们举例来看，他完全可以在两个人准备就寝的时候，轻声告诉巴克赫斯特当时已经过了十二点。"

"这是一种对他更加有利的假设，凯特——如果验尸官能够比较准确地告诉我们执事长遇害时间的话——否则阿巴斯诺特也只是没有不在现场的证据，学院里的每个人不都是这样吗？"

"包括耶伍德。"

"也许他可以告诉我们整个问题的关键。我们必须对他施加压力，但是得等他身体状态适宜接受讯问才能开始。我们有可能漏掉了至关重要的证据。"

凯特问："你不认为他也是个嫌疑人，长官？"

"就目前来看，他必须是我们的嫌疑人，但是成为事实的可能性很小。我不相信像他那样一个精神状态不稳定的人可以策划和实施这么复杂的一桩谋杀。如果他在圣安塞尔斯与执事长不期而遇的时候动了杀机，他完全可以将他杀死在床上。"

"但是这种假设也适用于每一个人，长官。"

"正是。我们得回到核心问题上来，为什么凶手要这样设计这场谋杀。"

一流克拉克和摄影师出现在门口。克拉克的表情庄严肃穆，仿佛正要进入教堂一般，他有好消息时候都是这个样子。他走到桌子旁边，将指纹的胶片排列开来：依次是一只右手的小指，然后是一个掌纹，再接下来是右手的拇指和四个其他手指的清晰指纹。在这些指纹的旁边，他又排列出标准的指纹样本。

他说："是斯坦纳德博士，长官先生。没有比这个再清楚的了。这个掌纹采自《末日审判》右侧墙的石头，另外一个指纹是在第二个箱凳的座位上。我们可以再去采集标准掌纹，但是根据我们掌握的材料，几乎没有这个必要了，也不用送去总部证实了。我很少能得到这么清楚的指纹呢。它是斯坦纳德博士的。"

15

皮尔斯说："如果斯坦纳德就是该隐，那我们的调查将是有史以来最短的一次。要回伦敦了，真遗憾。我已经迫不及待地想在皇冠酒店大吃一顿了，再在第二天早饭之前去海滩散散步。"

达格利什站在朝东的窗前，眺望着通往海边的岬角。然后转过身来说："我们得好好利用这条线索。"

他们从窗台下拖出一张桌子，安置在房间正中，后面放了两把直背椅子。斯坦纳德将被安排坐在桌子对面一个较低的扶手椅上。坐在那里他身体上会感觉很舒适，但是心理上会处于劣势。

大家一起安静地等着斯坦纳德。达格利什看起来完全不想说话。皮尔斯跟他一起工作了很久，知道自己什么时候应该保持沉默。罗宾斯一定费了很大劲儿才找到斯坦纳德，过了差不多五分钟，大家才听到大门打开的声音。

罗宾斯说："长官，斯坦纳德博士到了。"然后自己拿着记事本，默默地在房间的一个角落里坐下。

斯坦纳德步入房间，看起来神采奕奕，简单地回应了达格利什道的早安，环视房间，仿佛在寻找自己应该落座的地方。

皮尔斯说："斯坦纳德博士，请您坐在这里。"

斯坦纳德再次认真地环顾室内，仿佛刚才看得不够仔细，然后坐了下来，向后靠进椅子里。但好像突然意识到这个场合不应该坐得如此安逸，便重新挺直上身，搭坐在椅子边上，双腿交叉紧扣，双手放在上衣口袋里。他盯着达格利什，一副不知道发生了什么的样子，并没有那种武装到牙齿、准备周旋到底的架势。不过皮尔斯还是感到了他心底隐隐的一丝怨恨，他认为这其实是一种恐惧。

没有任何人在被牵扯进凶杀案调查的时候仍然保持镇定自若；即使是通情达理、愿意为公共事业作贡献、完全无辜的证人，都会对警察的侦讯产生怨恨，而且也没有人可以完全保持理智。通常那些很久以前发生的、很小的过失都会像带着污垢的泡沫一样浮出水面。即使这样，皮尔斯还是觉得斯坦纳德异常令人讨厌。他认为自己不光是对这人那向下的小胡子有偏见，他就是不喜欢这个人。斯坦纳德的鼻子过长、两只眼睛离得很近，脸上有很多深深的皱纹，都像是因为不满而产生的。这是一副从来不感到满足的人的脸，永远都觉得没有得到他该得到的东西。皮尔斯很是困惑，怎么回事呢？是没有如愿得到顶级的学位？还是没有得到牛津或剑桥的教职，而只是屈就于一所非技术性学院？他是少了权利，少了财富，还是少了他应得的性爱？其实他可能并不缺少性的享受，不计其数的女人都会被这种格瓦拉型的业余革命家所吸引。在牛津的时候，他的萝西不就是被这种长相的卑鄙小人拐跑的吗？他承认这就是他对斯坦纳德有偏见的原因。好在他工作经验丰富，足以让他有效地控制内心的情绪，承认了这种偏见的缘由，已经可以令他暗自满足了。

跟达格利什工作久了，他了解上司会如何处理这样的侦讯。皮尔斯会主导所有的问题，达格利什会在他想介入的时候提问。证人从来都摸不到侦讯的节奏。皮尔斯想知道，达格利什本人是否知道他自己板着面孔、沉默又警觉的样子多么有胁迫感。

皮尔斯做了自我介绍之后，便用平稳的声调开始了常规的提问。姓名、住址、出生年月、职业、婚姻状况。斯坦纳德的回复也都很简短。最后他说："我真不明白，我的婚姻状况跟这有什么关系。事实上，我有伴儿，是个女的。"

皮尔斯没有理会他的回答，继续问："先生，您是什么时候抵达这里的？"

"星期五晚上，来这里过周末的。计划今天晚餐之前离开。我想应该不会有什么原因令我今晚走不成吧？"

"您常来这里吗，先生？"

"应该算是。在过去的十八个月里，我周末的时候常常来。"

"能说得再准确一点吗？"

"我想差不多来过六次左右。"

"上一次来是什么时候？"

"一个月前，不记得确切的日期了。我也是星期五到的，住到星期天。但是跟今天比起来没有那么多戏剧化的变故。"

达格利什第一次提问："斯坦纳德博士，你来这里做什么？"

斯坦纳德张了张嘴，又顿了顿。皮尔斯想，他一定是想回答："我为什么不能来呢？"但是又觉得最好别这么说，否则有点儿像他精心准备过的回答。

"我在查找一本关于早期牛津运动人士的书。书里讲述他们的童年、青年、婚姻，甚至他们的家庭生活，旨在研究他们早期宗教信仰的发展和性取向。由于这里是圣公会高派教会的图书馆，对我的研究是很有帮助的。我也得到了在这里借阅的许可。我的祖父是塞缪尔·斯坦纳德，是斯坦纳德、福克斯和佩罗内特在诺里奇律所的合伙人。该所自圣安塞尔斯成立以来就一直是它的法务代理，在这之前曾为阿巴斯诺特家族提供服务。我来这里既可以做研究，又能过个愉快的周末。"

皮尔斯问道："研究进展到什么阶段了？"

"还处于初期阶段，我并没有很多可以自由支配的时间。与你们通常以为的相反，教授们的工作负担很重。"

"但是你应该随身带着你的论文吧?这是你目前为止所做工作的一个证据。"

"没有,我的论文在学院。"

皮尔斯说:"你来了这么多次——我想你已经把这图书馆里可能给你提供帮助的资料都找到了。你为什么不去其他图书馆呢,比如牛津大学图书馆?"

斯坦纳德反感地回应:"除了牛津大学图书馆也还有其他的图书馆。"

"是啊,牛津还有蒲塞馆。我相信那里一定有很多值得关注的关于牛津运动人士的书。那里的图书馆对你应该也很有帮助。"皮尔斯转向达格利什,"布卢姆斯伯里区的威廉姆斯博士图书馆现在还有吗,长官?"

就算达格利什想回应,斯坦纳德也没等他开口就直接插话说:"我选择在哪里搞研究究竟关你们什么事?如果你想在我面前显示伦敦警察厅偶尔雇了几名受过良好教育的警官,那就可以省省了,我完全不觉得这有什么特别的。"

皮尔斯说:"我们只是想帮忙罢了。这么说过去十八个月里你来了这里六次,都在图书馆里搞研究,还有享受周末、养精蓄锐。克拉普顿执事长以前来过这里吗?"

"没有,这个周末我是第一次见到他。他是昨天才到的。我不知道具体几点钟,但我第一次见到他是在下午茶的时候。下午茶设在学员们的起居室内。我四点钟到的时候,屋子里已经满是人了。我记得好像是拉斐尔·阿巴斯诺特把我介绍给那些我不认识的人,但当时我没有什么兴致跟大家交谈,于是就拿了杯茶和几块三明治去了图书馆。那个又老又蠢的佩里格林牧师当时在图书馆看书,他抬起头来,伸长脖子示意图书馆里不许吃东西,于是我就直接回自己房间了。我第二次看见执事长是在晚餐的时候。晚餐之后到晚祷之前我一直在图书馆工作。我是一个无神论者,所以没有去参加晚祷。"

"那你是什么时候知道凶杀案的?"

"今天早晨七点前，拉斐尔·阿巴斯诺特打电话通知让大家七点半到图书馆集合。我通常并不关心有什么人要做什么发言，好像我们又回到了学校一样，但是想到能了解一下都有什么事情发生了也好。就谋杀案来说，我只知道你们通报的那些。"

皮尔斯问："你以前参加过这里的任何礼拜或祭祀活动吗？"

"从来没有，我来这儿是因为这里有这个图书馆，而且我想要一个安静的周末，不是来参加礼拜的。这里的牧师们都没有觉得这样有什么不妥，为什么你们这么关心这个问题？"

皮尔斯说："哦，是的，斯坦纳德博士，我们的确得关心这个。你的意思是说你从来没有到过教堂里面去？"

"不是，我不是说我没进过教堂。别将你的想法强加给我。我也会在某次来的时候，因为好奇去教堂里面参观。我当然看见过里面是什么样子，尤其是《末日审判》，我对它有些兴趣。我刚才是说我从来没有参加过礼拜。"

达格利什正看着他眼前的一张纸，这时他抬起头来，问道："斯坦纳德博士，你最后一次进入教堂是什么时候？"

"我不记得了。为什么要记得这个？反正不是这个周末。"

"那么在这个周末你最后一次见到执事长是在什么时候？"

"晚祷之后，大概十点一刻的时候，我听到有些人从教堂回来。我当时正在学员起居室里看录像。电视里没有什么节目好看，但是学员们有些录像带堆在那里，于是我选了《四个婚礼和一个葬礼》来看。其实我以前看过这部电影，但是觉得值得再看一遍。执事长推门看了一眼起居室，我当时对他并没有什么热情的反应，所以他就走了。"

皮尔斯说："那就是说你可能是在他死前最后一个看见他的人，或者至少是最后一批人中的一个。"

"这样你就怀疑我？我不是最后一个看见他活着的人，那个凶手才是，我没有杀他。我得重申多少遍啊，我从来就不认识这个人，没有跟他发生过争吵，昨晚也没有靠近过教堂，晚上十一点半我就上床睡觉了。看完录像，我就从南回廊回到我自己的房间。当时风声最劲，也实在不适合去呼吸海风，所以我就径直回了自己的房间——南回廊的一号房间。"

"当时教堂里有灯光吗？"

"我没有留意到有灯光。我想想……当时没有看到任何灯光，神职人员的房间和客房都没有亮着灯。只有那些回廊上有昏黄的一点儿亮光。"

皮尔斯说："希望您了解，我们需要尽可能地掌握执事长被害前几个小时里发生的所有事情。您可曾听到或者注意到什么特别的现象？"

斯坦纳德苦笑了一下说："我可以想象这里有无数的事情在发生，但是我没法猜测大家都在想什么。我确实感觉到执事长在这里并不受欢迎，不过据我所知也没有人威胁要杀他。"

"下午茶你们被介绍认识之后，你可曾跟他交谈过？"

"只是在晚餐的时候请他把黄油递给我。他递给我了，但是我并不擅长没话找话，于是就专心吃饭喝酒了。这里的气氛不怎么样，相比之下食物和酒还是不错的。那其实并不是一顿愉快的晚餐。没有通常的那种大家聚在一起，在主的光环下共进晚餐的气氛——或者说，在塞巴斯蒂安·莫里尔的光环下，在这里那是一回事。你的上司当时也在呀，他可以告诉你那顿晚餐的情景。"

皮尔斯说："长官先生确实在，也看到了当时的状况，我们现在是在问你的想法。"

"我已经告诉你了，不是什么愉快的晚餐。神职学员们都显得闷闷不乐，塞巴斯蒂安牧师主持晚餐的态度虽有礼节，但是冷冰冰的。还有些人总是管不住自己要盯着埃玛·拉文汉姆看，我这么说可没有谴责他们的意思。拉斐尔·阿巴斯诺特选了特罗洛普的作品读了一段。我知道特罗洛普不是什么小说家，但是对我来说听一下也无伤大雅。不过对执事长来说可就不是这么回事了。如果阿巴斯诺特想让执事长难堪，那他可算是找对机会了。一个人很难在双手发抖、看起来就要吐在盘子上的时候还装着在享受晚餐。饭后大家鱼贯去了教堂。我最后一次见到执事长就是他到学员起居室看到我正在看录像的时候了。"

"晚上你没有听到或者看见什么可疑的事情？"

"我们在图书馆的时候，你已经问过我这个问题了。如果我看见或者听到什么可疑的事情，我早就告诉你了。"

这次是皮尔斯再问这个问题："这个周末您从未踏入过教堂一步？无论是为了参加礼拜祭祀还是为了任何其他什么原因。"

"我究竟得说多少遍呢？回答是没有，没有，没有，没有。"

达格利什抬起头来，看着斯坦纳德的眼睛。"那么你又如何解释我们在紧挨着《末日审判》的墙边和第二排的箱座里发现了你清晰的指纹呢？椅子下的尘土被蹭掉了。鉴定专家很可能会在你的衣服上找到那些尘土的痕迹。执事长进入教堂的时候，你是否就藏在那个椅子下面？"

这个时候，皮尔斯看到了真正的恐惧。像往常审问其他嫌疑人的情形一样，他彻底丧失了斗志，完全没了那种因为没有露出破绽而有的得意，只剩下羞耻。这种恐惧可以使一个嫌疑人完全处于劣势，可以令一个被调查对象从一个正常人变为一个受惊的动物。斯坦纳德看上去显得渺小了很多，像是一个瘦弱的营养不良的孩子坐在一张过大的椅子里。

他的双手还插在上衣口袋里。现在他企图用这双手环抱身体，薄薄的斜纹呢料被抻拉着，皮尔斯觉得他好像听到了斯坦纳德衣服内衬接缝裂开的声音。

达格利什平静地说："证据确凿，你从一进屋就一直在撒谎。如果你没有谋杀执事长，从现在开始你最好对我们说实话。全部从实招来。"

斯坦纳德没有说话，而是把双手从口袋里拿了出来，扣在一起放在大腿上，低垂着头，看起来像是个在祈祷的教徒。很显然他正在思考着什么。所有人都默默地等待着。最后他抬起头来，开腔了。很显然他已经控制住了自己极端恐惧的情绪，准备反击了。皮尔斯听到了一种固执和自大混和在一起的腔调。

"我没有杀害执事长，你无法证明是我干的。好了，我承认我一直撒谎说没有去过教堂,但这也是很自然的反应。如果我照实讲,你们会很快将我锁定为第一嫌疑人。对你们来说也是个很省事的做法,难道不是吗?你们最不希望的就是怀疑圣安塞尔斯的人。我简直是这桩谋杀案再合适不过的嫌疑人了,那些牧师们都是神圣的。但是我没有杀人。"

皮尔斯说:"那么你去教堂做什么?你该不会认为我们相信你是去那里祈祷的吧?"

斯坦纳德并没有回答。他好像是在让自己坚强起来,因为已经逃不掉了,他必须为此作出解释;或者他是在措辞,找到最有说服力、最合理的词汇。再开口的时候,他小心地选择回避达格利什的目光,死盯着远处的墙面,控制着声调,但是明显带着执意为自己辩护的感觉。

"好吧。我承认你们有权得到解释,我也有责任告诉你们,但我完全是无辜的,我跟执事长的死毫无关系。我希望你们能保证对我们这次谈话的内容保密。"

达格利什说:"你知道我们不能保证这一点。"

"瞧,我已经跟你说了,这跟执事长的死没有关系。我昨天才认识他,以前从来没有见过他。我跟他没有什么过节、没有理由希望他死。我反对暴力,我是个和平主义者,这不仅仅是我的政治信仰。"

达格利什说:"斯坦纳德博士,请回答我们的问题,你为什么要藏在教堂里?"

"我正在试图向你解释。我是去找东西的。一份被少数几个知情人士常常用来作为参考的、圣安塞尔斯的古代莎草纸文献。该文献号称是由彼拉多公开签署给卫队长、要求从十字架上取下一个政治犯尸体的指令。这样你就很容易理解这个文献的重要性了。这个文献当年是由圣安塞尔斯的创始人阿巴斯诺特小姐的弟弟交给他姐姐的,一直由这里的院长保管。传说这个文件其实是伪造的,但是由于没有人见过,也不可能拿去做科学鉴定,所以这个谜一直没有解开。很显然,任何一名真正的学者都会对这个文献感兴趣的。"

皮尔斯说:"你本人就是个例子?看不出你还是个前拜占庭手稿方面的专家呢。你不是个社会学家吗?"

"那也不妨碍我对教会历史感兴趣啊。"

皮尔斯继续说:"所以,知道不会有人给你看这个文件,你就决定去偷?"

斯坦纳德非常恶毒地看了一眼皮尔斯,极尽讽刺地说:"我相信法律意义上盗贼应该是企图获取并长期占有他人财物的人。您作为一名警官,想必应该知道这些。"

达格利什说:"斯坦纳德博士,你的无礼也许是很自然的,也许这种幼稚的方法可以让你放松紧张的情绪。但是在涉及谋杀案的侦讯时,这种放纵是失策的。所以——你到教堂去了,你为什么认为文献是藏在教堂里的呢?"

"教堂是个顺理成章的地方。我已经在图书馆的书里面搜过了——佩里格林牧师永远待在那里,什么都知道,却假装什么都不知道。我至少是在这样的情况下尽可能地搜了,但现在我觉得是该把注意力转移到其他地方的时候了。我突然想到文献也许会藏在《末日审判》后面,所以我昨天下午去了教堂。学院在星期六的午后通常是非常安静的。"

"你是怎么进去的?"

"我有钥匙。上个复活节之后我来这里,绝大多数神职人员都放假走了,拉姆齐小姐也不在。我从办公室外间借了两把钥匙:一把丘伯保险锁的、一把耶鲁锁的,在洛斯托夫特配了一套。钥匙有几个小时不见了不算丢,如果有人发现我持有这些钥匙,我就准备说是我在南回廊上捡到的——任何人都有可能把钥匙丢在那里。"

"你倒是想得很周详。那么现在这些钥匙在哪儿?"

"今天早上塞巴斯蒂安·莫里尔发布了这个爆炸性的消息后,我认为如果让人发现我有这些钥匙会很麻烦,就把它们扔了。我小心地把上面的指纹擦掉,埋在悬崖边的草丛里了。"

皮尔斯说:"你还能找回来吗?"

"也许能。不过可能得花点儿时间，但我记得埋钥匙的地方，大概十码的范围内。"

达格利什说："那你最好把钥匙找回来，罗宾斯警员会跟你一起去的。"

皮尔斯问："如果找到文献，你准备拿它干什么？"

"复制一份。写一篇文章，在大报上和学术媒体上发表。我打算让它进入公用领域——像其他所有具备这么重要价值的文献一样。"

皮尔斯说："为了钱，为了学术上的荣誉，或者是想一举两得？"

斯坦纳德看着皮尔斯的眼神非常恶毒。"如果我可以按照我的想法出一本书，当然会很赚钱。"

"金钱、名誉、学术声望，你的照片被印在报纸上。不用有这么多好处就可以去谋杀。"

斯坦纳德还没有来得及反驳，达格利什就说："那么我可以认为你并没有找到文献。"

"没有。我带了一把长的木质裁纸刀，准备用它将可能藏在《末日审判》和教堂墙壁之间的东西弄出来。我站在椅子上向上够的时候，听到有人进来，于是赶紧把凳子放回原处，然后藏了起来。很显然你们已经知道我藏在哪儿了。"

皮尔斯说："第二个箱凳。像是小学生的把戏，不丢人吗？为什么你不直接跪下来呢，不，也许你装成祈祷的样子也没人信。"

"或者直接说我拿了教堂的钥匙？已经够奇怪的了，那好像不是个办法。"他转向达格利什说："但我可以证明我说的是真话。我没有亲眼看见是谁进入了教堂，但他们向中庭走去的时候，我清楚地听到是莫里尔和执事长的声音。他们在就圣安塞尔斯的未来争吵。我甚至可以重复他们之间的大部分对话。我通常很容易记住对话，他们俩说话的时候也没有压低声音。你们想在这所学院里找出对执事长不满的人并不难，他威胁要把圣坛上面的那幅画移出教堂，这还只是他想做的很多事中的一件。"

皮尔斯的口气听起来好像是真的感兴趣一样。"如果他们正好察看了椅子下面，发现了你，你打算怎么解释呢？我的意思是，很显然你对任何状况都做过周详的思考，想必对此也准备了说辞？"

斯坦纳德像是被一名没什么出息的小学生的愚蠢问题给打扰了："这个假设太愚蠢了。他们为什么要突然检查坐椅下面，就算是检查，他们为什么要双膝跪地趴在地上查看呢？他们如果真的这么做了，我当然就会处于一个尴尬的境地。"

达格利什说："你现在就处在尴尬的情形下，斯坦纳德博士。你承认了你进入教堂企图找到莎草纸文献，但没有成功。我们怎么能确定你没有在昨晚再次潜回教堂呢？"

"我向你保证我没有。除此之外，我还能说什么？"随后他又忽然加了一句，"你们也不能证明我昨晚回去过。"

皮尔斯说："你提到你用了一把木质裁纸刀去刺探《末日审判》后面的东西。你确定这就是你用过的所有工具？你难道没有在大家都去晚祷的时候，去厨房拿了把刻刀？"

现在斯坦纳德小心伪装的冷漠、无法掩饰的好斗和自大，都变成了赤裸裸的恐惧。他的嘴唇异常红润潮湿，嘴唇周围的皮肤呈现出一圈白晕，突出的双颊丧失了血色，变成了不健康的灰绿色。他突然用力将整个身体都转向达格利什，几乎带翻了椅子。"我的上帝呀，达格利什，你一定要相信我啊。我没有去厨房。我不可能用刀刺向任何人、甚至任何动物。太荒唐了，对我做这样的假设太令人震惊了。我只进过教堂一次，我对天发誓，而且就只拿了把木质裁纸刀。我可以给你看，我现在就去拿。"

他从椅子上直起半个身子，用焦灼的眼光扫过对面的每一张面孔。没有人说话。然后他带着一点希望和得胜的喜悦说："还有一件事，我想也可以证明我没有再去教堂。大约十一点半的时候，我打过电话给我在纽约的女朋友。我们的关系已经发展到如胶似漆，几乎每天都打电话。我当时用的是我的手机，我可以给你看她的号码。如果我在策划谋杀执事长，我就不会在电话上跟我的女友聊上半个小时了。"

"不会，"皮尔斯说，"如果策划了谋杀，你不会的。"

达格利什盯着斯坦纳德那双恐惧的双眼，知道眼前这个人几乎已经可以被排除嫌疑了。斯坦纳德完全不知道执事长是怎么死的。

斯坦纳德说："我应该在明天上午回到学校去，原计划今晚走的，皮尔比姆会开车送我去伊普斯威奇。你们不能将我扣留在这里，我没有做错什么。"

看到大家仍旧没有反应，他用和解和气愤参半的口气补充说："你看，我带着护照呢。我总带着护照，我不开车，所以护照算是我身份的唯一证明，我可以把护照留在这里，这样你们应该可以让我按时离开了吧？"

达格利什说："塔兰特探员会负责这件事情，他会给你写张收条。调查还没有结束，但是你可以走了。"

"我想你会告诉塞巴斯蒂安·莫里尔都发生过什么事情吧？"

"不，"达格利什说，"由你去跟他说。"

16

达格利什、塞巴斯蒂安牧师和马丁牧师聚集在塞巴斯蒂安牧师的办公室。塞巴斯蒂安牧师几乎记得他和执事长对话的每一个字,他像背诵一样重述着当时的对话,但达格利什还是留意到了他语气里的一丝自我厌恶。重复完当晚的谈话,院长陷入了沉默,没有做任何解释和提出任何脱罪的借口。在整个重述的过程中,马丁牧师一直坐在壁炉边上的椅子里,低垂着头,一动不动,专注得好像在听教徒的忏悔。

达格利什停顿了一下,说:"谢谢,牧师,您说的跟斯坦纳德博士说的基本一致。"

塞巴斯蒂安牧师说:"如果我介入了您的职权范围,请您原谅,但是如果斯坦纳德昨天下午曾经藏在教堂里,并不意味着他晚上不会再回去呀。我能认为您通过对他的侦讯,已经排除了对他的怀疑了吗?"

达格利什并不想透露斯坦纳德谈话间显示出他根本不知道执事长是怎么死的这一点,他只是好奇塞巴斯蒂安牧师是否已经不记得丢失钥匙的重要性了。院长说:"当然,如果他复制了钥匙,就不需要再去办公室偷了，但是他也可能这么做，从而轻易将大家的猜疑引向其他方向。"

达格利什说："我们可以这样假设，毕竟凶杀显然是经过预先策划的，并不是凶手的一时冲动。斯坦纳德并没有被排除嫌疑——现阶段谁都不能——但是我已经跟他说他可以离开了，我想您可能希望在他离开之前再跟他碰个面。"

"是的，一开始我们就怀疑他来这里的动机。怀疑他表面上是为了研究早期牛津运动人士的个人生活，其实另有目的。佩里格林牧师尤其不信任他。但是他的祖父是从十九世纪以来就为我们神学院提供法律服务的律师行的资深合伙人。他对神学院的贡献很大，我们不想令他的孙子失望。也许执事长是对的，我们太敏感了，以至于要受制于过去。我与斯坦纳德最初的会面感觉很不舒服。他的态度张狂而狡猾。他赋予了他的贪婪和欺诈一个并不是不多见的幌子：历史研究是单纯的。"

马丁牧师一直都没有开口，他随达格利什默默地走到办公室外间。来到外面后，他顿了一顿说："您想看看圣安塞尔斯的那份莎草纸文献吗？"

"是的，非常想。"

"就在我的起居室里。"

他们经旋转楼梯来到钟楼。从那里看出去，风景特别壮丽。只是房间不是很舒服。里面的家具都是旧得拿不出手，但扔掉又可惜的那种。其实即使这样也可以营造出一种愉悦的温馨气氛，但是眼前只有压抑沉闷的感觉。达格利什甚至怀疑马丁牧师是否留意过这些。

面北的墙上挂着一幅小小的镶着褐色皮框的宗教油画。很难看得清楚，不过第一眼望过去颇具艺术感。油画已经退色，变得模糊不清了，连圣母和孩子的轮廓都不甚清晰。马丁牧师取下油画，滑动画框上沿，取出画卷，露出下面两块长方形的玻璃，玻璃中间像是夹着一个厚厚的纸板，皱皱的，边缘很多处破损。纸板上有几排潦草的黑色字母。马丁牧师没有将东西拿去靠窗的地方，所以除了标题，达格利什也很难辨认出其他那些拉丁字母。右上角有一个圆形的标记,但是恰恰那里又破损了。他能清楚地看到的是芦苇叶子编成的十字图案。

马丁牧师说:"阿巴斯诺特小姐接手之后只鉴定过一次。毫无疑问,这是公元一世纪的文献。她的弟弟,埃德温,轻而易举就可以得到这件东西。你也许知道,她弟弟是古埃及学者。"

达格利什说:"他为什么要把这个东西交给他的姐姐?无论用意怎样都有点儿奇怪。如果他伪造了这份文件来让他姐姐的宗教信仰蒙羞,为什么还要秘密收藏?如果是真迹,把它公诸于世岂不是更好。"

马丁牧师说:"这正是我们一直当它是赝品的原因之一。如果它是真品,那么这个发现本身已经会让他取得名誉和声望了,为什么要送给别人呢?当然,他也许是希望他姐姐销毁这份文献。他或许已经留了照片,如果她真的销毁,就可以指控神学院故意损毁如此重要的文献,所以她如此处理这件事是比较明智的。而她弟弟的动机就不是特别好解释了。"

达格利什说:"还有一个问题,为什么彼拉多一定需要把命令白纸黑字地落成文字,他说一声不就行了?"

"那可未必。我倒不认为这有什么难以理解的。"

达格利什说:"但无论如何,这是可以弄清楚的,如果这是你所希望的。就算是这个文献是公元前的,那也可以用炭测试的方法来确定墨迹的年代。我们现在可以知道真相。"

马丁牧师小心翼翼地重新将油画安置到画框里,挂回原处,后退一步,端详了一下,看挂得是否周正,然后说:"亚当,那么你是相信真相不会造成伤害。"

"不能这么说,但我相信我们需要查找真相,无论我们所发现的真相是多么的令人不快。"

"追查真相,那是你的工作。其实你永远不会追查到全部事实,怎么可能呢?你是个聪明人,但你所有的努力也不能带来公正。公正也分凡人的公正和上帝的公正。"

达格利什说:"我没有那么自大,牧师。我的抱负也就止于凡人的公正，或者说我所能做到的最大限度的公正。甚至这也不受我控制。我的工作只是抓到嫌疑人，是陪审团来决定嫌疑人是否有罪，由法官来决定刑罚。"

"结果就是公正的吗？"

"不总是，甚至也不经常是，但是在这不完美的现实世界里，这也是我们能够做得最好的了。"

马丁牧师说："我不否认真相的重要性，我怎么能否定这一点呢？我只是想说对真相探究的过程可能非常危险，甚至当真相大白于天下的时候，它本身也可能是有危害的。你建议我们应该把圣安塞尔斯的这份文献拿去鉴定，通过炭测试来辨明真伪，但是这也不能使大家停止争论。有人会说这个文献太像真的了，一定是早年原件的复制品；也有人会选择根本不相信专家的鉴定。我们未来很多年都将需要面对诽谤式的辩论。而该文献的神秘性会一直存在，我们可不想制造出另一个都灵裹尸布[①]。

还有一个问题是达格利什一直想问的，但一想到可能的答案，以及问题被如实回答可能会引起的痛苦，他就又有些犹豫了。"牧师，如果这份文献被拿去鉴定了，而且我们很大程度上能确认它就是真迹了，那会对您的信仰有什么影响吗？"

马丁牧师笑了笑说："我的孩子，对于一个把每一分钟都已奉献给主的人来说，怎么会在乎凡间发生的事情呢？"

在楼下的办公室里，塞巴斯蒂安牧师要求埃玛过来见他。埃玛在椅子上坐定之后，牧师说："我觉得你可能希望尽快回到剑桥去。我已经跟达格利什打了招呼，他不反对你离开。我认为只要有人想走，他目前是没有权利扣留任何人的。更何况警方也知道日后如何跟大家取得联系。当然牧师们或者神职学员如果想离开也是没有问题的。"

[①]都灵裹尸布，相传耶稣在十字架上被钉死之后、复活之前，尸体就是用它包裹、下葬的。它并非唯一如此声称的圣物，世界各地大约有四十条声称与耶稣尸体有过零距离接触的裹尸布。都灵裹尸布之所以出名，在于据称在它上面印有耶稣身体的轮廓，至今许多人相信它是真品。

埃玛没有意识到自己的声音因愤怒到极点而显得特别尖锐。"您的意思是您和达格利什先生已经一起讨论过我应该或者不应该做什么了。难道这不该由我自己参与决定吗?"

塞巴斯蒂安牧师低头沉默了片刻,然后抬起头来望着埃玛的双眼说:"对不起,我表达得比较笨拙。事实不像你想象的那样。我是觉得你一定很想离开这里。"

"但是为什么?为什么您会这么想呢?"

"我的孩子,这里发生了谋杀案。我们当中有人是凶手,我们必须面对现实。当然没有理由怀疑大家待在圣安塞尔斯一定会有危险,但是目前这里也绝非一个快乐宁静的地方了。"

埃玛用轻柔的声音说:"这也不意味着我就想离开。您对我们说过应该尽量维护神学院的正常活动。那么我认为我就应该留下来,将我负责的三场研讨会进行完,这些都跟警方没有关系。"

"确实没有关系,埃玛。我跟达格利什打招呼,是因为我知道我们俩迟早要沟通此事。这之前,我希望可以跟他确认我们大家是否真的可以随时离开这里,否则问你的想法也是没有意义。请原谅我过于谨慎,我们总是在某种程度上受制于自己的教养,我本能地会想到先让女人和孩子们脱离风险。"他微笑着调侃道,"我夫人就曾对我这种习惯颇多微词。"

埃玛问道:"那皮尔比姆夫人和凯伦·瑟蒂斯呢?她们要离开吗?"

他犹豫了一下,露出一个自嘲的苦笑,把埃玛都逗笑了。"哦,您不是要跟我说她们也没事儿,因为有您这个男人可以保护大家吧!"

"不,我不准备再继续得罪大家。瑟蒂斯小姐已经跟警方说她要留在她哥哥身边,直到警方抓到凶手。她会在这里住一段。我看她将是保护神的角色。我也建议皮尔比姆夫人去跟她某个已婚的儿子住上一段时间,但是她却刻薄地反问我,说:'那谁来做饭?'"

一股不安涌上心头,埃玛说:"对不起,我刚才反应过激了。我一直都太自私了。如果我离开,可以令您或者任何人的处境轻松些的话,我当然会离开的。我不想成为大家的负担,不想给您平添焦虑,可我一直只顾着自己的想法了。"

"那么就请留下吧。你在这里，尤其是在未来三天，这也许会令我焦虑，但是却会给大家带来不可估量的慰藉和安宁。这里的人一直都非常喜欢你，埃玛，现在这里也很需要你。"

他们再次四目相对，埃玛非常清楚地看到了牧师眼中的欣喜和安慰。她将目光移开，因为她留意到他也许在她的眼神里洞悉到了一丝不太能接受的情感：同情。她思忖着，他已经不年轻了，这一切对他来说太可怕了，也许他毕生为之奋斗和由衷热爱的一切就要终结了。

17

圣安塞尔斯的午餐比晚餐简单得多。通常是一道汤,接着是几种有冷餐肉的色拉,最后是一道热的素菜。与晚餐一样的是,大家多数都默默地用餐。对埃玛来说,今天的沉默尤其受用,她觉得在场的其他人也是这样想的。这一小群人聚在一起的时候,沉默好像是对刚发生的惨剧唯一可能的反应,这件事异乎寻常的恐怖,甚至无法用语言表达,让大家完全不能理解。

在圣安塞尔斯,沉默总是受大家欢迎的,比起那些例行的发言要强得多。沉默使这顿午餐显得跟平时一样。但是大家都吃得很少,就连皮尔比姆也只喝了半碗汤就将碗推开了,惨白着一张脸,像个机器人一样愣愣地东张西望。

埃玛原本想回安布罗斯工作,但也知道自己现在无法集中精力。很难说清楚是为什么,总之她决定去看看乔治·格列高利是否在圣路加。他并不是在她每次来的时候都住在圣安塞尔斯,他们很合得来,但从来没有发展出男女私情。她现在需要在圣安塞尔斯找个人,跟这里又没有什么关系的人说说话,这样她就不用小心掂量所说的每一个字了。找人聊聊这桩凶杀案可以让她放松一下,比独自烦恼要强得多。

圣路加的门开着,格列高利在。她快到木屋的时候就能清楚地听到他在听亨德尔的音乐。她自己也有一盒同样的带子,那是男高音詹姆斯·鲍曼①在唱《绿树成荫》。声音优雅纯美、清澈悠长,飘荡在岬角上。她等到乐曲结束,抬手准备扣门环的时候,格列高利已经招呼她进来了。她穿过整整齐齐堆满书的书房,来到正对着岬角的玻璃屋。他在喝咖啡,浓郁的香气充溢着整个房间。埃玛在神学院那边饭后根本没有等到喝咖啡就离席了,但当他请她来一杯的时候,她欣然接受了。他在矮矮的柳条椅边上放了一个小茶几,她靠在椅背上,很高兴自己来了这里。

她来的时候脑子里很混乱,但她是有话要说的。她端详着他倒咖啡的样子。山羊胡使他的脸看起来险恶而狡猾,那是一张她一直都觉得虽不很迷人、但是非常英俊的脸。他的额头高耸,额前乌黑的头发有规则地起伏着,仿佛用电滚筒烫过一样。薄薄的眼皮遮掩着一双游戏人生、玩世不恭的眼睛。他很会照顾自己。她知道他每天都坚持跑步,除了一年里最冷的那几个月之外,还坚持游泳。当他把咖啡递到她手上的时候,她又看见了他从来没有去主动掩饰的残疾:左手第三个手指的半截在他年少的时候因事故被斧子切去了。他们首次碰面的时候,他就跟她解释了当时的情况。她留意到他强调那是个事故,而且是他自己犯错造成的而不是天生的。埃玛当时就很奇怪,他为什么对这个几乎没有给他带来任何不便的缺陷这样耿耿于怀。

她说:"有件事情我想请教一下——不,说得不准确——有件事情我需要跟你聊聊。"

"诚惶诚恐。但为什么要跟我聊?找个牧师岂不是更合适?"

"我不能拿这件事去麻烦马丁牧师,而我也知道塞巴斯蒂安牧师会说什么——至少我觉得我知道,虽然有时候他也会让我吃惊。"

---

① 詹姆斯·鲍曼(James Bowman, 1941—),英国歌唱家。

格列高利说:"但是,如果是属于道德范畴的问题,他们才是专家呀。"

"我想这算是一个道德层面的问题——至少是有关伦理——但我不确定我是否需要专家的意见。我们应该多大程度地配合警方的工作?我们应该告诉他们多少呢?"

"这对你来说是个问题,是吗?"

"是的,是个问题。"

他说:"我们也得具体看待。我想你一定希望抓到杀害执事长的真凶,对此你没有什么别的想法吧?你不觉得在某种特别情况下,凶手应该可以被赦免?"

"不,我绝没有这个意思。我希望每一个凶手都可以被绳之以法。我不确定警方抓到凶手之后会把他们怎么样,但是即使我对凶手抱有某种同情——也许甚至是怜悯——我也还是希望能够抓到他们。"

"但是你并不想在抓捕他们的过程中出一分力?"

"我只是不想让无辜的人遭遇不幸。"

"哦,"他说,"但是你不能避免这种事情发生,达格利什也不能。凶杀案的侦察总会伤及一些无辜的人。你担心的是哪一个无辜的人呢?"

"我不能说。"

一阵沉默,然后她说:"我不知道为什么要拿这件事情来烦你。也许是我需要跟某个并不真正属于神学院的人谈谈。"

他说:"你跟我谈是因为我对你来说并不重要,我对你没有构成异性间的吸引力,无论你说了什么都不会改变我们之间的关系;我们之间也没有什么需要改变的。你认为我聪明、诚实、处乱不惊,足可以令你信任。这些都是事实,而且刚巧你也不认为我会是杀害执事长的凶手。你完全正确,我的确没有杀他,他活着的时候对我来说没有什么实质上的影响,他死了就更不关我事了。出于好奇,我承认我很想知道谁是凶手,但也仅限于此了。我也想知道执事长是如何被害的,但是你又不会告诉我,我也不会问出口等你拒绝我。当然,我算是被牵扯到凶杀案里了,我们这里的每一个人都算涉案了。达格利什还没有派人来找我去接受问讯,但是我不会自欺欺人地认为在他眼里我的嫌疑就少些。"

"那么他如果问你,你会怎么说呢?"

"我会诚实地回答他的每一个问题,不会撒谎的。如果被问到如何看待某件事情,我会小心作答。我不会妄下论断,也不会主动讲没有被问到的事情,当然更不会企图做警察应该做的工作。上帝知道,他们都领很高的薪水。我会牢记在回答问题的时候不要画蛇添足,因为话一出口就收不回来了。这就是我打算要做的。达格利什或者他的那些手下传唤我的时候,我也许会表现出特别自大或者好奇的样子,避免发表我的个人意见。这样对你有帮助吗?"

埃玛说:"所以你的意思是不撒谎,但也绝对不多说。如果被问及什么问题就如实回答。"

"差不多是这个意思。"

接着她问了一个自他们首次见面她就想问的问题。今天看起来倒是个合适的时候。"你并不同情圣安塞尔斯,是不是?是因为你本身不是信徒,还是你认为他们其实也不能算是真正的信徒?"

"哦,他们信念笃定,只是他们所信奉的内容变得并不重要了。我不是指那些道德说教——基督的遗产创造了西方文明,我们应该为此心存感激——但是他们为之奉献的圣公会却正在没落。当我注视着《末日审判》的时候,我试图去理解它对十五世纪的人来说意味着什么。如果人生苦短、充满痛苦,你就需要来自天国的希望;如果没有行之有效的法律,你就需要来自地狱的震慑。教堂给了人们安慰、光明、美好的蓝图、动人的故事和永生的希望。而二十一世纪的人们可以以其他的方式得到安宁。比如说足球,它有其固有的形式、色彩、内容和归属感;足球也有主教,甚至有殉教者。除此之外我们还有购物、艺术、音乐、旅行、酒精、毒品。我们每个人都有自己的方式去逃避人类的两大恐惧:对周围的世界感到厌倦和自知人总有一死。现在——感谢上帝——让我们有了互联网。按几个键就可以找到色情文学。如果你想找到恋童癖的圈子，或者查查如何制造个炸弹把与你意见相左的人崩上天，都变得易如反掌。当然还有其他无限的信息，其中甚至还有一些是准确的呢。"

埃玛说："但是当所有这些都令人失望的时候呢，甚至包括音乐，诗歌，艺术？"

"这样的话，亲爱的，我会转向科学。如果我最后的寄托也变得非常令人生厌的话，我会依赖吗啡和医生。或者我会游向大海深处，最后去看一眼那里的天空。"

埃玛问："你为什么留在这里？为什么你当初会接受这份工作？"

"因为我喜欢教授聪明的年轻人古希腊文。你又为什么会在学校工作？"

"因为我喜欢教授聪明的年轻人英国文学，当然这只是部分原因。我的确时常在想自己应该做些什么，我可能比较合适从事一些原创性的工作，而不是去研究他人的创造性。"

"陷入学术丛林的泥潭难以自拔了吧？我一直很小心地避开这些。这个地方非常合适我。我有足够的钱，可以不用做全职工作。我在伦敦也有另一番生活——是这里的牧师们不可能认同的生活——但是我喜欢这种强烈对比中的刺激。同时，我也需要宁静，需要宁静来写作和思考。那么我就来这里，而且不会有人滋扰。我借口说只有一间卧房来推掉访客。只要我愿意，也会在神学院吃饭，这里的食物和葡萄酒总是高品质的，甚至有时还会是令人难以忘怀的。跟大家的交谈通常都很有启发性，很少会感到无聊乏味。我喜欢一个人独自散步。这种荒凉的海岸生活对我来说再合适不过了。学院提供免费住宿和日常生活所需。同时他们也可以用低得可笑的薪水换取我提供的常规标准的教学，否则他们需要斥重金来吸引教职人员到这里。可这个凶手将会令现状难以持续，嗯，我真的开始怨恨他了。"

"想到有可能是这里我们认识的某个人行凶，我就感到非常害怕。"

"内贼，就像我们可敬的警察们所说的那样。一定是的，对不对？得了，埃玛，你不是个胆小的人。面对现实吧，哪个强盗会在漆黑的风雨夜里大老远地开车来这么偏僻的教堂?在这里他最多只能偷走募捐箱里那几个没用的硬币。其实这里的嫌疑人并不算很多。亲爱的,你不能算是一个嘛。当然,最早抵达犯罪现场的人在侦探小说里通常都是嫌疑最大的——如果真是这样,我们就得说这里的牧师们都逃不了干系——但你是可以认为自己已经被排除嫌疑之外了。那就剩下昨晚住在这里的那些神职学员们和另外七个人:皮尔比姆、瑟蒂斯还有他妹妹、耶伍德、斯坦纳德和我了。我猜即使达格利什也不会真的怀疑这里的牧师们,虽然他有可能在心里保留这种微小的可能性,尤其是他如果还记得帕斯卡①箴言的话。"人在为宗教信念而干坏事的时候最投入,也最尽兴。"

埃玛不是很想跟他讨论牧师们是否有嫌疑。她只是安静地说:"当然皮尔比姆一家也应该被排除在外。"

"他们不太像凶手,我承认这一点,但是我们其实也没有什么人真的像凶手啊。不过一想到这么好的厨师会被判处无期徒刑就会令我感到忧伤。好吧,就不怀疑皮尔比姆一家了。"

埃玛本来还想说那四个驻场的神职学员也应该被排除在外的,但是她打住了。她担心随后会听到她不想听的话。转而说:"当然你也不是个嫌疑人。你没有理由憎恨执事长,事实上,凶手可能会直接使圣安塞尔斯的关闭快速变为现实。这难道不是你最不希望发生的事情吗?"

"但是迟早都得关。圣安塞尔斯支撑了这么久也算是奇迹了。不过你说得对,我没有理由希望执事长出事。如果我有能力杀人的话——当然不是指正当防卫的那种——我情愿杀了塞巴斯蒂安·莫里尔。"

"塞巴斯蒂安牧师?为什么?"

"很早以前的积怨了,是他令我没能成为牛津大学全灵学院院士。现在这件事并不重要了,但是在当时对我来说是件大事。唉,那时候当然是大事。他曾经针对我的新书写了一篇恶毒的评论,几乎挑明了说我是剽窃。我当然没有,只是有一些词语和情节的巧合罢了。但当时

---

①帕斯卡(Blaise Pascal,1623—1662),法国著名的数学家、物理学家、哲学家和散文家,近代概率论的奠基者。

这些流言飞语和诽谤对我成为牛津大学全灵学院院士是相当不利的。

"这太可怕了。"

"也不尽然,这种事情时有发生,你要知道,这是每一名作者的噩梦。"

"但是他为什么给了你这份工作?他一定也还记得以前的事情。"

"他从来没有提过那件事情。也许他是忘了。当时那对我来说非常重要,但很明显,对他来说并不算什么。即使我申请这份工作的时候他已经记起了当年的事情,但我觉得当他看到能为圣安塞尔斯找到我这么出色的教师,而且还这么划算,也就不会有什么顾虑了。"

埃玛没有回应。望着她低垂的头,格列高利说:"再来杯咖啡?然后你可以告诉我最近剑桥的一些传闻八卦。"

18

当达格利什致电乔治·格列高利要求他去圣马太时，格列高利说："我原本以为我可以在自己的房间里接受问讯。我正在等我代理人的电话，她有我房间电话的号码。我非常不喜欢带手机。"

在星期天等一个业务上的电话，这在达格利什看来不大可能是真的。似乎是觉察到了他的怀疑，格列高利补充说："我原本是计划明天中午在伦敦的常青藤餐厅跟她吃午饭的。我现在觉得这不太可能了，即使可能也不太方便了。所以我想通知她，但是未果。我在她的答录机里留言请她回电话。很显然，如果我在今天或者明天早上之前接不到她的电话，我就必须回伦敦了。我想应该没人反对吧？"

达格利什说："我目前没有什么理由反对。我只是希望大家可以留在圣安塞尔斯，一直到第一阶段侦察工作结束。"

"我保证不是想逃跑。而且恰恰相反，人不是每天都能有机会感受跟自己无关的凶杀案带来的刺激。"

达格利什说："拉文汉姆小姐可不会觉得这种刺激有什么好的。"

"当然,这个可怜的姑娘,她见过尸体了。如果没有亲眼见过,谋杀只是让人听起来恐怖的事情而已,比真的看到更能体会到阿加莎·克里斯蒂的意味。我知道想象中的恐惧远比真实的恐惧更骇人,但我并不相信那是真实的谋杀。任何人都不能在看见被谋杀的尸体后还能将影像从头脑中彻底驱除。那么你会来我这边的吧?谢谢。"

格列高利的表述是相当残酷无情的,但他并不是完全错误的。在达格利什刚由一名初级警官被任命为刑事调查局探员、第一次蹲跪在那个一生都不会忘记的受害者尸体旁边的时候,他感到愤怒、怜悯,同时震惊于凶手的破坏力。他真不知道埃玛·拉文汉姆是怎么挺过来的,他是不是可以、或者应该做点儿什么来帮她渡过困难的时刻。但也许不需要,她很有可能会认为他的这种努力对她是一种侵犯或者硬要她领情的一种示好。在圣安塞尔斯,除了马丁牧师,她大概找不到什么人可以让她倾诉早上在教堂看到的那一幕。马丁牧师,这个可怜的人,看起来更需要安慰和支持而不是给别人以安慰和支持。她当然可以选择离开——心里装着秘密离开,但她不是一个会选择逃避的女人。为什么他并不认识她,却非常清楚这一点呢?达格利什毅然地将埃玛的问题临时驱出头脑,集中精力处理手头的事务。

他也很愿意去圣路加见格列高利。按理说,他不会去神职学员的房间或者他们觉得方便的地方去问讯他们,如果大家能来他这里接受侦讯,是更妥当的、更有效率和更节省时间的。但是在格列高利自己的房间里会很放松,嫌疑犯在放松的情况下,就容易放下伪装。他可以在很自然的状态下仔细审视对方的房间,这样可以比问他一堆问题还更能全面地了解他。图书、照片、艺术品的摆放有的时候比言语更能说明问题。

当达格利什和凯特随格列高利一同进入左手边的客厅时,他再次为这三幢木屋各自独特的内饰所打动。皮尔比姆的房间透着家庭愉悦安逸的气氛;瑟蒂斯那个精心整理过的工作室弥散着原木、松节油和宠物食品的味道。而这一间,一看就知道是位学者的生活空间。整个木屋被改造得刚好能够体现格列高利的两大主要爱好：古典文学和音乐。房间前部顶天立地摆了整面墙的书架，他还在华美的维多利亚式壁炉上方挂了一幅皮拉内西①的画《康斯坦丁拱门》。很显然对格列高利来说，书架的高度要设计精准，刚好合适摆放不同大小的书是非常重要的——这也是达格利什的癖好——整个房间笼罩着一种柔和的、闪耀着的金色与褐色皮革制品交相辉映的丰富色彩。一张线条简单的橡木书桌上放着电脑，一把办公用的椅子摆在窗户下面，木质的百叶窗里面没有挂窗帘。

他们穿过宽阔的门廊，来到房屋的延伸部分，这基本上就是从整个木屋伸向户外的一个玻璃屋。这里就是格列高利的起居室了：几把轻便舒适的藤条椅、一组沙发、一张咖啡桌，最里面还有一张稍大一点的圆桌，书和杂志高高地堆在上面，看上去也像是依照不同大小有序摆放的。玻璃屋顶和四壁都装有遮光的百叶窗。达格利什想，这在夏天可是非常重要的。即使现在，朝南的房间也已经相当暖和了。窗外是荒凉的灌木丛，再远处可以看到岬角上大树的树梢，东面则是北海翻滚着的灰色巨浪。

低矮的椅子实在不利于警察的讯问，但好像也没有其他什么可以坐的地方。格列高利的椅子朝南，他向后靠着椅背上的头枕，伸着两条长腿，像个花花公子一样悠然自在。

达格利什开始提问了。他认真调阅过对方的档案，已经基本掌握这些问题的答案了。格列高利档案里的个人资料比起那些神职学员的要少得多。第一份文件是从牛津基布尔学院写来的一封信，信中清楚地说明了他是怎么来到圣安塞尔斯的。达格利什几乎能毫无困难地回忆起信上的每一个字。

现在布拉德利终于退休了（你到底是怎么劝他的？），有传言说你在找人顶替他的职位，我想问你是否考虑过乔治·格列高利？

---
①皮拉内西（Giovanni Battista Piranesi，1720—1778），意大利雕刻家和建筑师。

我知道他现在正忙着一本新的译作,是欧里庇得斯①的作品,想找一份兼职的工作,最好是在乡下,这样他可以有一个安静的环境继续这项大工程。你没有更好的选择了,他确实是名优秀的教师。学者们常常并未发挥出他们的潜能。他不是那种最容易相处的人,但是我认为他合适你那里的工作。上个星期五他来我这里吃饭,跟我提了一下。我没有对他做出任何承诺,但是答应看看你这里的情况。我猜薪水待遇是他考量的因素之一,但绝不是主要因素。最重要的是他可以有私人空间和安宁的环境。

达格利什说:"你是一九九五年受邀来这里的。"

"可以说是被物色来的。学院需要一名经验丰富的老师,既懂希腊语同时又懂希伯来语,而我又刚好需要一份兼职,尤其是在乡下、可以提供住宿的工作。我在牛津有一幢房子,目前出租出去了,租客很可靠,而且租金也很高。我不想改变这么好的租赁状况。马丁牧师一定会认为我能来这里教书是学院的幸运,而塞巴斯蒂安牧师则可以为自己增添一个运用自身影响力为他和神学院牟利的实例。我不可以代表圣安塞尔斯说什么,但是我想大家都会对这个安排感到满意。"

"你第一次见到克拉普顿执事长是什么时候?"

"他第一次来这里的时候大约是三个月前,他被指派为托管人的时候,我记不清具体的日期了。两个星期前他又来了一次,最后则是昨天的这次。第二次来的时候,他费了些劲才找到我,询问了一些我受雇于这里的具体条件。我感到如果不是我们之间的对话太令人沮丧,他可能还会盘问我的宗教信仰问题——如果我有信仰的话。我首先建议他去找塞巴斯蒂安·莫里尔查问我的状况,随后又表现出了完全不愿意合作的态度,他只好去找下一个比较容易对付的倒霉蛋——瑟蒂斯,我猜。"

"那这次呢?"

---

①欧里庇得斯(Euripides,前485或480年—前406年),与埃斯库罗斯和索福克勒斯并称为希腊三大悲剧大师,他一生共创作了九十多部作品,保留至今的有十八部。

"这次我是在昨天晚饭的时候才见到他。那不是一次令人愉悦的晚餐,您自己当时也在场,您看见听见的跟我一样,也许更多。晚餐之后我没有等餐后的咖啡就回这里了。"

"那接下来整个晚上呢,格列高利先生?"

"都在我自己的木屋里。看看书,修改一下译稿,批改了六份学生论文。然后听听音乐,昨晚听的是瓦格纳,最后上床睡觉。帮你省省你的问题吧,我昨晚任何时候都没有离开过我的房间,也没有看见什么人,除了暴风雨,也没有听见什么声音。"

"你什么时候知道执事长被杀的事情的?"

"七点差一刻的时候,拉斐尔·阿巴斯诺特打电话过来说塞巴斯蒂安牧师召集所有住在圣安塞尔斯的人,七点半准时在图书馆集合。他没有做任何解释。直到我们大家按指令集合之后,我才知道凶杀案的事情。"

"你当时什么反应?"

"很复杂,我想主要是感到很震惊,难以置信。我并不真正认识这个人,所以没有理由感到悲伤。教堂图书馆里的那一幕倒是很特别,相信一定是莫里尔设计的,我想肯定是他的主意。我们所有人站在那里,像是一个要解体家庭的成员在等着宣读遗嘱。其实应该说我最开始的反应确实是感到一种震动,肯定是的。但只是震动,没有惊奇。我一到图书馆看见埃玛·拉文汉姆那张脸,就意识到一定有严重的事情发生了。我想我猜到了,在莫里尔开口之前,我就知道他要说什么了。"

"你知道克拉普顿执事长在圣安塞尔斯并不特别受欢迎吗?"

"我试图远离神学院内部的政治斗争,像这样又小又偏远的地方总是谣言暗讽的温床。但我耳不聋眼不瞎,我猜我们中的大多数人都知道圣安塞尔斯前途未卜,而克拉普顿执事长就是来决定让它尽早关闭的人。"

"关闭这里会给你带来不便吗?"

"我不会希望这里关闭,我来这里没多久就已经意识到有这种可能了。但是考虑到圣公会的行动速度,估计这里再撑十年是没有问题的。到时我会为失去我的小木屋而感到遗憾,尤其是我出钱修建的那个延伸出来的阳光房。这个地方太合适我的工作了,我会不舍得走的。当然,也可能不一定要离开。我不知道教堂会如何处置这些房子,这不是特别容易出售的房产。也许可以买下我住的小木屋,不过现在想这么多都为时过早了。我甚至不知道这些小木屋归教堂管委会还是归主教教区所有。他们的那个领域我完全不熟悉。"

这就是说,格列高利要么完全不知道阿巴斯诺特小姐的遗嘱内容,要么就是在小心地不让自己知道的事情泄露。目前看来没有什么新的收获,格列高利已经蹭到扶手椅的边缘了。

但达格利什并没有结束他的问题,他说:"罗纳德·特里夫斯是你的学生吗?"

"当然,我教授所有学生古希腊文和希伯来文,除了那些修读牛津大学经典课程的学员。特里夫斯之前拿到的是地理学学位,所以从零开始学了三年希腊文。哦,我忘了,您本来就是来这里调查他的死因的。现在这件事相比之下就不那么重要了,是不是?不管怎样,这事从来都没什么重要的。更合乎逻辑的判决应该是自杀。"

"这是你看见尸体时的想法吗?"

"这是我第一次有时间冷静思考时得到的结论。是叠好的衣服给我的启发,一个要去攀崖的年轻人是不会以一种宗教仪式般的庄重来叠放自己的斗篷和法衣的。他星期五晚上晚祷之前来我这里接受过私人辅导。他看上去跟往常一样,也就是说他显得不是特别愉快,话说回来,他也从来没有特别愉快过。除了关于他最近的一些翻译功课之外,我不记得我们都谈了什么。之后我就直接去伦敦了,晚上住在我家小区的会所。星期六下午我驱车返回神学院的路上,门罗夫人把我拦住了。

凯特问:"他是个什么样的人?"

"罗纳德·特里夫斯?木讷、勤奋、聪明——但是可能不像他自己想象的那样聪明——没有安全感,对于一个年轻人来说这点尤其不能让人接受。我相信他父亲在他的生活中起主要作用,这包括他的职业选择。如果他不能在他父亲所从事的领域里取得成就，那么具体做什么工作对他来说都没有什么区别了。我们从来没有讨论过他的私人生活。我有我的原则，不介入任何一名神职学员的生活。那会很麻烦的，尤其是在这么小的一所学院里。我来这里是教授他们希腊文和希伯来文的，不是来研究他们的精神灵魂的。当我说我需要个人空间的时候，就是想远离人际关系的压力。顺便问一句，你们什么时候打算将谋杀案公之于众？我的意思是，我猜媒体很快就会开始关注这里发生的事情了。"

达格利什说："很显然我们不能确定可以一直保守秘密。我正在跟塞巴斯蒂安牧师讨论这件事，看看公关部门是否可以帮得上什么忙。可以对外公布的时候，我们会召开新闻发布会的。"

"今天也不会限制我回伦敦去吧？"

"我没有权利不让你走。"

格列高利慢慢地站起来，说："都一样，我想我会取消明天的午餐约会。我有种感觉，留在这里比枯燥地讨论我出版人的过失，以及合约的细节更加有趣。我猜你不希望我跟对方解释为什么要取消午餐吧。"

"目前来说，不解释会对整件事很有帮助。"

格列高利挪向门口说："真是遗憾，其实我很想解释说我不能来伦敦跟你一起午餐了，因为我现在是一桩谋杀案的嫌疑人，正在接受审讯。再见，长官。如果您还需要我，来这里就可以找到我。"

19

像早上开始工作之前一样,侦查小组聚集在圣马太交换意见,结束一天的调查。只是现在他们的两个房间比早上要舒适了:倚在沙发上,靠在摇椅里,喝着今天的最后一杯咖啡,该评估一下全天的工作进展状况了。打给克拉普顿夫人那通电话的时间和地点都查过了。最后一个电话是用安装在皮尔比姆夫人客厅外面走廊墙上的自助付费电话打的,时间是晚上九点二十八分。这就又多了一条线索,一条非常重要的线索。说明警察们最早的怀疑是完全有可能的:凶手就在圣安塞尔斯内部。

皮尔斯顺藤摸瓜,说:"如果我们猜得没错,打那个电话的人后来又打了执事长的手机,这样,去参加晚祷的人就不在被怀疑之列了。那就剩下瑟蒂斯和他的妹妹、格列高利、耶伍德探员、皮尔比姆一家和埃玛·拉文汉姆了。我猜我们没有人会真的认为拉文汉姆博士会是凶手,我们又觉得斯坦纳德作案的可能性不大。"

达格利什说:"虽然不是完全没有可能,但我们也没有权利扣留他,而且我非常肯定他不知道执事长是怎么死的。不过这也不一定说明他不曾涉案。他不是圣安塞尔斯的人，但也不是个疯子。"

皮尔斯说："还有一个情况，阿巴斯诺特是在祭祀就要开始的最后一分钟到达圣器室的。我是从塞巴斯蒂安牧师那里了解到的，他当然不知道这对我们来说也是一条非常有用的线索。罗宾斯和我已经试验过了，长官。我们俩都可以在十秒钟内从大门沿南回廊跑出去，穿过庭院。他完全有时间可以打过电话再于九点半的时候出现在教堂。"

凯特说："这很冒险，是不是？有可能会被什么人看见。"

"在夜里？就靠那南回廊那点微弱的灯光？谁会在那里看见他呢？大家都应该在教堂了。风险并不高。"

罗宾斯说："我想现在就将每一个在教堂里的人都排除嫌疑是否还为之过早呢？假设该隐还有个帮凶，目前尚无证据显示这是一个人独立作案的。每一个在晚上九点二十八分已经到了教堂的人，都不是那个打电话的人，但不能说明他们一定不会参与作案。"

皮尔斯说："一个同谋？那倒是有可能。反正这里很多人都恨他。甚至可以是一男一女合作的。我和凯特讯问瑟蒂斯的时候，明显感到他们在掩盖什么。埃里克看上去很害怕。"

唯一让人产生兴趣的嫌疑人是凯伦·瑟蒂斯。她一直称两人在晚上任何时候都没有离开过圣约翰。他们一起看电视到十一点，然后就上床睡觉了。凯特问他们如果半夜的时候他们其中一个人离开房间，而另外一个人是否可能浑然不觉呢？她回应说："你们不如就直接问我们是否有人半夜起来走入暴风雨，杀害了执事长，这是非常粗暴无礼的。我们没有，如果你认为是埃里克有可能在我不知道的情况下出去，那我可以告诉你，不可能。如果你一定要知道原因，我可以告诉你，我们是睡在同一张床上的。事实上我是他同父异母的妹妹，即使我真的是他妹妹也不关你们的事。你们是来调查凶杀的，不是来追查乱伦的。"

达格利什说："你们俩都相信她说的是实情？"

凯特说："看一眼埃里克的表情你就知道了，不知道他妹妹是否预先已经告诉他，她将会这么说，但很显然他不喜欢她的解释。这很奇怪，是不是？她还要专门告诉我们，其实她完全可以说风暴让他们难以入睡，整晚基本上都醒着，这样就足以算做他们俩都不可能出现在犯罪现场的证据了。好了，我想她是一个喜欢让人吃惊的女人，但是她也用不着告诉我们他们之间乱伦的奸情啊——如果真有此事的话。"

皮尔斯说："这显示她极想提供他们不在现场的证明，是吧？好像他们事先已深思熟虑，决定要讲出事实，因为迟早他们需要在法庭上如实陈述，才能摆脱干系。"

现场勘查小组除了在拉斐尔·阿巴斯诺特北回廊的房间里发现了那个小嫩枝之外，没有找到其他什么更有价值的东西。经过一整天的调查，达格利什已经非常确定这个小树枝的重要性了。如果他的假设成立，它将是一件非常重要的证据。但是他认为现在就提出他的想法还为之过早。

大家一起讨论了对每一个人的问询结果。除了拉斐尔，住在学院里的和住在小木屋里的人都称自己在晚上十一点半之前就上床睡觉了。尽管中间有人被狂风惊醒，但确实都没有听见或者看见其他什么可疑的事情。塞巴斯蒂安牧师一直都很配合调查工作，但是态度总是冷冷的。只是有一点，他一直尽量收敛着对由达格利什的下属来主持对他询问的不满。最后干脆直接说，他只有很短的时间等达格利什来，但实际上这很短的时间已经足够大家提问了。院长的情况是这样的：晚上十一点之前都在给神学期刊写文章，然后例行小酌了一杯威士忌，十一点半就睡下了。

贝特顿牧师和他的姐姐看书一直到十点半，随后贝特顿小姐又煮了两杯热可可。皮尔比姆一家则是在风雨夜里一边喝着热茶一边看电视。

晚上八点钟，一天的调查工作结束了。现场勘查小组一行人回酒店去休息。凯特、皮尔斯和罗宾斯也互道了晚安。明天凯特和罗宾斯还要开车去阿什科姆收容所，看看有没有什么玛格丽特·门罗在那里工作时的情况。达格利什则将他觉得有用的几张纸小心地锁在自己随身的公文包里。然后穿过岬角,走进西庭,回到杰罗姆。

电话铃响了,是皮尔比姆夫人打来的。塞巴斯蒂安牧师说达格利什警长想在自己的房间吃晚饭,汤、沙拉、冷餐肉和一些水果就行。如果这就够了,皮尔比姆将很愿意给他送过来。不用出去吃饭,达格利什自然表示了一番谢意。不消十分钟,皮尔比姆端着晚餐来到他的门口。他猜皮尔比姆一定是不想让他太太在黑夜里穿过院落,哪怕是很短的一段也让人不放心。达格利什看着他非常熟练地将桌子从墙边拉开一点儿,然后将晚餐有序地铺排好。

皮尔比姆说:"您吃完,就请将餐具都放在门口吧,我过一个小时来取。"

暖壶里盛着稠稠的蔬菜通心粉汤,通心粉看上去很像是自制的。皮尔比姆太太在旁边配了一碗意大利碎干酪。热面包裹在餐布下面,边上是黄油,盖子下面有沙拉和上等的火腿,还有一瓶波尔多红葡萄酒,估计是塞巴斯蒂安牧师送的。没有酒杯,达格利什也不想一个人独饮,就顺手放在了橱柜上。饭后达格利什给自己弄了杯热咖啡。他将用完的餐具摆在房门外,没几分钟,就听到了回荡在北回廊石板地上的皮尔比姆沉重的脚步声。他开了门,道了谢,说了晚安。

他感到异常疲惫但精神却非常亢奋,这样是很难入睡的。窗外寂静得可怕,学院在黑暗中的剪影清晰可见,烟囱、钟楼、炮塔都完整地映在灰色的天幕中。蓝白条的警戒线还拦在北回廊的柱子上,地面的落叶已经清理干净了。南回廊门上的夜灯发着微弱的光,映得庭院里的鹅卵石熠熠闪亮,看上去泛着不自然的紫红色,像极了甩在墙上的一抹红油漆。

达格利什坐下来想看看书,但是周围安静得让他没法读下去。究竟是怎么回事呢,他琢磨着。为什么待在这个地方,总觉得好像自己的生活在接受某种审视。他回想起自妻子死后这么多年的独身生活。他不愿被打扰,泰晤士河边高层上那间整洁的公寓在他夜晚回家的时候还和他早上离时一样。他难道不更是借着工作的繁忙来回避再次陷入爱情吗?他并不是一个没有尊严的旁观者,他的工作不但使他可以保有自己的私人空间，同时还提供给他了解他人隐私的借口——这甚至可以说是他的职责所在。对一名作家来说这可是个优势。但这样是不是有些不光彩呢？如果长期脱离真实的生活，是否会陷入沉闷，甚至丢失了鲜活的精神——牧师们所说的灵魂——呢？恍惚间，六节诗句浮现在头脑中，他拽了张纸，扯成两半，写道：

死亡墓志铭

入土时能有睿智于胸，
六英尺深三英尺宽的泥穴中，
手不能伸，唇不能动，
再没有情感债务的痛，
不再能见，不再能懂，
这是人生自足的最终。

犹豫了一秒钟，他在下面潦草地添了一笔"对马维尔的歉意"。回想当年这种调侃的打油诗他可以张嘴就来的，如今却要绞尽脑汁，字斟句酌。自己的生活中究竟还有什么是可以自然而然的呢？

他告诫自己这种自省开始变得有些危险了。他得离开圣安塞尔斯才能摆脱。上床前他需要一个人出去走走，好让自己放松一下。于是他关上杰罗姆房门，经过安布罗斯——房间的窗帘拉得满满的，没有透出一丝光线。他打开大铁门，坚定地向南朝大海走去。

20

阿巴斯诺特小姐规定所有神职学员的房门不能上锁。埃玛不知道她在担心什么,这样做除了会让大家常被推门而入的人打扰之外,没什么别的作用。也许害怕门里面可能发生性事,还不愿意面对?可能就因为这个规定,结果连神学院的客房也都没有门锁。因为没有上锁的传统,所以在学院里也找不到门锁和门闩。皮尔比姆一整天都在忙,没有空去洛斯托夫特买,更何况星期天也未必有商店会开门。塞巴斯蒂安牧师问埃玛搬去主楼是否会感觉安全一点儿,但是她不想让大家看出自己有些神经过敏,所以很坚定地跟牧师说,她仍然住在原处,完全没有问题。塞巴斯蒂安牧师也就没有再问了。但晚祷之后当她回到自己房间,看见门锁仍旧没有装好,又实在不好意思再去找牧师,承认自己确实害怕、改变主意想搬去主楼了。

她换上家居服,坐在电脑前面,试图做点儿工作,但是感到疲惫不堪。她的脑子里乱乱的:各种想法、各种说法、白天发生的所有事情都一股脑儿地搅和在一起。罗宾斯来找她去审讯室的时候已经快中午了。达格利什开始了问话,密斯肯探员坐在他的左手边。他简要地介绍了一下昨晚发生的事情。埃玛又描述了一遍她是如何被狂风惊醒,继而听到钟声的。她不能解释她为什么穿着家居服就下楼走出木屋去查看发生了什么事。现在看来当时好像是太莽撞,她想自己当时一定还在半梦半醒间,或者是那狂风中传来的钟声可能唤醒了她童年和少年时代的记忆,那种在耳边持续响起的钟声是一种必须遵从、不容置疑的号令。

可当她推开教堂大门,看到立柱之间被照亮的《末日审判》和两个人影的时候,她彻底清醒了。其中一个人侧倾着身体,另外一个人好像是带着绝望和怜悯的心情瘫倒在前者身上。达格利什没有要她描述现场的细节。他怎么会这样要求呢,他也去了现场,而且当时并没有对她的经历表示出任何的同情或者担心,再说后来表现出受到了严重打击的也不是她。他问的问题都很简明扼要。她觉得达格利什并不是故意对她宽容。如果他需要进一步了解什么,无论她的状况多么糟糕,他都会直接问的。罗宾斯警官刚将她引入问讯室的时候,达格利什警长从椅子上站起身来,请她在对面坐下。她告诫自己:我面对的不是《未破案件与其他诗歌》的作者,而是一名警察。在眼下的场合,他们不可能站在同一立场上。这里有她爱的和她想保护的人,而他却一心只想挖出真相。而且,他最终还是问了埃玛害怕去面对的问题。

"你到现场的时候马丁牧师是否跟你说了什么?"

她犹豫了一下说:"有,只是简单的几个字。"

"是什么,拉文汉姆博士?"

她没有回答。她不愿意说谎,但即使是回想那几个字都像是一种背叛。

沉默持续着,他说:"拉文汉姆博士,你看见过尸体,你看到了凶手是如何对待执事长的。他是个高大、强壮的凶手。马丁牧师年近八十,身体虚弱。如果那个铜制的烛台是凶器的话,是需要很大力气才能挥动的,你真的相信是马丁牧师做的吗?"

她痛哭起来。"当然不是，他根本不会做任何残忍的事情。他是个好人，是我认识的人当中最好的人。我从来没有想过会是他干的，任何人也都不会这么想。"

达格利什慢慢地说："那你为什么会认为我这么想了？"

他又问了一遍这个问题，埃玛抬眼看着他说："他当时说，上帝呀，我们这是干了什么，我们究竟干了什么？"

"那你认为——后来再回想起来——牧师当时是什么意思呢？"

她后来再仔细想，那些话让她永远都无法忘记，那个场景里没有任何细节是会被忘记的。她双眼直视着讯问她的人。

"我想他的意思是，如果执事长没有到圣安塞尔斯来，他现在就还活着。如果凶手知道这里的人有多么不喜欢他，也许他也不会遇害。这种不喜欢可能和他的被害有关，神学院并不是完全无辜的。"

"是的。"这次他的语气更柔和了，"这也正是马丁牧师告诉我的。"

她看了看表，是十一点二十分。她知道是干不了什么工作了，于是准备上床睡觉。她的房间在这一排房子的最后，所以卧室里有两扇窗。从其中一扇望出去，可以看见教堂的南墙。她在上床之前拉上窗帘，试图强迫自己不去想那个未能上锁的房门。她闭上眼睛，脑海中都是死亡的画面，眼前满是鲜血泛起的泡沫，在想象的作用下，那场景变得更加恐怖。她又仿佛看见了那泼溅出来的黏稠凝血，现在上面又弥盖了一层灰色的脑浆。猥琐的、面目狰狞的魔鬼，形象各异，扭曲作态，一直在她眼底摇晃。她睁开双眼，希望恐怖的影像随之消失，但是卧室的黑暗又向她逼来，连空气中都弥漫着死亡的味道。

她跳下床，拉开窗帘，推开对着灌木林的那扇窗。一股沁入心脾的凉风迎面扑来。窗外一片寂静，只有满天群星。

她再次回到床上时仍旧无法入睡。她的双腿疲惫得有些颤抖，这更是因为恐惧，而不是筋疲力尽。她最终又起来走到了楼下。她发现在黑夜里盯着那扇没锁的门，要好过想象着它被人慢慢地推开；坐在客厅里要胜过无助地躺在床上，等着楼梯上传来居心叵测的脚步声。她在想是否需要在门把手下顶一把椅子，但最终还是没有真的这样做，那样既有失身份，又没有意义。

她无法容忍自己的懦弱胆怯，告诉自己没有人要害她，但随后那些骨头断裂的影像又回到她的眼前。外面岬角上的某个人，或许就是神学院里有个人，拿着铜烛台，猛烈地砸向执事长的头盖骨，一次又一次，带着狂暴，带着血腥，带着憎恨。这会是个思维健全的人干的吗？现在有谁在圣安塞尔斯是安全的？

她听到大铁门被推开时刺耳的吱呀声，随后又被咔嗒关上。接着传来的脚步声沉稳、安静而不鬼祟。她小心地打开房门向外瞥了一眼，她的心跳突然加速起来，是达格利什从杰罗姆出来。她一定弄出了什么声音，因为他转过头来，向她这边走。她把门打开了。看见他，看见活生生的人让她感到了巨大的安慰。她知道这种感觉一定写在了她的脸上。

他说："你还好吧？"

她试图笑了一下。"目前不是特别好，但是会好的，很难睡得着。"

他说："我以为你搬去主楼住了。塞巴斯蒂安牧师不是这样建议的吗？"

"他确实提议过，但是我想我在这儿应该没有问题。"

他透过房间看着窗外的教堂说："这里其实不合适你住，你愿意跟我换换吗？我那里会舒服一点儿。"

她如释重负，也很难再伪装了。"但是，不麻烦吗？"

"少搬一点儿东西就不会。明天我们再搬其他大部分的东西就行了。你现在也只需要被罩，你的床单未必合适我床的尺寸，我睡的是双人床。"

她说："我们就换换枕头和被子好了。"

"好主意。"

她抱着东西来到他的房间时，他已经将枕头和被子拿到楼下的摇椅上了，边上还放着一个帆布和皮革相间的旅行包。他可能已经收拾了一些他今晚和明天要用的必需品。

他走到橱柜前说："学院为我们提供了些饮料，冰箱里还有半品脱牛奶。你想来杯热可可还是阿华田？或者如果你愿意，我还有瓶波尔多红酒。"

"我想要杯酒，谢谢。"

他把棉被挪开，让她坐下。自己去拿了红酒、开瓶器和两个大玻璃杯过来。

"很显然学院并没有想到客人们会在房间里喝红酒，所以我们只有用这种大玻璃杯或者马克杯了。"

"玻璃杯就可以了。那就是说我们要新开一瓶酒了。"

"需要的时候，就是打开它最好的时候。"

她对自己跟他在一起觉得舒服自在感到有些吃惊。她这样跟自己说，这就是我现在需要的，需要有个人待在身边。随着喝完第一杯酒，两个人的话都开始多了起来。他们慢慢地喝着。达格利什提到小时候来过这个学院，牧师们挂在西门背后的法衣被风吹起，拂着他的脸庞；提到骑车到洛斯托夫特去买鱼；提到一个人在图书馆夜读的乐趣。他询问了她在圣安塞尔斯教什么课程，为什么她会选择研习诗歌，神职学员们的反应怎么样。完全没有提到凶杀案。他们散漫地谈论了很多话题，但一点也没有觉得无聊。她喜欢他说话的声音。她感到自己的一部分精神游离出来，飘在空中，被这一男一女和谐的低语声抚慰着。

当她站起来道晚安时，他立刻起身，用从来没有表现出的、非常正式的方式说："如果你不反对，我会睡在这摇椅上。如果密斯肯警员在，我会要求她留下来陪你。由于她不在，我就有这个责任——除非你更希望独自一人。"

她意识到他在尽量使她能够自然地接受，丝毫不想勉强她，但是他也知道她一个人的时候会很害怕。她说："这不会给你添很大麻烦吗？你会睡得很不舒服。"

"完全没有问题，我习惯睡摇椅了。"

这间杰罗姆的卧室跟隔壁的房间几乎完全一样。借着床头灯的光，她发现他并没有准备带走他刚才正在看的书——非常明显，这本书他一定读过不止一次了——《贝奥武甫》。另外一本的封底陈旧得退了色，大卫·塞西尔[1]的《早期维多利亚小说家》，照片上的作者看起来非常年轻，封底还有用旧货币标的价格。她想，看来他也和她一样喜欢在二手书店里淘书。第三本是《曼斯菲尔德庄园》。她本想把书送到楼下客厅去，但是由于已经互道了晚安，就不太合适再搅扰了。

睡在他的床单上，她感觉很奇特。她希望他不会因为她的怯懦而小看她。知道他就睡在楼下的感觉非常好。在黑暗中她闭上眼睛，没有再出现那些跳动的鬼影，很快便睡着了。

一夜无梦，她醒来时看表时是早上七点钟。房子里面很安静，她下楼时发现达格利什已经带着枕头被褥离开了。他走前还打开了窗，仿佛不想留下任何气息。她知道他不会跟任何人提起昨晚留宿这里的事情。

---

[1] 大卫·塞西尔（David Cecil, 1901—1986），一个英国贵族，文学学者和传记作家。

第三部 ———

过去的声音

1

鲁比·皮尔比姆不需要闹钟。过去十八年，无论冬夏她都会在六点钟醒来。星期一早上也一样，六点钟的时候她伸手去开床头灯。雷格立刻动了起来，推开被子下了床。鲁比闻到了他身上暖暖的味道，就像她熟悉的那样舒适惬意。她不知道他是不是睡着了，还是一直躺着等着她醒过来。他们俩几乎没睡，只是间或处于半睡半醒的焦躁状态。三点钟的时候他起来过一次，去厨房喝茶等着天快点亮起来。然而震惊和恐惧已经弄得他们筋疲力尽，四点钟又回去睡了。虽然睡得很不安稳，但还算是睡了。

星期天他们俩都很忙，只有不停地做事才能让这可怕的一天显得比较正常。昨天晚上，他们在餐桌前拥在一起，谈起了关于谋杀的事，小声嘀咕着，就像圣马可舒适的小房间里有人在窃听一样。他们谈得小心翼翼，话说得断断续续，中间还有几次沉默。即便只是说圣安塞尔斯里有人是凶手是一件荒谬的事，也是把杀人犯和学院联系得太紧密了，已经是对学院的不忠。即使不提名字，也是承认了在学院常住的人里面有人做了罪恶的事。

他们想出了两种可信的解释。一起回到床上之前,他们在脑海中把故事像排演颂歌一样排演了一遍。有人偷了教堂的钥匙,一个也许是几个月以前来过圣安塞尔斯的人,知道钥匙放在哪里,而且知道拉姆齐小姐的办公室从来不锁。这个人还在星期六克拉普顿执事长到达之前跟他约定了见面。为什么在教堂里会面?有没有更好的地方?他们为什么不在客房里会面?还有在岬角上,那里到处都没人。也许执事长自己拿了钥匙,把教堂反锁上,等着那个人。然后那人来了,他们争吵起来,那人起了杀心。也许那个人策划好了谋杀,准备好了武器——手枪、棍棒,或者是刀。没有人告诉他们执事长是怎么死的,但是每个人私下里都想象了刀光一闪、刀尖捅入的情景。然后那人爬过铁门逃跑,顺着他来的路离开。第二种推测更加似是而非,但让他们更放心些。执事长拿钥匙是为了自己去教堂。正好有贼要进来偷圣坛上的画或是银器。执事长进来惊动了他——那个贼,在非常害怕的情况下发动了攻击。这种解释在纯粹逻辑的意义上是成立的。鲁比和她的丈夫那个晚上都没有再说起关于谋杀的事。

平时鲁比都是一个人去学院的。早餐在七点半的弥撒之后,八点钟才开始,但她喜欢先把一天的事计划一下。塞巴斯蒂安牧师在自己的起居室吃早餐,她要在他的餐桌上摆好餐点,菜单是从来不变的:鲜橙汁、咖啡、两片全麦吐司,还有鲁比自制的橘子果酱。往日八点半的时候,她的两个帮手——巴德维尔夫人和斯塔西夫人——会开着巴德维尔夫人的一辆老福特车从雷顿到这里。今天她们不来。塞巴斯蒂安牧师已经给她们两个都打过电话,让她们过几天再来。鲁比很想知道他是如何做的解释,但是她并不想问。这虽然意味和她和雷格有更多的活儿要干。不过鲁比很高兴,因为这样可以省省她们的好奇心、她们的胡猜乱想,还有因为恐惧而起的尖叫。她觉得对于不认识死者,或者不被当做犯罪嫌疑人的人来说,听到谋杀事件是某种享受。埃尔西·巴德维尔无疑就是这样的。

雷格一般在六点半以后到学院来,但今天他们俩一起离开了圣马太。他没有做任何解释,她知道为什么。圣安塞尔斯不再是一个安全和圣洁的地方了。他用手电筒的强光照亮了通向西侧庭院铁门的草间小径。第一缕阳光已经透过薄雾缓缓射入灌木丛,可她还是觉得走在一片漆黑中。雷格把电筒举到门边去找钥匙孔。门后回廊上一排昏暗的灯光照亮了细细的廊柱,影子投在石径上。北侧回廊还是被封着的,有一半现在已经没有落叶了。七叶树巨大的黑色树干在纷杂翻滚着的落叶中寂静地伸展着。电筒的光扫过东墙上的倒挂金钟,红色的花朵闪着光,像是一滴滴鲜血。在她起居室和厨房之间的走廊上,鲁比伸手把灯打开,但这里并不是一团漆黑,前面走廊被一束从酒窖门射出来的光线照亮了。

她说:"真奇怪,雷格,地窖门是开着的。是有人起得早,还是你昨晚没有检查门是不是关好了?"

他说:"昨晚是关了的。你觉得是我没关吗?"

他们走到石头台阶的上方。台阶的两侧都有很结实的木头扶手,入口处被照得很亮。在台阶的底部,炫目的光线下,是一个四肢伸开的女人的尸体。

鲁比发出了一声尖叫:"哦,上帝,雷格!这是贝特顿小姐。"

雷格把鲁比推到一边。他说:"待在这里别动,亲爱的。"她听到他的鞋走在石头上的咔嗒声。她犹豫了几秒钟,双手抓住左侧的扶手。跟着他走下去,然后他们一起跪在尸体旁。

她平躺在地上,头朝向最下面的台阶。只是在她的额头上有一道很深的伤口,渗出的血和脑浆已经干了。她穿着一件退了色的佩斯利羊毛晨衣,里面是一套白色的棉质睡衣,稀疏的灰色头发拢在一侧,发梢处系着一根橡皮筋。她的眼睛大睁着,看着台阶的最上方,已经毫无生命迹象了。

鲁比低声说:"哦,亲爱的上帝,不!可怜的人,可怜的人。"

她本能地伸手抱住尸体试图把她抬起来,但她立刻知道这根本无济于事。她可以闻到她头发里和晨衣上那种上了年纪的人因不整洁而有的酸腐味道,很奇怪在贝特顿小姐已经远去了的时候这味道竟仍保留着。带着一种无望的遗憾,她收回了手臂。贝特顿小姐活着的时候一定不希望有人这样碰她,她死了之后为什么要这样做呢?

雷格站起身来。他说:"她死了。死了而且凉了。看起来像脖子折了,没人能救得了她。你最好去找塞巴斯蒂安牧师。"

对鲁比来说,去叫醒塞巴斯蒂安牧师、找到合适的方式跟他说这件事,还有说出来所需要的勇气,这些都很可怕。她更希望雷格去说,但是那意味着她要独自守在尸体旁,这就更可怕了。恐惧第一次占胜了怜悯。酒窖的墙凹进去了很深的一块,里面黑洞洞的,让人联想到里面隐藏着的恐怖。她并不是一个想象力过度丰富的女人,但是现在她平常生活中所熟悉的一切事情、她为之努力的工作、友谊还有爱,都在一点点地消逝。她知道只要雷格伸过手来,就能让她觉得这个酒窖、它白色的石灰墙、还有带标签的架子和酒瓶子变得像从前一样熟悉,就像她和塞巴斯蒂安牧师一起走下来挑选晚餐用酒的时候一样。但是雷格没有伸出手,他必须留下来看着现场不被破坏。

她走上楼梯,每一级台阶都显得像山一样高,双腿虚弱得难以向前迈进。她把大厅里所有的灯都打开,在走向塞巴斯蒂安牧师套房的最后两节的楼梯前站了一会儿,鼓起所有的勇气。一开始她很轻地敲门,之后她觉得必须重重地撞。门突然被打开了,塞巴斯蒂安牧师站在她面前。她从没有见过他穿着晨衣的样子,一瞬间她有点惊慌失措,就像面对着一个陌生人。她的样子也把他吓坏了,他伸出手臂扶住她,把她领进了房间。

她说:"是贝特顿小姐,牧师。雷格和我在酒窖台阶底下发现了她。我想她已经死了。"

她很惊讶,自己的声音听起来居然还很沉稳。塞巴斯蒂安牧师什么都没说,关上门,和她一起快步走下楼梯,他的手撑着她的胳膊。走到酒窖台阶的时候,鲁比等他下去,看他和雷格说了句话,然后跪在尸体旁。

过了一会儿他站起身来,对雷格说:"你们俩受惊了。我想你们最好安静地按原路回去。达格利什警官和我会处理下面的事情。只有工作和祈祷才能帮我们渡过难关。"他的声音就像往常一样，平静中带着权威。

雷格走上台阶，默默地和她一起回到了厨房。

鲁比说："我想他们还是希望早餐能够照旧。"

"当然了，亲爱的。他们不能空着肚子应付这一天。你听到塞巴斯蒂安牧师说的吗，我们应该平静地像以前一样工作。"

鲁比的眼中充满同情。"这是个意外，是吗？"

然而鲁比觉得困惑。本来是个意外。它令人震惊，有人忽然死了就是这样的，但毋庸讳言，贝特顿小姐不大容易相处。她套上了白色工作服，心情沉重地开始准备早餐。

塞巴斯蒂安牧师回到了办公室，给在杰罗姆的达格利什打了电话。电话很快被接起来，说明警官已经起来了。他报告了这个消息，五分钟以后，他们来到了尸体旁。塞巴斯蒂安牧师看到达格利什弯下腰，双手熟练地摸了摸贝特顿小姐的脸。然后站起来看着尸体沉思着。

塞巴斯蒂安牧师说："必须告诉约翰牧师，当然，这是我的责任。我想他还睡着，但是我必须在他下来到小祈祷室做晨祷之前见到他。这对他会是很大的打击。她不是个容易相处的女人，但她是他唯一的亲人，他们关系密切。"他说完并没有离开，而是又接着问道，"你觉得她是什么时候死的？"

达格利什说："从尸体僵硬的情况来看，我想她已经死了差不多七个小时了。病理学家可能会告诉我们更多的情况，表面的观察不可能得出什么准确的结论。当然还会有尸检。"

塞巴斯蒂安牧师说："那么她是在晚祷之后死的了，可能不会超过半夜。即使这样，她也一定是非常安静地穿过了大厅。不过她经常是轻手轻脚的，走起路来就像一个灰色的影子。"他停顿了一下，然后又说，"我不希望让她弟弟在这里看到她，不能这样。当然我们可以把她放回她的房间去。我知道她是不信教的。我们必须尊重她的感受。我想，她不希望躺在教堂里，即使门是开着的，她也不想去私人礼拜室。"

"她必须像现在这样留在这里,牧师,直到法医来检查过。我们必须把它当做疑似谋杀来处理。"

"但至少我们可以把她盖上,我去找条单子来。"

"是的,"达格利什说,"我们当然可以把她盖上。"塞巴斯蒂安牧师往台阶上走的时候,他问:"你知不知道她可能来这里做什么,牧师?"

塞巴斯蒂安牧师回过头来,有些犹豫,然后他说:"我想我知道。贝特顿小姐经常喝酒。所有的牧师都知道,我想所有的学生,职员也都猜得到。她每个星期差不多来拿两次,每次最多拿一瓶,而且从来都不是什么好酒。我尽量委婉地和约翰牧师说过这个问题。我决定不采取进一步的行动,除非事情无法控制了。约翰牧师一般都会付酒钱,至少在他知道的时候。当然我们意识到台阶对于上岁数的女人来说有危险。这就是为什么这里有这么好的照明,我们还把绳索换成了木头扶手。"

达格利什说:"所以,知道这里有个偷酒的人,你们还提供了安全的木头扶手以方便她偷东西,防止她摔断脖子。"

"你觉得这有什么奇怪吗,警官?"

"没有。按照你们的观念,我不会那样想。"

他看着塞巴斯蒂安牧师走开,脚步坚实地走在台阶上,然后消失了,关上了门。从表面判断,她是摔断了脖子。她穿着一双很紧的皮拖鞋,他注意到她右脚的鞋底卷曲着,和鞋帮分开了。台阶上灯光很亮,开关在第一个台阶前两英尺开外。因为她倒下去的时候,灯是开着的,所以她肯定不是在黑暗里绊倒的。如果她是在第一个台阶上被绊了一下摔倒的,那么尸体既可能是脸朝上,也可能是脸朝下的。在倒数第三级台阶上,他发现了一小块淡淡的血迹。从尸体的位置来看,像是腾空摔下来的,头撞在石阶上,然后翻了下来。除非她是速度很快地跑过来,否则很难有这么大的力量翻下去,而那当然是很荒唐的。但如果她是被人推下去的呢?他感觉到一种难言的压抑和力不从心。如果这是谋杀的话,他如何能证明呢?那个翻卷着的鞋底又怎样解释呢?玛格丽特·门罗的死是自然原因。她的尸体被火化了,骨灰被埋了或是撒落了。而眼下,这个人的死对谋杀克拉普顿执事长的人又有什么好处呢?

验尸专家将过来做个解释。马克·艾林会被叫到这可能是第二现场的地方来,评估死亡的时间,就像食肉动物那样在尸体上闻来拽去。一流的克拉克和他的小组会爬到酒窖上面去仔细巡查,徒劳无功地寻找那些所谓其他人很难发现的微小证据。如果阿加莎·贝特顿听到或者看到什么,很傻地告诉了她不该告诉的人,他现在也没法知道。

塞巴斯蒂安牧师拿来了一条单子,庄严地盖在尸体上。然后他们俩走上了酒窖的台阶。塞巴斯蒂安牧师把灯关上了,伸手把酒窖上面的门闩插好。

马克·艾林像往常一样迅速地来了,比平时还要吵闹。他谈笑风生地和达格利什一起穿过大厅。他说:"我本想把克拉普顿执事长的死亡报告拿过来,但是还在打字。没什么新鲜的,他是被边缘锋利的重器多次打击致死的——也就是说,是铜的蜡烛架。几乎可以肯定第二次打击是致命的。这样都不死,这个男人可就太健康了,可以等着领退休金了。"

他戴上橡胶手套,很小心地沿酒窖台阶走下去。但他并没有带着他的全套工作设备,他的尸体勘查不说是马马虎虎,也是很快就做完了。

最后,他站起身来,说:"死了差不多六个小时。死亡原因:脖子折断。你不用叫我来就知道这些。情况看起来很清楚,她是因受力摔下来,额头撞到倒数第三级台阶上,翻下来躺倒了。我想你问了自己一个问题:她是自己摔倒的,还是有人把她推下去的?"

"我正想问你。"

"从表面上看我得说她是被推下来的,但是你需要更确切的证据而不是凭第一印象。我不能在法庭上就此发誓。楼梯的坡度是个问题。就像是为了让上年纪的女人死在这儿而设计的。根据这个坡度,她很可能根本没有踏到台阶,就摔下去头部撞到台阶底部了。我得说事故和谋杀的可能性一样大。顺便问一句，有什么可疑之处呢？你认为她星期六晚上看到什么了吗？她到酒窖来干什么？"

达格利什很慎重地说："她晚上有出来游荡的习惯。"

"喝完酒之后，是吗？"

达格利什没有回答。法医关上了他的箱子，说："我会叫辆救护车来把她拉走，尽快放到尸检台上去，但是我怀疑是否还能告诉你更多的信息。你好像总碰到这种暴力死亡案件，不是吗？科尔比·布鲁克斯班克在纽约筹办儿子的婚事，我临时替他做病理，这段时间接手的暴力死亡案件比我平常六个月做的尸体解剖还要多。验尸官办公室还没有通知你克拉普顿案的审讯时间吗？"

"还没有。"

"你会的。我已经接到通知了。"

他最后看了一眼尸体，用很不寻常的仁慈口气说："可怜的女人，但至少死得很快。经历了两秒钟的恐怖，然后就什么也不知道了。她应该更希望死在床上——难道我们不都这样想吗？"

2

达格利什觉得没有必要取消让凯特去阿什科姆收容所的指示。而且现在已经九点钟，她和罗宾斯应该已经上路了。这是一个非常寒冷的早晨。第一缕晨光已经散开了，粉红的天空像是被冲淡了的血色，挂在灰色荒芜的海平面上。天空中下着毛毛雨，空气中有种酸腐的气味。雨刷器在不断地擦去雨水，凯特透过玻璃看到一幅灰暗的景象，连远处的甜菜地也不再是绿油油的。她必须努力克服因为要去做自己觉得徒劳无功的事而产生的一点怨气。达格利什很少承认直觉，不过以她的经验，探员强烈的直觉常常是有事实根据的：一句话，一个眼神，一个偶然的巧合，一些表面上看起来对案子不重要或者不相关、但在潜意识里让人觉得不安的事。它们通常被证明是不合理的，但有时候偏偏成了至关重要的线索，只有笨蛋才会对它们视而不见。她不愿意把犯罪现场留给皮尔斯处理，但是这也是有回报的。她现在驾驶着达格利什的捷豹，这比平时只是坐车更有满足感。

况且，能从圣安塞尔斯出来放松一下总的来说也不是什么坏事。

她很少经历这种让她在体力和精神上都觉得不那么自在的谋杀案调查。这所学院太男性化，太自成一体了，甚至幽闭得让人不舒服。这里的牧师和学生一贯很有礼貌，但那是一种令人感到不舒服的礼貌。他们从根本上把她看成一个女人，而不是一名警察，尽管此前她觉得自己已经在工作中确立了警官的形象。她还感觉到他们是一些隐秘知识的占有者，有种神秘的权威，无形中让她觉得自己受到了贬低。她不知道达格利什和皮尔斯是不是也有同样的感受。也许不是，因为他们是男人，除了表面上的客气，圣安塞尔斯几乎是一个自大的男性世界。另外，这还是个学术气氛浓厚的地方，达格利什和皮尔斯可能也会觉得不错。她觉得自己已经克服掉的在社会经验和教育背景上的自卑又回来了，十几个穿黑色法衣的人竟然能唤起她过去的那些不自信，真是很令人感到羞辱的事。此时车子已从崖壁的高处向西开去，在耳畔响了太久的有节律的潮水声响渐渐远去了，她大大松了口气。

她更希望皮尔斯跟她一起去。至少他们可以在平等的起点上就案件进行争论和辩解，而且比起和一个初级警官在一起，也来得更坦率。她开始觉得罗宾斯警官很讨厌，她一直认为他好得不真实。她瞥了一眼他孩子气、轮廓分明的侧脸，灰色的眼睛定定地看着前方，又一次纳闷他为什么做起了警察这一行。如果他把这份工作看成了一种使命，那么她也是。她需要一份做起来觉得自己有价值的工作，而且没有大学学历不会被看成是劣势；一份有刺激性、让人觉得兴奋和常有新鲜感的工作。对她来说警察工作是摆脱自己悲惨贫穷童年的一种方法，让她忘记艾莉森·费尔韦瑟孤儿院那散发着尿液的恶臭的楼梯。这份工作给了她很多，包括可以俯瞰泰晤士河的公寓，直到现在她都不能相信自己竟然做到了。很多时候，她自己都不能相信她对这份工作的忠诚和投入。而罗宾斯是一名业余传教士，很可能他做这工作大概是奉了他所信仰的新教上帝的召唤。她琢磨着他的信仰和塞巴斯蒂安牧师的有什么不同，如果有的话，怎么不同，为什么不同？不过，现在讨论神学问题是徒劳的，而这样的讨论又有什么用呢？她上学的时候，班里的学生来自十三个国家，信仰几乎所有不同种类的宗教。对她来说，没有一个人的价值观是一贯的。她告诉自己可以活在一个没有宗教的世界里，但她不确定如果没有工作，她是不是还可以活得下去。

收容所坐落在诺里奇的东南部。凯特说："我们最好不进城去，注意看，到布里米顿的时候我们向右拐。"

五分钟以后他们离开了 A146 公路。缓慢地行驶在光秃秃的树篱之间，后面是一片片式样相同、红色屋顶的房子在绿色的田野上铺展开来。

罗宾斯平静地说："我妈妈两年前死在收容所里了，没什么特别的，癌症。"

"对不起。这次行程对你来说不容易。"

"我还好。他们对妈妈很好，对我们也很好。"

凯特看着前面的路，说："但这还是会引起痛苦的记忆。"

"妈妈在没有进收容所以前才真是痛苦。"又停顿了好一会儿，他说，"亨利·詹姆斯把死亡说成是'非同寻常的事'。"

哦，上帝，凯特想，先是达格利什和他的诗，后来是皮尔斯熟悉的理查德·胡克，而现在罗宾斯读亨利·詹姆斯！他们为什么不送一个喜欢读杰夫里·阿切[①]的警官来呢？

她说："我有一个做图书管理员的男朋友，他试图让我喜欢亨利·詹姆斯。我读到一句的末尾时已经忘了它是如何开头的。记得那些批评家说，一些作家写出来的比他要表达的意思多，而亨利·詹姆斯要表达的比他写出来的多。"

罗宾斯说："我只看过《拧螺丝》[②]，是在电视上看了电影后才看的。那句关于死亡的话让我印象深刻。"

"听起来很好，但说得不对。死亡就像初生，痛苦、混乱、没有尊

[①] 杰夫里·阿切（Jeffrey Archer, 1940— ），英国作家。
[②] 《拧螺丝》（*The Turn of the Screw*），亨利·詹姆斯创作后期的一部作品，被改编成悬疑惊悚片。

严。不管怎样，大部分时候是的。"她想，也许这也无妨。他提醒我们知道人也是动物。如果我们让自己的行为更像是那些善良的动物而少一点像上帝的话，没准我们可以做得更好。

接下来是更长时间的停顿，然后罗宾斯很平静地说："妈妈并不是毫无尊严地死的。"

当然，凯特想，她是那些幸运的人之一。

他们很顺利地找到了收容所，它是村子的边缘处一所坚固的红砖房子。一个巨大的牌子指示着他们沿着车道开到房子的右侧，再开到停车场。停车场后面就是收容所了，这是一座单层的现代化建筑，门前的草坪上有两个圆形的花坛，种植着不同种类的常绿灌木，石南花那红色、紫色和金色的花朵十分灿烂。

接待处给人的第一印象是明亮，还有鲜花和忙碌的人们。已经有两个人在接待桌前，一位妇女来登记第二天开车接她丈夫出去，还有一位牧师在安静地等着。一个婴儿被小车推过去，她圆圆的秃头上环绕着中间装饰着巨大蝴蝶结的红色缎带，显得十分滑稽。她冷漠地看着凯特。一个很显然是和妈妈在一起的小女孩，怀里抱着一只小狗，孩子兴奋地大声说："我们要带着特里克西去见祖母。"她笑着，小狗舔着她的耳朵。一个全身穿粉色衣服、佩戴姓名牌的年轻护士从大厅穿过，小心翼翼地搀扶着一名很虚弱的男人。来访的人带着鲜花和礼品袋，愉快地互相问候。凯特想象中这里的气氛应该是肃穆和安静的，而不像这样有序、功能性十足，出来进去的人都觉得像在家里一样。

接待桌前一位灰色头发、没有穿制服的女人转向他们，只是瞥了一眼凯特的证件，好像大都会警方派人来这里是常事。她说："你们之前打过电话，是吧？韦特斯通小姐正在等你们。她的办公室就在正前方。"

韦特斯通小姐已经等在门口了。要么就是她习惯了来访者的准时到来，要么就是有超人的耳力听到他们走来了。她把他们引进门，这个房间坐落在医院的中心处，三面墙都是玻璃，可以看到两条分别通向南北两侧的走廊。朝东的窗户可以看到花园，凯特觉得它比收容所本身显得僵硬和刻板。草坪是精心修剪过的，石径上每隔一定间隔就有木头长椅，精心分隔的花坛里面是尚未绽开的玫瑰花凋零的花蕾，它们给光秃秃的灌木增加了一抹颜色。

韦特斯通小姐指着椅子示意他们坐下。自己坐在桌子后面，露出小学老师欢迎特别不自信的新生时的那种热情笑容。她个子很矮，胸部丰满，浓密灰色的头发剪出了刘海，下面是一双不会忽略任何细节的眼睛，目光敏锐而善意。她穿着腰带上有银色扣子的淡蓝色制服，左胸前别着医院的徽章。尽管这里的气氛没有那么严肃，但在阿什科姆收容所这种保持传统的老式机构，护士长还是很有地位的。

凯特说："我们在就圣安塞尔斯神学院一名学生的死亡进行调查。尸体是玛格丽特·门罗夫人发现的，玛格丽特·门罗夫人在去圣安塞尔斯工作之前是在这里就职的。现在没有迹象表明她同那个年轻男孩的死有什么关系，但是她留下了一本日记，详细记录了她发现尸体的过程。最后有一段提到了这场悲剧让她想起了十二年前发生的一些事，很明显想起那些事让她觉得很担心。因为十二年前她在这里做护士，所以可能这里发生过什么事情，或者她在这里碰到过什么人，也许是她护理过的人。我们想知道你们的档案是否会对我们有帮助。或者我们可以和某位和她认识、现在还在职的员工谈谈。"

在路上，凯特已经在脑海里彩排过她要说的话，每个字句都小心斟酌过。不仅为了向韦特斯通小姐说清楚，也是让她自己理清思路。出发之前，她曾问过达格利什此行的目的到底是找到什么，但并不想让他觉得自己在工作上思路不清、马虎大意或者有什么不情愿。

亚当·达格利什好像很了解她的感受，他说："十二年前发生了很重要的事。十二年前玛格丽特·门罗在阿什科姆收容所做护士。十二年前，也就是一九八八年四月二十三日，克拉拉·阿巴斯诺特死在收容所里。这些事情可能没有联系，也可能有联系。这是一次撒网式的询问，而非就具体事件进行调查。"

凯特说："我可以看出这和罗纳德·特里夫斯的死有些关系，而且门罗夫人也死了。我现在还是不清楚这和执事长被谋杀有什么关系。"

"我也不清楚,凯特,我感觉罗纳德·特里夫斯、玛格丽特·门罗和克拉普顿这三个人的死是有联系的。可能没有什么直接联系,但在某种程度上有关系。玛格丽特·门罗也有可能是被谋杀的。如果她是被杀的,那么她和克拉普顿的死必然有联系。我不相信在圣安塞尔斯有两个杀人凶手。"

这些分析在一定程度上是可信的。现在准备好的发言结束了,她又开始疑虑起来:她是不是排练太久了、讲得太多,以至于觉得自己说什么都是对的?依靠当时的灵感去说效果可能更好?在韦特斯通小姐充满怀疑的眼光注视下,她表现得很不自信。

韦特斯通小姐说:"让我确认一下我听懂了你说的话,警官。玛格丽特·门罗最近死于心脏病。在她留下的一本日记中提到十二年前在她生命里发生的一件很重要的事。你们很想弄清楚那是什么事,因为它与一个案件的调查有关。因为那时候她在这里工作,所以你们认为那件事情可能和收容所有关。你们希望我们的档案能有帮助,或者这里也许有什么认识她的人仍然在职,也许可以记得十二年前的事。"

凯特说:"我知道机会很小,但是日记里是这样写的,我们就必须跟进作调查。"

"与一个男孩的死亡有关,是谋杀吗?"

"不知道,韦特斯通小姐。"

"但是最近在圣安塞尔斯发生了一起谋杀案,消息已经传开了。克拉普顿执事长被杀了。你们这次来和这个案子的调查有关系吗?"

"我们没有理由这样认为。我们对日记的兴趣产生在执事长被谋杀之前。"

"我知道了,好的,我们都有责任协助警方调查,我也不反对看一下门罗女士的档案,并告诉你们任何有帮助的信息,我想如果她还活着,她也不会反对。我不相信档案里的内容有什么用。阿什科姆收容所常有老人去世这样的大事发生。"

凯特说:"据我们所知,有位克拉拉·阿巴斯诺特小姐在门罗夫人来工作之前的一个月在这里去世了。我们急于想查查具体的日期。我们想知道这两位女士是否有机会见过面。"

"这好像很不可能,除非她们是在阿什科姆以外的地方认识的,但我可以帮你们看一下日期。我们现在所有的记录都在电脑里,不过没有录入十二年那么久以前的信息。我们只保留员工的记录以备将来的雇主查询。这些档案都在主楼里。也许我们还留有阿巴斯诺特小姐的病历,但我认为这是保密文件。你们应该理解我不能把它交给你们。"

凯特说:"同时看到门罗的雇员档案和阿巴斯诺特小姐的病历将会对我们很有帮助。"

"我不能给你们看。当然,现在的情况比较特殊。我以前从没有处理过这种调查。你们对门罗夫人或者阿巴斯诺特小姐的兴趣并没有充分的理由。如果需要提供更多资料,我想我需要向我们的负责人巴顿夫人请示一下。"

凯特正想着如何回应的时候,罗宾斯说:"如果这些事情听起来很含混的话,那是因为我们也不太清楚到底要找到什么。我们只知道十二年前发生了一件对门罗夫人来说非常重要的事。她好像是一个除了工作对别的事情都没什么兴趣的女人,所以那件事情可能跟阿什科姆有关系。你能不能看一看那两份档案,我们是否把她们在这里的时间弄错了。如果门罗夫人的档案里没有什么你觉得重要的东西,那么我们可能就是在浪费你的时间了。如果发现了什么,你再去请示巴顿夫人,决定是否应该透露那些信息。"

韦特斯通小姐定定地看了他一会儿。"这似乎还算合理。我去看看能不能找到那些记录,可能要花点时间。"

这时候门开了,一名护士探头进来。"救护车已经到了,韦特斯通小姐。是威尔逊夫人,她女儿跟她一起来的。"

韦特斯通小姐的脸上立刻出现了满心期待的表情,就像要去欢迎一位尊贵的客人下榻豪华酒店。

"好的,好的。我会来,我现在就来。我们安排她和海伦住在一起,是吗?她肯定会喜欢跟年龄相仿的人在一起。"她转过来对凯特说:"我有点事。你们过会儿来还是在这里等?"

凯特觉得他们留在她的办公室会给她些压力,才能让他们有希望尽快得到信息。她说:"我们在这里等,"话音未落,韦特斯通小姐已经出了门。

凯特说:"谢谢你,警官。刚才那些话很有用。"

她大步走到窗前,安静地站在那里,看走廊上来来往往的人。她瞥了一眼罗宾斯。他脸色发白,在使劲地忍耐着,眼角还挂着一滴泪珠。她很快把目光转向了别处。她想,我现在不像两年以前那么善良和宽容了。我这是怎么了?我跟达格利什谈起这事的时候他说得对。如果我不能表现得像这个工作所需要的那样,那我最好不要干了。这个工作需要的东西里也包括了仁慈。想到达格利什,她突然强烈地希望他能出现在这里。她笑了,想起他在这样的场合是如何安慰和赞美别人。有时候她觉得他太沉溺于读书了。他不会去看桌子上的报纸,除非那跟案件调查有关,但他肯定会走去看挡住了一半窗户的公告板上的各种消息。

她和罗宾斯都没有说话。他们像韦特斯通小姐离开的时候那样站着。不过没有等很久。不到一刻钟,她就拿着两个档案袋,坐回到了桌子后面,把它们摊在眼前。

"请坐吧。"她说。

凯特觉得像是来参加面试的求职者,等着那份不能令人信服的履历羞辱性的曝光。

韦特斯通小姐显然是在回来以前已经看过了档案。她说:"我想这里面没有什么能帮到你们的信息。玛格丽特·门罗是一九八八年六月一日到我们这里来工作的,一九九四年四月三十日离职。她心脏的情况在恶化,医生强烈建议她去找一份不那么辛苦的工作。就像你们知道的那样,她去圣安塞尔斯负责洗衣,还做些相对轻松的护理工作,那是很小的一所学院,绝大部分是健康年轻的男孩。她的档案里没什么东西,除了年假申请、健康证明和一份年度保密报告。她离开这里六个月后我才来的,所以我并不认识她。从档案看她是一名尽责、有同情心但有些乏味的护士。缺乏想象力是一种美德,不那么敏感也是。过于感情用事在这里帮不了别人。"

凯特说:"那么阿巴斯诺特小姐呢?"

"克拉拉·阿巴斯诺特死于玛格丽特·门罗入职之前一个月。因此,她不可能被门罗夫人护理过。如果她们见过的话,也不是因病人和护士的关系而见面的。"

凯特问:"阿巴斯诺特小姐是独自一人死去的吗?"

"在这里没有病人会独自死去,警官。当然她没有什么亲戚,依她的请求,一位尊敬的牧师休伯特·约翰逊在她死前见过她。"

凯特说:"那我们可否和那位牧师谈谈呢,韦特斯通小姐?"

韦特斯通小姐冷淡地回答:"这个,恐怕超越了即使是大都会警方的权限。那时候他也是这里的病人,经过了一段临终看护,两年之后在这里去世了。"

"所以现在没有人对门罗夫人十二年以前的生活还有印象了?

"雪莉·莱格是在这里工作时间最长的员工。我们的人员流动性并不大,但是这工作要求很特别,我们的观点是不时更换护士是比较明智的做法。我想她是唯一的十二年以前就在这里工作的护士,虽然我还得再查一下。坦率地说,警官,我没这个时间了。你当然可以跟莱格夫人谈一下,我想她正在当班。"

凯特说:"给您添麻烦了,我想见见她会对我们很有帮助。谢谢您。"

韦特斯通小姐又走开了,那两个文件夹就留在桌子上。凯特的第一反应是拿过来看看,但还是忍住了。部分原因是她相信韦特斯通小姐很诚实,已经没有什么他们可能找到的了,另一个原因是她意识到他们的每个动作都会通过玻璃隔断被人看到。为什么要引起韦特斯通小姐的敌意呢?这对调查可没有好处。

五分钟后,护士长带着一位棱角分明的中年女性回来了。她向他们介绍,这就是雪莉·莱格夫人。莱格夫人一点也没有浪费时间,直接切入正题。

"护士长说你们问起玛格丽特·门罗。恐怕我帮不了你们。我认识她，但对她的情况毫无了解。她不愿意交朋友。我记得她是寡妇，她儿子在某所公学得到奖学金什么的，我不记得是哪所学校了。他特别想参军，我想他当时还在读大学，没入伍之前就拿到薪水了。大概就是这样的。知道她去世了，我很难过。我想他们没有别的亲戚。这件事情对她儿子来说太残酷了。"

凯特说："她儿子在她去世前已经死了。在北爱被杀了。"

"那么一直以来她太不容易了。我想出了这样的事，她不会太在意自己是否还要活下去了。对不起，我帮不上更多的忙了。即使在这里发生了什么对她来说重要的事，她也不会告诉我。你们可以找米尔德里德·弗赛特。"她转向韦特斯通小姐，"你记得米尔德里德吗，韦特斯通小姐？您来后不久她就退休了。她认识玛格丽特·门罗，我想她们曾在旧威斯敏斯特医院一起接受过培训。她也许知道什么有价值的信息。"

凯特说："韦特斯通小姐，你们的档案中可能有她的地址吗？"

雪莉·莱格回答说："不用麻烦了，我可以告诉你们。圣诞节前，我们互寄祝福卡片，她的地址就在我脑子里。她住在梅德格雷夫郊外的一个小木屋，过了 A146 公路，就是克里皮特－克劳普木屋。我想以前那里附近有一个马场。"

所以他们最后还是很幸运。米尔德里德·弗赛特完全有可能退休后住在康沃尔或者东北部的一个木屋里，但克里皮特－克劳普木屋就在回圣安塞尔斯的路上。凯特谢过了韦特斯通小姐和雪莉·莱格，问她们可否看一下当地的大黄页。还是很幸运，上面有弗赛特小姐的电话。

一个贴着"鲜花基金"的木盒子放在接待桌的一角，凯特把一张五英镑的纸币折起来塞进去。她不知道这可否作为办案经费来报销，也不知道这仅仅是一种慷慨的行为，还是出于对运气的小小迷信。

3

他们回到车里，系好安全带，凯特给克里皮特-克劳普木屋打了电话，但是没有人接。她说："我最好汇报一下进展——或者没有进展的部分。"

通话很简短。挂断电话，她说："我们照计划去找米尔德里德·弗赛特，如果我们可以打通电话的话。然后他希望我们尽快回去。做病理的人刚离开。"

"那么达格利什有没有说结论是什么呢？是事故吗？"

"现在下结论太早了，但看起来不像。如果不是的话，我们又能怎样去证明呢？"

罗宾斯说："已经死了四个人了。"

"好了，警官，我会计数。"

她小心地驶出车道，上了路就加速了。除了震惊，贝特顿小姐的死在很多方面都让人感到不安。凯特这样想并没有什么奇怪，一旦开始工作，警察就在控制案件调查进程。一项调查可能进展顺利或者不顺利，但他们是进行询问、调查、分析、评估和决定调查方向和实施控制的人。克拉普顿谋杀案有些与众不同，一种微妙的、难以表达的焦虑几乎从一开始就在她脑海深处盘旋，直到现在她才有机会正视它。尽管达格利什既聪明又有经验，但她意识到还有另外一种力量存在于其他地方，有一个同样聪明的头脑在用另外一套经验系统和他们较量。她害怕主动权一旦失去就不会再来，而且可能已经从他们手中溜走了。她迫不及待地想尽快回到圣安塞尔斯去。同时也没什么必要再瞎猜了，到现在为止，他们这次行程还没有任何进展。

她说："对不起，我说得太简略了。在得到更多证据支持以前讨论这个没有用。现在我们必须集中精力进行手头的调查。"

罗宾斯说："如果说我们在做着毫无意义的努力，那他们至少还在正确的方向上。"

他们一到梅德格雷夫，凯特就开得很慢了——如果错过了，就会浪费更多的时间，还不如开慢些。她说："你看着左边，我看着右边。我们可以停下来问，但我不想。我不想让人知道警察来了。

没必要问了。一进村她就看到稍稍上坡的路上有一座整洁的砖瓦结构的小别墅，它坐落在绿丛中，离路四十英尺左右。门上有一块白板，上面仔细地刻着黑色的粗体字：克里皮特-克劳普木屋。门廊上面的石头上刻着"1893"。两扇同样的弓形窗在第一层，上面一层有三扇排成一排。窗户漆成亮白色，窗框闪闪发光，通向前门石板路上没有一点杂草。最初的印象就是整洁和舒适。路边上可以停车。他们走上石径去叩马蹄铁型的门环，但没有人回应。

凯特说："可能是出去了，不过我们可以到后面转一下。"

早上开始下的毛毛雨已经停了，但还是很冷。天色已经有点亮了起来，东边的天上有些微微泛蓝。房子左侧的石板路通向一扇没有上锁的门，里面是花园。凯特是一个地道的城里人，不懂园艺，但是她立刻看得出主人在花园里投入的热情。那树和灌木的距离、精心设计的吊床和整洁的小块菜地，都表明弗赛特小姐是一名园艺专家。花园里面隆起的高坡也显示了她的品位。这些绿色、金色和褐色的植物映衬在东英格兰的天空下，秋日的景色一览无余。

一个拿着锄头的女人，正弯着腰在一个花坛上忙碌着。他们走来的时候她起身迎上来。她个子很高，长得像吉卜赛人，棕色的脸上皱纹很深，黑色的头发没有什么银丝，向后梳去，在脖子后面紧紧系着。她穿一件长毛衫，套着一件中间有口袋的帆布围裙，脚上是一双大头鞋，戴着园艺手套。看到他们，她一点也没有惊慌和不安。

凯特向她介绍了自己和罗宾斯警官，给她看了证件，又挑重点重复了她对韦特斯通小姐说的那些话，然后又补充道："收容所的人没有办法帮到我们，但是雪莉·莱格夫人说您十二年以前在那儿工作，认识门罗夫人。我们找到了您的号码，打电话给您，但是没有人接。"

"我想我是在花园深处呢。朋友们说我应该有个手机，但那是我最不想要的东西。他们真可恨。我已经不再坐火车旅行了，除非他们提供禁用手机的车厢。"

和韦特斯通小姐不同，她没有问问题。这让凯特觉得仿佛两个大都会警局的人来访是件平常的事。她盯着凯特看了一会儿，然后说："你们最好进屋来，我再看能不能帮到你们。"

他们经过了一个铺着地砖的餐具室，窗户下面有一个很深的石头水槽，对面的墙上是书架和碗碟橱。这里有潮湿的泥土和苹果的气味，还有一丝石蜡的味道。凯特看见了搁板上的一箱苹果，用绳子穿起来的洋葱，一团团的线绳，铲斗。钩子上有一条弯曲的橡胶软管和满架子的园艺工具，都很干净。弗赛特小姐脱掉围裙和鞋，光着脚在他们前面走进客厅。

在凯特眼里，这是一种与世隔绝、自给自足的生活状态。壁炉前是一把高背扶手椅，左侧桌子上有一盏台灯。右侧还有一张桌子，上面堆着书。窗户前面有一张圆桌，有张椅子拉出来供人坐。另外三把椅子被推到墙边。一只姜黄色的、胖得像垫子一样的大猫蜷缩在后背有扣子装饰的椅子上。他们进来的时候，它抬起头，凶恶地死盯着他们。然后像被冒犯了似的，从椅子上下来，笨重地向餐具室走去。他们听到了猫洞开闭的咔嗒声。凯特想，她从来没有见过这么难看的猫。

弗赛特小姐拉过两把直背的椅子，然后走向壁炉左边墙凹处的柜子。她说："我不知道能否帮到你们。如果是我们都在收容所期间发生了什么大事，那我的日记里应该有提到。从孩提时候起我父亲就要求我记日记，这个习惯一直保留着，就像坚持在睡觉前祈祷一样：什么事一旦在小时候开始了，那么尽管不喜欢，良心上的责任还是驱使着你继续做下去。你们说十二年以前，那我们要回到一九八八年。"

她坐在壁炉边的椅子上，拿起了一本像儿童练习册一样的东西。

凯特说："您是否记得在阿什科姆工作的时候曾经护理过一位克拉拉·阿巴斯诺特小姐？"

如果弗赛特小姐觉得忽然提起克拉拉·阿巴斯诺特小姐很奇怪，她并没有说出来。她说："我记得阿巴斯诺特小姐，我从她进院起就负责护理她，一直到她五个星期以后去世。"

她从毛衣兜里拿出眼镜盒，翻开了日记。花了点时间才找到那个星期；就像凯特担心的那样，弗赛特小姐被其他的内容分散了注意力，于是看得特别地慢。片刻后她把两手放在日记上，开始安静地读起来。凯特又看到了她敏锐的目光。

她说："这里同时提到了克拉拉·阿巴斯诺特和玛格丽特·门罗。我觉得遇到了麻烦。那时候我承诺要保密，我看不到现在要食言的理由。"

凯特想了一下才开口，她说："您能提供的信息可能很关键，不仅仅和一个孩子的自杀有关。我们能尽快知道您写下了什么非常重要。克拉拉·阿巴斯诺特和玛格丽特·门罗都死了。如果事关公理正义的话，您还会保持沉默吗？"

弗赛特小姐站了起来。她说："你们能否到花园去等我几分钟。我希望你们回来的时候会敲窗户的。我需要独自考虑一下。"

他们走了，她还站在哪儿。他们肩并肩走在外面一直到花园的深处。凯特已经被折磨得失去了耐心。她说："那日记不过就在几英尺外的地方。我要做的不过就是看一眼。如果她决定不再说什么了我们怎么办？当然，如果案子到了法庭是会传唤她的，但是我们怎么知道那日记是否相关呢？也许日记就是在描述她和门罗去弗里顿，在码头下面谈情说爱的事呢。"

罗宾斯说："弗里顿没有码头。"

"而且阿巴斯诺特小姐已经死了。哦，好了，我们得往回走了，我可不想错过她敲窗户。"

她敲了窗户，他们很安静地走回客厅，心想千万不要表现出不耐烦。

弗赛特小姐说："我听到你们说你们要找的信息对正在调查的案子是必要的。如果证明是无关的，那么我所说的应该不被记录。"

凯特说："我不能确定是相关还是不相关。弗赛特小姐，如果相关，它就必须曝光，甚至作为证据。我不能保证，我只能请求您的帮助。"

弗赛特小姐说："谢谢你的诚实。你们很幸运，碰巧我祖父是名警察局局长。我那一代人——已经越来越少的一代——还相信警察。我准备告诉你们我所知道的，而且把日记交给你们。如果上面的信息是有用的。"

凯特觉得没有必要进行进一步的争辩了，可能反而起不到好作用。她简单地说了声"谢谢"，然后等着她开口。

弗赛特小姐说："你们在花园的时候我在想。你告诉我，你们来是因为圣安塞尔斯一名学生的死。你们还说除了发现了那名学生的尸体，玛格丽特·门罗和案子并没有牵涉。但事情一定没有这么简单，是吗？否则你们是不会来这里的。除非你们怀疑那是谋杀，是吗？"

"是的，"凯特说，"我们是调查圣安塞尔斯学院克拉普顿执事长谋杀案小组的。这个案子也许和门罗夫人的日记毫无关系，但我们必须要做调查。我想你知道执事长的死。"

"不，"弗赛特小姐说，"我不知道，我很少去买报纸，我也没有电视。谋杀就不一样了。一九八八年四月二十七日的一段日记与门罗有关。问题是那时候我们承诺了要保密。"

凯特说："弗赛特小姐，我可以看一下那段日记吗？"

"恐怕没什么让你们眼前一亮的东西。我写下了一些细节，但是我记得的比写下来的更多。我想我有责任告诉你们，尽管我不知道这跟你们的调查是否有关。你们要向我保证，如果跟调查无关，这件事就到此为止。"

凯特说："我们可以向您保证。"

弗赛特小姐身体僵直地坐着，她的手掌按住翻开的日记，像是挡着防止偷窥的人看到。她说："一九八八年四月，我在阿什科姆收容所护理末期病人。这个，当然，你们已经知道了。我的一个病人告诉我她想在死前结婚，但是她希望婚礼能够秘密地进行。她请我做证婚人。我同意了。那不是我问问题的地方，所以我什么也没问。这是一个我觉得可爱的病人提出的希望，她知道自己活不了多久了。奇怪的是她还有精力参加这样的仪式。得到了大教主的许可后，婚礼二十七日中午在克拉姆斯特克·拉赛的圣奥赛斯教堂举行。牧师是休伯特·约翰逊。我的病人在收容所见过他。我没有见过新郎——直到他坐车来接我们，表面上是说出去兜风。休伯特牧师要找第二名证婚人，但是找不到，我不记得是怎么回事了。我们正要离开收容所的时候，我碰到了玛格丽特·门罗。她来申请护士职位，刚被护士长面试完。她是在我的建议下来申请的。我知道她绝对可以保守秘密。我们一同在伦敦的威斯敏斯特医院接受过培训，当然，她比我年轻很多。我做护士这一行很晚，之前在学校里工作过很短一段时间。我父亲强烈反对我做护士，所以他去世以后我才去参加培训。婚礼结束后，我和我的病人回到了收容所。她好像高兴多了，在最后的日子里也平静了很多，但我们都没有再提过结婚这件事。我在收容所的日子发生了很多事，我怀疑如果没有这本日记，在之前没有人问过的情况下我是否还能记得这件事。看到这些文字，即使没有提到人名，过去的事也变得不可思议地清晰。那是个好天气，我记得圣奥赛斯墓地满是黄色的水仙花，门廊外面阳光灿烂。"

凯特说："那位病人是克拉拉·阿巴斯诺特吗？"

弗赛特小姐看着她说："是的。"

"那么新郎呢？"

"我不知道。我想不起他的样子还有名字了。我不知道如果玛格丽特还活着的话是不是还记得。"

凯特说:"但是作为一个证婚人,她一定在结婚证明上签了字,那上面肯定有名字。"

"我想他们会的,但是也没有什么特别的理由让她记得那个名字。毕竟,婚礼仪式上只用教名。"她停顿了一下,然后说,"我必须承认我还没有跟你们说完我知道的全部。我需要时间想,考虑有多少事我是不能透露的。我不需要去看日记就能回答你们的问题。之前我看过那天的日记了。十月十二日,星期四,玛格丽特·门罗从洛斯托夫特的一个公用电话亭给我打过电话。她问我那位新娘的名字,我告诉了她。我没能给她新郎的名字。我的日记里没有写,如果我知道的话也早忘了。"

凯特说:"对新郎您还有什么印象吗?他的年龄、长相,还有他说了什么话。他后来到收容所来过吗?"

"没有,即使克拉拉死的时候他也没来过,就我所知他也没有参加葬礼。葬礼是由在诺里奇的一家律师事务所安排的。我再也没有见过他,也没有他的消息。还有一件事,我注意我们在圣坛前面站着的时候,他把戒指戴到克拉拉的手上。戴戒指那个手指的上端少了一截。"

凯特心中涌起一阵取得成功的喜悦和兴奋,她担心会表露在脸上,被别人看出来。她没有朝罗宾斯看,还设法保持语调的平静,她问:"阿巴斯诺特小姐是否曾经向你倾诉过她结婚的原因呢?有没有可能,跟一个孩子有关呢?"

"孩子?她从没说过有孩子。我记得她的医疗记录里也没有怀孕的记载。没有孩子来看过她,不过那个跟她结婚的人也没来过。"

"所以她什么也没有告诉你?"

"只有她计划结婚,而且结婚必须保密。她需要帮助,我帮了她。"

"她还可能跟谁说过吗?"

"那位为她举行婚礼的牧师,休伯特·约翰逊,她死之前这位牧师花了很多时间陪她。我记得他为她举行圣餐礼并听她的忏悔。他们在一起的时候我必须确保他们不被打扰。她应该告诉了他所有的事,不管是从朋友还是从牧师的角度,但他那时候也已经病得很厉害了,两年以后也去世了。"

没有什么再要了解的了。谢过了弗赛特小姐,凯特和罗宾斯回到了车上。弗赛特小姐在木屋的门口望着他们。凯特把车开出了她的视线,在草坪边上找了个合适的地方停下来。她拿出电话,用很满意的口气说:"我们有很有价值的信息要汇报。我们终于有进展了。"

4

约翰牧师没有来吃午餐,饭后埃玛上楼去敲他房间的门。她很害怕看到他,他开了门,表情和平时没有太大的不同,见到她显得愉快了一些。

她忍住眼泪说:"牧师,我很难过。"她告诉自己是过来说些安慰话,而不是来增加他的痛苦的,但是这好像在安慰一个孩子。她想把他揽在怀里。他让她在壁炉边的椅子上坐下——椅子应该是他姐姐的,然后自己在她对面坐下。

他说:"不知道你能不能帮我的忙,埃玛。"

"当然,任何事,牧师。"

"她的衣服。我知道得把它们收拾一下送走。现在想这事可能有点太早,但是你周末就要离开了,我不知道你可否做这事。我知道皮尔比姆夫人可以帮忙,她人很好,但是我更希望你来帮我做。也许明天,看你方便。"

"当然。我会的,牧师。讨论课一结束我就来。"

他说:"所有的东西都在她卧室。可能有些珠宝。如果有的话,你能拿走帮我把它们卖掉吗?我想把钱捐给帮助犯人的慈善组织。我想一定有这样的组织。"

埃玛说:"肯定有的。我会帮您找到。不过您是否先看看那些珠宝,决定有没有您想留下的?"

"不用了,谢谢埃玛,你真周到。我宁愿把它们都卖掉。"

沉默了一会儿,他说:"警察上午来过了,检查了公寓和她的房间。塔兰特探员还有一位穿白色工作服的做现场搜查的人,他们介绍说是克拉克先生。"

埃玛的声音变得很尖:"为什么要搜查公寓?"

"他们没说。他们没待多长时间,走的时候把房间里收拾得很整洁。看不出来他们来过。"又沉默了一会儿,他说,"塔兰特探员问我昨天晚上晚祷以后到早上六点在哪里,还有在做什么。"

埃玛叫了起来:"真令人无法忍受!"

他很悲凉地笑了一下:"也没有。他们必须问这些问题。塔兰特探员问得很有技巧,他只是在履行他的职责。"

埃玛觉得很气愤,世界上有那么多的不幸都是由那些宣称自己在履行职责的人造成的。

约翰牧师很平静的声音插进来:"做病理的那个人来过了,我想你听到他来了。"

"这里每个人都听得到他,他太不小心了。"

约翰牧师笑了:"没事的。他也没有待太久。达格利什警长问我他们抬走尸体的时候我是否想在场,我说我想自己在这里安静地待着。毕竟,他们抬走的不是阿加莎了,她已经走远了。"

走远了。埃玛想知道,他这样说到底是什么意思呢?这几个字在她脑子里翻来覆去,像葬礼上的钟声那样清晰。

起身要走的时候,她再次拉着他的手,说:"那我们明天见,牧师。我会过来整理那些衣服。你确定没有什么其他事情我可以帮忙的吗?"

他谢过了她,然后说:"还有一件事,希望我不是在勉强你。你能不能去找到拉斐尔。出事以后我就没有见过他,但是恐怕这事会让他很难过。他一直对她很好,我知道他爱她。"

她发现拉斐尔站在距离学院一百码的悬崖边上。她走过来的时候他坐在了草地上,她也坐下来,伸出手。

他的眼睛盯着海,没有转向她,他说:"她是这里唯一在乎我的人。"

埃玛哭了。"不是那样的,拉斐尔,你知道不是的!"

"我的意思是为我考虑。我自己,拉斐尔,不是作为一个发善心的对象,不是作为一个教士候选人,不是作为最后一个还活着的阿巴斯诺特——即便我是个私生子。有人可能已经告诉你了吧。婴儿的时候被妈妈扔在麦秆做的婴儿筐里——特别不结实、两侧都有把手的那种,然后她就匆忙离开了。至少她可以把我放在一个更合适的地方。也许我妈妈想放在别处没人会看到。至少她还周到地把我扔在学院,当然我就是在这里被发现的。他们没有什么选择,必须接受我。不管怎样,这给了他们二十五年觉得自己在做好事的机会,积德行善。"

"你知道他们不是那样想的。"

"我是这样感觉的。我知道我这样说显得很任性,自哀自怜。我是这样的,这你不用告诉我。我想过如果你可以嫁给我,那什么事就都好了。"

"拉斐尔,这很荒唐。只要仔细想想你就知道了,结婚不是药方。"

"但是有一点是可以确定的,那就是结婚可以让我安定下来。"

"教堂不能让你安定吗?"

"我在祈祷的时候是的,然后就不是了。"

埃玛仔细想了一会儿,然后说:"你不是必须做教士,这应该是你自己的决定,而不是其他人的。如果你不确定,那就并不需要做下去。"

"这像格列高利说的话。如果我提到'天职'这个词,他告诉我不要像格雷厄姆·格林[①]小说里的人物那样。我们现在应该往回走了。"

---

① 格雷厄姆·格林(Graham Greene,1904—1991),英国小说家、作家、编剧和评论家。

他停顿了一下，然后笑了。"跟她一起去伦敦的那些时候她的确挺麻烦的，但我从不觉得跟其他人一起去会更好。"

他站起来，大步向学院走去。埃玛没想要追上他。她慢悠悠地走在悬崖边上，为拉斐尔、为约翰牧师，还有所有圣安塞尔斯她爱的人感到深深的悲哀。

她走到通往西侧庭院铁门的时候听到有人叫她。她转过身，看到凯伦·瑟蒂斯正穿过灌木丛向她走来。以往的周末，两人都在学院的时候她们见过面，但除了礼节性地互问早安没有说过什么。埃玛也从没觉得她们之间有什么敌意。她等在哪儿，好奇凯伦现在要说什么。凯伦开口说话前朝圣约翰瞟了一眼。

"很抱歉这样叫住你。我就想问句话，在酒窖里发现老贝特顿的尸体是怎么回事？马丁牧师早上过来告诉我们这件事，但他没有说得很具体。"

好像没有必要隐瞒她所知的那一点信息。埃玛说："她从最上面的台阶上跌下去了。"

"还是有人推了她？不管怎样，对于她的死，他们不能再盯着我和埃里克了——如果她是在半夜死的话。我们昨晚开车去了伊普斯威奇看电影，还吃了晚餐。我们想离开这个地方恐怕是一个小时左右。我想你也不知道调查进行得怎样了吧？我的意思是，执事长的谋杀案？"

埃玛说："什么都不知道。警察什么都不告诉我们。"

"那个英俊的警长也没说吗？对，我想他不会说。上帝，那个人真是险恶。我盼着他能让案子有点进展。我想回伦敦了，不管怎样，我在这里陪埃里克待到这个周末。我只想问你一件事，你可能帮不上忙，或者你不想告诉我，但我觉得也没有什么别人可以问了。你经常做礼拜吗？"

这个问题对埃玛来说太突然了，她愣了一会儿。凯伦几乎失去了耐心，她说："我是说在教堂，圣餐会，你去吗？"

"是的，有时候去。"

"我想了解一下他们发的圣饼。是怎么进行的？我是说，你张开口，由牧师把它送进你嘴里,还是你伸出手来接?"

谈话很怪异,但是埃玛还是回答说:"有的人张开嘴,但是在圣公会教堂,更常见的是人们双手并拢去接圣饼。"

"你们吃掉圣饼的时候,牧师站在那里看着?"

"可能是这样,如果他站在你跟前,在你的头上读祈祷书的话,但他通常会继续给下一名信徒发圣饼。这之后要等一会儿,直到这名牧师,或者另外一名牧师拿来圣餐杯。"她问,"为什么你要知道这个呢?"

"没有什么特别的原因,就是有些好奇。我想也许我会去做礼拜,但又怕去了做错,让自己出丑。需要预定吗?我担心他们把我赶出来。"

埃玛说:"不会的。明天早上在祈祷室有弥撒。"她带着一丝调皮补充说,"你可以告诉塞巴斯蒂安牧师你想参加。他可能会问你几个问题,也许想你先做忏悔。"

"向塞巴斯蒂安牧师忏悔!你没疯吧?我想等我回伦敦后再寻求精神重生吧。顺便问一句,你打算在这里待多久?"

埃玛说:"我应该周四走,但我可以再多留一天,可能到周末才走。"

"好啊,祝你好运,谢谢你告诉我这些。"

她转过身远去,耸着肩干脆利落地朝圣约翰走去。

看着她走了,埃玛对自己说,凯伦正好不想多待了,这不错。能和另外一个与自己年龄相仿的女人谈起谋杀案是件很诱惑的事,但可能是不明智的。凯伦也许会问她发现执事长尸体的事,她将不得不回答,而回答了又会令她尴尬窘迫。圣安塞尔斯的其他人都在小心翼翼地保持沉默,但是把谨慎寡言和凯伦·瑟蒂斯联系到一起实在不太恰当。她向前走着,很困惑。想着所有凯伦可能想问的问题,而她真正问出口的却是埃玛最没有想到的。

5

一点一刻的时候凯特和罗宾斯回来了。达格利什看着凯特,听她准确地汇报了他们完成任务的情况。她尽量控制自己的语调,不想让人感觉到那难以掩饰的兴奋。在取得很大进展的时候,她会表现得最为清醒和理智,但从她的声音和眼睛里可以明显地看出激情。达格利什很喜欢这一点,也许这让他觉得又看到了原来的凯特。对于凯特来说,做警察不仅是从悲惨的、被剥夺的童年生活摆脱出来的路径,还意味着比一份工作、足够的薪水和升迁机会更多的东西。他希望再看到那样一个凯特。

她和罗宾斯跟弗赛特小姐道别后就打电话说了结婚那件事。达格利什让凯特复印一下那份结婚证明,然后尽快回到圣安塞尔斯来。地图上标注着这里离克拉普斯托克-兰西只有十四英里远,看起来应该先去教堂。

然而他们的运气不好。圣奥赛斯没有专职的牧师,现在由一名新来的牧师暂时负责主持礼拜。他去了其他教堂,他年轻的妻子对教堂记事本放在哪里一无所知,当然这也不奇怪。她只能建议他们等她丈夫,他应该晚饭前回来,除非某位教区居民请他吃饭。如果是那样的话,他可能会打电话回来,不过有时候他也会因为太忙而忽略。凯特从她的口气里觉察出了些微烦躁和怨恨的情绪,猜想这样的情况应当并不少见。现在最好的办法是试一下诺里奇的注册办公室。在那里他们运气好多了,一份结婚证明的副本立刻就做好了。

同时达格利什打了电话给在诺里奇的保罗·佩罗内特。在找乔治·格列高利问话之前他需要得到两个重要问题的确切答案。一个是阿巴斯诺特小姐遗嘱的准确内容;另一个是相关的议会法案的条款,还有那份法案开始生效的准确日期。

凯特和罗宾斯没吃午饭,对皮尔比姆夫人送来奶酪卷和咖啡简直太渴望了。

达格利什说:"现在我们可以想象一下玛格丽特·门罗是怎么想起了结婚那件事。她在日记里面写了,细想过去,两幅画面同时出现了:格列高利在沙滩上摘掉了左手的手套去摸罗纳德的脉搏,还有《海湾周报》上有结婚照片的那一版。这一生一死放在一起,她就明白了。第二天她给弗赛特小姐打了电话——因为她担心被打扰,电话不是从木屋打的,而是从洛斯托夫特一个电话亭打的。她确认了之前她很怀疑的事情:新娘的名字。在这之后她才对那个最相关的人说起了这件事。而和这事相关的,只有两个人:格列高利和拉斐尔·阿巴斯诺特。她和那个人谈过,确认了她的怀疑后没几个小时。玛格丽特·门罗就死了。"

他重新折起结婚证明,说道:"我们在格列高利的木屋里跟他谈,不是这里。我希望你跟我去,凯特。他的车在这里,所以即使出去了也没走远。"

凯特说:"结婚也没有给格列高利一个动机去谋杀执事长。那是二十五年以前的事了。拉斐尔·阿巴斯诺特没有继承权,遗嘱说依照英格兰法律他是合法的才行。"

"根据英格兰法律,这个婚姻使他成为合法继承人。"

格列高利可能刚回来。他开了门,穿着一件黑色的长袖运动衣,脖子上搭着一条毛巾。湿头发耷拉着,运动衣也湿漉漉地贴在前胸和胳膊上。

他并没有靠边让他们进来,而是说:"我正想洗个澡,有什么急事吗?"

他的态度就像在打发纠缠不休的推销员。达格利什第一次在他的眼睛里看到了一种挑衅的意味,他也没想隐藏。

他说:"是很急。我们可以进来吗?"

格列高利带着他们穿过书房走到后边,说:"警长,看您的样子好像终于取得了一些进展。有些人可能会说,也该有进展了。希望不会又是徒劳无功。"

他示意他们坐在沙发上,自己坐在桌子边,将椅子转了一圈腿向前伸出来。他开始起劲儿地擦头发,达格利什在房间的另一边都能闻到他身上的汗味儿。

达格利什并没有从兜里拿出那份结婚证明,他说:"你在一九八八年四月二十七日同克拉拉·阿巴斯诺特在圣奥赛斯教堂结了婚,地点在诺福克的克拉普斯托克-兰西。你为什么没有告诉我?你真的相信在这种情况下,这桩婚姻和谋杀案调查没有关系?"

格列高利沉默了几秒钟。之后他开口说话时语调平静,没有流露出什么担心,达格利什猜想他是不是几天前就想好了如何面对这个场景。

"提到结婚,我想你应该知道那个日子有多么重要。我没告诉你是因为我觉得这跟你们没有任何关系,这是第一个原因。还有就是我承诺我妻子保守婚姻的秘密直到我把它告诉我们的儿子——还有,顺便提一下,拉斐尔是我儿子。第三是我还没有告诉他,我觉得还不是合适的时机。但是,看起来你们像是在逼我。"

凯特问:"在圣安塞尔斯有人知道这事吗?"

格列高利看着她,好像第一次知道她的存在,而且被她激怒了:"没有人知道。很显然,他们会知道的。同样很显然,他们会谴责我隐瞒了拉斐尔,当然还有隐瞒他们太久了。人性就是这样的,他们会发现那似乎更不可原谅。我觉得自己在这个木屋里待不了多久了。我来这里工作的唯一原因是可以认识我儿子,现在因为圣安塞尔斯注定要被关闭,所以也没关系了。但是我希望按照我的时间表把我人生的这一页翻过去。"

凯特问:"那为什么是保密的?即使收容所里的人也蒙在鼓里。如果谁也不想告诉的话,为什么要去结婚?"

"我想我已经解释过了。我是要告诉拉斐尔的,但是应该在我认为合适的时间。我很难面对一桩谋杀案的调查,我的私生活受到警察追踪。这个时间还是不好,不过我想现在告诉他会令你们满意。"

"不,"达格利什说,"那是你的事,不是我们的。"

两个男人互相看着,然后格列高利说:"我想尽我所能给你一些解释。你应该比大多数人都更知道动机从来都不像它们看起来那么单纯。我们是在牛津认识的,那时候我是她的督学。她当时十八岁,而且非常有魅力。当她表白说想跟我发生关系的时候,我无法拒绝。那是一个羞辱性的灾难。我并不知道她是出于对自己的性取向有些困惑,才故意用我来做实验。这个选择对她来说也很不幸。无疑我应该更能体谅她的感受,但是我从没把性行为看做像杂耍一样。我太年轻了,也许太自以为是,所以把性关系的失败看成是两个人价值观不同导致的。那可是个不小的失败。一个人可以承受很多事情,但这件事太令人作呕了。恐怕是我对她不好,她没有告诉我她怀孕了。我知道的时候要打胎已经太晚了。我想她试图说服自己什么也没发生过,她并不是一个敏感的女人。拉斐尔的长相是从他妈妈那里遗传的,但他的智慧不是。结婚是不可能的。这个想法让我一生都感觉恐惧,她也毫不掩饰对我的憎恨。她没有提到孩子出生的事情,但是后来写信说,她生了一个男孩,把他留在圣安塞尔斯了。之后她和另一个女人一起了出国,我们再没有见过面。

"我跟她没有联系,但是她一定很留意我在哪里。一九八八年四月初,她写信来说她快死了,让我到诺里奇郊外的阿什科姆收容所去看她。她给的解释是为了她的儿子。我相信她是信教了,阿巴斯诺特家族的人信教都有个模式,就是大都发生在对他们的家庭最不利的情况下。"

凯特又问了一遍:"那么为什么要保密?"

"她坚持这样的。我做了所有的安排,然后只是给收容所打了电话,请求把她接出来。负责看护她的护士知道这个秘密,并且是证婚人。我记得第二个证婚人不太好找,但是一位来收容院面试的女人同意帮忙。牧师是克拉拉在收容所认识的一位病友。他有时候来参加那种他们所谓的放松治疗。他在克拉普斯托克-兰西的圣奥赛斯教堂任职。他帮我们拿到了大主教的许可,所以不需要结婚预告了。我们履行了规定的程序,然后我就开车将克拉拉送回了收容所。克拉拉希望我保留结婚证书,我现在还留着。三天以后她死了。护理她的那个女人写信来说她死得没有痛苦,结婚给了她最后的平静。我很高兴能够让我们生活中的某个人有所不同,这当然对我没有什么作用。她让我在我认为合适的时候把事情告诉拉斐尔。"

凯特说:"然后你就等了十二年。你有没有想过要告诉他?"

"不一定。我当然不想让自己承受有一个正处在青春期的儿子的负担,也不想他承受有一个父亲。我什么也没有为他做过,也没有参与他的成长过程。忽然出现会是很不光彩的,就好像我来查看他是不是一个值得认的儿子。"

达格利什说:"那你是否就是这么做的呢?"

"我承认我有罪。我发现自己有某种好奇,或者说是出于不能割舍的亲缘关系,父子关系的存在毕竟是让我们可以不朽的唯一方式。我小心地进行了匿名调查,发现他大学毕业后到国外去了两年。然后回到这里,宣布自己想成为一名教士。因为他没有读过神学,所以必须学习三年。六年以前我作为访客来这里待过一个星期,后来我知道这里有一个古希腊语兼职教师的职位,于是就申请了。"

达格利什说:"我知道圣安塞尔斯的关闭几乎有明确的时间表。罗纳德·特里夫斯死后,还有执事长被谋杀后,这只会进行得更快。你知道你有谋杀执事长的动机吗？你和拉斐尔都有。你在一九七六年法案生效后不久结婚，这就让你儿子的身份成为合法。法案的第二部分规定凡私生子的父母结婚，而父亲是在英格兰或者威尔士定居的，从结婚之日起，这名私生子便成为合法。我查过了艾格尼丝·阿巴斯诺特小姐遗言的准确措辞。如果学院关闭了，所有她当初赠与学院的东西都将分给她父亲的后代，不管是儿子的后代，还是女儿的后代，只要他们是圣公会的教徒，而且根据英格兰法律是合法的。拉斐尔·阿巴斯诺特是唯一的继承人。你打算告诉我你不知道这些吗？"

格列高利第一次没有表现出那种玩世不恭的旁观者姿态。他断然地说："这孩子不知道。我知道这给你们把我作为主要嫌疑人提供了方便，但是就算你们再有想象力也找不到拉斐尔的作案动机。"

当然，这里可能还有除了经济利益以外的动机，但是达格利什不想再追究了。

凯特说："他不知道他是继承人，这只是你说的。"

格列高利站起来，俯视着她。"那么把他叫来，我马上在这里告诉他。"

达格利什打断了他："这样做是理智和仁慈的吗？"

"我不管是或者不是！我不能让拉斐尔被指控谋杀。把他找来，我要亲口告诉他。不过我想先洗个澡，我不想满身臭汗地告诉他我是他父亲。

他走进房子里面去了，他们可以听到他在上台阶的脚步声。

达格利什对凯特说："去找克拉克，告诉他我们需要样本袋。我想要那套运动服。然后让拉斐尔五分钟之内到这里来。"

凯特说："真的有必要吗，长官？"

"是的，这会对他有好处。格列高利是完全正确的：能够说服我们证明拉斐尔·阿巴斯诺特不知情的唯一方式就是我们在场的时候对他说。"

几分钟后她拿着样品袋回来。格列高利还在洗澡。

凯特说："我见到拉斐尔了，他五分钟之内就会过来。"

他们沉默地等着。达格利什环视了他井井有条的房间,从开着的门朝书房里面看去:桌上的电脑面对着墙,灰色文件柜的旁边的书架上精心摆放着皮卷大书。这里没有任何装饰物,也没有任何专门用做摆设的东西。这是一个兴趣在于知识本身的人的圣地,他很享受自己舒适和整洁的生活。达格利什不禁挖苦地想,这种平静马上就要被破坏了。

他们听到门开了,拉斐尔穿过外间来到里间。几秒钟后格列高利就出来了,穿着长裤和刚刚熨烫过的海军蓝衬衣,但是头发还是乱糟糟的。他说:"拉斐尔,我们最好都坐下。"

格列高利看着他的儿子,说:"有件事我必须告诉你。这个告诉你的时间不是我选的,是警察对我私生活的兴趣超过了我的想象,所以我别无选择。我跟你妈妈在一九八八年四月二十七日结了婚。你可能觉得婚礼应该在二十六年以前进行。这是情节剧的剧情,但事情就是这样。我是你父亲,拉斐尔。"

拉斐尔盯着格列高利,他说:"我不相信,这不是真的。"

这是受到打击或者听到不受欢迎的消息时的正常反应。他又用更大声音说了一遍:"我不相信。"他的表情却显示了他被吓着了。血色从他的额头、两颊、脖子有规则地渐渐退去,就像血液倒流了一样。他站起来,定定地站着,从达格利什看向凯特,像是在拼命寻找一个否定的答案。而且他脸上的肌肉看上去暂时松弛了下来,脸上的细纹变得更深了。有一瞬间,达格利什忽然觉得他和他父亲有点像。这感觉稍纵即逝,他几乎没有时间去辨认,就已经消失了。

格列高利说:"够了,拉斐尔,你不一定要照着亨利·伍德夫人的脚本那样演这场父子相认的戏。我一直不喜欢维多利亚式的情节剧。这是我可以开玩笑的事吗?达格利什警长有一份结婚证明。"

"那也不意味着你是我父亲。"

"你妈妈一生中只同一个男人发生过性关系,那个人就是我。我给你妈妈写信承诺了要对这件事负责。出于一些原因,她要求在形式上认个错。结婚以后她把我们的通信还给了我。当然,还有 DNA 的结果。

这个事实好像是不能否认的。"他停顿了一下,又说,"我很抱歉,这个消息让你难以接受。"

拉斐尔的口气非常冷漠,几乎都不像他了。"后来发生了什么呢?常见的故事,你跟她发生了关系,让她怀了孕,既不想跟她结婚也不想做孩子的父亲。然后就选择离开了?"

"这样说不准确。我们都不想要孩子,也没有婚姻的责任。我年长一些,所以理应受到更多的谴责,当时你妈妈只有十八岁。你所信的教不就是建立在无限宽容的基础之上吗?所以为什么不能原谅她?你跟这些牧师们在一起比跟我们任何一个人在一起情况都要更好。"

沉默了好长一段时间,拉斐尔说:"我一直是圣安塞尔斯的继承人。"

格列高利看着达格利什,后者说:"你是继承人,除非有我没有意料到的什么法律上的小问题,我咨询过律师了。艾格尼丝·阿巴斯诺特在她的遗嘱中说如果学院关闭了,她捐赠的所有财产都由她父亲的合法继承人继承,不管是儿子这一方的还是女儿这一方的,只要他是圣公会的信徒。她并没有写"婚生",她用的词是'在英格兰法律中合法'。你父母在一九七六年法案生效以后结的婚。这样你就成为合法了。"

拉斐尔走到朝南的窗口,安静地站在那里朝岬角看去。他说:"我想我已经习惯了。我习惯了有个妈妈把我像一团不需要的衣服一样扔在慈善店。我习惯了不知道父亲的名字,即使他还活着。我习惯了在神学院里被养大,而我的伙伴们都有家。我希望生活还是保持原样。现在我希望的就是再也不要见到你。"

达格利什不知道格列高利是否觉察到了他儿子在竭力控制自己的情绪,说话时带着颤音。

格列高利说:"当然你希望这样也可以,但不是现在。我想达格利什警长希望我留在这里。这个让人兴奋的信息让我有了杀人动机。当然,你也是。"

拉斐尔转向他:"你杀了他吗?"

"没有，你呢？"

"上帝！这简直是荒唐！"他转向达格利什，"我想你的职责是调查谋杀案，而不是把人们的生活弄乱。"

"恐怕这两件事总是不可避免地联系在一起。"

达格利什瞥了一眼凯特。他们一起往门口走去。

格列高利说："很显然，我们得告诉塞巴斯蒂安·莫里尔。我希望你能让我或者拉斐尔去跟他说。"他又转向他儿子，"你觉得这样好吗？"

拉斐尔说："我什么都不会说的。你什么时候想说就什么时候告诉他，我完全无所谓。十分钟以前我还没有父亲，我现在也没有。"

达格利什问格列高利："你想等多久？我们不能永远等着。"

"不会的，虽然相对于十二年来说，一个星期左右的时间看起来不重要。我希望什么都不说，直到你们的调查结束，如果真的能结束的话。但这可能不现实。我会在这个周末告诉他，我想你们应该可以让我自己选择时间和地点。"

拉斐尔已经离开了木屋，他从大玻璃门中间穿过，身影在海水的轻雾笼罩下模糊了。他们可以看到他大步穿过岬角地，朝大海的方向走去。目送他走远，凯特说："他还好吗，是否需要有人跟着他？"

格列高利说："他会活下来的，他不是罗纳德·特里夫斯。尽管他也自艾自怜，但拉斐尔在生活中一直还是被宠爱的。我儿子有很强的自我保护意识。"

克拉克奉命来拿走他的运动服，他很爽快地递了过来，满不在乎地看着它被放进塑料袋中并且在达格利什面前把袋子封起来；他送凯特和克拉克走出木屋，就像在和贵客道别一样。

他们往圣马太走去。凯特说："确实有动机。我想格列高利是主要的嫌疑犯。但这也不是很重要，不是吗？我的意思是，很明显这里很快要被关闭了，拉斐尔最终会继承遗产的，用不着这么着急。"

达格利什说："用得着，想想吧。凯特，"

他没有做更多解释，凯特知道最好别问。

他们回到圣马太的时候,皮尔斯在门口。他说:"我正想给你们打电话,长官。我们接到了医院的电话,可以去见耶伍德巡视员了。他们建议我们明早再去,这样他可以休息得更好些。"

6

达格利什想,所有的医院,不管它坐落在哪里或采用什么样的建筑,内部基本都是一样的:同样的气味,同样的患者,同样的标志牌指示着病房和各科室的位置,走廊里挂着同样的那种让人感觉平静踏实、鼓舞信心的画片。同样的拿着鲜花和大包小包的访客径直走向他们熟悉的病床。同样的穿着各种制服或者半身制服的医护人员有秩序地在各自的岗位上忙碌着,看起来都很疲劳,但是神情坚定。他做探员后来过多少次医院,看望那些犯人或者证人、获取临死前的供词,或是讯问医护人员?

在前往病房的路上,皮尔斯说:"我尽量不到这种地方来。来这里就会交叉感染,而医院也治不好。住在这里你就是不被来看你的人累死,也会被来看其他患者的人给累死。你别想睡好觉,这里提供的食物根本没法吃。"

达格利什看着他,觉察出他的话语里有一种更深层的憎恶,甚至是一种恐怖的情绪。他说:"医生就像警察一样。不需要的时候你就不会想到他们，生了病就希望他们能创造奇迹。我跟耶伍德谈话的时候希望你留在外面，如果我需要第三者在场会叫你进来。我必须很温和地跟他谈。"

一名脖子上挂着听诊器、看起来过于年轻的实习医生告诉他们耶伍德探员现在情况还好，可以探视，然后把他们带到了侧面的一个小病房。一名穿制服的警员在看守着。他们走过来的时候他非常机警地站了起来注视着他们。

达格利什说："雷恩医生，是吗？我想等我跟耶伍德警官谈过之后，你就不用再来这儿了。你应该会很高兴离开这儿。"

"是的，长官。我们那儿很缺人手呢。"

谁不缺人呢？达格利什想。

耶伍德的床放在能让他看到窗户的位置，能看到窗外郊区民居整整齐齐的屋顶，他一条腿悬在滑轮上做着牵引。自从那次在洛斯托夫特碰到，他们只是在圣安塞尔斯匆匆见过一面。给达格利什印象最深的是他脸上疲倦无奈、逆来顺受的表情。现在他看起来是一副被彻底击溃了的样子，身体好像都萎缩了。达格利什想，医院接手的不仅是人的肉体。没有人在这个窄窄的治疗床上还会显得生机勃勃。耶伍德的灵魂也在慢慢地委靡，他目光黯淡地转向达格利什，眼神迷惑而又不无愧疚，厄运竟让他如此精神不振。

握手的时候避免老套的问话是不可能的。

"现在感觉怎么样？"

耶伍德没有直接回答。"如果皮尔比姆和他的伙计没找到我的话，我肯定得死了。那是一种结束，幽闭恐惧的结束。对莎伦，对孩子们，还有我自己都更好。抱歉让你听到这么懦弱的话。在那沟里，我不省人事，没有痛苦，没有忧虑，只有平静。那应该是个不错的去处。达格利什先生，其实我很希望他们把我留在那儿。"

"我不希望这样。圣安塞尔斯已经死了太多人了。"他并没有提到已经又死了一个。

耶伍德朝窗外的房顶看去。"我再也不想管这些事了，再也不想觉得生命是一场彻底的失败。"

达格利什想安慰他,但他知道找不到合适的语句,便说:"你要告诉自己,不管现在情况怎么坏,都不会永远是这样的。没有什么是永远不变的。"

"但情况还可能变得更糟。令人难以置信,但这是可能的。"

"除非你让它变得更糟。"

接下来是一阵沉默。耶伍德明显地努力振作了一下。"你说得对。对不起,我让你失望了。发生了什么事?我只知道执事长被谋杀了。你们到现在还没有向报纸披露详情,广播里也只报道了死亡的消息。究竟发生了什么?我估计你发现尸体后就去找我,但我不在了。就像你所需要的那样,杀人犯在逃,我这个你可以看成是有点专业技能的人恰好做了特别像凶手做的事。这事真是很怪。我一直都被认为是一名过于热情的警官,但我对这事提不起什么兴趣,我现在连自己都照顾不了。顺便说一句,我没有杀他。"

"我不认为是你杀的。克拉普顿是在教堂里被发现的,现在知道的事实表明他是被人骗去那里的。如果你真想杀他,那你去隔壁就行了。"

"但是这对在学院里的每个人来说都是成立的。"

"这个凶手想给圣安塞尔斯抹黑。执事长是那里的负责人,但并不是唯一的受害者。我不觉得你是这样想的。"

停顿了一会儿,耶伍德闭上眼睛,头在枕头上焦躁不安地移来移去,他说:"不,我不觉得是这样,我喜欢那个地方,但现在我把事情都搞乱了。"

"抹黑圣安塞尔斯不是那么容易的。你是怎么认识牧师们的?"

"那是三年前的事了,当时我刚到萨福克警局。佩里格林牧师在洛斯托夫特路上倒车的时候撞上了一辆货车。没有人受伤,但是我必须跟他谈谈。他心不在焉,这样开车太不安全了,我说服他让他停下来。我想牧师们对我非常感激。反正,他们好像从不介意我去拜访他们。我不太了解那个地方,但我在那里的时候感觉很不同。莎伦离开我以后，我开始开车过来参加星期天早上的弥撒。我不信教，也不太了解弥撒上所做的事情，不过这没关系。我只是喜欢在那里。牧师们都对我很好，他们从不问东问西，也从不主动邀你谈心，但会接受你的倾诉。我在那里得到了所有需要的东西：医生、心理医生、法律顾问。房间外面有个警察在看着我，是不是？我并不蠢。我是有点疯，但还不蠢，要不怎么只是腿折了，而不是脑袋碎了。"

"他在这里是保护你的安全。我不知道你看到了什么，也不知道你能提供什么证据。也许有人想把你干掉。"

"这有点牵强吧？"

"我不想冒这个险。你记得星期六晚上发生的事吗？"

"是的，直到我在沟里失去意识之前。在那么大的风里行走让人有些迷迷糊糊的——感觉上好像比实际走的时间要短——但我记得其他的事，大部分都记得。"

"让我们从头开始说。你几点钟离开房间的？"

"差不多是十二点过五分。我一直在打盹，睡得很不实。暴风吵醒了我，我开灯看了看表。你知道睡不着的感觉是怎么样的——你躺在那儿，希望时间已经比你想象得晚了，希望很快就要到早上了。这时候那种莫名其妙的慌张又来了，我试图平复它，可我躺在那里浑身是汗，吓得身体僵硬。我必须出门，走出这间房子。远离格列高利，远离圣安塞尔斯。我在哪里都会是这样。我应该是在睡衣外面穿了一件外套，来不及穿上袜子，我记不住细节了。我并不是很怕外面的大风，某种程度上我还觉得它帮了我的忙。就算外面是大风雪的天气，我也会踩着二十英尺厚的雪出去。上帝，我希望我会的。"

"你是怎么出去的？"

"从教堂和安布罗斯之间的铁门出去的。我有钥匙——所有的访客都有，当然这你知道。"

达格利什说："我们发现门是锁了的。你记得出去以后锁门了吗？"

"我应该是锁了。这种事我都是下意识做的。"

"你看到教堂附近有人吗？"

"没有，庭院里空无一人。"

"那你有没有听到什么声音？有灯亮着吗？或者你看到教堂的门是开着的？"

"除了风声我什么也没有听到。我觉得教堂没有亮灯，或者是我没看到，门也应该没有大开着，但如果只是开一点缝的话，我也可能没有注意到。我看到一个人，但并不是在教堂附近。是在我经过安布罗斯前门的时候，那人是埃里克·瑟蒂斯。他并没有离教堂很近，而是在北侧回廊上，正在往学院楼里走。"

"他没有让你觉得很奇怪吗？"

"没有。我没法描述那时候的感觉。我当时要在那么猛烈的大风里呼吸，急着想立刻到院墙外面去。如果我确实看到了瑟蒂斯了的话，也觉得这很自然，我认为应该是有人有急事需要他上去帮忙。他是名杂工啊。"

"在午夜之后，在暴风中？"

他们沉默了一阵。达格利什觉得很有意思，他的问话非但没有令耶伍德更加焦虑，反而让他的精神有所振奋，至少让他暂时忘记了一些脑子里的事情，从自己的烦恼里解脱了一点。

耶伍德说："他不像个杀人凶手，不是吗？一个有礼貌的、实在的、很有用的家伙。据我所知，他没有什么理由憎恨克拉普顿。不管怎样，他是往学院楼里走了，而不是往教堂里走。如果没人找他，他去学院楼干什么？"

"也许是去拿教堂的钥匙。他知道放在哪儿。"

"那就有点有勇无谋了，不是吗？着什么急呢？难道是他计划周一去粉刷圣器贮藏室吗？我听皮尔比姆说过的。而且如果他想拿钥匙，为什么不早点去？他可以随便出入主楼的。"

"那就更危险了，去教堂准备弥撒的学生会发现少了一套钥匙。"

"好的，我同意，长官。但瑟蒂斯的情况和我一样：如果他想和克拉普顿决一死战，他知道在哪里能找到他。他知道奥古斯丁的门是没有上锁的。"

"你确定那个人是瑟蒂斯吗？如果有必要的话，你确定可以在法庭上指认吗？那时候已经是半夜了，你的情绪又很糟。"

"那是瑟蒂斯。我经常见到他。回廊上灯光昏暗，但我不会弄错的。在法庭的交互讯问中我也会这样说的，如果你问的是这个意思的话。倒不是这样做有什么好处。我知道辩护律师会如何对陪审团做最后陈述——视线不良；你看到那人只有一两秒钟；证人又病得不轻，疯到在暴风的天气里走到外面去；当然，与瑟蒂斯不同的是，我不喜欢克拉普顿。"

现在耶伍德已经开始疲劳了。突然迸发出的对这起谋杀的关注把他的精力消耗殆尽。是该走的时候了，而且得到了新的线索，达格利什也很想赶快回去。不过首先他必须确认耶伍德是否还能提供更多的情况。他说："我们需要一份证词，当然，这不急。另外，是什么让你的恐惧症发作呢？是星期六下午茶后你和克拉普顿的争吵吗？"

"你听说这事了？哦，你当然会听说的。我不想在圣安塞尔斯见到他，我想这对他来说也是个打击。但那并不是我挑起的，是他。他站在那里就过去那个案子谴责我。他气得发抖，像抽风了一样。这要说到他妻子的死。我那时候是探员，那是我处理的第一宗谋杀案。"

"谋杀？"

"他杀了他妻子，达格利什先生。我那时就很确定这一点，我现在仍然这样认为。好，我是超越职权了，把整个调查弄得一团糟。最后，他向上面投诉，说是我让他受到了折磨。这对我的工作没好处。我怀疑如果还继续留在大都会，我还能不能当探员。但是我当时就像现在一样确定，他杀了他妻子，然后就撒手而去了。"

"你有什么证据呢？"

"她床头有一瓶酒。她死于过量的阿司匹林和酒精。瓶子已经被擦干净了。我不知道他是如何让她吃了一整瓶药片，我确信这是他干的。他在撒谎，我知道他在撒谎。他说从没到床边去过，但他干的远比这多。"

达格利什说："关于那个药瓶和他没有去过床边的事撒了谎，并不意味着他就是凶手。他可能发现她死了，觉得很惊慌。人们在承受压力的时候会有奇怪的举动。"

耶伍德倔犟地反复重申："他杀了她，达格利什先生，我从他的表情和眼睛里看得出来，他在撒谎。这并不意味着我在借机为她报仇。"

"谁有可能呢？她有什么亲人吗？兄弟姐妹、之前的恋人。"

"没有，达格利什先生。她只有父母，我觉得他们不是特别有同情心。她从来没有得到公正，我也没能做到。克拉普顿死了我不觉得难过，但我没有杀他，而且我并不在意你们一直没有找到凶手。"

达格利什说："但我们得去找。你也是个警察，我不能相信你刚才说的话。我会跟你保持联系。跟我说过的话要保密，你知道什么该说什么不该说什么。"

"我还可以做得到吗？我希望可以做到。我现在很难想象我还有能力再回去工作。"

他转过脸去，含蓄地做出了不想再被打扰的姿态。不过达格利什还有最后一个问题必须要问，他说："你和圣安塞尔斯的人谈过你对执事长的怀疑吗？"

"没有。我不会和他们进行那种讨论的，他们也没兴趣听。不管怎样，都是过去的事情了。我从来没想过还会再见到他。他们现在会知道了——如果拉斐尔·阿巴斯诺特告诉他们了的话。"

"拉斐尔？"

"克拉普顿拦住我的时候，他在南回廊上，都听到了。"

7

他们是坐达格利什的捷豹来医院的。上了车系好安全带,他和皮尔斯都没有说话。达格利什开口简单扼要地说明案情进展的时候,车子已经开离东郊很远了。

皮尔斯沉默地听着,然后说:"我不认为瑟蒂斯是凶手,但如果确实是他,就一定还有同伙。他妹妹肯定也脱不了干系。我不相信她不知道周六晚上发生在圣约翰的事。可他们为什么希望执事长死呢?他们可能知道他一有机会就在拼命地想关掉圣安塞尔斯,那对瑟蒂斯来说不是好事——他好像对他能在小木屋里过养猪的生活感到十分惬意——但他也无法通过杀掉执事长来避免学院被关闭。还有,如果他和执事长有什么私人恩怨,为什么还要精心谋划诱使他去教堂呢?他知道执事长睡在哪里,也一定知道门没有上锁。"

达格利什说:"所有学院里的人都是这样的情况,包括那些访客。不管是谁杀了执事长,那个人都希望我们知道这是内部人干的。这个从一开始就很清楚。瑟蒂斯和他妹妹都没有什么明显的动机。如果我们考虑动机的话，乔治·格列高利应该是最有嫌疑的。"

这些其实都无须再重复了。皮尔斯希望自己刚才什么都没说。他已经知道了，当达格利什需要安静的时候，最好知趣地保持沉默，尤其是在说不出什么有价值的东西的时候。

回到圣马太，达格利什决定找瑟蒂斯和凯伦来问话。五分钟以后，罗宾斯把他们俩带来了。凯伦·瑟蒂斯被带到了休息室，关上了门。

很显然罗宾斯去找他们的时候，埃里克·瑟蒂斯正在清理猪圈。他到审讯室的时候身上带着明显的、但并不十分令人讨厌的泥土和动物的气味。他只是花了点时间洗了洗手，现在坐下来，两手分别放在双腿上。紧握的两个拳头显得异常僵硬，跟他身体的其他部位显得很不协调，让达格利什想起两个因恐惧而蜷缩在一起的小动物。他没有时间和他妹妹商量。他进来的时候向后一瞥，表明他多么需要她能在场支持他。他僵直地坐着，只有眼睛在达格利什和凯特之间游移，最终停留在达格利什身上。达格利什对于察觉人的恐惧很有经验，这一次也没有看错。他知道那些表现得最为害怕的人一般都是清白的；而那些真正有罪的人，会迫不及待地想讲出他们精心编造的故事，在整个审讯中都会表现出一种傲慢自大、虚张声势的状态，借以掩盖出于负罪或是恐惧而表现出的局促。

他单刀直入地说道："星期天警员问话的时候，你说星期六整晚你都没有离开过圣约翰，我得再问你一遍。星期六晚祷之后你有没有去过学院或者教堂？"

瑟蒂斯抬头看达格利什的眼睛之前下意识地扫了一眼窗户，像是想逃离这个房间。他的声音不自然地高了起来。

"没有，当然没有。为什么要出去呢？"

达格利什说："瑟蒂斯先生，有人证明你午夜后从北侧回廊进入了圣安塞尔斯。那人确定看到的就是你。"

"那不是我，一定是其他人。没有人会看到我，因为我不在那里。那个人在撒谎。"

他的否认听起来很混乱，即使在他自己听来都不可信。

达格利什耐心地说:"瑟蒂斯先生,你是希望因涉嫌谋杀而被逮捕吗?"

瑟蒂斯眼看着就蔫了。他像个小男孩一样,停顿了好一会儿才说:"是的,我确实回过学院。我半夜醒来看到教堂亮着灯,就过去看看发生了什么。"

"你是什么时间看到光亮的?"

"差不多半夜,就像你说的。我在盥洗室看到的。"

凯特第一次说话了。

"但是所有的木屋都是同一种设计。卧室和盥洗室都在房子的后面。在你的木屋它们是面向西北的,你怎么能看到教堂呢?"

瑟蒂斯舔了舔嘴唇。他说:"我当时很渴,下楼喝杯水,从起居室看到了光亮,至少我觉得我看到了。只是很昏暗的光。我想我最好去看看。"

达格利什说:"你没想过叫醒你妹妹或者打电话给皮尔比姆先生或者塞巴斯蒂安牧师吗?那肯定是更自然而然的做法。"

"我不想打扰他们。"

凯特说:"你还挺有勇气的,在暴风的夜晚打算只身面对坏人。你进了教堂打算做什么?"

"我不知道。我没有想得很清楚。"

达格利什说:"你现在也没有想得很清楚,是吧?不管怎样,继续说吧。你说你去查看了教堂,有什么发现?"

"我没有进去。我进不去,因为没有钥匙。灯还是亮着。我进了学院,从拉姆齐小姐的办公室拿了钥匙,但我回到北侧回廊的时候教堂的灯已经关了。"这时他说得比较自信,双手明显地放松了。

凯特瞥了达格利什一眼,接过来继续问:"那么之后你又做了什么?"

"我什么也没做。我想我一定是看错了,才觉得有灯光。"

"但是你好像之前很肯定看到了,要不然你为什么要冒险闯入风暴里呢?一开始有灯亮了,然后又神秘地被关上了。这没让你觉得应该进教堂看一看吗？"

瑟蒂斯嘟囔着："没有那个必要，那里没有灯光就没必要再去看了。我告诉你了，我觉得是我看错了。"他又加了一句，"我走到了圣器室门口，发现门是锁着的，所以我知道教堂里没有人。"

"执事长的尸体被发现以后，教堂的三把钥匙丢了一把。你拿钥匙的时候那里有几把？"

"我不记得了，当时没注意。我急着拿了钥匙赶快去教堂。我知道教堂钥匙的确切位置，于是拿了最近的一套。

"你没有把它们送回去吗？"

"没有，不想再走回学院去了。"

达格利什平静地提问了："那么，瑟蒂斯先生，那些钥匙现在在哪里？"

凯特很少见到嫌疑犯因恐惧而吓成像瑟蒂斯这副样子。在之前的问话里表现出的自信和勇敢已经被榨干了。瑟蒂斯瘫在椅子里，头耷拉着，整个身体都在发抖。

达格利什说："我想再问你一次，星期六晚上你有没有去过教堂？"

瑟蒂斯终于可以坐得直一点，甚至可以直视达格利什的目光了。现在凯特觉得恐惧已经退去，他放松了些。差不多要讲出真相了，他很高兴能结束过长的因编造谎言而忍受的折磨。现在他和警察站在一边了。他觉得他们不会质疑他，会宽恕他的错误，会告诉他，他们能理解他的苦衷。这种情况她见得多了。

瑟蒂斯说："好吧，我确实进了教堂，但是我没有杀任何人，我发誓我没有。我在上帝面前发誓我从来没有碰过他。我只在那里待了不到一分钟。"

达格利什说："做了什么？"

"我去帮凯伦拿点东西，她需要的东西。这跟执事长没有任何关系，是我们之间的私事。"

凯特说："瑟蒂斯先生，你必须知道你说得并不清楚。谋杀案调查中没有什么是私事，你星期六夜里为什么去教堂？"

瑟蒂斯看着达格利什,像在祈求他的理解。"凯伦需要再拿一块圣饼,必须是在仪式上受过祝福的。她叫我去拿一块给她。"

"她叫你去帮她偷?"

"她不这么看。"一阵沉默之后,他说,"是的,我想是的。但这不是她的错,是我的错。我不应该同意。我不想这么做,牧师们一直对我很好,可这对凯伦很重要,所以最后我答应了。她需要周末就拿到,因为下个周五要用。她没觉得这事有什么要紧的,只是一块圣饼而已。她没有让我去偷什么贵重的东西。"

达格利什说:"那也是贵重的东西,不是吗?"

又是一阵沉默。

达格利什说:"告诉我星期六晚上发生了什么事,好好想,想清楚点,我想知道所有的细节。"

瑟蒂斯现在平静多了。他差不多又恢复了体力,脸颊也恢复了血色。他说:"我等到很晚,我得确定所有的人都睡了,或者至少回到房间了。暴风帮了忙。我觉得不会有人出来散步。我出发的时候是十二点一刻。"

"穿着什么衣服?"

"就是一条深棕色的灯芯绒裤子和一件厚的皮夹克。没有任何浅色的。我想穿深色衣服会比较安全,但并不想伪装。"

"你戴手套了吗?"

"没有,我们——我不觉得有必要。我只有做园艺用的厚手套和旧的毛线手套,拿圣饼、开锁的时候我都得把它摘下来。我没觉得不戴手套会有什么问题。没有人会知道教堂里进过小偷。他们不会觉得少了一个圣饼,会认为是自己数错了。我就是这么说服自己的。我拿了两把钥匙,一把是大铁门的钥匙,另一把是北侧回廊门的钥匙。白天的时候我用不着它们,因为门都是开着的。我知道教堂的钥匙在拉姆齐小姐办公室里。像是复活节这样的节日,我给他们送花和绿色植物,塞巴斯蒂安牧师让我把它们放在圣器室的水桶里。总有某个学生对装饰教堂比较在行。有时候塞巴斯蒂安牧师把钥匙给我或者让我去办公室拿，嘱咐我锁好门，及时交回钥匙。我们应该在每次拿钥匙的时候登记，但有时候大家嫌麻烦就算了。"

"他们给你创造了方便条件，不是吗？从信任你的人那里偷东西并不难。"

达格利什忽然意识到自己声音里传达出的轻蔑，凯特没有说话，但他也感觉到了她的惊讶。他提醒自己不要在问话时掺杂个人的情绪。

瑟蒂斯显得比之前更自信一些，他说："我不想伤害任何人，也没有能力伤害任何人。即使我想去偷一块圣饼，这个学院里的任何人都不会受到伤害。我不认为他们会知道。那只是一块圣饼，连一便士都不值。"

达格利什说："那么现在让我们回过头来说一下星期六晚上到底发生了什么。我们不去管那些理由和价值评判。我们就说事实，所有的事实。"

"好，像我刚才说的那样，十二点一刻我出了门。学院里面很黑，风在号叫。只有一间客房的灯亮着，拉着窗帘。我用钥匙打开后门进入学院，然后穿过碗碟存放处进入主楼。我拿着手电，所以不用开灯，可大厅里《圣母和圣婴》的雕塑下面亮着灯。如果这时有人出现的话我已经准备好了要说什么，我会说我看见教堂里面亮着灯，过来拿钥匙去查看一下。我知道这听起来不太合理，但是我没觉得真会遇到人。我拿了钥匙以后从来的路走回去，出来后锁上了门。我把回廊的灯打开，沿着墙走，很顺利地打开了圣器室锁着的门，这个门经常加油保持润滑，所以钥匙很容易在锁眼里转动。我很轻地把门打开，用手电照亮前面的路，然后把报警器关了。

"我开始变得乐观，没那么害怕了，因为一切都进行得那么顺利。我知道圣饼大致在什么地方，圣坛的右侧有处凹进去的地方，上面有盏红灯亮着。他们把受过祝福的圣饼放在这里，以防牧师们需要把它们送去给社区生病的人，或者有时候他们需要到某个没有牧师的乡村教堂去。我口袋里有一个信封，我打算把圣饼装在里面。但是当推开教堂门的时候，我发现里面有人。"

他又一次停顿了。达格利什坚持没有做评论和问问题。瑟蒂斯低着头，双手在前面交叉着。看起来好像要很努力才能回忆起发生的事情。

他说："教堂最北边有灯亮着，是《末日审判》上面的灯。有人站在那里，一个穿着棕色斗篷戴着兜帽的人。"

凯特忍不住问："你认出他是谁吗？"

"没有。他有一半被柱子挡住了，光线也太暗，而且他头上还戴着兜帽。"

"身高如何？"

"我想是中等吧，不是特别高。我真的不记得了。而且，我看向他的时候，南大门开了，有人走进来。我也没有认出这个人。实际上我都没有看见他，我只是听到他喊：'你在哪里？'之后我就关上了门。我知道整件事结束了。我只能把门锁上，然后回木屋去。"

达格利什说："你可以绝对肯定你不认识那两个人中的任何一个吗？"

"十分确定。我没有见到他们的脸，我根本没有真正见到第二个人。"

"但你知道他是一名男子？"

"是，我听到了他的声音。"

达格利什说："你觉得他是谁呢？"

"从声音来判断，我觉得那也许是执事长。"

"那么他一定是声音很大？"

瑟蒂斯的脸红了，他不高兴地说："我想那声音应该很大。当时好像没觉得。教堂里十分安静，还有些回声。我不能确定那就是执事长。这只是那时候的印象。"

很明显，关于那两个人是谁，他没有什么更确切的信息可以告诉他们了。达格利什问他离开教堂后做了些什么。

"我重设了报警器，在身后把门锁上，穿过中庭的院子离开了。我不认为它是开着的，也不是虚掩着的。我不记得是否看到灯亮，但是我确实没有注意，只是急于赶紧离开。我顶着风快步穿过岬角，回来告诉凯伦发生了什么事。我希望在星期天早上找个机会把钥匙还回去，但我们被叫去图书馆，告知执事长被谋杀的消息，我知道那不可能了。"

"那么你把钥匙放在哪儿了？"

瑟蒂斯可怜兮兮地说："我把它埋在猪圈的一角了。"

达格利什说："我们谈完了以后，罗宾斯警官会跟你去把它挖出来。"

瑟蒂斯想起身站起来，达格利什说："我说了，在谈话结束以后，现在还没有结束。"

瑟蒂斯提供的是调查开始以来他们得到的最重要的信息，达格利什克制住了立刻进一步追问下去冲动。眼下最重要的是要想办法证实瑟蒂斯的这个故事到底是不是真实的。

8

凯特找来了凯伦·瑟蒂斯。她走进房间的时候并没有带着明显的紧张，没等达格利什说话，她就坐在了她同父异母哥哥的旁边，把她的黑色皮包挂在椅背上，然后立刻转向了瑟蒂斯。

"你还好吗，埃里克？他们没有逼供吧？"

"是的，我还好。对不起，凯伦。我告诉他们了。"他又说了一遍，"对不起。"

"为什么要说对不起？你已经做到最好了。有人在教堂里不是你的错。你尽力了，对于警察来说也是这样，我想他们应该满意了。"

瑟蒂斯的眼睛在看见她的瞬间立刻闪亮起来，在她把手放在他手上的那一刻就给他传递了强大的力量。他一直在说道歉的话，但看她的眼神里并没有任何的卑屈。达格利什意识到了所有复杂情况中最危险的一种——他爱她。

然后她的注意力转到达格利什身上，带着挑衅的目光凝视着他。她睁大了眼睛，像是在压制自己的窃笑。

达格利什说:"你哥哥已经承认他在星期六晚上去过教堂。"

"是星期日的凌晨,已经过了半夜。他是我同父异母的哥哥。"

达格利什说:"这个你已经告诉过我的人了。我也已经听过他的描述,现在想听听你的。"

"应该跟埃里克说得差不多。你们可能已经发现了,他不大会说谎。有时候这样会有麻烦,但也是优点。好了,没什么大事。他没有做错任何事,说他伤害了什么人是很荒唐的,更别说杀人了,他连自己的猪都杀不了!我让他去教堂给我拿一个圣饼。如果你没有进去看到过这些东西,那么我告诉你它们就是一些白色的小圆饼,用面粉和水做的,两个便士那么大。就算他进去取它而被抓住了,我想地方官员也不会把他告上巡回法庭去判刑。那东西没什么价值。"

达格利什说:"那是以你的标准计算的价值。你为什么想得到它?"

"我不知道这跟现在的质询有什么关系,但是我也不介意告诉你。我是一名自由记者,在写一篇关于安魂弥撒的文章。我已经接受了委托,顺便说一句,也做了大部分的资料搜集工作。答应接受我采访的人想要一块圣饼,别跟我说可以花一两个英镑去买一整盒没有被祝福过的饼,那是埃里克的想法。我做了真正的调查,所以我需要真实的饼。你可能并不尊重我的工作,但我对它很认真,就像你对自己的工作一样。我承诺提供一块圣饼就要做到,否则的话我全部的调查工作都变得没有意义了。"

"所以你说服你同父异母的哥哥去帮你偷一块。"

"嗯,如果我去求塞巴斯蒂安牧师,他应该会给我一块,对吧?"

"你哥哥是一个人去的吗?"

"当然。我没有必要跟着一起去,那样风险更大。在紧要关头他可以说明在学院里的理由,而我不行。"

"你在等他吗?"

"这不是等不等的问题。其实我们根本没有上床,至少是没有睡。"

"所以你是在他回来的时候就知道了发生在教堂的事,而不是第二天早上?"

"他一回来就跟我说了。我在等他，他告诉了我。"

"瑟蒂斯小姐，这很重要。请仔细回想一下那个时候你哥哥跟你说的原话。"

"我想我不记得他的原话了，但是他的意思很清楚。他告诉我他很顺利地拿到了钥匙，借着手电筒的光打开圣器室的门，穿过门就是教堂了。然后他看见在对面主墙上油画的上方亮着灯，那是《末日审判》，对吗？有一个戴兜帽穿斗篷的人站在离那幅画很近的地方。这时大门开了，有人走进来。我问过他认不认识那两个人是谁，他说他不认识。那个穿斗篷的人背对着他站着，他只是瞥见第二个男人一眼。他觉得第二个人喊了一句：'你在哪里？'或者类似的话。他的印象是那个人可能是执事长。"

"他没有说起过另外那个人可能是谁？"

"没有，他没有，他应该知道吗？我的意思是，他没有想到在教堂里看到一个穿斗篷的人有什么严重的。这把我们的事情给毁了，而且发生在夜里的那个时候也很古怪，不过他很自然地认为那是牧师或学生里面的某一个。我也这样想。上帝才知道他们夜里在那儿做什么。他们可能来做自己的安魂弥撒，为所有我们关心的人和事。如果埃里克知道执事长会被谋杀，他肯定会更关注。至少我想他会的。你觉得你会怎么做呢，埃里克，面对持刀杀人犯？"

瑟蒂斯回答的时候看着达格利什。"跑掉，我想。我应该拉警铃，当然。客房没有上锁，我想我会跑到杰罗姆请求你的帮助。那时候我只是很沮丧，我还得想办法不被发现地把钥匙送回去，起初觉得这件事很简单，而现在我却得回去说我没做到。"

现在从瑟蒂斯这里问不出什么来了，达格利什告诉他可以走了。他警告他们所说的话必须绝对保密，就算没有什么更严重的罪名，他们最起码也会被控告妨碍警察调查。罗宾斯警员现在跟瑟蒂斯回去找那把钥匙，警方需要把它扣留。他们都做出了保证，埃里克·瑟蒂斯郑重地发了誓，而他妹妹则表现得不太严肃。

就在瑟蒂斯起身要走的时候，他的妹妹也站起来了，但达格利什说:"我想你需要留下来,瑟蒂斯小姐,我还有一两个问题要问你。"

门在她哥哥身后关上了。达格利什说:"我们跟你哥哥谈的时候,他说你希望再拿到一块圣饼,就是说这并不是第一次。之前你也试图拿过,第一次的情形是怎么样的呢?"

她坐在那里一动不动,但声音很镇定,"那是埃里克的口误,只有一次。"

"我不这样想,我们当然可以把他找回来再问,实际上我也会问他。但是如果你现在跟我解释上次是怎么回事,事情会简单很多。"

她很防备地说:"这跟谋杀没有任何关系,是上个学期的事。"

"它无法被看成和这起谋杀无关。上一次是谁帮你偷了圣饼?"

"上次不是偷的,这样说不准确。是有人拿给我的。"

"是罗纳德·特里夫斯拿给你的?"

"是的,如果你必须知道的话。有些被祝福了的饼会被拿到附近暂时没有牧师或者不举行圣餐礼的教堂。圣饼被祝福过以后,会由去那些教堂帮忙做礼拜的学员带去。那个礼拜是罗纳德值日,是他把圣饼拿出来给我的。圣饼有很多块,他只是帮了个小忙。"

凯特忽然插话了:"你知道那对他来说不是件小事情。你是怎么回报他的?跟他上床吗?"

这个女人的脸红了,但是是出于生气而不是尴尬。过了一会儿,达格利什觉得她可能会转而开始公开对抗。即使那样他也觉得是正常的。他很平静地说:"如果你觉得这很无礼,我很抱歉。我来换个说法。你是怎么说服他这么做的?"

她瞬间的恼怒被平息了。现在她眯起眼睛看着他,心里盘算着,然后很明显放松下来。他可以辨别出在那一瞬间她意识到说实话对她更有利。

她说:"好吧,我说服了他,跟他上了床。如果你们想进行道德评判,那还是算了。不管怎样,这不关你的事。"她看了一眼凯特,目光里带着明显的敌意,"也不关她的事。我看不出这和执事长的死有什么关系。不可能有关系。"

达格利什说:"事实上我还不能确定。它们可能有关系,如果没关系,我们谈的这些就都没用。我并不是出于对你私生活的好奇才问你关于偷圣饼的事情。"

她说:"你看,我很喜欢罗纳德。对,可能更多的是同情他。他在这里不太受欢迎。他爸爸太有钱,太有权力,还做着不受欢迎的生意。军火生意,是吧?不管怎么说,罗纳德确实不太适合待在这里。我来看埃里克的时候偶尔见到他从崖壁走到岬角去。我们聊过,他告诉我很多你和这里的牧师都永远不可能从他那里知道的事情,不管你们承认与否。我帮他做了件事。他二十三岁了还是个处男,他很渴望性——非常渴望。"

达格利什想,也许他就因此而死。他听到她的声音还在继续:"色诱他不是一件小事,男人们却总觉得勾引处女很不容易。上帝才知道为什么,筋疲力尽又没什么回报,但另一方面也充满了新鲜刺激。如果你想知道我们怎么能不让埃里克知道,那是因为我们没有在木屋的床上做爱,而是在悬崖上欧洲蕨的树丛里做。他真是很幸运,由我来帮他开始第一次,而不是一个妓女——他确实召过一次妓女,但那个过程让他觉得特别恶心,甚至不能完成。"她停顿了一下,达格利什没有说话,她便更起劲地为自己辩解起来。"他是来学习做牧师的,不是吗?如果他自己都没有真正生活过,对别人又能有什么帮助?他总是唠叨独身生活有多好,我觉得那只适合你这样的人。相信我,他并不适合独身。就是这样,他很幸运地找到了我。"

达格利什说:"圣饼是怎么回事?"

"哦,上帝,真是运气很差!你都不能相信。被我弄丢了,我把它放进了一个信封里然后塞进还有其他文件的公文包。那是我最后一次见到它。也许我在整理东西的时候顺手把它扔进了废纸篓。反正,我把它给弄丢了。"

"所以你想让他再去帮你拿一个,而这次他答应得没那么痛快。"

"你可以这样说。他一定是在假期的时候认真想过。你会觉得我毁了他的生活,而不是对他进行了性的启蒙。"

达格利什说:"不到一个星期他就死了。"

"是,但是我对他的死没有责任。我不希望他死。"

"那么你觉得这会是谋杀吗?"

她盯着他,眼中流露出惊讶和恐怖。

"谋杀?当然不是谋杀!是谁想谋杀他?他是死于意外。他在悬崖上闲逛,被沙子给埋了。法庭已经裁决了,你知道判决结果是什么。"

"当他拒绝第二次给你拿圣饼的时候,你试图勒索他?"

"当然不是!"

"你有没有暗示他,他在你的手心里。你掌握着能使他被学院开除的证据,你能毁掉他的前程,让他永远不能做教士候选人?"

"没有!"她被激怒了,"那有什么用呢?那样会危及埃里克。这是一个原因,还有一个,那些牧师会相信他,而不是我。我没有条件去勒索他。"

"你觉得他知道这些吗?"

"我怎么会知道他是怎么想的?他有些失控,这就是我知道的。看,你们是来调查执事长的谋杀案的。罗纳德的死跟这个案子没有任何关系,它们怎么可能有关系?"

"我建议你让我来决定这和谋杀案有没有关系。罗纳德·特里夫斯死前到圣约翰的时候发生了什么事情?"

她沉着脸一言不发地坐在那里。达格利什说:"你和你哥哥隐瞒了对此次调查至关重要的信息。如果我们在星期天早上知道这些事情,也许有人已经被逮捕了。如果你和你哥哥都跟执事长的死没有任何关系,我劝你诚实地回答我的问题。在那个星期五的晚上,罗纳德·特里夫斯到圣约翰的时候发生了什么?"

"我已经在那里了。我从伦敦来过周末。我不知道他会来,他也绝对没有权利像他所做的那样走进木屋。对,我们习惯了开着门,但那个木屋是埃里克的家。他走上楼梯,如果你必须知道的话,他看到我和埃里克在床上。他就在门口站着盯着我们。他看起来疯了,绝对是疯了。然后他开始了那些荒谬的谴责,我不记得他到底说了些什么。

我觉得都是可笑的话，但是非常令人恐惧，就像精神病人在咆哮。不，那个词用得不对，不是精神病人。他没有喊叫，他几乎不能提高声音，这是为什么显得更吓人。埃里克和我都没有穿衣服，这让我们很被动。我们坐在床上盯着他，听着他不断地说着。上帝啊，太可怕了。你知道吗，他以为我是想嫁给他。我，一个教区牧师的太太！他也太愚蠢了。他看起来很疯狂，他真的疯了。"

她讲这些的时候带着非常困惑的口气，就像在酒吧里向朋友透露一个秘密。

达格利什说："你诱奸了他，他以为你爱上了他。他给了你一块圣饼，因为那是你让他做的，他不能拒绝你。他很清楚自己做了什么。之后他看到了，就像他已经习惯了的那样，其实根本就没有爱的存在。第二天他就自杀了，瑟蒂斯小姐，你不觉得在某种程度上你应该对他的死负责吗？"

她暴怒地哭起来。"没有，我没有！我从来没有跟他说过我爱他。如果他那样想了也不是我的错。我也不相信他是自杀的，那是个意外。陪审团是这样认为的，我也相信。"

达格利什平静地说："你知道我不这样认为。我想你很清楚是什么让罗纳德·特里夫斯走向了死亡。"

"就算是也不能说我有责任。他觉得他在做什么？那样闯进来，还上了楼，就像那地方属于他一样。我想现在你会向塞巴斯蒂安牧师告密，让他把埃里克从住所里赶出去。"

达格利什说："不，我不会告诉塞巴斯蒂安牧师。你和你哥哥已经把自己置于了很危险的境地。你们告诉我的一切必须保密，所有的。没有什么比这更重要了。"

她的态度很无礼。"好的，我们不会说的，为什么要说呢？我也不认为我要对罗纳德和执事长的死感到内疚，我们没有杀他们。但是我觉得你是在找机会证明是我们干的。那些牧师是无比神圣的，是吧？我建议你去考虑一下他们的作案动机，而不是作弄我们。再说就算没有告诉你埃里克去过教堂，这也没什么重要的。我想是某个学生杀了执事长，他总会承认的。那是他们所追求的坦诚，不是吗？我不会让自己觉得内疚的。这不是残忍无情，我为罗纳德感到难过。我没有逼他给我圣饼，我请他帮忙，他最后同意了。我不是为了圣饼才跟他发生关系的。是的，这是一部分原因，但也不是全部。我那么做了，因为我可怜他，因为我无聊，也许还有其他你不能理解的原因，就算理解也是你们不能接受的。"

再没有什么可说的了。她害怕了，但她并没有感到羞耻。他说什么都不能让她觉得对罗纳德的死有责任。他在想是什么样的绝望使罗纳德·特里夫斯走向了那令人震惊的结局。他面临着两种截然不同的选择：继续留在圣安塞尔斯，随时面临被出卖的威胁，还有对自己做过的事情的痛苦自责；或者去向塞巴斯蒂安牧师承认错误，那结果无疑是作为一个被遣返的失败者回家面对他父亲。达格利什想知道塞巴斯蒂安牧师会说什么和做什么。他想也许马丁牧师会表现出一些宽容，但他对塞巴斯蒂安牧师没有太大把握。即使是被宽大处理，留校察看，特里夫斯又怎么待得下去，忍受留校察看的耻辱呢？

最后他让她走了。他感觉到深深的遗憾，还有一种莫名的恼火，好像不只是来自凯伦这个人和她的冷漠，还有一种更深层次的、难以言说的感觉。但他有什么权利生气呢？她可以有自己的道德观。如果你答应去弄到一块圣饼，你并没有欺骗谁。如果你是一名调查记者，你对工作认真负责就表现在有时候要不惜采取欺骗的手段。每个人的想法都不一样，从来都不一样。在她看来，一个人为一小块面和水做成的东西而自杀是不可想象的。对她来说，性只是枯燥乏味生活的一点解脱、一种自然的冲动、一种新的体验、很平常的互相满足。如果把它看得更严重的话，那么会导致嫉妒、索求、责难和混乱，这还算是好的情况；坏的情况则是嘴里塞满沙子死在沙滩上。

难道在他单身的日子里就没有把性和责任分开吗？尽管他比凯伦在选择伴侣的时候更小心和挑剔，对伴侣的感受更敏感。他不知道该跟阿尔弗雷德爵士怎么说；也许死因不明可能会得出比意外死亡更合理的判决，但也没有证据证明是任何人有错。但确实有人错了。

他会为罗纳德保密。这个男孩没有留下遗言,也不可能知道在最后的时刻他是不是改了主意,还是改主意也来不及了。如果他是因为不能面对他父亲知道真相而死,达格利什也不应该揭露他。

他意识到自己已经沉默了很长时间,凯特坐在她旁边不明白他为什么不说话。他知道她已经很急躁了。

他说:"好了,我们总算知道了些什么。我们找到了那把钥匙。这意味着该隐回到了学院,还送回了他用过的那把钥匙。现在我们去找那件棕色斗篷。"

凯特说:"如果它还存在的话。"这正是他想的。

9

达格利什给在接待室的皮尔斯和罗宾斯打了电话，告诉了他们现在的进展。他说："你们查过所有黑色和棕色的斗篷了吗？"

凯特回答说："是的，长官。特里夫斯死了，现在有十九名在校学生和十九件斗篷。有十五名学生缺席，除了有一名回家去庆祝妈妈的生日和结婚纪念日，其他人都拿走了自己的斗篷。这意味着衣帽间里应该有五件斗篷，它们都在。每一件我们都仔细检查过了，包括牧师们的。"

"斗篷上有名签吗？我第一次检查的时候没有注意。"

皮尔斯回答说："所有的都有。显然也是唯一有名签的衣服，我想是因为它们除了尺寸不同之外都是一样的。学员里没有不带名签的斗篷。"

他们现在没有办法知道凶手动手的时候是否穿着斗篷。也可能有第三个人在教堂门口等着，执事长到的时候，瑟蒂斯没有看到那个人。现在他们知道一件斗篷被穿了，几乎可以肯定是凶手穿的。五件斗篷虽然看起来都很干净，但都要拿到实验室做严格检验，看能不能发现微小的血迹，头发或者纤维，可那第二十件斗篷去了哪里？有没有可能在罗纳德·特里夫斯死了以后被打包运回了他家里呢？

达格利什回想起他同阿尔弗雷德爵士在新苏格兰场的会面。阿尔弗雷德爵士的司机和另外一名司机一起去开回那辆保时捷汽车，并把特里夫斯的衣服包裹运回伦敦。那里面有一件斗篷吗？他尽量回忆当时的情况。当时肯定提到了一套西装，还有鞋子和法衣，但是提到过一件棕色的斗篷吗？

他对凯特说："帮我给阿尔弗雷德爵士打电话。我离开之前他给了我一张名片，上面有家里的地址和电话。你可以在档案袋里找到。我想他这个时候可能不在，不过可能有其他人在。告诉他们我要找他，而且很急。"

他料想会很困难。阿尔弗雷德爵士不是一个那么容易用电话找得到的人，还很有可能不在国内。不过他们很幸运，虽然接电话的人很不相信有急事，但他还是给了阿尔弗雷德爵士在梅菲尔办公室的电话。电话那一端传来的是一般上流社会人士都会有的傲慢语调。阿尔弗雷德爵士在开会。达格利什说他必须来接电话。警长能不能等一下？不会超过四十五分钟。达格利什说他连四十五秒钟也不能等。那边说："请等一下。"

不到一分钟阿尔弗雷德爵士来接电话了。他的语调权威强硬，但没有担忧，而且显然在控制着急躁的情绪。"警长，达格利什？我很期待你的电话，但是不想在会议的中间被打断。如果你有什么消息我想之后再听。是不是来自圣安塞尔斯关于我儿子死的事情？"

达格利什说："现在还没有什么证据。关于审讯结论我在调查完毕后会马上跟您沟通。现在我们得先处理谋杀案。我想问您关于您儿子的衣物。打开包裹的时候您在场吗？"

"打开的时候没有，但我很快就到了。这不是什么我通常会感兴趣的事情。我的管家在处理的时候问过我的意见。我告诉她可以把衣服送去牛津饥荒救济委员会。但是那套西装和她儿子的尺寸一样，她问如果把衣服给她儿子我会不会高兴。她还担心那件法衣，她觉得那对牛津饥荒救济委员会没有用，问我她是不是应该还回学院去。我告诉她，他们既然把它清理出来，就不想看见它再被送回去。所以她可以把它扔掉，或者用她想到的任何方式处理掉。我想它已经被扔进垃圾箱了。就这些吗？"

"有没有一件斗篷，棕色的斗篷？"

"没有斗篷。"

"你确定吗，阿尔弗雷德爵士？"

"不，我当然不确定，不是我把包裹打开的。但如果那里面有一件斗篷的话，梅勒斯夫人肯定会提到的，问我怎么处理。我记得她把整个包裹拿给我看了。那时候衣服还都包着棕色的纸，上面缠着细绳。我看不出有什么理由让她在这之前拿走了斗篷。这些跟案件调查有关系吗？"

"非常有关系，阿尔弗雷德爵士，谢谢你的帮助。我可以打到您家里找梅勒斯夫人吗？"

那边的声音变得更急躁了。"我不知道。我从不控制我用人的行动。她是住在那儿，所以我想你可以找到她。再见，警长。"

他们还是很幸运，再给阿尔弗雷德爵士家里打电话的时候，还是同一个男子的声音接了电话，他说他会把电话接到管家的公寓。

梅勒斯夫人相信了达格利什确实是经过阿尔弗雷德爵士的允许才给她打电话的，于是简单地说了情况。是的，他们从圣安塞尔斯回到伦敦时，是她把装有罗纳德先生衣物的包裹打开的，里面还有一份物品清单。里面没有棕色的斗篷。阿尔弗雷德爵士允许她把套装拿走了。其他的东西被一名员工拿去诺丁山门那里的牛津饥荒救济委员会的店里去了。她已经把那件法衣扔掉了。虽然她觉得浪费了那块材料很可惜，但是她想一定没有人会愿意穿它。

她又加了一句："法衣是在他尸体旁边发现的，是吗？我不确定我会愿意穿着它，我觉得这很可怕。我犹豫过是不是该把扣子剪下来——它们应该有用的——但是我不想碰它。说实话，我很高兴看到它被扔掉。"这些话出自一个听起来很理性、自信、机智的女人之口,显得有些奇怪。

达格利什谢过了她以后,放下话筒,说:"那件斗篷去了哪里,现在又在哪里?第一步是跟打包的人谈谈。马丁牧师说是贝特顿牧师。"

10

在图书馆巨大的壁炉前面,埃玛正在进行她的第二次讲座。她觉得很难把这几个学生的注意力从思考他们周围发生的那些冷酷无情的事情上转移过来。达格利什警官没有允许按照塞巴斯蒂安牧师的计划进行正常的礼拜。勘察现场的警员早上坐着一辆让人讨厌小面包车过来,现在还在工作。这辆车是从伦敦派过来给他们用的,他们不顾佩里格林牧师的反对,停在正门入口处。达格利什警长和他自己的两名探员还在继续着他们神秘的问讯,圣马太的灯光到很晚还亮着。

塞巴斯蒂安牧师不允许学生们讨论谋杀的事情——用他的话说是:"用一知半解和流言飞语来让我们继续陷入邪恶之中,只能使悲痛加重。"他很难期待这样的禁止可以被遵守,埃玛也不确定它能有用。当然大家没有进行那种大范围的、没完没了的讨论,只是在小圈子里偶尔窃窃私语。事实上禁止议论只是让大家在焦虑和紧张情绪之上又加上了一层犯罪感。她觉得公开讨论也许还好些。就像拉斐尔说的那样:

"有警察在这里就像是闹老鼠一样,即使你没有见到他们或者听到他们的声音,你仍然知道他们的存在。"

贝特顿小姐的死没有让气氛更沉重,它只不过是在大家已经被恐惧感麻痹了的神经上又轻轻打了一下。这个社区已经接受了死亡是意外,目前只竭力想让这件事与执事长被谋杀分开。教士候选人们很少见到贝特顿小姐,只有拉斐尔真正地为她的死感到悲痛。但即使是他也好像从昨天开始找到了某种小心翼翼的平衡,把他的痛苦埋藏在自己的世界里,只是偶尔来段尖酸刻薄的评论。从他们在岬角上的那个时候起,埃玛就没有再单独见过他。这让她很高兴。

教室坐落在房子二层的后部,但是埃玛选择在图书馆进行讲座。她对自己说这里可以方便地随手找到需要的参考书,不过她知道自己的选择还有一个比较不理性的解释。那间讨论课教室太幽闭了,不仅因为太小,也因为那里的气氛。虽然警察的存在令人恐惧,但在房子的中心位置比二楼远离警察的密室要好些,坐在那里想象着外面发生了什么事会更加可怕。

昨天晚上她睡着了,睡得很好。客房门已经装了保险锁,而且也发了钥匙。她很高兴能住在杰罗姆而不是挨着教堂那昏暗危险的窗户,但是只有亨利·布洛克斯汉姆提到过换地方的事,她听到了他跟史蒂夫的对话。"我理解达格利什为什么要求换房间住,这样他就可以住在教堂隔壁。他想做什么呢?杀人犯会回到犯罪现场吗?你能想象他彻夜坐在窗子前面往外看吗?"没有人跟她说过什么。

有时候她来圣安塞尔斯做讲座的时候,会有一位或者几位牧师在座位不满的时候过来听,但总是事先征得她的同意。他们从不发言,也从来没有让她感觉是在被审查。今天约翰·贝特顿牧师和四名教士候选人一起来听课。像往常一样,佩里格林牧师在图书馆远处的桌子上安静地工作,好像不会受到任何影响。壁炉里有微弱的火,完全是为了舒适而不是为了取暖,他们的椅子围成一圈,除了彼得·巴克赫斯特,他选择了一把高背椅,直直地坐在上面,一言不发,苍白的手放在书上,像在读盲文。

这个学期埃玛的计划是朗读并讨论乔治·赫伯特①的诗。今天，她回避了那些大家都熟悉的作品而找了一首更难懂的诗——《本质》，亨利刚刚朗读了最后一节：

> 这里没有办公室，艺术，没有新闻
> 也没有变化，或者忙忙碌碌的大厅
> 但我拥有的东西最重要
> 我和你在一起，得到一切

沉默了一会儿，史蒂夫·莫比问道："这题目是什么意思？"

埃玛说："事物是什么，它的本质。"

"还有最后一句，'I am with the thee, and Most take all'？它听起来像是印错了，但显然又不是。我的意思是，我们会用'must'而不是'most'。"

拉斐尔说："我这个版本标注了这是关于纸牌的。赢的人拿到全部。所以我想赫伯特这话的意思是，在写诗的时候他抓着上帝的手，战无不胜的手。"

埃玛说："赫伯特酷爱一语双关。还记得'教堂的门廊'吗？这可能是一种纸牌游戏，你放弃牌是因为想要得到更好的。我们不能忘记赫伯特是如何讨论他的诗的。他写诗的时候拥有一切，因为那时候他和上帝在一起。读者读到这里的时候已经知道他说的牌局是什么。"

亨利说："我希望我知道。我想我们应该做些调查，找出它是怎么玩儿的。这应该不难。"

拉斐尔打断了他。"但是这没用。我希望诗能把我带到主的面前享受宁静，而不是引领我去查参考书，或者一副牌。"

"同意，但这是典型的赫伯特风格，不是吗？世俗的，甚至是轻佻

---

① 乔治·赫伯特（George Herbert, 1593—1633），威尔士诗人、演说家、牧师。

的,但被神圣化了。不过我还是想知道。"

埃玛的眼睛看着她的书,直到四个学生一起站起来,她知道有人进了图书馆。达格利什警长站在门口。如果说他知道自己破坏了上课,那他并没有表现出来;他的道歉在埃玛看来,更像是例行公事而不是发自内心。

"对不起,我不知道你们在用图书馆。我要跟约翰·贝特顿牧师说句话,有人告诉我他在这儿。"

约翰牧师有点慌张,从他坐的矮皮椅上站起来。和达格利什深色冷峻的目光相遇,埃玛知道自己的脸红了,但是已经没有办法掩饰。她没有站起来,她觉得四名教士候选人挪了位置,离她更近了,就像穿着法衣的保镖静静地和闯人者对峙着。

拉斐尔声音很大,带着讽刺:"在阿波罗的歌唱之后,墨丘利神的发言很苛刻。诗人探长,正是我们需要的。我们就乔治·赫伯特讨论正酣呢,为什么不加入我们呢,警长,说说你的高见?"

达格利什沉默了几秒钟,然后说:"我想拉文汉姆小姐持有所有必需的高见。我们可以走了吗,牧师?"

门在他们身后关上了,四名学生坐了下来。在埃玛看来,这段插曲的意义远远超过刚才大家的对话和眼神的交换。她觉得警长不喜欢拉斐尔。她想他不是一个会把私人情绪带入工作的人,几乎可以肯定他现在没有。但她也肯定那种不喜欢并不是她的错觉。更奇怪的是,想到这儿的时候,她感到了一丝愉快。

11

约翰·贝特顿牧师跟在达格利什身边一路小跑着穿过大厅，走出前门，沿着主楼的南侧朝木屋走去。他像一个顺从的小孩，手插在黑色斗篷里面，努力用他的短腿适应达格利什的大步子。他有的似乎更多的是尴尬而不是担忧。达格利什好奇他会怎样回答警察的质询。以他的经验，任何同警察打过交道、最后被判了刑的人面对警察的时候都再也不会轻松起来了。他猜想上次的审判和监狱生活已经使贝特顿牧师遭受了极为巨大的创伤。凯特描述了在采集指纹的时候，他怎样克制着自己的反感，还摆出逆来顺受的姿态。不过，没有几个嫌疑犯愿意被采指纹的。除此之外，约翰牧师好像是整个社区里受到执事长谋杀案和他自己姐姐的死影响最小的一个人，总是表现出困惑着接受的样子，对他来说，生活就是一种忍耐而不是拥有。

在会见室，他坐在椅子的边缘上，并不像要经受一场严酷考验的样子。达格利什问："牧师，你是否负责将罗纳德·特里夫斯的衣服打包交还给他父亲？"

这时候因尴尬而显得虚弱的脸色因为内疚而泛红了。"哦，亲爱的，我想我可能做了傻事。你是想问我关于斗篷的事情吧？"

"你把它送回去了吗，牧师？"

"没有，没有，恐怕我没有。这很难解释。"

他看向对面的凯特，表情仍然是窘迫多于害怕。"你们可否让其他的警员在这里，比如说，塔兰特探员。你看，这真的很令人尴尬。"

这种情况达格利什一般不会同意的，但是眼下的情况不一样。他说："作为一名警察，密斯肯探员习惯于应付各种尴尬场面，但如果你觉得更好……"

"哦，是的，确实是。请换人，我需要。我知道我很蠢但那样对我来说会容易些。"

达格利什点了一下头，凯特闪了出去。皮尔斯正在楼上坐在电脑前忙着。

她说："贝特顿牧师有些话要说，不适合我这纯洁女性的耳朵听到。达格利什需要你去。看起来罗纳德·特里夫斯的斗篷从来没有送回给他爸爸。如果是这样的话，我们为什么之前没有被告知？这些人都有什么毛病？"

皮尔斯说："不是什么毛病，只是他们不像警察这样考虑问题。"

"他们不像我遇到的任何人那样考虑问题，还不如让我去对付那种标准的坏蛋呢。"

皮尔斯把椅子让给她，然后走下楼去了会见室。

达格利什说："那么到底发生了什么事情，牧师？"

"我想塞巴斯蒂安牧师告诉你们他让我负责打包那些衣服。他想——呃，我们想——让某位员工来做这事更公平。衣物对死去的人来说是很私人的，不是吗？这是个令人沮丧的工作。我去了罗纳德的房间，把它们放在一起。他没有多少衣服，当然。学生们不被鼓励拥有太多物品或者衣服，除了那些必需的。我把所有的东西放在一起，但是当我叠斗篷的时候我注意到……"他踌躇起来，然后说，"嗯，我注意到里面有一块污渍。"

"那块污渍是什么?"

"嗯,很明显是他曾经躺在斗篷上做爱。"

皮尔斯说:"那是精液的痕迹?"

"是,是的,实际上是很大的一块。我觉得我不能就这样把它送还给他的父亲。罗纳德肯定不希望我那样做——嗯,我们都知道,阿尔弗雷德爵士并不希望我来圣安塞尔斯,也不想他做一名教士,如果他看到了这件斗篷,他可能给学院制造麻烦。"

"你指的是性丑闻?"

"是的,差不多是这样。而且那对可怜的罗纳德是太大的羞辱了,那肯定是他最不想看到的事。我想得不是很清楚,但好像把斗篷就那样送回去是不对的。"

"你为什么没有试着把它洗干净?"

"嗯,我想过,但那不是件容易事。我担心我姐姐看见,问我在干什么。而且我也不愿意让人看见我洗。公寓这么小,我们——我们彼此的隐私很少。于是我就把问题放在一边。我知道这很傻,但是我必须把包裹整理好交给阿尔弗雷德爵士的司机,我想找个别的时候处理这事。再说还有另一个问题——我不想这里的任何人知道这事,我不想塞巴斯蒂安牧师知道。你看,我知道那女人是谁。我知道他和谁做爱。"

皮尔斯说:"那么是位女士?"

"哦,是的,是位女士。我可以自信地告诉你们。"

达格利什说:"如果这和执事长的谋杀案没有关系,那么我们和其他人都没有理由知道。但是我想我可以帮你,是凯伦·瑟蒂斯吗?"

贝特顿牧师的表情明显地放松了。"是的,是的,恐怕是对的,是凯伦。你看,我很喜欢看鸟,我是从望远镜里面看到的。他们一起躺在欧洲蕨里面。当然我没有告诉任何人。这种事情是塞巴斯蒂安牧师绝对不会放过的,而且还有埃里克·瑟蒂斯。他是个好人,他在这里和我们,还有他的猪在一起很开心。我不想让任何事把这些打乱了。而且对我来说,这并不是什么特别恶劣的事。如果他们相爱,如果他们在一起很幸福……当然我并不知道他们的情况。实际上我对这事一点也不了解。可是当我想到有那么多的残酷、傲慢和自私都被宽恕了,就不会感觉罗纳德的所作所为有什么特别糟糕的。他在这里不是很开心,你知道。某种程度上他不是很适合这里,我也不认为他在家里会快乐。所以也许他需要去找到一个同情他、对他好的人。其他人的生活也一样是不为人知的,不是吗?我们不能去评价。我们对死者要像对活着的人一样同情和理解。所以我为此祈祷,然后决定什么也不说。当然,斗篷的麻烦落到我身上了。"

达格利什说:"牧师,我们需要赶快把它找到。你是怎么处理的?"

"我把它尽量紧地卷起来,然后塞到我衣橱的最里面。我知道这听起来很愚蠢,但在那个时候是明智的。好像没什么可着急的。但随着时间的推移,藏着它越来越难了。然后,在那个周六,我意识到我必须做个决定。我等到我姐姐出去散步,然后拿了一条手帕,把它放在热水龙头下面,用肥皂揉好,然后用它擦干净斗篷,这很有效。之后我再用一条毛巾把它擦干,放在煤气炉前面烤。然后我想最好把名牌给取下来,这样人们就不会想起罗纳德的死。做好之后,我下楼把它挂在了衣帽间里其中的一个钩子上。这样如果有哪个学生忘了穿斗篷就可以穿它了。我决定之后我会跟塞巴斯蒂安牧师说这斗篷没有和其他衣服一道被送走,不多作解释,就说我挂在了衣帽间。我知道他肯定会觉得我是疏忽了或者忘了。这看起来真是最好的办法。"

根据以往的经验,达格利什知道催促证人可能会引起更大的麻烦。他控制着不耐烦,说:"那么现在斗篷在哪里,牧师?"

"它没有在我挂起来的地方吗,最右边的钩子上?我是星期六晚祷之前挂在那里的。它不在那里吗?当然,我没再去检查——并不是我没想起来——因为你们把衣帽间的门锁上了。"

"你把它挂在那里具体是什么时间?"

"就像我刚说过的,在晚祷之前。我是最早到教堂的一批。只有我们几个人,很多学生都不在,他们的斗篷挂成了一排。当然,我没有数。我只是把罗纳德的斗篷挂在了我跟你们说过的地方——最后一个钩子上。"

"牧师，斗篷在你那里的时候你穿过吗？"

贝特顿牧师困惑地看着他。"哦，没有。我不会穿过的。我们有自己的黑色斗篷。我不需要穿罗纳德的。"

"学生们一般只穿自己的斗篷，还是随便混穿的？"

"哦，他们穿自己的。我敢说有时候他们会弄混了，但昨天晚上不可能发生。除了在特别冷的冬天，没有圣职候选人会穿着斗篷去参加晚祷，他们只需要沿着北侧回廊走一小段路就到教堂了，而且罗纳德从来不把他的斗篷借给别人。他对自己的东西十分在意。"

达格利什说："牧师，你为什么没有早点告诉我这些？"

约翰牧师又是很困惑地看着他。"你没有问我。"

"但是当我们检查所有的斗篷和衣服，看上面是否有血迹的时候，你难道不觉得我们需要知道有漏掉的斗篷吗？"

约翰牧师的回答很简单："没有。那斗篷没丢，不是吗？它在衣帽钩上和其他的斗篷在一起呢。"达格利什等着，约翰牧师的困惑加深成了沮丧。他从达格利什看向皮尔斯，发现他们的脸上的表情没有任何放松，他说，"我没有去想你们调查的细节，你们在做什么，还有这些意味着什么。我不愿意去想，而且这看起来跟我也没什么关系。我做的所有事就是如实地回答你们的问题。"

是这样的，达格利什必须承认，这是完整的辩护。为什么约翰牧师会想到那件斗篷有那么重要呢？那些更清楚警察调查程序、更有兴趣、更好奇的人才会在并不知道信息是否有用的情况下主动说出来。约翰牧师不符合这些情况，而且即使他想起来，保护罗纳德那可怜的秘密对他而言可能更重要。

现在他悔悟地说："对不起。我让调查变得困难了吗？这很重要吗？"

达格利什想，对这个问题诚实的答案是什么呢？他说："重要的是你把斗篷挂在钩子上的确切时间。你确定你是在马上要晚祷的时候把它挂上去的？"

"哦，是的，很确定。应该已经过了九点十五分。我是第一批去教堂参加晚祷的——我打算在仪式结束后跟塞巴斯蒂安牧师说这事，但他急匆匆走了，我没有来得及。第二天早上，大家都听到了谋杀的消息，看起来没必要为这件不重要的事情去烦他了。"

达格利什说："谢谢你提供了这么有用的消息，牧师。你告诉我们的事情很重要。更重要的是你不要跟其他人说。我很高兴你没有跟别人说过。"

"连塞巴斯蒂安牧师也不能告诉吗？"

"请不要跟任何人说。调查结束后你可以决定是否告诉塞巴斯蒂安牧师。现在我不想让任何人知道罗纳德·特里夫斯的斗篷还在学院的某个地方。"

"不是某个地方，是吗？"那双无邪的眼睛看着他，"它不是还在那个衣帽钩上吗？"

达格利什说："它现在不在衣帽钩上了，牧师，但我们会找到它的。"

他轻轻地扶着贝特顿牧师往门口走。牧师似乎忽然变成了一个困惑和忧虑的老人。在门口他鼓足了勇气，转过来又说了最后的话。

"自然我不会告诉别人我们的谈话。你已经不让我说了，我不会说。我可否请你们也不要把罗纳德·特里夫斯和凯伦的关系说出去。"

达格利什说："如果这和执事长的死有关系，它就得被公开。谋杀案就是这样的，牧师。如果一个人被杀了，那就没有什么是秘密了。但只是跟案子有关系、而且必要的时候我们才会这样做。"

达格利什又跟约翰牧师强调了他不能跟其他人说起斗篷的事，然后就让他走了。他想，跟圣安塞尔斯的教士和圣职候选人们打交道有一个好处：你可以确信，承诺一旦做出了，就会被遵守。

12

不到五分钟，全部调查人员，包括犯罪现场调查小组，都集中在圣马太里面，关上了门。达格利什介绍了案情的最新进展，然后他说："好，现在我们开始搜查。我们需要先弄清楚三套钥匙的去向。谋杀发生以后只丢了一套。瑟蒂斯在夜里拿了一套没有还回来。那套在猪圈里面找到了。这就意味着这个该隐一定是拿了第二套，谋杀后又把它放了回去。设想一下那个该隐是穿斗篷的人，斗篷可能被藏在学院里或者学院外的任何地方。它虽然不好藏，但该隐有整个岬角和海滩，还有从午夜到五点三十分这么多时间。它也可能是被烧了。岬角上有那么多沟渠，点火是不会被人注意到的，哪怕有人在那里。他只需要石蜡和火柴就够了。"

皮尔斯说："我知道我会怎么做，长官。我会把它喂猪，那些动物什么都吃，特别是有血迹的东西，这种情况下也许除了钥匙上的黄铜链子，我们什么也发现不了。"

达格利什说："那就去找找看。你和罗宾斯最好从圣约翰开始找。

我们已经得到塞巴斯蒂安牧师的许可,可以去我们想去的任何地方,所以不需要再申请了。不要让任何人知道我们在找什么,这很重要。圣职候选人们现在在哪里,有谁知道?"

凯特说:"我想他们在一层的教室里。塞巴斯蒂安牧师在给他们做神学讲座。"

"那么他们现在正忙着,不会碍事。克拉克先生,你和你的小组可否负责岬角和海滩。我怀疑这个该隐可能趁着那晚的暴风把斗篷扔进海里了,但岬角上有的是地方可以把它藏起来。我和凯特会负责搜查主楼。"

大家分头行动。犯罪现场调查小组朝海边去了,皮尔斯和罗宾斯朝圣约翰走去。达格利什和凯特穿过铁门进入西庭。北回廊上现在没有落叶了,虽然犯罪现场调查小组小心翼翼地搜查过,但什么有价值的东西都没有发现,除了在拉斐尔房间地板上发现了小树枝,上面的叶子还是新鲜的。

达格利什打开了更衣室的门。空气有些不新鲜,五件带帽的斗篷挂在衣帽钩上,显得毫无生气,就像在那里挂了几十年一样。达格利什戴上工作手套,把每件斗篷的帽子都翻过来。名牌都在上面:莫比、阿巴斯诺特、巴克赫斯特、布洛汉姆、麦克劳利。他们又去了洗衣房。洗衣房里有两扇很高的窗户,下面放着一张有福米加贴面的桌子,下面是四个塑料洗衣篮。左侧是一个很深的瓷质水池,两侧各有一个木质的滴水板,还有一个滚筒烘干机。四个巨大的洗衣机被固定在右手边的墙上。所有的门都关着。

达格利什打开前三个门的时候,凯特站在门口。他弯下腰来打开第四个的时候,她看见他停了一下,于是走上去。隔着厚玻璃,但是依稀还可以分辨出来,是一件叠好的棕色毛料衣服。他们找到了斗篷。

在洗衣机的上面有一张白色的卡片。凯特把它拿起来,静静地交给达格利什。字迹是黑色的,字母写得很认真。"这辆车不能停在前庭。请把它挪到楼的两侧。P.G.。"

达格利什说:"佩里格林牧师,看起来是他把洗衣机给关了。这里面只有差不多三英寸的水。"

凯特说:"上面有血迹吗?"然后弯下腰,凑过去看。

"很难看出来,实验室并不需要太多样本就可以作判断。凯特,你能给皮尔斯和犯罪现场调查小组打电话吗?让大家结束搜查。我想把这个拆下来,把水排干,把斗篷送到化验室。我需要圣安塞尔斯每个人的头发样本。谢谢佩里格林牧师,感谢上帝。这么大的洗衣机如果开始运转了,我怀疑我们还能不能找到任何有用的东西,不管是血、纤维,还是头发。皮尔斯和我会找他谈谈。"

凯特说:"很显然该隐冒了很大的风险。他回到这里来实在是疯了,把洗衣机打开更是不可思议。我们没有更早地发现斗篷只是出于偶然。"

"他不在乎我们是否发现了它,他可能还希望它被发现。只要这些不跟他扯上关系。"

"但是他应该知道佩里格林牧师可能会来把洗衣机关掉。"

"不,他不知道,凯特。他是这里从来不用洗衣机的人之一。记得门罗夫人的日记吗?乔治·格列高利的衣服是由鲁比·皮尔比姆来洗的。"

佩里格林牧师坐在图书馆西侧尽头的桌子后面,被一堆大部头的书挡得几乎看不见。没有其他人在场。

达格利什说:"牧师,你在谋杀发生的那天晚上关掉了一台洗衣机吗?"

佩里格林牧师抬起头,好像花了几秒钟才认清跟他说话的人。他说:"对不起,是达格利什警长,当然。我们在说什么事?"

"星期六的晚上,那天晚上执事长被杀了。我在问你是不是去了洗衣房,关掉了其中一台洗衣机。"

"我关了吗?"

达格利什把卡片递过来。"这是你写的,我猜。有你的签名,是你的笔迹。"

"是的,这是我的笔迹,当然。我的天哪,看起来我是放错了卡片。"

"正确的上面写着什么,牧师?"

"上面写着圣职候选人们在晚祷之后不应该使用洗衣机。我睡得早而且很容易被吵醒。洗衣机旧了,它们在工作的时候实在很烦人。我想问题出在排水系统而不是洗衣机本身,但这不是问题的实质。重要的是圣职候选人们应该在晚祷后保持沉默。那不是他们用来洗衣服的时间。"

"那你听到机器响了吗,牧师?是你把卡片放上去的吗?"

"可能是我放的。但那时候我可能半睡着,我想不起来了。"

皮尔斯说:"你怎么会想不起来了呢,牧师?你还不是太困,还能写一张便条,找到卡片和笔。"

"哦,但我解释过了,探员,那是张错的便条。我有很多写好的。如果你想看的话,它们就在我的房间里。"

他们跟着他穿过通往他小房间的门。在那里,在挤满了书的书架上面,有一个卡片盒,里面有半打卡片。达格利什翻了一遍。"这张桌子是我专用的。圣职候选人请不要把书放在这里。""请把书按照正确的顺序放回到书架上。""洗衣机在晚祷之后不能使用。今后任何在十点以后工作的洗衣机都会被关掉。""这块黑板是正式公告专用的,不是用来写圣职候选人们的琐事。"所有卡片上面都有 P.G. 字样的签名。

佩里格林说:"恐怕那时候我很困了,拿错了卡片。"

达格利什说:"你听见洗衣机在夜里的某个时候开始工作了,然后起来停止了它的响动。当密斯肯探员向你问话的时候,你是否意识到了这个问题的重要性?"

"那位年轻女士问我是否听到任何人进入或者离开这幢房子,或者我自己有没有出去过。我清楚地记得她问我的话。她告诉我必须很准确地回答问题,我是那样做的。我说没有。没有人跟我说过洗衣机的事。"

达格利什说:"洗衣机的门都关着。通常不用的时候门应该开着。是你把它们关上的吗,牧师?"

佩里格林沾沾自喜地说:"我不记得了,但我想是我做的。这应该是很自然的事。整洁，你知道。我不喜欢看到它们没有关好，也没什么好的理由。"

佩里格林牧师的思绪还停留在他的书桌和手头的工作上。他开始朝图书馆方向往回走，他们跟着他。他又重新坐到了桌子前，就像谈话已经结束了一样。

达格利什调动起所有的权威说："牧师，你一点也没有兴趣帮助我把凶手找到吗？""

佩里格林牧师一点也没有被身高六英尺两英寸的达格利什的俯视给吓唬住，仿佛这是一个建议而不是一种谴责。他说："凶手是应该被抓住，警长。我没有被警察调查的经验。我想你们应该依靠塞巴斯蒂安牧师或者约翰牧师。他们都读过一大堆侦探小说，而且可能给你们些有意义的看法。塞巴斯蒂安牧师曾借给过我一本，我想是汉默德·英尼斯[①]先生的作品。我恐怕没有那么聪明。"

皮尔斯一言未发，抬眼望天，转过身去不再跟他争辩了。佩里格林的眼睛又落回到了书上，但之后又似乎有点生气，眼睛朝上看去。

"只是一个想法。这个凶手在杀人之后，肯定想着怎么逃跑。我想他有一张出西门的卡。这种方式我很熟悉。警长，我不能相信他觉得这是一个洗衣服的好时间。洗衣机是转移视线的东西。"

皮尔斯嘟囔了一句"掩人耳目"，然后从桌子边往后退了一步，仿佛是已经听够了。

佩里格林说："'转移视线'或者是'掩人耳目'，意思是一样的。当然，红鲱鱼[②]许多年来一直是沿海居民蛋白质的主要来源，这是个令人好奇的词。从语源学上说，它来自中世纪的词 kypre，这个词又来源于古英语 cypera。我很奇怪你为什么没有用它而是用'掩人耳目'。当一个案件的调查被不相关和错误信息误导而偏离了正确的方向，你可以说'转移视线'。"他停顿了一下，又加了一句，"恐怕我的卡片也

[①]汉默德·英尼斯 (Hammond Innes, 1913—1998)，英国作家，一生创作了三十多部小说，以及儿童作品和游记。
[②]皮尔斯说"掩人耳目"时，用的是"red herring"，这个词也有"红鲱鱼"的意思。

是这样。"

达格利什说:"你离开房间的时候什么也没有听到或者看到?"

"就像我解释过的,警长,我不记得我离开过房间。但是,我留下卡片的证据和洗衣机被关掉的事实好像是确定无疑的。当然,如果有人进了我的房间并拿走了卡片,那我应该听得到。我很抱歉我帮不了你们更多了。"

佩里格林牧师再次把注意力集中到了他的书上,达格利什和皮尔斯离开让他继续工作了。

在图书馆外面,皮尔斯说:"我简直不敢相信。这个人太不像话了,他竟然还是研究生导师!"

"而且我听说还做得十分出色。我可以相信。他醒了,听到了令他厌恶的声音,半睡着起来拿了张卡片,然后摸索着回到床上。困难的是他绝不能相信圣安塞尔斯内部什么人是凶手,他不愿意承认这一点。这跟约翰牧师与棕色斗篷的故事是一样的。他们都不是在给我们制造障碍,也不是故意不帮忙。他们都不能像警察一样思考,我们的问题都显得和事情不相干。他们拒绝接受圣安塞尔斯的人有责任的假设。"

皮尔斯说:"那么他们就等着面对巨大的震惊吧,那么塞巴斯蒂安牧师呢?马丁牧师呢?"

"他们看到了尸体,皮尔斯。他们知道他是在哪儿死的和怎么死的,问题是,他们知道是谁干的吗?"

13

在洗衣间里，还滴着水的斗篷被小心地拿起来，放在一个塑料袋里。剩下的水被用滴管吸进瓶子里封好，那浅粉色的水更像是想象出来的而不是真的。克拉克的两个小组在清理洗衣机，看是否可以发现其他痕迹。这在达格利什看来没什么意义；格列高利在教堂的时候就戴着手套，回到木屋之前应该都不会摘下来。但是这又是必须做的工作，辩护人会想方设法寻找调查的漏洞。

达格利什说："现在格列高利可以被确定为嫌疑人了。其实，从我们知道他结婚的时候，他就是了。顺便问一句，我们知道他现在哪里吗？"

凯特说："他早上开车去了诺里奇。他告诉皮尔比姆夫人他下午回来。她帮他打扫木屋，上午她在那里。"

"他一回来我们就要找他问话，而且这次会谈会有录音作为调查和犯罪证据。有两件事很重要：他一定不知道特里夫斯的斗篷还在学院里，也不知道洗衣机被关掉了。皮尔斯，请你再跟约翰牧师还有佩里格林牧师谈一次,说话有技巧一些。尽量确保佩里格林了解我们的意思。"

皮尔斯出去了。凯特说:"我们能不能让塞巴斯蒂安牧师宣布北回廊的门已经打开,学生们可以使用洗衣间了呢?我们可以监视格列高利是否会回来找斗篷。他应该想知道我们是不是已经发现了。"

"你真机灵,凯特,但是这什么也证明不了。他不会掉进陷阱的。如果他决定来,会带些脏衣服来的。但他为什么要这样做呢?他计划好了斗篷被找到,这样为证明凶手在内部又提供了一件证据。他关心的只是我们不能证明是他在谋杀案发当晚穿了那件斗篷。通常来说他是安全的,可是他的运气太坏了,瑟蒂斯在周六晚上进了教堂。除了他没有人知道凶手当时穿了一件斗篷;而且洗衣机又被关掉。如果洗衣机完成了工作,那么可以肯定所有的证据都被破坏了。"

凯特说:"他仍然可以声称特里夫斯在以前什么时候把斗篷借给过他。"

"但是那有可能吗?特里夫斯是一个对自己的东西非常吝啬的年轻人。他为什么会把斗篷借给别人?当然你是对的。他可能以此作为辩解。"

皮尔斯回来了,他说:"约翰牧师在图书馆,和佩里格林牧师在一起。我想他们都听懂我的话了。但我们最好等着格列高利,他一回来就把他截住。"

凯特问:"如果他想请律师呢?"

达格利什说:"那我们就只能等他找到为止。"

但格列高利并不想请律师。一个小时以后,他坐在了会见室的桌子旁,非常平静。

他说:"我想我知道我的权利,以及在没有律师费用产生的情况下你们都能做些什么;哪些是有用但我负担不起的,哪些是我负担得起但没用的。我的律师虽然在起草遗嘱的时候会非常胜任,但对我们双方来说都会是个讨厌的累赘。我没有杀执事长。不仅是因为暴力跟我没有关系,而且我也没有理由希望他死。"

达格利什决定把审讯留给凯特和皮尔斯。他们都坐在格列高利的对面,达格利什挪到了面向东边的窗户旁。他想,作为警方的问话场所这里布置得很古怪。屋子里几乎没有什么家具,只有一张方桌,四把高背椅和两张扶手椅,跟他们初次到这个房间里时一样的。唯一的改变就是孤零零挂在方桌上面的灯更亮了。厨房里有一些杯子,还有淡淡的三明治和咖啡的味道。在对面布置得舒适些的客厅里,皮尔比姆夫人摆上了一瓶花,只有在这些地方才看得出一些人气。他很好奇一个旁观者会如何评价眼前的场景,这是一个纯功能性的房间,三个男人和一个女人在这里抱定决心要完成自己的工作。这要么就是在进行审讯,要么就是在图谋不轨。大海有节奏的拍岸声更渲染了这神秘而恐怖的气氛。

凯特把录音机打开,然后进行了例行的问话。格列高利说了他的名字和地址,三位警官的名字和职位也被说了一遍。

皮尔斯先开始了问话。他说:"执事长克拉普顿大约是在上星期六半夜被谋杀的。那天晚上十点钟以后你在哪里?"

"之前你们第一次问到的时候我已经说了,我在自己的木屋里,听瓦格纳。在被电话叫去参加塞巴斯蒂安牧师在图书馆的会议之前没有离开木屋。"

"我们有证据证明当晚有人去过拉斐尔·阿巴斯诺特的房间,是你吗?"

"怎么会?我刚才说过我没有离开过木屋。"

"你在一九八八年四月二十七日同克拉拉·阿巴斯诺特结了婚,而且你已经告诉拉斐尔他是你的儿子。你在进行结婚仪式的时候就知道这可以让他成为圣安塞尔斯的合法继承人吗?"

稍微停顿了一下。达格利什想,他并不知道我们是如何发现他结婚的事情的。他不知道我们知道多少。

然后格列高利说:"当时我不知道。后来——我不记得是什么时候了——我知道根据一九七六年的法案,我儿子成了合法继承人。"

"在结婚的时候,你是否知道艾格尼丝·阿巴斯诺特小姐遗嘱的条款？"

这一次没有任何的犹豫。达格利什相信格列高利肯定想办法知道了，也许是在伦敦进行了调查。但他肯定没有以自己的名义去调查，而且确定这至少是他们很难发现的。他说："不，我不知道。"

"而且你的妻子在你们婚前或婚后也没有告诉你？"

又一次有点犹豫，双眼闪烁。然后他决定冒险。"不，她没有说过。她更关心的是拯救她的灵魂而不是她儿子的财产利益。如果你们认为这种幼稚的问题能说明我有动机，是不是其他四名驻院牧师也应该被问到？"

皮尔斯插话说："请你告诉我们你不知道遗嘱的内容。"

"我没有想过金钱上的利益。事实上我想的是学院里的每一个人都明显地不喜欢执事长。如果你们宣称我杀了执事长来确保我儿子的继承权，那我要指出这所学院按计划要被关闭了。我们都知道时间不多了。"

凯特说："关闭也许是不可避免的，但并不是立刻会发生。塞巴斯蒂安牧师很可能会成功地让学院再维持一两年，足够你儿子完成学业成为牧师了。那是你想要的吗？"

"我曾经想让他从事别的行业，但我知道这对父母来说不算什么。孩子们很少做理性的决定。就像我忽略了拉斐尔二十五年一样，我也不能指望对他如何规划人生发表意见。"

皮尔斯说："我们今天几乎可以肯定谋杀执事长的人穿了一件圣职候选人的斗篷，并且已经在圣安塞尔斯的洗衣间里发现了一件棕色的斗篷。是你放在那里的吗？"

"没有，我没有，也不知道是谁放的。"

"我们还知道有个人，也许是名男子，在谋杀当晚给克拉普顿夫人打过电话，佯装从主教教区办公室打来电话问执事长的手机号码。是你打的电话吗？"

格列高利忍不住笑了一下。"你们问这么幼稚的问题真是让我很吃惊，我知道你们是苏格兰场最有声望的小组之一。不，我没有打电话，也不知道是谁打的。"

"当时牧师和四名圣职候选人正在教堂里进行晚祷。那时候你在哪里？"

"在我的木屋里批改论文，而且我也不是唯一没有参加晚祷的人。耶伍德、斯坦纳德、瑟蒂斯，还有皮尔比姆都拒绝去听执事长布道，还有三个女人也没去。你们确定是一名男子打的电话吗？"

凯特说："执事长的谋杀案并不是让圣安塞尔斯陷入危机的唯一惨剧。罗纳德·特里夫斯夫的死也没能阻止这一切。他星期五晚上和你在一起。第二天他就死了。星期五发生了什么事？"

格列高利盯着她。他脸上那稍纵即逝的不喜欢和蔑视是那么明显，就像是啐了口唾沫的样子。凯特的脸红了，继续说："他被拒绝和背叛了。他来找你，寻求安慰，结果你把他赶走了。是这样吗？"

"他为了《新约》的希腊文课来找我，我给他上了课。当然必须得承认，比平时的课时间短，可那是应他的要求。很显然你们知道了他偷了圣饼的事情。我让他向塞巴斯蒂安牧师承认错误。这是唯一可能的建议，你们也会给他同样的建议。他问我如果承认了，他是否会被开除。我说，根据塞巴斯蒂安牧师对现实情况的特殊看法，我想会的。他想得到宽慰，但我没办法让他满意。被开除了也比落到一个敲诈者手里强。他是个富人的儿子，他可能一直在给那个女人钱。"

"你有什么理由认为凯伦·瑟蒂斯是一个敲诈者？你了解她多少？"

"很清楚她是一个渴望权力并且道德败坏的年轻女人。那女人永远不会为他保密的。"

凯特说："然后他出去了，并且自杀了。"

"很遗憾，那件事情我既不可能预见也不可能避免。"

皮尔斯说："接着另一个人也死了。我们有证据证明门罗夫人已经发现了你就是拉斐尔的父亲。她来就这件事跟你对质了吗？"

又停顿了一下。他把手放到了桌子上，注视着他们。虽然不可能看到他的脸，但达格利什知道这个男人需要做一个决定了。他又一次在问自己警察到底知道多少，有多大的把握。玛格丽特·门罗有没有跟其他的人说起呢？也许她留下了什么记录？"

他差不多有六秒钟没有说话，但给人的感觉更漫长。然后他说："是的，她是来见我了。她问了些问题，验证了她的怀疑——她并没有说明她怀疑什么。有两件事情让她困扰。第一件是我骗了塞巴斯蒂安牧师，隐姓埋名在这里工作；更重要的是，拉斐尔必须知道真相。这都跟她没有关系，但是我想我应该向她解释一下我为什么没有在拉斐尔的妈妈怀孕的时候跟她结婚，还有后来为什么又改了主意。我说我想等到我有理由相信这个消息不会让拉斐尔觉得太讨厌的时候告诉他。我想自己决定时间。我还向她保证我会在学期结束之前说。所有这些——顺便说一句，都是她绝对无权过问的——她说她会保密。"

达格利什说："然后当晚她就死了。"

"死于心脏病。如果她的发现，还有她为跟我交涉所进行的努力对她来说是致命的，那么我很抱歉。我不能对圣安塞尔斯发生的每一起死亡事件负责。你们接下来就要指控是我把阿加莎·贝特顿从酒窖的台阶上推下去了。"

凯特说："那么你这样做了吗？"

这次他变得聪明了，有意隐藏了他的不满。他说："我想你们正在调查执事长被谋杀的案子，而不是在试图证明我是连环杀手。你们是不是应该把精力集中在一个无疑是谋杀的案子上呢？"

这时达格利什发言了。他说："我们将采集上周六在学院的每个人的头发样本。你没有意见吧？"

"没有，如果所有的嫌疑人都要经受这种侮辱的话。这又用不着全身麻醉。"

没有继续问话的必要了。他们进行了例行的结束问话后，凯特关掉了录音机。

格列高利说："如果你们想要头发样本，最好现在来。我要开始工作了，不想被打扰。"

他大步走入了黑暗当中。

达格利什说："我想今晚取到样本，然后开车回伦敦去。我想在实验室等着他们化验那件斗篷。如果他们优先做的话，几天之内就会有结果。你们俩和罗宾斯就留在这里。我会跟塞巴斯蒂安牧师说，安排你们搬到木屋来。如果没有床了，他会提供睡袋或者床垫。我想二十四小时监视格列高利。"

凯特说："如果化验斗篷一无所获呢？其他的证据都是不确定的，没有确实的证据我们就没法立案。"

很明显，她说的都是事实。可达格利什和皮尔斯都没有回答她。

14

  姐姐活着的时候，除了晚餐时间，约翰牧师很少出现。塞巴斯蒂安牧师显然把晚餐当做象征统一的社区生活的典礼，所有人都应该参加。现在是星期二下午茶的时候，他出人意料地出现了。关于最近发生的死亡事件，没有召集整个学院的会议进行宣布，塞巴斯蒂安牧师低调地单独告知了所有的教士和圣职候选人。四名学生都去了约翰牧师的住处表达了哀悼，而且现在他们也在通过帮他倒茶、从餐桌上给他拿三明治和烤饼表现出对他的关心。他坐在靠门的地方，安静、瘦小，总是不厌其烦地表现出礼貌，很少笑。下午茶结束后，埃玛提出去整理贝特顿小姐的衣橱，他们就一起上楼到公寓去。

  之前她想着怎么才能把所有的衣服捆好收拾起来，所以向皮尔比姆夫人要了几个结实的塑料袋，一个用来装牛津饥荒救济委员会或者其他慈善商店可能会要的物品；另一个袋子用来装要扔掉的衣服。还有两个黑色塑料袋看起来只能装垃圾。她决定先把衣橱收拾一下，分好类，然后找个约翰牧师不在房间里的时候再来装好运走。

他坐在壁炉前，炉中淡蓝色的火焰映在他身上。埃玛走进贝特顿小姐的卧室。屋子照明很不充足，房顶中间有盏满是灰尘的吊灯，灯光昏黄。黄铜床架的单人床床头柜上有一盏上面有小天使塑像的灯，灯泡比吊灯更亮些，而且灯头可以转动，这样可以让它照在需要的地方以便开始整理。床的右侧是一把高背椅和弓形朝外鼓着的抽屉柜。另一件家具就是占据两扇小窗子中间的一个有雕花的巨大桃花心木衣柜。埃玛打开柜门，闻到一股发霉的味道，还夹杂着斜纹格呢、薰衣草，以及樟脑球的味道。

分类和选择哪些东西要丢弃这件工作并没有她想象得那么难。贝特顿小姐生活得很孤独，只有很少的衣物，而且很难看出过去十年里她都给自己买过什么新衣服。埃玛从衣柜里拽出一件很重的没有任何装饰的麂鼠皮外套，两套斜纹呢套装，都是垫肩很大、腰部收紧的款式，看起来最后一次穿着的时间最晚也在二十世纪四十年代；一件质量很好的丝绒花缎的晚礼服，但是式样太陈旧了，除非是出席化妆舞会，很难想象任何一位现代女性还会穿上它。抽屉里放着衬衣和内衣，短裤是洗过的，但在分叉处还有污渍；还有几件长袖的内衣，卷成卷的厚袜子。这里没有什么慈善商店想要的东西。

她忽然为贝特顿小姐感到同情和委屈。塔兰特探员和他的同事曾在这些可怜的遗物中到处翻找。他们想找到什么呢，一封信，一本日记，还是一份自白？中世纪的信众每个礼拜日都被末日审判的图景所恐吓，祈祷着自己可以忽然被死亡带走，担心没有得到上帝的宽恕。可现在的人们在生命的最后时刻，更多的是为凌乱的办公桌、没有完成的愿望和没有处理完的控告信而感到遗憾。

在最下面的抽屉里有一个惊人的发现。一件英国皇家空军的束腰上衣被小心地用棕色的纸包着，左侧口袋的上方还别着徽章和那种用来表彰英勇行为的丝带。还有一顶被压扁了的帽子。她把那件麂鼠皮的衣服挪开，将这些东西摊在床上默哀了一会儿。

她在左手最上方抽屉里的一个小皮盒子里发现了珠宝，数量并不多。还有些带雕花的胸针、很沉的金耳环和很长的梨形项链，看起来像是家传的。很难估计它们价值多少,虽然有些宝石看起来不错,但她怀疑多大程度上可以满足约翰牧师把它们卖出去愿望。也许最好的办法是把所有的首饰都拿回剑桥,在城里的珠宝店里做一下估值。同时还得保证别把它们弄丢弄坏。

盒子有一个活底,抬起来后,她发现了一个年头已久的发黄的小信封。把它打开,一枚戒指掉到她手掌中。它是金的,虽然很小,但掂量着很有分量,一串钻石中间镶着一颗红宝石。她被一种冲动驱使着,把它戴在了左手的第三个手指上。这是一枚订婚戒指,如果这是某位飞行员送给贝特顿小姐的,那他一定已经死了,要不她怎么会有他的制服?埃玛脑海中出现了一幅鲜活的画面,上面有一架喷火战斗机或者飓风飞机失控地在天空中翻转着,拖着长长的火舌坠入峡谷之中。或者他是投弹的飞行员,在敌人目标上方被击落了,跟那些刚被他的炸弹炸死的人们躺在了一起。他死之前跟阿加莎·贝特顿是恋人吗?

她想,为什么这么难以置信呢?所有年老的人都曾经年轻过,都曾经强壮过、美丽过、爱过、被爱过,欢乐地充满了年轻而天真的乐观。她想起几次见到贝特顿小姐的情景,她戴着一顶毛线帽,大步走在峭壁边的小路上,下巴向前伸着,就像在对付比狂风更严酷的敌人;还有几次她们在楼梯上擦肩而过时,她朝埃玛点点头,或者忽然从混浊的眼睛里投来不安和好奇的一瞥。拉斐尔喜欢她,愿意和她在一起。但那究竟是发自内心的情感,抑或仅仅是仁慈而已呢?如果这确实是一枚订婚戒指,她又为什么不戴着它呢?但也许这并不难理解。它代表了必须被折叠起来安放的遥远的过去,就像她叠起了情人的衣服一样。她不愿意每天都面对这个象征着过去记忆的东西,送戒指给她的人已经离开了这个世界,而这戒指却会比她本人存在得还要长久,并且还要随着她的每一个手势让大家都知道她的损失和悲痛。死了的人活在活着的人心里,这虽然陈词滥调,但是有什么能代替爱人的声音和坚实的臂弯呢?这是否就是世上差不多所有诗篇所描述的那些东西:生命、爱与美是那么短暂,终将在人们的意识中归于飞驰的时光战车轮子上的利刃。

外面有敲门声，门被打开了。她出来看了看，是密斯肯探员。她们站在那里互相看了一会儿，埃玛觉得那眼神并不友好。

然后探员说："约翰牧师说你在这儿。达格利什警长要我来通知每个人。他回伦敦去了，我、塔兰特探员，还有罗宾斯探员会留在这里。客房里已经安了锁，晚上锁好门很重要。晚祷后我会在学院，送你回客房。"

这么说达格利什警长没有道别就走了。可他为什么要道别呢？他脑子里有比客套更重要的事情。他也许已经向塞巴斯蒂安牧师正式辞行了，还有什么其他的事是必要的呢？

密斯肯探员讲话非常有礼貌，埃玛知道她表现出厌恶的情绪是在无理取闹。她说："我不需要有人送。这是不是说你们觉得我们处于危险当中？"

又停顿了一下，密斯肯探员说："我们希望这样做。情况就是在这片岬角上有一名凶手，在我们未对他实施抓捕之前每个人都该小心。"

她出去关上了门。埃玛一个人站在床边，看着折起来的帽子和束腰上衣，戒指还在她手上戴着。她觉得眼泪涌出来了，但她不知道她是在为贝特顿小姐落泪，为了她死去的爱人，还是为了她自己。然后她把戒指放回信封，她的整理工作大致进行完了。

15

第二天一早,天刚蒙蒙亮,达格利什就开车去了伦敦兰贝思实验室。雨下了一整夜,现在停了。交通灯在雨后积水的路面上投射出红、黄、绿三色妖冶的影子,随着灯光颜色的变换微微颤动。空气中弥漫着河水满溢的清新味道。伦敦城好像只有在凌晨两点到四点之间才是沉睡的状态,之后便成了断断续续的小憩。现在,首都慢慢地醒来,有上班族稀稀落落地出现在街道上,每个人都一副若有所思的样子,渐渐地开始占据整个城市。

来自萨福克辖区犯罪现场的物证一般都会被送到亨廷顿法学实验室,但那个实验室总是在超负荷运作。而兰贝思实验室可以按达格利什的要求,优先处理他送来的证据。他在兰贝思很有名,员工们很热情地欢迎了他。资深法医安娜·普雷斯科特博士正在等候,她提供的证据报告曾使他负责的很多案件得以圆满侦破。他深知此案的成功有多大程度要仰仗她作为科学家的良好声誉。不仅如此,她还可以在法庭上清晰而充满自信地陈述鉴定结论;在交互讯问时她也会表现得沉着镇定,这些都是至关重要的。像其他法医一样,她不属于警察编制。如果格列高利的案子能进入公开审理阶段,安娜·普雷斯科特会作为独立鉴定专家来提供证据,她将只忠实于案件的事实。

斗篷在试验室的烘干机里烘干后,现在被平铺在一个宽大的、架着四盏荧光灯的勘查台上。为了避免交叉污染,格列高利的田径服被送去实验室另外一个地方处理。任何在田径服上发现的纤维都用胶带粘下来,贴在斗篷的表面,然后再用显微镜做对比。如果初步对比结果显示这些纤维确有吻合,那么将随即进行一系列进一步的对比试验,其中包括对纤维本身化学成分的精密分析。但这些都会很费时间,结果要一段时间后才有。血液已经拿去化验了,达格利什在等报告。他并不焦虑,因为他确信那一定是执事长的血迹。目前他正在和普雷斯科特博士一起看能否发现一些发丝。他们两人都穿着工作服、带着面罩,俯在斗篷上仔细地查找。

达格利什明白了人类的双眼是多么高效的搜寻工具。很快,他们就发现了要找的东西:缠绕在斗篷领口铜制铰链上的两根灰发。普雷斯科特博士小心翼翼地解开发丝,将它们放置在一个小玻璃碟中,立即开始用低倍显微镜进行检验。她满意地说:"两条发丝都有根部,这就意味着我们有机会提取 DNA 样本。"

16

两天后的清晨七点半，实验室打电话到达格利什在泰晤士河边的公寓，通知他化验结果。他们从两根灰发中提取了DNA样本，与格列高利的刚好相符。虽然是在意料之中，但得到确认之后，达格利什还是松了一口气。实验室的人还说，显微镜对比观测显示斗篷上的纤维和田径服上的纤维也基本吻合，但是最终的完整报告还要再等上一段时间。放下电话，达格利什停下来想了一会儿，是继续等待还是立刻采取行动呢？他不愿再拖延对格列高利的拘捕了。DNA的检验结果显示他曾经穿过罗纳德·特里夫斯的斗篷，纤维对比试验再次确认这是无可争辩的事实。他完全可以直接打给还在圣安塞尔斯的凯特和皮尔斯。他们俩正跃跃欲试地等待抓捕格列高利的这一刻。但他还是需要亲临现场，他自己非常清楚这是为什么。拘捕格列高利，会减轻上一个案子由于过分小心给他带来的挫败感。上次他查出了凶手，听到了被迅速收回的坦白，但是没有足够的证据去抓人。如果现在不用已有的证据抓格列高利归案的话，有些谜团可能永远也无法破解了，虽然他也不确定那谜团到底是些什么。

不出所料，接下来的两天比平时要忙得多。他又回到了一大堆工作中，处理那些他职责范围内的问题，还有其他那些烦扰所有高级警官的杂事。警队人手十分短缺，急需从社会各个层面招收一些聪明能干、积极主动、受过良好教育的年轻人，可眼下这样的人才谁都想要，其他行业会以更高的工资、更好的社会地位和较少的压力来吸引他们。警队还急需减少官僚作风和案头烦琐工作以提高刑侦效率，同时兼顾解决贪污腐败的问题。在这个疯狂行贿的年代，他们面对的不是十镑钞票滑入警员背包这么简单的问题，而是要揪出在非法毒品生意巨额利润中抽成的罪行。但是现在，至少短时间内，他要回圣安塞尔斯去。那已经不再是一个安宁、圣洁和充满慈爱的地方，但那里有他未完的工作和他惦念的人。他希望埃玛·拉文汉姆还留在学院里。

他抛开繁忙的日常工作，丢下一堆待处理的公文和已经安排好要在下午开的会，给长官助理和自己的秘书留了口信，然后打电话给凯特。凯特觉得圣安塞尔斯一切都很平静——反常的平静。

大家的日常生活照旧进行着，但显然被吓着了，情绪极度紧张，仿佛那具血淋淋的尸首还躺在《末日审判》下面似的。在她看来，整个学院的人都在怀着半是期待、半是恐惧的心情等着最后的宣判。格列高利没有再出现。最后一次问讯之后，他在达格利什的要求下交出了的护照，所以不用担心他会潜逃。而且逃跑永远不能成为一种选择，格列高利也从来没有想过自己哪一天会被人从遥远荒凉的海外避难所带着耻辱遣返回来。

这是一个冰冷的日子，达格利什第一次呼吸到伦敦冬日凛冽的空气。刺骨的寒风席卷着整个城市，开到 A12 公路的时候，风势已经变得持续而又强烈了。除了不断地有开往东海岸港口的卡车，路上比平时冷清了许多。他开得很快但很平稳，两手轻轻地搭在方向盘上，双眼盯着前方。除了那两根灰发，他还有什么能拿到法庭上的证据呢？它们是否太不够说服力了呢？可是，不够也得够了。

他的思绪从拘捕嫌疑犯转移到了审判，他开始站在为被告辩护的角度来思考。他认为DNA检验结果是毋庸置疑的;格列高利曾经穿过罗纳德·特里夫斯的斗篷,这千真万确。但辩方律师可能会辩称也许是格列高利在给特里夫斯上最后那节希腊语课时,因为感到有些冷而跟他借来穿的,而当时格列高利也正穿着自己的运动服。整件事情看起来其实很顺理成章,就要看陪审团是否会相信了。格列高利有强烈的作案动机,但其他人也有,包括拉斐尔。在他起居室地板上找到的那个小树枝,完全可能在他走出房间去彼得·巴克赫斯特那儿的时候就已经在了。可能是因为当时被风吹开了,所以他才没有看到。检控方如果明智,应该不会利用这一点大做文章。那一通从学院公共电话亭打给执事长夫人的电话倒是很能说明问题,可至于是谁打的电话,就有八九种可能了,拉斐尔就有嫌疑。贝特顿小姐也有很大的嫌疑。她有动机和作案的可能,但是她有力气挥动那沉重的铜制烛台吗?现在谁也不知道,阿加莎·贝特顿已经死了。格列高利并没有被控谋杀她,也没有被控谋杀玛格丽特·门罗。从任何一个案子中都找不到足以拘捕他的证据。

路上花了不到三个半小时。现在就快到了,他眼前出现了那片荒凉的、怒吼着的大海,白色的海浪一路翻滚,奔向天际。他停下来,打电话给凯特。格列高利半个多小时前离开了木屋,现在正在海边散步。

达格利什说:"在海岸公路的尽头等我,带上手铐。我们也许用不上,但要力求万全。"

几分钟后。他看见凯特向这边走来了。她上了车,两个人都没有说话,达格利什掉头向海边驶去。他们可以看到格列高利了——身影瘦长,披着长及脚踝的大衣,竖着衣领,迎风站在一处破败的堤坝边缘,面海凝望着远方。他们走在鹅卵石路上,脚下嘎吱作响。忽然一阵狂风骤起,撕开了他们的上衣,吹得他们很难站稳。风的呼号淹没在大海的轰鸣中,几乎听不到。大浪排山倒海般撞向岸边,飞溅的水花堆在防波堤周围,像沸腾了一样,跳跃着、旋转着的五彩斑斓的水泡在鹅卵石上散开。

达格利什和凯特并肩朝格列高利走去。他一动不动地站在那里，回过身来，看着两人向他走来。就在他们相距还不到二十码的时候，像是早就计划好的一样，格列高利沿着防波堤的边缘，向另一头走过去。而那里仅有两平方英尺大小，脚下不足一英尺的地方就是汹涌的海浪。

达格利什对凯特说："如果他真的跳下去，就立刻打电话给圣安塞尔斯，通知他们这里需要一艘船和一辆救护车。"

随后，他同样镇定地踏上了堤坝，向格列高利靠过去。在离他不到八英尺的地方停了下来，两人对面而立。格列高利大声地喊叫着，但他的声音在海浪的喧嚣中只能勉强听得到。

"如果你是来抓我的，那就动手吧，但是你得再靠近点儿。你难道不是有些什么可笑的套话要宣读吗？法律赋予我权利听你讲那些套话。"

达格利什并没有回应他。两人沉默地对视了两分多钟。人生中对自己有清醒认识的时间很少，而这短暂的两分钟，对他来说好像已经是那些时间的一半了。他现在有种前所未有的感觉：一种强烈的愤怒——比他所经历的任何一种愤怒都要强烈得多，他在教堂看着执事长尸体时也没有像现在这么怒不可遏。他不喜欢这种感觉，觉得自己不该这样不理智，但就是没法控制它。他知道为什么他在审讯室里不愿意面对小桌子对面的格列高利。因为离得远一点，他便可以和对手保持距离，这距离不仅是身体上的。现在他无法再保持距离了。

达格利什从未把他的工作看成是对别人的拯救。他认识一些探员，受害人被害的惨状深深地印在他们的脑海中，只有在罪犯被抓捕归案的时候，他们才能把那些画面从记忆中抹去。还有些人，甚至用自己的私人生活作为赌注：抓不到杀人犯，他们就不会去消遣、娱乐、喝酒或者休假。达格利什和他们一样充满怜悯和愤怒，但他从来不会把办案和私人生活混为一谈，也不会将对罪犯的敌意个人化。对于他来说，侦破案件是一项专业化的工作，需要高度的智慧才能挖掘出事实的真相。

这不是他现在的想法。这不是因为格列高利玷污了这个保有他幸福记忆的地方这么简单。他苦苦地问自己，除了能够让小时候的达格利什感到快乐这一事实之外，圣安塞尔斯究竟有什么样的圣德，能让他如此地在意。不只是因为他尊敬马丁牧师，忘不了他从执事长尸首上望过去时映入眼帘的、这位牧师错愕悲伤的面孔；也不是因为有埃玛在他怀中战栗的那一刻，乌黑柔软的发丝轻抚过他脸颊。那一刻是那么的短暂，几乎令他无法相信他真的曾有过那个拥抱。现在这种难以控制情绪还有一个更简单、更不光彩的原因。格列高利一手策划并实施了谋杀，而他——达格利什——就睡在旁边距离不足五十码的地方。现在格列高利还将令自己的胜利更加圆满。他会投向大海的怀抱，在他深爱的环境里、在寒冷和精疲力竭中安详满意地死去。而且他的计划还远不止于此。达格利什非常清楚格列高利的想法，正如格列高利也同样清楚他的想法一样。他准备把他的对手一起拖入水中。如果格列高利纵身入海，他也一定会跟着跳下去。他没有其他选择。他无法带着眼睁睁地看着一个男人游向死亡而不作为的记忆活在这个世上。他自己一定会拼上性命去救对手，这不是出于同情和人道，而是出于固执与自尊。

他暗自衡量着两人之间的力量对比。从身体条件上看，双方势均力敌，格列高利可能水性更好，但是谁都无法在冰冷的海水中撑太久，如果很快有救援的话——会的——他们就能活下来。他在想，自己是否应该退后几步，让凯特现在就通知圣安塞尔斯，准备好救生艇。但他决定不这样做，如果格列高利听到从悬崖边的小路上传来汽车飞驰的声音，他就一定不会再犹豫了。虽然格列高利改变心意的机会微乎其微，但仍旧还有一线希望。达格利什深知格列高利还占有一个绝对的优势，那就是他们两人中只有一个是视死如归的。

他们继续对峙着。接着，格列高利几乎是以一种很随意的方式抖落肩上的外衣，仿佛面对的是夏日里阳光照耀下银光闪烁的碧海，俯身跳了下去。

对凯特来说，他们这两分钟对峙是那么漫长。她定定地站在原地，每一块肌肉好像都被牢牢地锁住了,紧紧地盯着远处那两个几乎一动不动的身影。她不由自主地慢慢向前挪动着。海浪扑向她脚下,双腿被冰冷的海水刺痛着,但她浑然不觉。她感到自己的上下颌都发僵了,才意识到自己一直在口中嘀咕着:"回来,回来吧,别管他。"语气是那么急迫和强烈,达格利什肯定会听到的,但他的背影显得那么固执。现在事情已经发生了,只能立刻采取行动。她迅速打通了学院的电话,焦急地听着铃声一直在响,没有人接听。她开始嘟囔出一些平时肯定讲不出来的骂人话。铃声还在持续,接着她终于听到了从电话另一端传来的塞巴斯蒂安牧师小心谨慎的声音。凯特尽量使自己的声音平稳:"牧师,我是凯特·密斯肯,从海滩给您打电话。达格利什和格列高利双双落海了,我们需要救生艇和救护车,要快!"

塞巴斯蒂安牧师没有细问详情,他说:"你留在原地,我们马上就到。"

接下来是更漫长的等待,但是这次她看着表计算了时间。过了三分十五秒,她听到了远处传来的汽车声。凝望海中跳跃着的波浪,已经看不到两人的头浮出水面了。她奔到防波堤的尽头,站在格列高利刚才站过的地方,海浪正在吞噬她脚下的防波堤,海风肆虐地抽打过来,她全然不顾了。突然,他们再次出现在她的视线中——一个灰发、一个黑发,两个人之间只有几码的距离——一个浪头卷起来,他们又被淹没在水花的下面了。

凯特尽量争取将他们留在自己的视线里,这非常重要,但她还得时不时往台阶那边张望。她听到了不止一辆车的声音,但眼下还是只有那辆陆虎停在悬崖边。看起来整个神学院的人都来到了现场。他们动作很快、有条不紊。小木棚的门被打开了,一个木板条制成的工作台被挪出来,摆在沙滩的斜坡上,再把坚硬的气垫船沿着工作台推下去,然后一边三个人,把它抬起来,一路跑到海边。凯特看见皮尔比姆和亨利·布洛克斯汉姆正准备下海救人。是亨利,而不是看上去更强壮的史蒂夫·莫比要下海,这让她觉得有点吃惊,但也许亨利是个更有经验的水手。他们好像不可能迎着巨浪将救生艇发动起来,不过很快她就听到了救生艇外舷引擎的咆哮,他们驶入海面,然后朝她的方向冲来,海面上出现了宽宽的水线。她又看见了他们两人的头一闪,随即指给了救生艇上的人。

现在跳海落水的人和救生艇都消失了,只是片刻出现在大浪的顶部。接下来凯特也没什么可做的了,她加入了沙滩上忙碌着的人们。拉斐尔担着成卷的缆绳、佩里格林牧师拿着救生衣、皮尔斯和罗宾斯扛着两卷帆布。皮尔比姆夫人和埃玛也在,皮尔比姆夫人背着急救箱,埃玛抱着几条毛巾和色彩鲜艳的毯子。她们两人在一起,盯着海面看。

此时救生艇折返回来,引擎的声音更大了,突然出现在海面上,随着大浪上下翻腾着。

拉斐尔说:"找到他们了,四个人都在船上。"

救生艇的状况看来还好,但是在这么恶劣的状况下,他们好像几乎很难生还。紧接着,最糟糕的情况还是出现了。大家听不到引擎的轰鸣了,只看到皮尔比姆正拼命地将倾斜的船身控制住,现在救生艇失去了动力,像孩子的玩具一样在浪涛中被抛来抛去。就在离海岸还不足二十码的地方,救生艇突然被骇浪高抛起,在浪尖上停了一瞬间,随即翻入海中。

拉斐尔已将缆绳的一头牢牢地拴在防波堤的一段凸起上,现在又将另外一头系在自己腰间,纵身跃入大海。史蒂夫·莫比、皮尔斯和罗宾斯紧随其后。佩里格林牧师也甩掉了法衣,跳到迎面冲来的海浪中,仿佛面对狂暴的大海毫无畏惧。亨利和皮尔比姆在罗宾斯的帮助下,开始奋力向岸边游来,佩里格林牧师和拉斐尔抓着达格利什,史蒂夫和皮尔斯拖着格列高利。很快地,他们都被海浪推上了鹅卵石的堤岸,塞巴斯蒂安和马丁牧师快步上前,帮忙把他们拽上岸。随后皮尔比姆和亨利也都气喘吁吁地躺到了沙滩上,海浪还追过来打在他们身上。

只有达格利什不省人事,凯特奔过来,发现他的头撞在了防波堤上,血水和着海水,在他被撕破了的衬衫上淌着。达格利什的喉咙处有一道血痕,应该是被格列高利抓伤的。凯特脱掉衬衣压在伤口处,接着她听到了皮尔比姆夫人的声音:"小姐,把他交给我吧,我这里有绷带。"

大家还是听了莫比的意见。他说:"先要把他身体里的水排出来。"大家将达格利什翻了过来,然后试图让他醒过来。不远处,格列高利坐在海滩上,仅穿着一条短裤,头埋在双手间,大口喘着气,罗宾斯在一旁看守着。

凯特对皮尔斯说:"去拿些毯子给格列高利,再给他喝点热的。等他暖和过来能明白你在做什么,就收押他,给他戴上手铐。我们不想再出什么闪失。哦,也许你还要在拘捕他的主要理由上加一条谋杀未遂。"

她又转向达格利什。他突然开始呕吐,水、血搅和着喷涌出来,还不停地含混不清地说着什么。凯特第一个留意到埃玛·拉文汉姆一直跪在达格利什的头边,面色苍白。她没有开口说话,但是当她看见凯特的眼神时,站了起来,向后挪了几步,仿佛意识到这不是她待的地方。

大家一直没有听到救护车的笛声,也不知道还要等多久。皮尔斯和莫比将达格利什抬上了担架,由马丁牧师陪在一旁,开始向停车的方向挪动。刚才入水的几个人都还发抖,他们用毯子裹着身体,互相递着热水瓶,慢慢地也开始往台阶上走。就在这时,乌云忽然让开了一道缝隙,投下一缕微弱的阳光,照亮了海滩。望着一群正在用毛巾擦拭着身体和头发,为了恢复血液循环在蹦蹦跳跳的年轻男孩,凯特几乎相信这就是夏日海滩上的聚会了,大家随时都能在沙滩上开始追逐嬉戏。

他们走到悬崖的最高处,担架被安置在路虎的后座上,凯特注意到埃玛·拉文汉姆在她的旁边。

埃玛说:"他会没事吗?"

"哦,他会好的,他很坚强。头部虽然流了很多血,但是看起来伤口并不太深。他会被送回伦敦休息几天。我们都会回去的。"

埃玛又说:"我今晚要回剑桥去了。能帮我跟他说声再见吗?同时代我祝福他，好吗？"

埃玛没等凯特答复，便转身跟那几名神职学员一起离开了。格列高利戴着手铐、裹着毯子，被罗宾斯推入了他那辆阿尔法罗密欧。皮尔斯来到凯特跟前，跟他一起望着渐渐走远的埃玛。

凯特说："她今晚就要回剑桥了。当然，为什么不呢，她属于那里。"

皮尔斯说："那你属于哪里呢？"

他其实并不需要一个明确的答复，但凯特还是说："当然是跟你、罗宾斯和达格利什在一起，不然你以为呢？这是我的工作。"

第四部——
是结束,也是开始

达格利什在四月中旬一个天气晴好的日子最后一次回到圣安塞尔斯。蓝天、碧海、复苏的大地,组成了一幅和谐安宁的完美图画。他敞开车子的顶篷,海风带着香甜的气息扑面而来,唤起了他对儿童和少年时代在这里度过的每一个四月的怀恋。他出发的时候还有的那些顾虑,已经随着车子离开城市而被彻底抛到脑后了。现在他的内心像周围的景色一样宁静。

信是马丁牧师写来的,他热情地邀请他再次来访圣安塞尔斯,因为学院就要正式关闭了。他写道:"在我们离开之前,非常希望能有机会当面跟我们的朋友道别。我们也希望埃玛在四月的那个周末也能来。"他想让达格利什知道埃玛有可能来;马丁牧师是不是也提醒了埃玛呢?如果真是这样,那她会不会决定不来呢?

终于来到那个他熟悉的转弯处了,若不是那棵爬满常春藤的岑树,走到这里会很容易迷路。那两幢同样的木屋仍在那里,屋前的院子里到处盛开着水仙花,在草地周围一丛丛泛着微黄的迎春花的映衬下,显得格外茂盛。小路两旁的篱笆下,也现出了一丝新绿。就在此刻,蓝色的大海映入眼帘,波光粼粼,伸向绚烂的天际。第一眼看到它,他的心为之一颤。头顶远远地传来隐隐的轰鸣,一架战斗机在万里无云的天空中拖下断断续续的白色轨迹。蓝天下的池塘是浅蓝色的,显得宁静、平和。他想象得出灵动的鱼儿游弋在清澈如镜的水面下。执事长被害的那天夜里,风暴粉碎了沉船的最后一片残骸,连那段好似船桨的黑色木板也不见了,鹅卵石的堤岸和大海之间的沙滩上完全没有被踩过的痕迹。时间具有湮没一切的力量,这就是明证。但是在这个如此美好的早晨,达格利什甚至酝酿不出为此而感慨的情绪。

沿着海岸公路直行,在向北转弯之前,达格利什将车先驶向悬崖边。在那里他熄灭引擎,拿出一封信来。他是在格列高利因谋杀执事长克拉普顿被判终身监禁前的一个星期收到这封信的。字迹整齐、坚定、有力。信封上只写着达格利什的名字,没有寄信人的名字和地址。

非常抱歉我将信写在这样一张纸上,相信你了解,对此我别无选择。你应该已经被告知我已决定改变口供,承认自己有罪了。我完全可以宣称这是为了让马丁牧师和约翰牧师那班可怜的傻瓜不再受作为证人的煎熬,或者称我不想让我的儿子或者埃玛经历我辩护律师那近乎残酷的狡辩。你将会更了解我,我真正的想法是不想让拉斐尔终生背负嫌疑而蒙羞。其实我已经意识到,我是真的有机会脱罪的。我的律师才华出众,不愧于他收取的高昂费用。一开始他就非常直白地说过,他完全有把握替我做无罪辩护,尽管他很小心地没有使用确切的字眼,可毕竟我还相当程度地具有中产阶级的自负,是个非常受人尊敬的人。

虽然考虑过可能被送上法庭,但我始终都在做自己会被无罪释放的打算,我对此从来没有怀疑过。我选择了我知道拉斐尔不在住处的那个夜晚来谋杀执事长。如你所知,我还谨慎地专门去他的住处确认他确实离开了才动的手。如果我发现他还在房间里,我是否还会下手?答案是不会,至少不会在那晚,也许永远都不会了。似乎成功地谋杀执事长所需的必要条件不会那么幸运地再次同时具备了。我也对执事长死于拉斐尔对病中朋友的一个关爱举动这个事实感到匪夷所思。我以前就知道,有多少罪恶都是源于善举。作为牧师的儿子,你比我更有能力找到这一神学难题的谜底。

生活在正在衰落的文明社会中,我们有三种选择。我们可以试图阻止这种衰落,如同孩子们在不断涨潮的海岸边用沙土堆砌城堡。我们可以无视美、学问、艺术和学术品德的毁灭,寻求自身的安慰。这也正是某一段时期内我一直尝试着去做的事情。第三种选择是加入到野蛮的人群中去破坏。很多人都会这样选择,我也是。我儿子的上帝是被强加于他的,他从一出生就生活在牧师的控制下。我想给他另外一个选择,一个更富于时代感的神——金钱。他现在有钱了,他会发现很难放弃这些金钱,至少很难全部放弃。他将会一直是个富有的人,时间还会告诉我们,他是否还会是名牧师。

就谋杀案本身,你没有什么不了解的了,我亦没有什么可再说的。我给阿尔弗雷德爵士写匿名信,当然是出于给圣安塞尔斯和塞巴斯蒂安牧师惹些麻烦的目的,很难想象这会招致苏格兰场最出色的侦探来参与办案。你的出现根本不能吓退我,但目前看来确实提高了我作案的难度。我诱使执事长去教堂的计划进展得非常顺利。他是那么急切地要去查看我在电话里向他描述的恶行。黑色的油漆和刷子是我从圣器室拿出来的,非常方便。我承认我非常享受亵渎《末日审判》的过程。可惜的是,执事长没有多少时间欣赏我的杰作。

你也许想了解另外两宗并未针对我起诉的谋杀案。第一起,让玛格丽特·门罗窒息而死是非常有必要的。那只需要花小小心思策划,下手并不困难,看上去几乎是自然死亡。她是个不快乐的女人,本身也时日无多,但在那个时候,她有可能会坏事。对她来说,生命短了一天、一个月或是一年并没有什么分别,但是她的死对我来说确实很重要。我原本计划在圣安塞尔斯正式关闭、大家对谋杀案的震怒最终消退之后再公布拉斐尔的身世。当然,你很早就对我的计划有所察觉。我本想杀了执事长,让神学院遭人怀疑，最后不留下任何针对我本人定罪的证据。我希望神学院能早日关闭，最好是在我儿子正式成为牧师之前。我希望他能保有完整的继承权。而且，我必须承认，我也很高兴能看到塞巴斯蒂安牧师的职业生涯结束在一宗神学院涉嫌的谋杀案中，结束在失败和耻辱中。他也曾使我陷入过那样的处境。

你也许还想知道另一个快乐的女人阿加莎·贝特顿的不幸离世是怎么回事。那只是利用了一个意外的机会。如果你认为我给执事长夫人打电话的时候她在酒窖最上面的台阶上，那你就错了。那时候她没看见我。事实上，她看见我是在案发当晚我回去还钥匙的时候。我想我是可以立刻杀了她的，但我决定还是等一等。毕竟，大家都知道她是疯子，即使她指控我午夜之后还出现在主楼，我觉得她也很难对我构成威胁。这个判断没错，她星期天晚上跑来告诉我，她会为我保守秘密。她并没有喋喋不休，但是让我明白任何一个杀了执事长的人都不应该怕她。可这不是我能承担的风险。你知道你无法证实她们两人的死是被谋杀的吗？因为动机不足。如果你想用我自身的陈述来控告我，我会推翻我所说的一切。

我对谋杀、对暴力有了些惊奇地发现。也许你早有感触，达格利什，毕竟你在这方面是专家。我本人对此感到非常有趣。第一次击打是有准备的，不能说没有一点愧疚和犹豫，是要通过意志来控制自己才能实现的。整个过程中，我的思维非常清晰：我就是要这个人死；这就是杀死他的最有效方法。我原本计划猛击他一下，最多两下。但是在第一下之后，肾上腺素开始迅速释放，对暴力的欲望占了上风，之后就是毫无知觉的一连串的攻击了。即使你当时出现在现场，我也不能确定我是否会就此停手。当我们预谋一起暴力事件的时候，那种原始的杀戮本能并非一开始就控制着我们的头脑，那种感觉只在你下手之后才会出现并占了上风。

我被捕之后就没有再见过我的儿子。他一定不想见我，我也没有此意。我一生都没有体验过人与人之间的感情，这个时候浸淫亲情会令人感到有些怪异。

信写到这里便结束了，达格利什把它重新折好。他在想，格列高利将如何忍受那十年的牢狱生活呢？如果有书在手，他或许还能生存。但是，难道他现在没有透过那小小的栅栏窗向外张望，希望也可以体味到这春日的甜蜜气息吗？

他重新发动汽车径直向学院驶去。学院的大门迎着阳光敞开着。他步入空荡荡的大厅，圣母像脚下的灯还亮着，空气中残存着那种淡淡的圣公会学院的味道，跟熏香、家具光亮剂，还有旧书的味道混在一起。他觉得这幢房子好像已经被掏空了大半，在静静地等待这那必然的结局。

突然间，他抬头看见塞巴斯蒂安牧师出现在楼梯口，可之前他并没有听到脚步声。牧师说："早上好，亚当。请上来吧。"达格利什想，这是第一次，院长叫了他的教名。

达格利什跟着牧师来到他的办公室，发现屋内的陈设有些变动。壁炉上方伯恩-琼斯的画已经不在了，那个墙边的柜子也被搬走了。塞巴斯蒂安牧师自身也有些变化。教士衣被放在一边，穿着牧师们常穿的那种带白色硬领的套装。他看上去老了，凶杀案给他造成了很大的创伤。但他那简朴英俊的身影仍旧极具权威和自信，和以前相比，甚至多了一种尽量克制着的胜利的欢欣。他得到的那个大学里的职位带给他至高的荣誉，而且他一定已经觊觎已久了。达格利什向他表示了祝贺。

莫里尔说："谢谢。大家都说再次回到那里去是个错误，但是我希望对于我和学校来说，这是不成立的。"

他们坐下来聊了几分钟，都是些礼节性的寒暄。莫里尔不是那种闲下来就会不舒服的人。但此时达格利什感到他仿佛仍旧是坐在他对面的人曾经当他是个嫌疑犯而感到讨厌。他怀疑莫里尔从没忘记、或者是不能原谅他被印指纹的羞辱。现在，像是觉得自己有责任一样，他向达格利什介绍了学院新近发生的变化。

"这里的学员们都已经被安排到了其他神学院。执事长被谋杀那段时间你见过的那四位神职学员也都分别为卡兹顿,或者牛津的圣史蒂夫学院接收了。"

达格利什说:"那么拉斐尔仍将继续从事神职吗?"

"当然。您曾经想过他会不是吗?"牧师犹豫了一下,然后补充说,"拉斐尔表现得非常慷慨,但是他将是个富有的人。"

接着他简短地介绍了几位牧师的近况,但说话的方式和内容都比达格利什所想象的更坦诚。佩里格林牧师接受了在罗马一家图书馆做卷宗管理的工作,那是他一直都想重归的城市。约翰牧师目前在斯卡伯勒①附近一家女修道院作牧师。由于他被证实患有恋童癖,所以需要在变换住所时随时作汇报登记,而女修道院能像圣安塞尔斯那样为他提供一个安适的避难所。达格利什忍住了笑,心里真的觉得没有比这更合适约翰牧师的职位了。马丁牧师则在诺里奇买了一幢房子,皮尔比姆会搬去跟他住在一起照顾他,马丁牧师过世之后,皮尔比姆一家将可以继承他的房产。尽管拉斐尔继承神学院遗产的权利已经被确认,但法律地位的确定却非常复杂。还有很多事情没有定,包括教堂本身是否应该归地方政府所有或者改作他用。拉斐尔急于找到合适的教堂,让韦登的画还能用于装饰圣坛。那幅画和银器都安全地存放在一家银行的保险柜里。拉斐尔决定将皮尔比姆和埃里克·瑟蒂斯目前居住的小屋赠送给他们。主楼则被卖给了一家兼卖保健品的疗养院。塞巴斯蒂安牧师的语气中带着一些不情愿,但达格利什猜这应该已经是个不错的买家了。同时,四位牧师和所有的员工在托管人的要求下,将暂时留在学院,直到大楼被正式移交出去的那一天。

显然,简短的会面就要结束了。达格利什将格列高利的书信交给了塞巴斯蒂安牧师,说道:"我想您有权看看这个。"

塞巴斯蒂安牧师默默地看完,将信合上,交还给达格利什,说:"谢

---

①斯卡伯勒(Scarborough),英国北约克郡渔港,旅游胜地。

谢。真是难以置信，一个热爱着一种最伟大文明的语言和文学的人竟然会堕落到进行这么庸俗华丽的自我辩白。我听说杀人犯都是傲慢自大的，但是按照弥尔顿的撒旦学说，可这是自大中的极致。'我犯错也是有道理的'，他最后一次读《失乐园》是在什么时候呢？执事长对我的批评有一点是对的，我应该在学院的人选方面花更多的心思。你今天会留宿的，是吧？"

"是的，牧师。"

"那大家都会很高兴的。希望你住得惯。"

塞巴斯蒂安牧师并没有陪达格利什一同前往他以前住过的杰罗姆，而是叫来皮尔比姆夫人把钥匙直接交给他。皮尔比姆夫人平时非常健谈，总是要仔细查看达格利什住在杰罗姆都还少些什么必需品。而今天她似乎并不想动。

"塞巴斯蒂安牧师应该已经告诉您这里的变化了吧？我不知道雷格怎么想，但是我很喜欢这个疗养院。新来的这些人看上去都不坏。他们希望我们留在原来的工作岗位上，包括埃里克·瑟蒂斯。但是我和雷格都太老了，不想经历更多的变化了。我们跟了这里的牧师很多年，不想再去适应陌生人了。拉斐尔先生说我们可以自己决定是否出售我们的木屋，我们也许真的会卖掉小屋，存钱养老。马丁牧师也许告诉您了，我们在考虑搬去诺里奇和他一起住。他在那里给自己买了幢非常好的房子，有足够的房间可以同时容纳我们三个人。当然，您也不会认为马丁牧师可以照顾自己吧，尤其是过了八十岁以后。晚年能过上几天好日子会让他很开心，也会令我们很欣慰。达格利什先生，您的日用品都带全了是吗？马丁牧师见到您一定会很高兴的，他在海边。拉斐尔先生这个周末也回来了，拉文汉姆小姐也在。"

达格利什把它的捷豹挪到了学院的背后，打算往池塘那边走。他远远地看见到了圣约翰的小猪正在岬角上自在地闲逛，看起来数量好像比原来多了。小猪们好像也感觉到了这里的变化。正当他看得出神的时候，埃里克·瑟蒂斯从小屋里走了出来，手里提着一只木桶。

达格利什沿着悬崖边的小路一直向池塘走去。他走上台阶，整片海岸在他眼前一览无余。远处的三个人好像故意保持着彼此的距离。他看见埃玛坐在靠北一处凸出的鹅卵石上,正埋头看书。拉斐尔则坐在较近的一段防波堤上,一双腿在海水里晃着,遥望着海面。马丁牧师离他很近,好像正试图在沙滩上笼起篝火。

听到达格利什踏在鹅卵石上发出的吱吱声,牧师费力地站起身来,慢慢展露出笑容。"亚当,很高兴你能来。你见过塞巴斯蒂安牧师了吗?"

"是的,见过了,也恭喜过他获得了校长的职位。"

马丁牧师说:"他一直都想得到那个职位,而且知道在秋天会空出来。当然,如果圣安塞尔斯不被关闭,他是不会考虑的。"

他随后又俯下身去,继续笼火。达格利什注意到他已经在沙滩上挖了个小坑,正在沿着坑边筑起一道小小的石墙,旁边放着一个帆布包和一包火柴。达格利什坐下来,向后靠在自己的手臂里,将双脚埋入沙土。

马丁牧师一边忙着手上的活儿,一边问道:"亚当,你快乐吗?"

"我很健康,有一份我喜欢的工作、充足的食物、舒适的居所,如果我想要,还可以偶尔奢侈一下,写写诗。考虑到目前世界上有四分之三的人口还处于贫困之中,您难道不认为感到不幸福、不快乐是另外一种放纵吗?"

"我甚至会认为这是一种罪恶,至少应该是某种我们坚决反对的做法。如果我们不去赞美全能的上帝,至少要感谢他。但是仅仅这些就够了吗?"

"牧师,这是布道吗?"

"连讲道都算不上。我希望你有一天可以结婚。亚当,或者至少找到合适的人跟你分享生活。我知道你的太太死于难产,这在你心里一定还留有阴影,但是我们不能放弃爱情,也不能寄希望于可以放弃爱情。请原谅我的鲁莽和感觉迟钝,但是悲痛也是一种任性和放纵。"

"哦,牧师,不是悲痛令我无法再婚。没有什么比恋爱更自然、更朴素和让人称羡的了。是我的自私在作祟。我喜欢独处,不愿意被伤害,也不想再为别人的幸福承担责任。而且，别告诉我说这其中的痛苦会为我的诗作带来灵感。我已经了解这种感受了，我在工作中体验得足够多了。"他停顿了一下，然后又说，"您不是个称职的媒人。您知道她是不会接受我的。我年纪太大了，太喜欢独处了，也完全没有投入感情的定力，甚至也许手上还沾染了太多的鲜血。"

马丁牧师选了一块圆润光滑的石头小心地堆在小坑边。他看上去像个孩子一样非常满足地忙着手上的事情。

达格利什补充说："而且她也许在剑桥已经有人了。"

"哦，当然，像她这样的女人应该是有人追求的。剑桥的或者其他什么地方的人。这就意味着你追求她的过程未必一帆风顺，而且要做好不成功的准备。这对你来说至少是一种改变。好了，祝你好运吧，亚当。"

牧师的语气好像是在结束谈话。达格利什站起身来向埃玛那边望过去。她也同时站了起来，向大海的方向缓步走来。他们之间的距离不足五十码。达格利什心想，我就等在这里，如果她过来，哪怕只是说再见，也说明有机会。但这想法随即就令他感到自己非常胆小、怯懦，不懂得向女人表白。他必须采取主动。于是他也向海边走去。那写着六行诗句的小纸片还在他的钱包里。他把它取出来，撕得粉碎，抛入了迎面冲上来的海浪，眼看着它们慢慢地消失在海浪退去时留下的一行行泡沫里。他转向埃玛，同时也看见埃玛也正沿着鹅卵石的堤岸和奔走的海浪之间的沙滩向他走来。她来到他的近前，并没有说话，与他肩并肩地一起遥望着大海。

她一开口就让他吃了一惊。"塞迪是谁？"

"怎么会问这个？"

"在苏醒过来的时候，你看起来好像是在期待她会在这里等你。"

上帝啊，他想，当时自己一定看上去一团糟，衣衫不整地被拖上岸，满身是血，到处都沾着沙子，吐着海水和血水，还在混沌地胡言乱语。他说："塞迪非常可爱，是她教会了我诗歌虽然需要激情，但是不一定要付出生命的代价。作为一个十四岁半的孩子，她非常睿智。"

他好像听到了一声满意的低笑,但随即淹没在了一阵突来的清风中。以他这个年纪来说,对身边发生的事情总是感到不确定是非常可笑的。他怨恨自己怎么像是回到了青春期,同时又为自己还能有如此强烈的感情而窃喜。有些话是必须说出口来了——在微风里听起来也许不会特别糟糕,但他还是觉得那是些平庸的陈词滥调,而且词不达意。

他说道:"如果你不反对,我很希望可以再见到你。我想——我希望——我们也许可以多了解一下彼此。"

他觉得自己听起来很像个牙医在跟病人约下一次看病的时间。然后他转而望着她,从她脸上他看见了某种感觉,使他想大声欢呼。

她表情严肃地说:"现在剑桥和伦敦之间的火车非常方便,双向的。"

然后她伸出了手。

马丁牧师终于搭好了燃篝火的灶。他从帆布袋中取出一沓报纸,卷成一卷,伸进那个小坑里。然后他把圣安塞尔斯的莎草纸文献放在上面,俯身划燃一支火柴。报纸很快燃烧起来,火苗跳跃着、舔舐着,仿佛是在祈祷。火势随之越来越猛,马丁牧师向后退了一步。他看到拉斐尔来到他的身边,默默地注视着火苗,然后说:"牧师,您在烧什么东西?"

"一些已经诱使了某些人犯错的文字,它以后还有机会诱使更多的人因此犯错,所以是时候销毁它了。"

一阵沉默之后,拉斐尔说:"我一定会成为一名合格的牧师,牧师。"

一向最腼腆的马丁牧师,轻轻地将手搭在他的肩头说:"不,我的孩子,相信你一定会是名杰出的牧师。"

他们就这样默默地看着圣安塞尔斯的那份莎草纸文献燃烧殆尽,直到最后一丝青烟也融入大海。

图书在版编目（CIP）数据

神谕之死 ／ （英）詹姆斯著；赵楠，林红译．—北京：新星出版社，2012.1
ISBN 978-7-5133-0436-8

I.①神… II.①詹… ②赵… ③林… III.①长篇小说-英国-现代 IV.①I561.45

中国版本图书馆CIP数据核字（2011）第224037号

Death in Holy Orders
Copyright: © 2001 by P. D. JAMES
This edition arranged with GREENE & HEATON LIMITED
Through BIG APPLE TUTTLE-MORI AGENCY, LABUAN, MALAYSIA.
Simplified Chinese edition copyright 2011 © New Star Press
All rights reserved.

著作权登记图字：01－2008－075

神谕之死

（英）P.D.詹姆斯 著；赵楠，林红 译

责任编辑：施　铮
责任印制：韦　舰
装帧设计：

出版发行：新星出版社
出 版 人：谢　刚
社　　址：北京市西城区车公庄大街丙3号楼　100044
网　　址：www.newstarpress.com
电　　话：010-88310888
传　　真：010-65270449
法律顾问：北京市大成律师事务所

读者服务：010-88310800　service@newstarpress.com
邮购地址：北京市西城区车公庄大街丙3号楼　100044

印　　刷	： 三河市南阳印刷有限公司
开　　本	： 910×1230　1/32
印　　张	： 13.5
字　　数	： 271千字
版　　次	： 2012年1月第一版　2012年1月第一次印刷
书　　号	： ISBN 978-7-5133-0436-8
定　　价	： 38.00元

版权专有，侵权必究；如有质量问题，请与出版社联系更换。